dtv

Deutsche Lyrik
von den Anfängen bis zur Gegenwart

Band 4

Deutsche Lyrik
von den Anfängen bis zur Gegenwart
in 10 Bänden
Herausgegeben von Walther Killy

Band 1: Gedichte von den Anfängen bis 1300
Herausgegeben von Werner Höfer und Eva Willms

Band 2: Gedichte 1300–1500
Herausgegeben von Eva Willms und Hansjürgen Kiepe

Band 3: Gedichte 1500–1600
Herausgegeben von Klaus Düwel

Band 4: Gedichte von 1600–1700
Herausgegeben von Christian Wagenknecht

Band 5: Gedichte 1700–1770
Herausgegeben von Jürgen Stenzel

Band 6: Gedichte 1770–1800
Herausgegeben von Gerhart Pickerodt

Band 7: Gedichte 1800–1830
Herausgegeben von Jost Schillemeit

Band 8: Gedichte 1830–1900
Herausgegeben von Ralph-Rainer Wuthenow

Band 9: Gedichte 1900–1960
Herausgegeben von Gisela Lindemann

Band 10: Gedichte 1961–2000
Herausgegeben von Gerhard Hay und
Sibylle von Steinsdorff

Gedichte 1600–1700

Nach den Erstdrucken in zeitlicher Folge
herausgegeben von
Christian Wagenknecht

Deutscher Taschenbuch Verlag

Unveränderter Reprint der in den Jahren 1969–1978
erstmals unter dem Titel ›Epochen der deutschen Lyrik‹
erschienenen Sammlung deutscher Gedichte, Band 4,
München 1969, 1982.

Originalausgabe
September 2001
Deutscher Taschenbuch Verlag GmbH & Co. KG,
München
www.dtv.de
© 1969, 1982, 2001 Deutscher Taschenbuch Verlag, München
Umschlagkonzept: Balk & Brumshagen
Gesamtherstellung: Druckerei C. H. Beck, Nördlingen
Gedruckt auf säurefreiem, chlorfrei gebleichtem Papier
Printed in Germany · ISBN 3-423-59052-1

Einleitung

Man darf den Namen, unter dem man die in diesem Band gesammelte Dichtung kennt, nicht allzu genau beim Wort nehmen. Denn die *Deutsche Lyrik des Barock* ist nicht als ganze deutsch und lyrisch und barock. Aber vielleicht lassen sich aus der dreifach bestimmten Negation der herkömmlichen Bezeichnung Gestalt und Geltung dieser Lyrik positiv bestimmen.

Die deutsche Lyrik des Barock ist zunächst nicht durchweg *deutsch*. Wohl dichtet auch im 17. Jahrhundert jeder in seiner Muttersprache. Aber die deutschen Dichter der Barockzeit sind zumeist Gelehrte, und die Muttersprache der Gelehrten ist Latein. Lateinisch ist denn auch ein großer Teil ihrer Dichtung. Und zwar das ganze Jahrhundert lang: von Janus Gruters Sammlung der *Delitiae Poetarum Germanorum* über Flemings *Suavia* und Baldes *Sylvae* bis hin zu Johann Martins *Lateinisch und Teutschen Elegien*. Aber auch die Teutschen Poemata des Barock stehen im Kraftfeld der humanistischen Tradition. Besser als auf ihre deutsche Vorgeschichte versteht sich diese Lyrik auf die römische Antike und die romanische Renaissance. Das Muster der deutschen Hofkultur, Frankreich, wird auch zum Muster der deutschen Poesie. Opitz bildet sein epochemachendes *Buch von der Deutschen Poeterey* französischen Lehrbüchern nach, Weckherlin baut seine Verse nach den Regeln der französischen Metrik, und beide nehmen unter ihre Gedichte Nachdichtungen aus dem Französischen auf. Andere Vorbilder finden die deutschen Barockpoeten in Italien und den protestantischen Niederlanden, in Spanien und England. So spricht denn die deutsche Lyrik des 17. Jahrhunderts keine eigene Sprache – außer allenfalls der deutschen. Ihre *poetische* Grammatik ist die der europäischen Renaissancepoesie. Aber wenn es schon nicht leicht fiel, die noch um 1600 blühende Vielfalt der Mundarten abzulösen durch die einheitliche, auf Luthers Bibelwerk gegründete obersächsische Literatursprache, die dann um 1700 fast unbestritten herrscht, so war es desto mehr eine der besten Köpfe würdige Aufgabe, diese Sprache aus der Volksschule des 16. Jahrhunderts in die höhere des 17. zu führen und sie nach Volkslied, Meistersang und Kirchenchoral die schwierigere Metrik und Rhetorik der Renaissancedichtung zu lehren. Die zu Beginn des Jahrhunderts von Theobald Höck noch in ungefügen Strophen verkündete Forderung, man solle endlich auch in deutscher Sprache *künstlich Vers vnnd Meisterstück* versuchen, wird dann von Weckherlin mit poetischer Kraft und von Opitz mit pädagogischem Geschick ins Werk gesetzt und wenige Jahre später von Paul Fleming musterhaft erfüllt. Die Lyriker der zweiten Jahrhunderthälfte, aber freilich nicht nur die Lyriker, bilden die neue Dichtersprache an großen und kleinen, auch kleinlichen, Aufgaben weiter aus. Sie lernt dem Ohr gefallen, den Geist vergnügen und das Herz bewegen. Und so hat es Hofmannswaldau außer dem eigenen dichterischen Talent auch dem kulturpatriotischen Fleiß seiner Vorgänger zu verdanken, wenn um die Wende zum 18. Jahrhundert von ihm gesagt werden kann: er habe *nicht allein über alle deutsche / sondern auch über die meisten ausländischen Poeten den sitz erworben.*

In der Geschichte der deutschen Lyrik bildet das 17. Jahrhundert die Epoche ihrer Neubegründung: der Stiftung einer *deutschen* Lyrik aus dem Geist der Renaissance. Gerade deshalb aber kennt diese Zeit keine *lyrische* Dichtung im heutigen Sinn des Wortes. Sie kennt nur Gedichte, und ein Gedicht ist vom Epos bis zum Epigramm jedes in Versen abgefaßte Werk. Von der modernen Dreiteilung in Lyrik, Epik und Dramatik weiß das 17. Jahrhundert nichts. Aber eine fast unübersehbare Menge poetischer Lehrbücher teilt die Gedichte in einzelne nach Merkmalen der Form oder des Inhalts bestimmte Gattungen ein und legt für jede eine Reihe von Regeln über Stoff und Stilhöhe, Aufbau und Metrum fest. Und die barocken Dichter richten sich nach diesen Lehren. Gewiß geht es kaum einem von ihnen nur um den Nachweis seiner dichterischen Kunstfertigkeit – obwohl von diesem Nachweis die Dichterkrönung und eine Anstellung in fürstlichen Diensten abhängen kann. Aber noch weniger geht es den Barockpoeten um die Verlautbarung des eigenen Ich. Oft bestimmt schon die *Gattung* des Gedichts über die Haltung, aus der darin zu sprechen ist: die der reuigen oder der geretteten Seele im geistlichen Lied, die des verschmähten oder des erhörten Liebhabers im erotischen Sonett. Die Kunstfertigkeit des Dichters bewährt sich *innerhalb* des von Poetik und Rhetorik abgesteckten Rahmens durch sinnreiche Erfindung und durch angemessene Ausschmückung des Stils. Auf die Wahrheit persönlichen Gehalts wird kein Gewicht gelegt. Tatsächlich wirft die frivole Lyrik Hofmannswaldaus weder Licht noch Schatten auf das Leben des Edel- und Ehemanns. Aber auch wo von der eigenen Geburt und der eigenen Ehe, der eigenen Krankheit und dem eigenen Tod die Rede ist, bei Fleming oder bei Gryphius, wird die individuelle Erfahrung sogleich als *Exempel* ausgelegt. Der Einzelne sieht sich fest in der von Gott gestifteten Ordnung stehen – der Welt, der Kirche, des Staates, und spielt als Mensch und Christ und Standesperson seine *Rolle* im Theatrum mundi. Das begründet keine Lyrik in unserem vor allem durch Goethes Lieddichtung bestimmten Sinn: keine Lyrik des von Gott oder der Natur, der Liebe oder dem Tod angerührten Herzens. Aber in einem anderen und älteren Sinn des Wortes ist diese Dichtung *lyrisch* wie kaum noch eine in späterer Zeit. Sie ist zum großen Teil *Gesang*, ist also Dichtung nur zum Teil, nur als Teil eines Ganzen aus Text und Melodie. Dichter komponieren und Komponisten dichten. Und ihre Lieder sollen beim kirchlichen oder häuslichen Gottesdienst zur *Vbung der Gottseligkeit* oder bei geselligen *Conviviis vnd Zusammenkunfften* zur Kurzweil gespielt und gesungen werden. Sie wenden sich so wenig an den Einzelnen, wie sie vom Einzelnen handeln. Sie sind einbezogen ins Leben der Gesellschaft und werden von Gesellschaften ins Werk gesetzt. Damit aber knüpft die deutsche Lyrik des 17. Jahrhunderts an die volkssprachigen Traditionen des Kirchen- und des Gesellschaftsliedes an.

Die humanistisch gebildete und musikalisch geübte Lyrik des 17. Jahrhunderts wird heute als *barock* bezeichnet. Das Wort ist mehrdeutig und bedarf der Erklärung. Vielleicht empfiehlt es sich, mit ihm zunächst nur jene Dichtung zu benennen, die im Kraftfeld des landesfürstlichen Absolutismus steht. Fürsten und Edelleute, vor allem aber dichtende Staatsbeamte und beamtete Hofdichter, dann auch Prediger, Rechtsgelehrte und Ärzte, die sich um den Lorbeer des kaiserlich gekrönten Poeten bewerben, fügen die deutsche Renaissancedichtung in die *höfische* Kultur der Residenzen ein. Sie begründen und entwickeln die großen Formen des politisch-moralischen Trauerspiels und des höfisch-historischen Romans, des Festspiels und der Oper – und in der Lyrik: die prunkvolle Ode und das galante Lied, das ernste Sonett und das geistreiche Epigramm. In dieser Dichtung vereinigt sich das Repräsentationsbedürfnis der Herrscher mit dem Gestaltungswillen der Poeten. Darum ist die *barocke* Lyrik zugleich die *herrschende* Lyrik der Zeit. Aber sie herrscht durchaus nicht unumschränkt. Meistersang und Spruchdichtung, Volkslied und Kirchenlied bleiben ganz oder zum Teil in den Bahnen des 16. Jahrhunderts. Lauremberg verspottet in niederdeutschen Knittelversen die *Almodische* Künstlichkeit der barocken Kunstpoesie. Wenig später melden sich mit der ins Private gewendeten Schäferei des Johann Thomas und mit Christian Weises ungezogener Jugendlyrik die Vorboten einer selbstbewußt *bürgerlichen* Literatur. Unter den geistlichen Dichtern der Zeit lösen sich Mystiker, Chiliasten und Pietisten aus den Schranken der kirchlichen Orthodoxie und mit Kuhlmann auch aus denen der orthodoxen Dichtungslehre. Alle diese Bewegungen, altfränkisch oder neutönerisch, gehören zur Lyrik des 17. Jahrhunderts. Einige setzen sich im 18. fort – während die eigentlich barocke Dichtung um die Jahrhundertwende zu versiegen beginnt und schon um 1770 nahezu vergessen ist. Aber es waren vor allem die *barocken* Dichter von Weckherlin bis Lohenstein, die aus der deutschen Sprache ein taugliches Medium der Poesie gemacht und die deutsche Poesie zu einer Kunst erhoben haben, die den Vergleich mit der Dichtung benachbarter Nationen nicht länger zu scheuen braucht. Ihnen haben die Dichter der Aufklärungszeit mehr zu verdanken, als ihr vernünftiger Spott über Schwulst und Unnatur bereit ist zuzugeben.

Einleitung

Wenn die deutsche Lyrik des Barock nicht als ganze deutsch und lyrisch und barock ist, müssen auch in einer Auswahl, die diese Dichtung *als ganze* vorstellen will, neben deutschen Sinnreimen lateinische Distichen, neben Liedern Lehrgedichte und neben barocken Sonetten volkstümliche Sprüche stehen.

Diese Auswahl möchte möglichst alle Stil- und Gegenstands- und Verwendungsbereiche, in denen sich die Lyrik des 17. Jahrhunderts bewegt, exemplarisch sichtbar machen – und enthält deshalb auch manches in Anthologien sonst nicht zu findende Gedicht. Dazu gehören die bis heute ungedruckte Inschrift auf dem Grabstein zweier Kinder und das aus Kupferbild und Epigramm zusammengefügte Emblem. Auszüge aus Lehrbüchern, Erbauungsschriften und Romanen geben einen Begriff von der Rolle, die im 17. Jahrhundert Gedichte *außerhalb* von Gedichtbüchern spielen. Die reiche Flugblattliteratur ist durch politische Sprüche und historische Lieder vertreten. Weckherlins Trauer- und Trostgedichte auf den Tod eines Mädchens repräsentieren zugleich die Spielart des mehrsprachigen und die des zyklischen Gedichts. Sie bilden außerdem ein Beispiel für die nur handschriftlich verbreitete Gelegenheitspoesie. Andererseits fehlen in diesem Band nicht nur alle dramatischen und epischen Gedichte, die damals nicht so streng von den lyrischen geschieden wurden wie heutzutage und hier; es fehlen auch einige Gattungen aus dem Bereich der Lyrik selbst. Es fehlt die vergilische Ekloge, die juvenalische Satire, der ovidische Heldenbrief. Der Herausgeber muß gestehen, daß er sich zu diesem Verzicht aus keinem triftigeren Grund entschlossen hat, als weil er sonst um dreier langen Gedichte willen auf dreißig kürzere hätte verzichten müssen, die ihm genauso unentbehrlich schienen. Wie denn überhaupt zu sagen ist, daß die wenigen umfangreichen Gedichte, die man in dieser Sammlung findet, von der Weitläufigkeit barocker Poesie nur einen schwachen Begriff vermitteln.

Im übrigen aber hat sich der Herausgeber bemüht, möglichst jeder Art und jeder Gattung dieser Poesie so viel Raum zu geben, wie es ihre zeitgenössische Geltung oder ihre geschichtliche Wirkung verlangt. Darum sind viele Gedichte in dieser Sammlung Übertragungen aus fremden Sprachen: nach Sappho und Petrarca, Ronsard und Góngora. Darum findet man hier neben deutschen und barocken Gedichten in ansehnlicher Zahl auch Proben aus der lateinischen Oden- und Epigrammpoesie und aus der volkstümlichen Lied- und Spruchdichtung. Aber darum herrscht auch hier die deutsche und barocke Lyrik vor: Alexandriner und emblematische Metapher, Sonett und sinnreiche Erfindung, Lobgesang und Liebesklage. Die reiche Lieddichtung der Zeit war ausführlich darzubieten, wenigstens in einigen Beispielen auch mit den dazugehörigen Melodien. Den Regelfall einer Dichtung, die nach Mustern und Vorschriften abgefaßt ist, gibt eine nicht allzu lange Reihe von eben nur regelrechten Gedichten deutlich genug zu erkennen. In größerer Zahl sind die geschichtlich aufschlußreicheren Experimente beiderseits der Grenzen des dazumal Erlaubten mitgeteilt: von der frommen Künstelei des Dietrich von dem Werder bis hin zum methodischen Wahnsinn der Psalmen Quirinus Kuhlmanns.

Vor allem zwei Gattungen der barocken Dichtung kommen mit unverhältnismäßiger Ausführlichkeit zu Wort. Eine Reihe von *sapphischen Oden* soll exemplarisch die Versuche, sich eines antiken Vers- und Strophenmaßes in deutscher Sprache zu bemächtigen, und zugleich die Mannigfaltigkeit seiner Verwendung im geistlichen und weltlichen Bereich vor Augen führen. In mehr als vierzig *Grabschriften* sprechen unbekannte und bekannte Dichter die übermächtige Erfahrung des immer gegenwärtigen Todes in immer neuen Abwandlungen aus: in Stein oder auf Papier, lateinisch oder deutsch, in schmucklosen Knittelversen oder in Alexandrinern, epigrammatisch zugespitzt oder bedächtig erzählend, als Memento mori oder als Carpe diem, zur Ehrung des Toten oder zum Beweis der eigenen Kunstfertigkeit. In keiner anderen Gattung hat sich das Gesicht dieses von Krieg, Not und Pest gezeichneten, dem Glauben, der Ehre und der Kunst ergebenen Jahrhunderts deutlicher ausgeprägt.

Die vornehmste und größte Provinz der Dichtung dieser Zeit, die geistliche, erscheint in dieser Sammlung kleiner als sie war; obwohl der Herausgeber auch diesen Bereich nach Gattungen, Haltungen, Themen und Verwendungsweisen möglichst vollständig auszumessen und abzustecken versucht hat: mit Psalmen-Paraphrasen und geistlichen Eklogen, Gemeindechorälen und mystischen Meditationen, mit Zeugnissen einfacher Frömmigkeit und Spielwerken artistischen Geschicks. Schon gegen Ende des 17. Jahrhunderts, vollends aber im 18., verliert im Zeichen der fortschreitenden Säkularisierung des Lebens und der Literatur die geistliche Lyrik ihre frühere gesellschaftliche und dichterische Geltung, und am Ende selbst ihren Namen. Von einer geistlichen Lyrik der Goethezeit kann kaum noch die Rede sein. Als literaturgeschichtlich wirksamer hat sich die weltliche Dichtung, hat sich vor allem die Liebeslyrik des 17. Jahrhunderts erwiesen, die darum auch in dieser Sammlung alle ihre Spielarten und Ausbildungsstufen durchläuft: vom erotischen Schwank bis zur verliebten Arie, vom petrarkistischen Lob der Schönheit bis zum beinahe privaten Bekenntnis des liebenden Herzens. In der weltlichen Liebesdichtung des Barock bildet sich, nicht ohne Mitwirkung der geistlichen, die sichere Gewandtheit aus, mit der im 18. Jahrhundert die Dichter des Rokoko ein zwar immer noch begrenztes, aber breites Spektrum von Gefühlen und Empfindungen darzustellen verstehen. Durch diese Schule geht in Leipzig noch der junge Goethe.

Die meisten hier versammelten Gedichte sind ausgewählt als Beispiele für *zeittypische* Auffassungs- und Darstellungsweisen – nicht als Proben

Einleitung

aus dem Gesamtwerk *einzelner Dichter*. Die Dichtung des 17. Jahrhunderts gliedert sich den Zeitgenossen zunächst nach Arten und dann erst nach Autoren. Andererseits kennt man die Namen der Dichter schon damals recht gut, man sucht die Anagramme, Pseudonyme und Initialen, unter denen sie sich gern verstecken, zu enträtseln, und verleiht dem angesehensten Poeten den Ehrennamen eines Teutschen Virgil. Um so mehr hat es sich diese Auswahl angelegen sein lassen, mit einer Reihe von Lobsprüchen und Stichelversen Bericht zu erstatten über die vornehmsten Gegenstände und die geläufigsten Formen der poetischen Literaturkritik des Barock. Eine zweite Gruppe von Gedichten – Selbstdarstellungen und Selbstdeutungen von Weckherlin über Voigtländer und Gryphius bis hin zu Christian Weise – soll vom Glanz und vom Elend, vom Stolz und von den Skrupeln des Dichterberufs im 17. Jahrhundert zeugen. Vor allem aber hat sich der Herausgeber darum bemüht, die schon zu ihrer Zeit jedenfalls von Dichtern und Kritikern, aber nach Ausweis der Auflagen auch von einem größeren Publikum am höchsten geschätzten Lyriker, Opitz, Fleming, Gryphius und Hofmannswaldau, mit so vielen Gedichten vorzustellen, daß sich die Gründe dieser Wertschätzung einigermaßen erkennen und überprüfen lassen. Außerdem kommen zwei der eigenwilligsten Dichter der Zeit, die auch wohl deshalb nicht ebenso hoch geachtet wurden, Weckherlin und Kuhlmann, ausführlicher zu Wort. In allen diesen Fällen, außer vielleicht bei Opitz, sollten Eigenart und Spannweite, bei den zwei Außenseitern auch die Entwicklung eines *ganzen* lyrischen Werkes wenigstens erschließbar werden.

Dabei kann sich die Zweckmäßigkeit der *annalistischen* Anordnung erweisen, zu der sich die Herausgeber dieser Anthologie auf einen Vorschlag Jürgen Stenzels hin entschlossen haben. Eine Anordnung nach Dichtern wäre für das 17. Jahrhundert ohne historischen Sinn gewesen. Wohl aber hätten sich die Gedichte dieses Zeitraums nach Wirkungsbereichen, und sodann nach Themen und Gattungen, sinnvoll und lehrreich anordnen lassen – wie das in Albrecht Schönes Barock-Anthologie geschehen ist. Die annalistische Ordnung hebt statt der ständisch gegliederten Mannigfaltigkeit dieser Dichtung die wechselhafte Geschichte der Begründung und Ausbildung einer deutschen Kunstpoesie hervor. Daraus nun hat sich der letzte der Gesichtspunkte ergeben, von denen der Herausgeber sich beim Auswählen hat leiten lassen und von denen aus der Leser diese Sammlung betrachten und benutzen sollte. Es war in jedem Jahrzehnt des Jahrhunderts die sprach- und literaturgeschichtliche Lage, der jeweils erreichte Stand der Dinge, möglichst genau, und wo immer es sich einrichten ließ, auch möglichst augenfällig zu bezeichnen. Darum sind in diesen Band auch einige Gedichte aufgenommen worden, auf die der Herausgeber in einer anders geordneten Auswahl vielleicht verzichtet, und die er auch in diese wohl nicht aufgenommen hätte, wenn sie in einem anderen Jahrzehnt erschienen wären – die aber hier, unter ihrem Erscheinungsdatum und in der Nachbarschaft des gleichzeitig Erschienenen, Licht empfangen und Licht verbreiten. So finden sich Grabschriften wie die auf Anna Sophia Barth in ebenso großartiger Einfalt auch früher oder später, selten aber in ebenso spannungsreicher Nachbarschaft wie hier: neben der in Sprachen, Gedanken und Bildern prunkenden Elegie auf den Tod der Elizabeth Trumball. Und der unbeholfene Versuch des Fürsten von Anhalt-Köthen, Opitzens Versgesetze, besonders auch das Daktylenverbot, in formgerechten Alexandrinern zu bekräftigen, hätte sich zur Aufnahme in diese Sammlung selbst dann empfohlen, wenn dafür nur die Tatsache gesprochen hätte, daß unter demselben Datum Philipp von Zesen die *Erfindung der Dactylischen Verse* preist. So belanglos diese beiden Gedichte, auch nach den Maßstäben der Zeit, als Kunstwerke sind – hier beleuchten sie die literarische Situation. Ja sie beleuchten eine ganze Epoche der deutschen Lyrik, die um Fragen der Metrik gestritten hat, als wären es Fragen der Religion, und die um solche Fragen streiten mußte, wenn anders sich die deutsche Dichtung nicht länger in den ausgefahrenen Gleisen von Meistersang und Kirchenlied bewegen sollte. – Dem Herausgeber bleibt nur noch übrig, auf den Editorischen Bericht am Schluß des Bandes hinzuweisen, und allen Freunden, Bibliothekaren und Kollegen, die ihm bei seiner Arbeit geholfen haben, für Rat und Tat herzlich zu danken.

Zur zweiten Auflage

Auswahl und Anordnung der Gedichte sind halb aus sachlichen und halb aus technischen Gründen unverändert geblieben. Einige Texte, die zunächst anhand von späteren Auflagen oder Ausgaben mitgeteilt worden sind, konnten nach den inzwischen eingelaufenen Erstdrucken wiedergegeben werden. Wo sich inzwischen herausgestellt hat, daß ein Gedicht irrtümlich datiert oder zugeschrieben worden ist, erfolgt die Korrektur nachtragsweise auf Seite 353. [Vgl. auch S. 112] Einige sachliche und technische Versehen der ersten Auflage sind stillschweigend berichtigt worden.

Theobald Höck*

An den Leser.

Liß mich mit witz vnnd sünnen /
Vnd darnach vrtheil mich / wenn duß wirst künnen /
5   So böses wirdt nichts gespunnen /
Drauß nie was guts gfolgt ist vnd kummen /
Entgegen auß jedem bestes /
Offt folgt darumb außlest es.

Probieret alles vnnd bhaltet /
10   Allein das guet / das nimmermehr veraltet /
Wir mögen wol das böß wol wissen /
Doch than nicht nach / vnd bhalten ein guts gwissen /
Der vrtheilt rechten bschaide /
Wer guts vnd böß hört baide.

15   Laß dich nur ergern wenig /
Das schimpff vnd ernst in solcher gstalt vnd menig /
Zugleich hie jetzundt wandert /
Gmischt ist das Korn vnd Vnkraut gar durch andert /
Zugleich auff einem Acker.
20   Da lest mans wachsen wacker.

So billich du das lisest /
Wenst müssig bist / vnd dir ein zeit erküsest /
Als andere lähre Fabeln /
Darinn du vmb sonst die Kunst wilst ergrabeln /
25   Hierauß du vil mehr lernste /
Als auß dem Schimpff vnd Ernste /

Darffst du den Rollwagen lesen /
Die Gartengsellschafft vnd jhr wesen /
Das Nachtbüchlein voll Posen /
30   Vnd den Wendt vmb mut / wirst drob nit verdrossen /

---

1 *Im Original:* Otheblad Öckh *(Anagramm).*   2 *Zu diesem und den beiden folgenden Gedichten vergleiche man die Hinweise im Editorischen Bericht, S. 351.*   3 *mit Verstand und Bedacht.*   7 Entgegen *hingegen.*   8 außlest es *lest es zu Ende?*
13 bschaide *verständig.*   16 schimpff *Scherz;* menig *Menge.*   26–30 *Schwankbücher des 16. Jhdts.*

Den Fortunatum eben /
Den Faustum auch darneben.

Den Pfaffen am Kalnberge /
Den Hirnen Seyfrid mit seim kleinen Zwerge /
35 Den Marcolphum alte /
Den Eulenspiegel auch in solcher gstalte /
Vnd die Centonouellen /
Das Narrenschiff mit Schellen.

Den Spitzn Pantagruel mit schimpffen /
40 Vnd aller Prack kumeter drob sich zrimpffen /
Jch sag nit wie in Schulen /
Auß den Poeten man lernt kuplen / buelen /
Vnd alle Schelmereyen /
Mit solcher Kunst am Reyen.

45 Als Plautus, Martialis,
Naso Terentius vnd Iuuenalis,
Drauß man Latheinisch reden
Lehrnt / vnd durch solche lustige Poeten /
Gehet leichter ein der Jugendt /
50 Die Kunst / Weißheit vnd Tugendt.

Denn es ist gwiß das frembde Zungen /
Die Jugendt lieber lehrnt auch vngezwungen /
Wo Possen man thut treiben /
Vnd sonderlich von schönen Frawen vnd Weiben /
55 Wo Mundt zu Mundt sich füget /
Die Sprach sich leichter jebet.

Drumb liß mich wirst spüren /
Das allerley Materi man kan führen /
Jns Deutsch so wol vnd artlich /
60 Als in das Wällisch vnd Frantzösisch zärtlich /
Straff nit mein müh vnd sachen /
Du küns denn besser machen.

31–36 *Volksbücher des 16. Jhdts.*   37 Les Cent Nouvelles Nouvelles, *1486, frz.*
Schwankbuch.   38 *von Sebastian Brant, 1494.*   39 Spitzn   *spitzfindigen;* Pantagruel
von François Rabelais, 1533.   40 aller Prack kumeter   *wohl:* aller Practik mueter,
nämlich: Aller Practik Großmutter *von Johann Fischart, 1572;* sich zrimpffen   *sich zu*
krümmen.   46 Naso   *Ovid.*   56 jebet   *übt, betätigt.*   60 Wällisch   *Italienisch.*

Von Art der Deutschen Poeterey.

Die Deutschen haben ein bsonder art vnd weise /
Daß sie der frembden Völcker sprach mit fleisse /
Lernen vnnd wöllen erfahrn /
5   Kein müh nicht sparn /
Jn jhren Jahren.

Wie solches den ist an jhm selbs hoch zloben /
Drauß man jhr geschickligkeit gar wol kan proben /
Wenn sie nur auch jhr eygene Sprachen /
10   Nit vnwerth machen /
Durch solche sachen.

Den ander Nationen also bscheide /
Jhr Sprach vor andern loben vnd preisen weidte /
Manch Reimen drin dichten /
15   So künstlich schlichten /
Vnd zsammen richten.

Wir wundern vns daß die Poeten gschriben /
So künstlich Vers vnnd Meisterstück getrieben /
Daß doch nit ist solch wunder /
20   Weil sie gschrieben bsunder /
Jhr Sprach jetzunder.

Den sein Ouidius vnd Maro Glerte /
Nit gwesen Reimer also hoch geehrte /
Die sie in der Mutter Zungen /
25   Lateinisch gsungen /
Daß jhnen glungen.

Warumb sollen wir den vnser Teutsche sprachen /
Jn gwisse Form vnd Gsatz nit auch mögen machen /
Vnd Deutsches Carmen schreiben /
30   Die Kunst zutreiben /
Bey Mann vnd Weiben.

So doch die Deutsche Sprach vil schwerer eben /
Alß ander all / auch vil mehr müh thut geben /
Drin man muß obseruiren /
35   Die Silben recht führen /
Den Reim zu zieren.

---

12 Den *denn;* bscheide *verständig; auch: genügsam. Vielleicht ist* nit *zu ergänzen.*
13 weidte *weithin.* 15 schlichten *glatt legen.* 20 bsunder *einzeln.* 22 Maro
Vergil; Glerte *gelehrte (wohl Adjektiv zu* 23 Reimer*).* 28 Gsatz *Gesetz, auch:
Strophe.*

Man muß die Pedes gleich so wol scandiren,
Den Dactilum vnd auch Spondeum rieren /
Sonst wo das nit würd gehalten /
40   Da sein dReim gespalten /
Krumb vnd voll falten.

Vnd das nach schwerer ist so sollen die Reime /
Zu letzt grad zsammen gehn vnd gleine /
Das in Lateiner Zungen /
45   Nit würdt erzwungen /
Nicht dicht noch gsungen.

Drumb ist es vil ein schwerer Kunst recht dichten /
Die Deutsche Reim alls eben Lateinisch schlichten /
Wir mögen new Reym erdencken /
50   Vnd auch dran hencken /
Die Reim zu lencken.

Niembt sich auch billich ein Poeten nennet /
Wer dGriechisch vnd Lateinisch Sprach nit kennet /
Noch dSingkunst recht thut richen /
55   Vil Wort von Griechen /
Jns Deutsch her kriechen.

Noch dürffen sich vil Teutsche Poeten rühmen /
Sich also schreiben die besser zügen am Riemen /
Schmiden ein so hinckets Carmen,
60   Ohn Füß vnnd Armen /
Das zuerbarmen.

Wenn sie nur reimen zsammen die letzte Silben /
Gott geb wie die Wörter sich vberstilben /
Das jrret nicht jhre zotten /
65   Ein Handt voll Notten /
Jst baldt versotten.

O wenn sie sollen darfür an dHacken greiffen /
Vnd hacken Holtz / wenn es nit khride zu Pfeiffen /
Khridts doch zu Poltzen selber /
70   Sie trügen doch gelber /
Für Lorber Felber.

---

37 Pedes *Versfüße;* scandiren *metrisch ordnen, auf metrische Korrektheit prüfen.*
38 rieren *in Bewegung setzen, auch: spielen (auf einem Instrument).*   42 nach *noch?*
43 gleine *wohl Druckfehler für* gleime *genau.*   50 hencken *hängen, trachten.*
52 Niembt *niemand.*   54 richen *beherrschen?*   59 hinckets *hinkendes.*
63 vberstilben *überstülpen.*   64 zotten *Späße, Torheiten.*   65 Notten *Aale
(elsässisch)?*   68 khride *geriete.*   69 Khridts *geriete es.*   70-71 *Sie trügen doch
statt Lorbeer gelbes Weidenlaub.*

Ein Armer kan jetzund zu keinem Ambt kommen.

Es kan jetzund kein gutter Gesell /
Kein Ambt schier vberkommen /
Ohn Geldt wirdt ledig nie kein stell /
5 Kein dienst darbey / wie ring er sey /
Eim Armen vnd eim Frommen.

Die grossen Herrn muß man all
Zu Ambtern vnd zu Güttern /
Wann sie es gleich nit verstehen zumahl /
10 Doch nur auß gunst / so gar vmb sonst /
Vor andern jetzt befürdern.

Die künnens nit vnd wollen doch mehr /
Das Land allein regiren /
Keim gutten Gesellen sie gunnen dEhr /
15 Der sie den Brauch / recht leret auch /
Trewlich wur zuformiren.

Wer ein Herr Vettern zHoff nur hat /
Der kombt wol baldt zu Ehren /
Vnd zu Beuelch vnd zu grosser Gnad /
20 Doch muß er baldt / gegem Wetter kalt /
Sein Mantel allzeit kehren.

Vnd than gleich wie der Papegey /
Deß Brots Er jßt zuhande /
Desselben Lied singt Er so frey /
25 Drumb zu der zeit / vil mehr geradt Leuth /
Menglen / als Geld im Lande.

So gehts wo Vnuerstandt regiert /
Nachlessigkeit deßgleichen /
Da wern die Gest mit sambt dem Wierth /
30 Mit schaden vnd schandt / gleich auß dem Landt /
Auch mit einander weichen.

---

3 vberkommen *erhalten.* 5 ring *gering.* 16 wur *Wehr, Damm?* 17 Vettern *Onkel, Vetter, Neffe; auch allg.: männl. Verwandter.* 19 Beuelch *Empfehlung.* 23 zuhande *sogleich.* 26 Menglen *mangeln.* 29 wern *werden.*

UNBEKANNTER VERFASSER

Jm thon: Wohl auff in Gottes etc.

Wach auff / wach auff / meins hertzen ein trost / vnd thu dich mein
erbarmen / Laß dich nit hindern hitz noch frost / vmbfang mich
5   mit dein armen / erfreu das junge hertze mein / du trost / vnd eini-
ges Schätzelein / Gedenk an mich / als ich an dich / thu mir dein
trew beweisen.

Du bist meins hertzen einiger trost / mein hoffnung vnd mein le-
ben / du hast mich offt auß sorgen erlößt / drumb wil ich dich
10   nicht auffgeben / von dir wil ich nicht lassen ab / dieweil ich das
leben hab / du bist allein das leben mein / kein lieber sol mir nicht
werden.

Sie gleicht wol einem Rosenstock / drumb geliebt sie mir im hert-
zen / sie tregt auch einen rohten Rock / kan züchtig / freundlich
15   schertzen / sie blüet wie ein Röselein / die Bäcklein wie das Mün-
delein / Liebstu mich / so lieb ich dich / Rößlein auff der Heyden.

Der die rößlein wirt brechen ab / Rößlein auff der Heyden / daß
wirt wol thun ein junger knab / züchtig / fein bescheiden / so stehn
die stäglein auch allein / der liebe Gott weiß wol wen ich mein /
20   Sie ist so gerecht / von gutem geschlecht / von ehren ist sie hogh
geboren.

Wann mich das Mägdlein nit mehr wil / Rößlein auff der heyden /
so wil ich weichen in der still / vnd mich von jhr thun scheiden /
So wil ich sie auch fahren lahn / vnd wil ein andere nemmen an /
25   ein hüpsche schon Jungfrawe / Rößlein auff der Heyden.

Das Rößlein das mir werden muß / Rößlein vff der Heyden / das
hat mir gtretten auff den fuß / vnnd geschach mir doch nicht leyde.
Sie geliebt mir im hertzen wol / in Ehren ich sie lieben sol / be-
schert Gott glück / so geths nicht zurügk / rößlein auff der Heyden.

30   Behüt dich Gott mein hertziges Hertz / Rößlein auff der Heyden /
Es ist furwar mit mir kein schertz / ich kan nicht langer bleiben /
Du kompst mir nicht auß meinem Sinn / dieweil ich hab das leben
mein / gedenck an mich / wie ich an dich / Rößlein auff der hey-
den.

---

3 ff. *Das Lied ist wahrscheinlich schon früher gedruckt.*   19 stäglein   *Stenglein.*

35 Beut mir her deinen rohten Mund / Rößlein auff der Heyden / Ein
küß gib mir auß hertzen grund / so steht mein hertz in frewden /
Behüt dich Gott zu jeder zeit / all stund vnd wie es sich begibt /
Küß du mich so küß ich dich / Rößlein auff der Heyden.

Wer ist der vns diß Liedlein macht / Rößlein vff der Heyden / daß
40 hat gethan ein junger hach / Als er von jhr wolt scheiden / zu tau-
sent hundert guter nacht / hat er das Liedlein wol gemacht / behüt
sie Gott ohn allen spott / Rößlein auff der Heyden.

Auff der Heyden wer es gut jagen /
Wann mans möcht thun nach seim bhagen.
45 Nichts mehr zu fangen wolt ich begern /
Als mein Allerliebst in zucht vnd Ehrn.

CORNELIUS BECKER

Der I. Psalm.
Ein seliger Mensch.

Meid das böß / Halt Gottes Wort /
5 So bistu selig hie vnd dort.

Jm Thon: Wol dem der in Gottes furcht steht.

1. Wer nicht sitzt im Gottlosen rath /
Vnd tritt nicht auff der Sünder pfad /
Kömpt auch nicht auff der Spötter plan /
10 Der ist wol ein recht selig Man.

2. Sein lust vnd frewd ist Gottes wort /
Das helt er für sein höchsten Hort /
Bewarts im hertzn / vnd denckt jm nach /
Redt von demselben Nacht vnd Tag.

15 3. Gleich wie ein Baum von guter art /
Der am Wasser gepflantzet ward /
Bringt er zu rechter zeit sein frücht /
Die Bletter sein verwelcken nicht.

---

40 hach *Bursche.* 43–46 *Verfasser dieses Vierzeilers ist wahrscheinlich der Heraus-*
geber der Sammlung, Paul von der Aelst, der zu end eines jeden Liedleins etliche schöne
Rheymen hinzugesetzet hat.
2 ff. *Man vergleiche die Nachdichtungen von Jonas von Elverfeld S. 23 f. und von Weckherlin*
S. 93 f.

4. Was er anfeht jm wol gereth /
20   Weil er in Gottes segen steht.
Der Gottloß / mit dem was er treibt /
Vergeht wie sprew vom Wind zersteubt.

5. Kompt vber jn Gotts streng gericht /
Kan er darin bestehen nicht.
25   Wer Sünde liebt vnd falsche Lehr /
Kein platz in Gottes gmein hat mehr.

6. Der frommen thun ist Gott bekant /
Gott helts in hut vnd bringts in stand:
Der weg den der Gottloß erkorn /
30   Taug nichts für Gott / ist gar verlorn.

1604

UNBEKANNTER VERFASSER

‹Grabschrift des Peter Herrschafft›

EX CINERIS MASSA, SALSAEQVE ANTHYLLIDOS HERBA,
    FORMARI FLAMMIS LVCIDA VITRA SOLENT·
5   SIC CINIS ATER ERAM, CINERES NVNC SOLVOR IN ATROS
    SED NITIDVM SVMMO CORPVS HABEBO DIE·

[1942]

---

2 *Holzgrabmal im Obergeschoß der Kilianskapelle in Wertheim, aus der Kirche in Kreuz-*
wertheim. 3 ff. *Aus einem Aschenhaufen und dem Kraut des salzigen Günzels pflegt man in*
Flammen helles Glas zu formen. So war ich dunkle Asche und werde nun in dunkle Asche auf-
gelöst. Am jüngsten Tage aber werde ich einen strahlenden Leib haben. 4 *Im Original steht*
vor VITRA *versehentlich* VITA.

1607

CHRISTOPH DONAUER

Ex cantico canticorum.

1. Sponsa Christi.
Zu dir Jch fliehe /
5 Mich nach dir ziehe /
Meiner Seelen Crone
Hertzens Trost vnd Wonne /
 Vnder deinem Schatten
  Süß mir die Ruge ist /
10 Mein Panier dein Liebe
Darinn ich mich übe
 Jm Geist dein Ehgaten /
  Mein Hort vnd HERRE CHRIST.

2. Sponsus sponsae.
15 Freundin auff Stehe /
 Zu mir her gehe /
Komm mein schöne Blume
Von Saron der Grune /
 Heran streicht der Glentze /
20 Der Winter ist fürbey /
Euglein treibt die Reben /
Frücht die Bäume geben /
 Vnser Frewd ergäntzen
  Die Blümlein mancherley.

25 3. Sponsa sponso.
Dein thue ich warten /
 Jn meinem Garten /
Meine Frücht seind Süsse /
Kom mein Hort vnd Niesse /
30 O Freund außerkoren
 Vnter viel Tausenden /
 Vnder Rosen weyde /
  Du mein / Jch dein Frewde /

---

2 ff. *Man vergleiche die Nachdichtung von Zesen S. 102 ff.* 2 *Aus dem Hohenlied.*
3 *Die Braut Christi.* 9 Ruge *Ruhe.* 14 *Der Bräutigam zur Braut.* 17 f. *Vgl.*
Hoheslied 2,1. 19 Glentze *Glanz, Lenz.* 25 *Die Braut zum Bräutigam.*
29 Niesse *genieße.*

           Kinder auch geboren

35   Hab ich dir / angenehm.

             4. Sponsus sponsae.

         Auff mich dich Leyne /

         Holdselig / Feine /

       Vber alle Schetze

40   Als ein Sigel setze

           Auff dein Hertz vnd Brüste

           Mich jetzt vnd alle zeit /

       So will ich dich Zieren /

       Vnd zu mir heim führen /

45   Ströme der Wollüsten

         Geneisst inn Ewigkeit.

1608

UNBEKANNTER VERFASSER

Spiegel des Antichrists.
[Holzschnitt]

Christus thut vns in seim Wort lehren

5   Drey ständ: Zu Lehren / Wehren / Nehren.

Darinn alle Menschen eben /

     Gläubig / als Christen sollen leben /

Aber der Römisch Antichrist /

     Solcher Ständt ein zerritter ist.

10   Der Bapst als ein Löw Frech begert /

     Deß Wehrstandes Cron / Scepter vnd Schwert /

Der Jesuit ein Fuchß mit List /

     Deß Lehrstandes verfälscher ist.

Der MünchWolff / sampt der Klosterkatzen /

15   Deß Nehrstandts Gütter zu sich kratzen.

---

37 Leyne *lehne.*   46 Geneisst *genießest du.*

2 *Man vergleiche den vollen Titel des Einblattdrucks im Quellenverzeichnis (Nr. 5).*

3 *Allegorisches Bild in Form eines Triptychons mit Sockel. In der Mitte: die Weltkugel, getragen von Bauer, Krieger und Gelehrtem. Ein darauf liegender Mönch tritt dem Bauer auf den Nakken, entwindet dem Krieger das Szepter und verbrennt mit einer Fackel das Buch des Gelehrten. Die drei Standesvertreter stehen auf einem Baum, der aus den Körpern von Adam und Eva wächst. Links: der Papst, begleitet von einem Löwen, mit Schwert und Hellebarden; rechts: ein Jesuit, begleitet von einem Fuchs, im Harnisch, mit Pfauenfedern, Maske und Kanone. Unten: Nonne mit Katze und Mönch mit Wolf führen einen Pflug.*   15 *Im Original:* Mehrstandts.

1609

JONAS VON ELVERFELD

Der 1. Psalm.
Wol dem der nicht wandert im Raht / etc.

Zu singen im Thon: Mag ich Vnglück nicht wiederstahn / etc.

1.

5   Wol dem der Gott fur Augen hat /
   Vnd nicht den Rath
    Der Gottlosen beliebet /
   Der sich nicht auff der Sünder bahn
   Thut finden lahn /
10   Vnd auch niemandt betrübet
   Mit schimpff vnd spot
   Jn seiner nodt /
   Hat Tag vnd Nacht
   Den HErrn in acht /
15   Vnd sein Gesetze vbet.

2.

   Demselben / von schön / ist geleich
   Ein zartes Zweig /
    Welch do hat seine stelle
   Vnd / mit gewin / erhebet bald
20   Seine gestalt
    Bey frischer Wasser quelle /
   Mehrt auch sein Zucht
   Zeitich mit Frucht /
   Bleibt stettes grüen /
25   Fruchtbar vnd schön
    Vnd schaffet nütz die volle.

3.

   Aber der Gottlosen Gesind
   Sampt jhre Kind
    Werden / wie Sprew / verschwinden /

---

1 ff. *Man vergleiche die Nachdichtungen von Cornelius Becker S. 19 f. und von Weckherlin
S. 93 f. – Im Original bildet dieser Psalm* Die 21. Praeseruatiff *und wird mit den Worten ein-
geführt:* Jst eine schöne Confectio Anacardina, vnd lehret alle Menschen / aus Natür-
licher eigenschafft vnd jhr von Gott dem Allmechtigen eingepflantzeder Tugent / das
es den Frommen entlich wol gehen / vnd der Gottlosen Schare / zum verderb werde
geraten. 16 von schön *in Hinsicht auf seine Schönheit.* 24 stettes *stets.*

30   Welch der Windt weht / ohn maß vnd ziel
                Worhin er wil /
                   Lest nichts daruon dahinden /
                Daß jhrer kein /
                Manck der Gemein /
35   Jn Standt vnd Ehr
                Werd Leben mehr /
                   Dar der fromb sich lest finden.

                        4.
                Went der Herr der Gerechten bahn
                Stedts schawet an
40   Mit seinem Angesichte /
                Vnd liebet darzu vberall /
                Mit wolgefall /
                   Jhr Leben vnd Geschichte /
                Der bösen Stand
45   Er macht zu schand /
                Daß er sie gar /
                Mit jhrer schar /
                 Außtilge vnd vernichte.

1610

UNBEKANNTER VERFASSER

Ein schön new Lied.

Jnn seiner eygenen Melodey zu singen.

Es het ein Edelman ein Weyb / ein wunder schöne Frawe / es was
5 ein Junger Graff im Landt / der wolt sie gern beschawen.

Legt sich in weisse Kleider an / sam er ein Bilgram were / Er kam
fürs Schloß vnnd klopffet daran / ob jemandt darinnen were.

---

30 weht *im Original:* webt.   32 dahinden *zurück.*   34 Manck *inmitten.*
38 Went *wenn, während.*
   2 ff. *Ein früherer Druck dieses wahrscheinlich viel älteren Liedes ist nicht bekannt.*
4 was *war.* 6 sam *als ob;* Bilgram *Pilger.*

Die Dirn wol zu der Frauwen sprach / es ist ein Pilgram daraussen /
weder sol man jhn lassen einher gahn / oder soll man jn lassen
10 draussen.

Die Frauw wol zu der Dirne sprach / man solt jhn einher lassen /
man solt jhm essen vnnd trincken geben / man solt jn lassen rasten.

Alßbaldt er in die Stuben einkam / da both man jhme zu trincken /
auß einem Silbern Becherlein / sein äuglein ließ er sincken.

15 Alßbald er gessen vnd truncken het / der Herr hub an zu fragen /
auß welchem Landt er kommen wer / auß Francken oder auß
Schwaben.

Jnn Francken bin ich wol bekandt / inn Schwaben bin ichs erzogen /
vnd was ich darinnen verloren hab / das darff ich wol wider holen.

20 Die Frauw wol zu dem Herren sprach / man sol die Leut nit fragen /
alßbald sie gessen vnnd truncken haben / solt man jn leuchten
schlaffen.

Der Herr der ist ein zorniger Mann / er schlug die Fraw ins maule /
ja wann der Herr was zu reden hat / soll stillschweigen die Frawe.

25 Die Frauw wol zu dem Herren sprach / der streich wirdt euch ge-
reuwen / ja wann das Glöcklein neune schlecht / wol zwischen zwey
vnd dreye.

Vnd da das Glöcklein zwölffe schlug / der Herr gieng zu der Metten /
Da schwang sich das wunder schöne Weib / wol zu dem Pilgram
30 ans Bethe.

Wol anhin gegen dem tage / hört man die Vögelein singen / da
schwang sich das wunder schöne weib / wol mit dem Pilger von
hinnen.

Vnnd da der Herr von Metten heim kam / kamen jm vil newer
35 mähre / wie es sein wunder schöne Frauw wol mit dem Pilger hin
were.

Der Herr wol zu dem Knechte sprach / sattel vnser beyde Geyle /
wir wöllen reiten Berg vnd tieffe Thal / wir wöllens wol ereylen.

Vnd da sie auff die Heyden auß kamen / hörten sies Jägerlein bla-
40 sen / O Jäger liebster Jäger mein / wer wohnt auff disem Schlosse.

Vnd wer auff dissem Schlosse wohnt / das darff ich euch wol sagen /
es ist ein wunder schöne Fraw / wol mit dem Pilger herzogen.

---

8 Dirn *Magd.*   9 weder   *disjunktives Fragewort.*   21 jn *ihnen.*   23 maule
frühneuhochdeutsch auch: Mund.   26 *im Verlauf der Mitternachtsmesse?*

Der Herr wol zu dem Knechte sprach / wol auff wir wöllen von
dannen / wann es mein Fraw kein ehr will haben / so hab sie spott
45 vnnd schande.

Wer ist der vnns diß Liedlein sang / frisch frey hat ers gesungen /
Das hat gethan ein Pilgeram gůt / dem mit der Frauwen ist gelungen.

UNBEKANNTER VERFASSER

Das Bauern Vatter vnser wider die mutwilligen oder vnbillichen Landsknecht.

[Holzschnitt]

5   Wenn der Soldat geht zum Baur ein /
       Grüsst er jhn mit freundlichem schein:
          Vatter
       Denckt jhm darnebn zu jeder frist:
       Baur was du hast / das alles ist
10   *Vnser /*
       Dargegen dencket jhm der Baur /
       Führt dich der Teuffel her / du Laur /
          Der du bist /
       Sey gwies / daß dich Gott straffen wird /
15   Der HERR / der alle ding regiert
          Jm Himmel /
       Jch glaub / daß man selten ein findt /
       Der auß diesem wilden Gesind
          Geheiligt werd /
20   Ach Gott kein Volck lebt auff der Erd /
       Durch welches mehr gelestert werd
          Dein Nam /
       Jhr meistes Wort ist jedes mals:
       Was der Baur hat / dasselbig alls
25   *Zukomme vns /*
       Ja lieber HERR / vnd wenn sie künten /
       Zu plündern sie sich vnterstünden
          Dein Reich /
       Wann du sie thetst alle erschlagn /
30   So würd die gmeine Baurschafft sagn:
          Dein Will gescheh /

---

4 *Der Holzschnitt, aus mehreren Stöcken zusammengesetzt, zeigt Bauern und Soldaten.*
12 Laur   *Bösewicht.*

Wann wir nur loß wern dieser Pein /
So woltn wir armen Bauern seyn
Wie im Himmel /
35 Jch weiß nicht wo diß Gsind hin ghört /
Jm Himmel sind sie gar vnwerth /
Also auch auff Erdn /
Sie nemen vnser Gut vnd Haab /
Vnd schneiden vns für dem Maul ab
40 *Vnser täglich Brodt /*
Daß wir sie all in einer Nacht
Möchten erschlagn mit gantzer Macht /
Gib vns heut /
Wir haben solchs gleichwol verschuldt /
45 Nimb vns HERR wider auff mit Huld /
Vnd vergib vns /
Wann die Leut lang hie bleibn mit List /
Treibns vns gar ins Elend / solchs ist
Vnser Schuld /
50 Sie thun grossen Mutwillen treibn /
Wolln schlaffn bey vnsrn Kind / Gsind vnd Weibn /
Als auch wir /
Wann nur ein Henn die Augen jhr
Sehn / habn sies / müssn alls vmb sonst schier
55 *Vergeben*
Müssn offt jhr Schuld zahln / danckn vns nit /
Da wir vor gnug zu thun hettn mit
Vnsern Schuldigern /
Keiner kan nützn die Rößlein sein /
60 Ohn vnterlaß heists: Baur spann ein /
Vnd führe vns /
Bhausn wirs / thun jhn schon guts durchauß /
Dörffns wol vns selbst in vnserm Hauß
Nicht in
65 Die Stubn lassn / welchs durchs Hertz schmirtzt hin /
Vnd manchn ehrlichn Mann offt bringt in
Versuchung /
Ach all die solchen Mutwilln treibn /
Laß jo HERR nicht lang bey vns bleibn /
70 *Sondern erlöß vns /*
Die frommn Landsknecht all spar gesund /
Vnd hilff jhn vnd vns alle Stund
Von allem übel /   Amen.

55 *im Zusammenhang des Satzes: hingeben.*

ERASMUS WIDMANN

[Melodie]

1. Frisch auff / jhr lieben Solldaten /
Die Schantz vns solle gerathen /
5   Seyt keck vnnd vnverzagt /
Die Feinde wöllen wir zwagen /
vnd auß dem Lande verjagen /
Frisch vnnd behertzt sie schlagt.
Nur her vnd dran /
10   greiffts dapffer an /
halt steiff zusamm /
in Gottes Nam /
So haben wir Victoriam.

2. Jch hoff wir wöllen sie ropffen /
15   Vnd jhren Buckel zerklopffen /
Ja schlagen auß dem Feld /
Wir hoffens alle zu demmen /
das Hertz vnd Muthe zunemen /
Jr Pferd / Stück vnnd Gezellt.
20   Nur her vnd dran / etc.

3. Jhr redlich Spiessegesellen /
Thut euch nach Ordnunge stellen /
Habt auff einander acht /
Jhr habt mit Leuten zu schaffen /
25   drumb thut nichts leichtlich verschlaffen /
Halt munter gute Wacht.
Nur her vnd dran / etc.

4. Frisch her / der Feind ist vorhanden:
Er muß vns weichen mit schanden /
30   Stecht / hawt / schiest dapffer drein /
Triumph wir wöllen erhalten /
laßt nur den lieben Gott walten /
Last vns nur wacker seyn.
Nur her vnd dran / etc.

---

1 ff. *Zur Datierung der beiden Gedichte vgl. die Bemerkung im Quellenverzeichnis (Nr. 9).*
6 zwagen *tüchtig vornehmen.*   11 steiff *fest, unentwegt.*   21 Spiessegesellen
Kampfgefährten, Kameraden.   24 Leuten *Kriegsvolk.*

5. Es steht ewr aller verlangen /
Ein gute Beut zu erlangen /
Fürnemlich Ruhm vnd Preiß /
Drumb seyt keck lieben Solldaten /
Es soll vns glingen vnd g'rathen /
Jeder sich steiff erweiß.
Nur her vnd dran / etc.

6. Laßt euch mit nichten erschrecken /
Thut ewre wehren außstrecken /
Halt zsamm mit Heldenmuth /
So wirdt man loben vnd preisen /
daß jhr euch thetet erweisen /
wie sichs gebüren thut.
Nur her vnd dran / etc.

7. Hitz / Kält / Schne / Regen vnd Winde /
Müssen d' Solldaten empfinden /
Wol in dem Felde frey /
Darnach thun sie nicht viel fragen /
wanns nur was können erjagen /
Sie kämpffen ohne schew.
Nur her vnd dran / etc.

8. Diß Liedlein seye gedichtet /
Auff alle Solldaten gerichtet /
Auff Ritterliches Blut /
Wer sie nicht will lassen bleiben /
der mag sich wol an sie reiben /
wens Bückelein jücken thut.
Nur her vnd dran /
greiffts dapffer an /
halt steiff zusamm /
in Gottes Nam /
So haben wir Victoriam.

Adolescens alloquitur puellam.	Puella respondet.
[Melodie]	*[Melodie]*

1. Maidelein mein Schätzlein /
5 gib mir doch ein Schmätzlein /
Neige dich zu mir /
mein Schatz / mein Hertz /
mein höchste Zier.
Liebe mich inn trewen /
10 laß dich nichts gerewen.
Laß dich nicht verdriessen /
mein Lust zu büssen.

2. Junger Gsell Erachte /
was ich jetzt betrachte /
daß ich mich zu dir
neige / will sich nicht
schicken schier.
Lieb dich zwar inn trewen /
Laß mich nichts gerewen:
werds doch lassen müssen /
dein Lust zu büssen.

3. Maidelein gedencke /
zu mir her dich lencke /
15 Sey doch nicht so wild /
du Adeliches
Venus Bild.
Mach mir in meim Hertzen /
nit so viel der schmertzen.
20 Laß dich nicht verdriessen /
mein Lust zu büssen.

4. Junger Gsell Bedencke /
daß ich mich nicht lencke /
also bald zu dir /
Jungfräwlich Zucht
verbeut es mir.
Möcht zwar deinen schmertzen/
lindern gern von Hertzen:
werds doch lassen müssen /
dein Lust zu büssen.

5. Maidelein mein Schätzlein /
lieblichs Kammerkätzlein /
Holdselig dich stell /
25 sey doch einmal
mein Bethgesell.
Freundlich in der stille /
ist mein Bitt vnd Wille.
Laß dich nicht verdriessen /
30 mein Lust zu büssen.

6. Junger Gsell Zurfüllen /
deinen Wunsch vnd Willen /
sein dein Bethgespan /
fürwar dißmals nicht
gschehen kan.
Hab dich lieb inn Ehren /
möcht dich zwar gewerhen:
werds doch lassen müssen /
dein Lust zu büssen.

7. Maidelein praestiere,
mein Wunsch vnd Begiere /
Wie du längest mir /
versprochen hast /
35 mein schöne Zier.
Weist wol wie ichs meine /
seyn wir doch alleine.
Laß dich nicht verdriessen /
mein Lust zu büssen.

8. Junger Gsell Begere /
was nicht wider Ehre:
warte nur der Zeit /
die noch wol vns
all beyd erfrewt.
Solcher Reden gschweige /
Bin ich schon dein eigen:
werds doch lassen müssen /
dein Lust zu büssen.

---

1 f. *Der Jüngling redet das Mädchen an.*
31 praestiere *gewähre.*

1 f. *Das Mädchen antwortet.*
22 Zurfüllen *zu erfüllen.*

JOHANNES HEERMANN

Ad Charibellam.

> Eripuisti oculos: oculos mihi redde, puella,
> Eripuisti animam: redde puella animam.
> 5 Eripuisti ipsum cor: redde puella cor ipsum.
> Eripuisti ipsum me mihi: redde mihi.
> Ah miser! exoculatus & exanimatus & excors,
> Et sine me querulor. quid? sine me morior.
> Non ah, non morior: moriendi etiam eripis artem.
> 10 Me sine viuo: sed, ah, me sine vita nihil.
> Fata negas, vitamque negas. ô dura puella!
> Viuere nulla datur vis mihi; nulla mori.
> Redde oculos mihi, redde animam mihi, redde cor ipsum:
> Meque mihi ereptum redde puella mihi.
> 15 Omnia redde mihi. hei! reuoco: serua omnia. solam
> Te mihi redde: in te reddita cuncta mihi.
> In te oculati oculi, atque animata anima atque cor ipsum
> Cordatum: ipse etiam mecum ero, eroque meus.

---

2 ff. *Das Gedicht ist möglicherweise schon früher gedruckt. – An Charibella. Du hast die Augen geraubt: gib mir die Augen zurück, Mädchen. Du hast die Seele geraubt: gib, Mädchen, die Seele zurück. Du hast das Herz selbst geraubt: gib, Mädchen, das Herz selbst zurück. Du hast mich selbst mir geraubt: gib mich mir zurück. Ach ich Armer! Beraubt der Augen und der Seele und des Herzens, ohne mich klage ich. Was? Ohne mich sterbe ich. Nein, ach, ich sterbe nicht: du raubst mir auch die Kunst zu sterben. Ohne mich lebe ich, doch ach: ohne mich ist das Leben nichts. Den Tod verweigerst du, und das Leben verweigerst du. O grausames Mädchen! Ich habe keine Kraft zum Leben, keine zum Sterben. Gib mir die Augen zurück, gib mir die Seele zurück, gib mir das Herz selbst zurück; mich auch, der mir geraubt ist, gib, Mädchen, mir zurück. Gib mir alles zurück. Ach! ich widerrufe: behalte alles. Nur dich gib mir zurück; in dir wird mir alles zurückgegeben. In dir werden die Augen erst zu Augen und die Seele beseelt und das Herz selber beherzt. Auch ich selbst werde wieder bei mir und mein eigen sein.* 13 animam *im Original:* animũ.

1613

TOBIAS HÜBNER*

Aus: MARTIS Vnd VENERIS Auffzug.

HERCVLES ZU IASON.

Die einig Lieb in mir mein Stärck groß hat vrsachet.
5   Jm Martis train Jch mich drumb hab vorher gemachet.
Zu meiner letzten that ich drumb herein hie tret.
Denn nun ists mit mir auß / vnd nahet mein Valet.

Iason, durch seinen Sieg / über mich excelliret.
Sein grosse Lieb er auch muhtiger temperiret.
10   O Iason, Dir gebührt mein Keul vnd Löwenhaut /
Weil du durch Stärck vnd Lieb heimführst die schönste Braut.

Martis Cavalieri An das Hochlöblichste Frawenzimmer.

Jhr Frawen zart vnd schön / der äuglein helles Blitzen
Thut durch ein glüend fewr zu Stärck vnd Lieb erhitzen
15   Die Paßionen groß / die ohn Mackel vnd Fehl
Sieden ohn vnterlaß in vnserm Hertz vnd Seel.

Wann jhr ewern favor vns schencket vnd thut geben /
So wollen / Euch zu Ehr / wir vnser Arm aufheben.
Nembt an den Preiß / der Euch herrührt durch vnsre Straich /
20   Gleich wie Wir nemen an / die Brunst so kombt von Euch.

Martis Cartel, An Iason.

Der Lorbeerkrantz ist welck / die Waffen profaniret /
Der Krieg vmb sonst / den man nicht wegen Liebe führet.
Es ist ein rasend Werck / wenn man das Schwert außzeicht /
25   Wann seiner Damen Huld dadurch man nicht erreicht.

---

1 *Die Zuschreibung folgt Höpfner (1866) und Witkowski (1887).*

2 ff. *Dieser Auffzug fand neben anderen Festlichkeiten statt aus Anlaß der Hochzeit Friedrichs V. von der Pfalz (des späteren „Winterkönigs") mit Elisabeth, der Tochter Jacobs I. von England. Friedrich wird als* Jason *vorgestellt. – Ausgelassen sind zwei Lieder der neun Musen (nach Zeile 58) und am Schluß die Rede der* Venus, An das sämptliche Hochlöbliche Frawenzimmer *sowie ein Wechsellied zwischen den Grazien und Amor.*   2 MARTIS Vnd VENERIS *des Mars und der Venus.*   5 train *(frz.) Zug.*   9 temperiret *gehörig herrichtet.*   17 favor *Gunst.*   21 Cartel *Fehdebrief, Herausforderung, Verlautbarung.*

Wem ist diß mehr bekandt / wer kan darvon mehr sagen /
Als Jch / der grosse Mars? Wenn man nur wil nachfragen /
Wird man erfahren gleich / daß Venus einig Lieb
Jm Krieg stets ist gewest mein Zündstrick vnd Antrieb.

30 Mein Edle Creatur / o Iason, zu deß Frewden
Jch diesen gantzen train mir zu folgen bescheiden /
Du gibst jetzt neben mir durch dein Beyspiel an tag /
Was an eim Heldenmuth die süsse Lieb vermag.

Was du gewonnen hast vnd mit dir weggenommen /
35 Das hat die Lieb gethan. Wenig hett dir kont frommen
Sonst Palladis Verstand / vnd Iunonis Reichthumb. [Rhum.
Ohn mein Schwerdt / Venus Lieb / hetst weggebracht klein

Jst jemand auf dem Plan / der da wil dubitiren /
Daß Lieb den Krieg forttreib: So thu ich praesentiren
40 Hier meiner Ritter drey / Die sollen jederman
Beweisen durch jhr Lantz / was trewe Liebe kan.

Durch mein Gunst vnd favor seind sie geübt in Waffen.
Mit jhnen / wer nicht liebt / wird finden viel zu schaffen.
Jhr Hertz ist lauter Fewr. Durch Lieb jhr grosse Stärck
45 Duplirt / hat außgericht die gröste Wunderwerck.

Gewarnt sey jederman: Wer wider sie wil rennen /
Vnd / *Das von Lieb herkom der Muth* / nicht wil bekennen /
Der Resolvir sich nur / wenn er nicht gar bleibt todt /
Daß Er doch wird gewiß durch jhre Händ zu spott.

50 Penelope, Zu der Durchleuchtigsten Churfürstin.

Kein Fraw / biß auf die stund / hat das Lob kont erreichen /
Daß sie in Schön vnd Trew sich mir hat kont vergleichen.
Durch meine Schön vnd Trew hab ich verdient allein /
Daß ich Venus anher führe mit jhrem train.

55 O Edle Princessin / weil du mir thust vorgehen /
So wol in Trew als Schön / wie männiglich kan sehen:
So zieh ich billich ab / vnd thue kundt zum Valet,
Das Trew vnd Schönheit Lob / allein bey Dir besteht.

---

36 Palladis *der Pallas (Athene);* Iunonis *der Juno.*   45 Duplirt *verdoppelt.*
48 Resolvir sich *erkenne.*   56 männiglich *jedermann.*

60
Veneris Cavalieri,
An das Hochlöblichste Englische Frawenzimmer.

Armirt mit Lieb vnd Trew / auf Veneris befehlen /
Wir Drey vns auf dem Plan zu publicirn einstellen:
Daß Ewer Schön vnd Trew / o Frawn auß Engelland /
Vber all in der Welt behalt die Oberhand.

65
Jn dieser guten sach wir nichts desideriren /
Als daß Ewr Gunst dazu Jhr vns gebt in gebühren.
Mit solcher Hülf an vns nichts gewint die gantze Welt /
Schön vnd Trew Lob bleibt Euch / Vns der Sieg vnd das Feld.

Venus,
70
Zu der Durchleuchtigsten Churfürstin.

Da vor den andern all / Jch / als die schönste Dahm /
Das gülden äpffelein vom Paride bekam /
Pallas, erbittert sehr / hub an mit diesen Worten:
Venus, Du darfst drumb nicht aufblasen dich so sehr:
75
Ein schöne Princessin / geborn an ferren orten /
Wird kommen einst / die mehr / als Du / verdient solch Ehr.

O Fürstin Tugendreich / die zeit ist vor der Thür /
Die die weiße Pallas hat propheceyet mir /
Daß deine Schön die mein vnd all solt überwinden.
80
Was ich nie hett geglaubt / daß sih ich jetzt / vnd denck /
Das über mein gestalt ein schöner sich solt finden.
Den gülden Apffel drumb ich dir cedir vnd schenck.

---

61 Armirt *bewaffnet.*   65 desideriren *begehren.*   72 Paride *Paris (Ablativ).*
75 ferren *fernen.*   82 cedir *abtrete, überlasse.*

1615

JACOB VON BRUCK

Ex voto fatum.

Ecce famem prędâ dum vult compescere vultur,
  Transfixus calamo praeda fit ipse levi!
5   Innocuo cùm se gaudet satiare Tyrannus
  Sangvine, sangvineâ concidit ante manu.

---

2 *Im Original erscheint die Inscriptio des Emblems nur im Rahmen des Kupferbilds. Sie be-
deutet etwa: Aus der Erfüllung des Wunsches entsteht das Verderben.*   3 ff. Der Geyer mit
dem Hasen klein / | Will gantz stillen den Hunger sein: | Muß aber wie du sihst / sein
Lebn / | Elendiglich darüber gebn. | Also ein Tyrann eh stirbt hin / | Dann er mit Blutt
sättigt sein Sinn. *(Zeitgenössische Übersetzung, dem lat. Original beigeheftet.)*

GEORG RODOLF WECKHERLIN

An den Regierenden Hertzogen
zu Wirtemberg / etc.
H. Johan-Friderichen / etc.

Die 1. Strophe.
 Gleich wie ein Patron / welcher lang
Sein schif nach nohturft wol versehen /
Pfleget in des hafens außgang /
Erwartend guten wind zustehen /
Damit Er mit behertzter hand
Möge seine segel aufziehen /
Vnd der armut bälder entfliehen
Durch des winds glücklichem beistand:
Also will Jch mich nicht bewögen /
O mein Printz / meine zuversicht /
Biß jhr meiner Musen vermögen
Mit verhilflichem angesicht
Werdet eine seglung auflögen.

Antistrophe.
 Alsdan / wan ewer gnadenblick
Würdiget Jhre fahrt zurichten /
Soll weder sturmwind / noch vnglück
Durch die flut Jhre raiß vernichten:
Die zwilling-klippen / vnd das sand /
Vnd die Charybdische gefahren
Könden jhr zu euch durch zufahren
Erzaigen keinen widerstand:
 Sondern sie soll khün Euch zu ehren
Durch Ewerer Tugenden möhr
Mich forchtloß die segel zu kehren /
Ja durch der grösten feinden hör
Sicherlich zu passieren lehren.

---

 2 ff. *In der Ausgabe von 1648 wird das Gedicht auf 1614 datiert. – Nach Ronsard:* Les
Odes *3, 1 (Au Roy Henry II).* 6 Patron *Schiffsherr.*

Epod.

Also kan der Fürsten gunst /
35 Wan sie die Phaebische saitten
Vergüldet / mit süsser kunst
Jhr ewiges lob außspraitten:
Vnd der Donderende Got /
Zu widerstehen dem Tod /
40 Gab das gold den Potentaten /
Damit sie den Göttern gleich
Durch seiner Töchtern wolthaten
Nicht kämen in Plutons reich
Wie sonst gemeine soldaten.

45 Die 2. Strophe.

Die mächtige streitten vmbsunst /
Vmbsunst die helden triumfieren /
Wan jhre namen als ein dunst
Jn kurtzen jahren sich verlieren.
50 Es ist nicht gnug seine khünheit
Seiner flüchtigen feinden rucken
Mit scharpfen eysen aufzutrucken
Zu seines lobs vnsterblichkeit:
Noch der tugent gäntzlich ergeben
55 (Wie O grosser Printz ewer pracht)
Der Vergessung zu widerstreben;
Sondern es ist der Musen macht
Euch vnzugänglich zubeleben.

Antistrophe.

60 Auch kan das thewreste metall /
Vnd der marberstein außgehawen /
Ohn den dreymahl gedreyten schall
Nicht sehr lang seine stiffter schawen.
Die reich Pergamische palläst /
65 Vnd die mauren so vil vermehret /
Seind nu so gar zu nichts verkehret /
Das niemand waist wa sie gewest:
Jhre Ritter weren betrogen
Vmb jhre bekante manheit /

---

33 Epod. *Epodos, Nachgesang.* 35 Phaebische *Phoebische, von Phoebus (Apollo).*
37 außspraitten *ausspreiten, ausbreiten.* 38 *der donnernde Gott (Jupiter).* 42 sei-
ner Töchtern *der Musen.* 58 vnzugänglich *unzergänglich, unvergänglich.* 62 *An-
spielung auf die Neunzahl der Musen.* 65 vermehret *gepriesen.* 67 waist *weiß.*

70 Wa der Poet mit süssem bogen
Durch übermenschliche arbeit
Sie nicht der Parcken hand entzogen.

Epod.

Das derhalb kein vndergang
75 Ewer lob vnd ehr bedecken /
Sondern mit wachsendem schwang
Sie sich stehts mögen außströcken /
    Jst nicht des Golds schwacher schein /
Vnd der zeit-förchtende stein
80 Jn der wolcken weg zusetzen;
Sondern ewer aug vnd hand
Soll die Poeten ergötzen /
Das sie ewer macht vnd stand
Auf die Vnsterblichkeit etzen.

85 Die 3. Strophe.

    Jch nu das schlecht / das ich vermag /
Erwöhlend euch ob andern allen /
Mein herr / mein hail / Euch jetz antrag
Vnd hof / es soll Euch nicht mißfallen.
90   Vil wolten mit gleichem gesang
Jhr entlehnete kunst erzaigen /
Aber jhr stoltz vnd lieder naigen /
Ja sterben in jhrem aufgang;
Jhre dick frembde wort ersticken
95 Alsbald sie der erfahrnen prob
(So sie neyder hassen) erblicken /
Vnd jhr finger ist vil zu grob
Die Dorische harpf recht zu zwicken.

Antistrophe.

100 Wie aber solche reymerey
Vnd solche Lästerer nicht wehren /
Also die hohe Poesey
Kan stehts grün nimmermehr verjähren.
O das mich Ewer gnadenglantz
105 Wolte fruchtbarlich überscheinen /
Vnd mich zuflechten wehrt vermeinen
Ewerer haaren Lorbörcrantz!

---

72 Parcken *Parzen.*   94 dick *dicht, häufig.*   98 Dorische *griechische.*
101 wehren *währen, dauern.*

So wolt Jch muhtig zu ergründen
Der Musen weißheit / Euch zu preiß
110 Lauffend jhren berg überwünden /
Vnd mit vnnachthunlichem fleiß
Meiner nachvolger aug verblinden.

Epod.

So wöllet nu gnädiglich
115 Mich von forcht vnd sorgen freihen /
Vnd dan auch freygebiglich
Ehr vnd güter mir verleyhen /
Dan die tugent vnd das gut
Zusamen grössen den muht:
120   Alsdan dämpfend mein begehren
Mit reich vnd fürstlicher hand /
Soll ewer nam vnd ruhm wehren
Als lang man in dem Teutschland
Wirt das Volck teutsch reden hören.

Seiner Liebsten lob.

Vil schöner dan der Sonnen-glantz /
Vil süsser dan ein blumen-crantz
Jst meine Myrta anzuschawen;
5   Sie ist ein tag aller klarheit /
Sie ist der ruhm aller schönheit /
Vnder den lieblichsten Jungfrawen.

Jhre augen seind Amors brand /
Jhre sitten seind voll wolstand /
10 So ist jhr leben nichts dan Tugent /
   Vnd wie an jhrem leib kein fehl /
So ist voll ehren jhre sehl /
Vnd Sie ist ein wunder der Jugent.

Also dise Sonn / dise blum /
15 Diser tag / diser schönheit ruhm /
Dise augen / dise geberden /
   Dise Tugent vnd dise Ehr
Machen das ich Sie lieb so sehr /
Das jhr lieb mein leben auff Erden.

---

110 *den Helikon.*   111 *unübertrefflichem.*   115 freihen *befreien.*
9 wolstand   *Anstand.*

1619

GEORG RODOLF WECKHERLIN

Lobgesang / an
Die Durchleuchtigste Churfürstin / etc.
Fraw Elisabeth / etc. Geborne Königliche Princessin
5   auß Groß-Britanien / etc.

Princessin deren Leib vnd Sehl /
Himelisch vnd ohn allen fehl /
Ein süsses wunder hie auf erden:
        Angesehen Ewre gestalt /
10   Vnd Ewrer lieblichkeit gewalt /
Könt Jhr wol Venus genant werden.

Jhr habt / wie sie / braunlechte haar /
Augen leuchtend braunlecht vnd klar /
Vnd alles was schön zuvermehren:
15   Jhr könt mit dem reinesten strick
Ewers haars / vnd einem anblick
Mehr dan sie fangen vnd versehren.

Wirt aber Ewer glatte stirn /
Vnd der / auß dessen weisem hirn
20   Jhr götlich entsprungen / betrachtet:
        So werdet Jhr mit grösserm preiß
Von denen die gelehrt vnd weiß
Minerua selbs zusein geachtet.

Ewer süß-khünes angesicht
25   Gibt einen ernstlichen bericht
Von Ewrer lieb keuschen gedancken:
        Gotsforcht / die Ewer schilt vnd wöhr /
Vnd Frombkeit / Ewer scharpfes spöhr
Dämpfen böse lüst in den schrancken.

30   Ferrners / Schöne Heldin / wan Jhr
Räh / Hirsch / vnd andre wilde thier
Zu-fällen / wolt die wäld durchziehen:

---

3 Churfürstin *der Pfalz.*   9 Angesehen *in Hinsicht auf.*   12 braunlechte
bräunliche.   14 *als schön zu preisen.*   19 der *Jupiter bzw. Jacob I.*

So sicht man daß die Nymfen Euch
Wie Phaebe folgen / vnd zugleich
35 Die üppige Wald-göter fliehen.

Zwar könt Jhr wol Diana sein /
Als deren stehtiger Vollschein
Kan die nacht in den tag verkehren:
Vnd deren Zucht jhr Köcher ist /
40 Vnd deren blick zu jeder frist
Als strahlen die Göter versehren.

Wan dan Ewer löblicher pracht /
Herrlichkeit / Mayestet / vnd macht
Der sterblichen gesicht durchdringen:
45 Will sie alsbald jhre vernunft /
Das Juno durch jhre ankunft
Sie erquick / zu bekennen zwingen.

Zwar billich / dan Ewre person
(Vil würdiger der höchsten Cron
50 Dan Juno) kan sich wol bereichen
Mit solchem schmuck nach jhrem stand /
Das jhr an köstlichem gewand
Vnd kleinoten Juno muß weichen.

Also / Götin / könt jhr allein
55 Mit keuschem vnbeflöcktem schein
Mehr dan Phaebe; mit Kunst vnd Lehren
Mehr dan Pallas; mit Lieblichkeit
Mehr dan Cypris; mit Köstlichkeit
Mehr dan Juno die welt gewehren.

Erklärung.

Jhr herren (damit ich ja Euch
Nenn eben gleich /
Wie Jhr Euch selbs günstig intituliret)
5 Jhr deren grob verdörbtes blut
Sich gleichsam ab des fiebers wuht /
Ab meiner schrift erhitzet vnd gefrüeret.

Jhr mischet Teutsch / Welsch vnd Latein
(Doch keines rein)
10 Ewern verstand nicht zulang zu verhälen:

---

34 Phaebe *Phoebe, Diana.*   35 Wald-göter *Satyrn.*   58 Cypris *Venus.*
1 *Späterer Titel:* Erklärung an etliche Cantzley-Herren / etc. 1615.

Vnd sagt mit zu witziger schmach /
Das ich verdörb die Teutsche sprach /
Weil ich nicht mag frembde wort (wie Jhr) quählen.

Zwar wan man ja Welsch reden soll /
15   So müst Jhr wol /
Das ich es red besser dan Jhr gestehen:
Kan also auch ein blinder tropf
Weniger witz in ewerm kopf /
Dan neid vnd haß in ewerm hertzen sehen.

20   Wan dan ewers verstands gefahr
So offenbahr /
Warumb solt ich schriftlich ewer gedencken?
Wär ich nicht selbs kräncker dan Jhr /
Vnd auch ein vernunft-loses thier /
25 Wan ich Euch wolt mit schriften mehr bekräncken.

Ewer argwohn ist gar vmb sunst /
Vnd nur ein dunst
Der Euch das hirn (so vorhin schwach) verlötzet:
Jch wär wie Jhr / wan ich die hand /
30   Für oder wider ewre schand
Zuschreiben / nur auf das papier gesetzet.

Dan würden alle Weise nicht
Dessen gedicht
Welcher Euch wolt loben verlachen?
35   Hingegen Euch schelten wer kaum
Besser gethan / dan einen baum /
So dirr vnd faul / noch fruchtbar wollen machen.

Wan ich die zeit schadloß vertreib /
Vnd frölich schreib /
40 So schreib ich doch weder für noch von allen:
Vnd meine Vers kunstreich vnd wehrt
Sollen nur denen die gelehrt /
Vnd (wie Sie thun) weisen Fürsten gefallen.

Vil zu köstlich / zu rein / vnd frisch
45   Für ewern tisch
Vnd magen seind die trachten meiner schriften:

---

11 schmach *Schmähung.*   20 gefahr *Arglist.*   28 vorhin *ohnehin, früher schon.*
verlötzet *schädigt.*   35 wer *wäre.*   46 trachten *Speisen, Gerichte.*

Den bauren taugt ein hafenkäß /
Die pomerantzen seind zu räß /
Damit Sie sich wol förchten zu vergiften.

50 Jch will nicht die torrechte müh /
So ich alhie /
Jemahls von Euch zu schreiben ferners haben:
Darumb so gebt Euch nu zu ruh /
Jch sag Euch bey den Musen zu /
55 Von Euch schreib ich weitters keinen buchstaben.

Auch gebührt es mir freylich nicht /
Durch ein gedicht
Ewer lob / ehr / preiß vnd namen zusingen:
Sondern dem / der in hungers noht
60 Mit starcker stim ein stücklin broht
Vor ewerm hauß verhoft davon zubringen.

JOHANN VALENTIN ANDREAE

Melancholi Recept.
H. D. Tobiae Eisingrein etc.

Jm Thon / Mit Seufftzen vnd mit Klagen etc.

5 1. Trüb Wolcken mich vmbgeben.
Auffmundre dich. Ach wie kan ich?
Sich vbersich.
O weh mein Elendes Leben.
Was truckt dich immermehr?
10 Mein Hertz ist mir so schwer.
Biß Keck. O Schreck!
Thue dich doch nit ergeben.

2. Vnruh mein Hertz erfüllet.
Gestille dich. Ach wie kan ich?
15 Sich vndersich.
Ach wie manch Welle herquillet.
Wie bald machstu dich Toll?
Mein Kopff ist mir so voll.

---

47 hafenkäß *Topfkäse.* 48 räß *räsch, scharf, herb.* 51 *Aus dem Hauptsatz zu*
ergänzen: habe.
3 H. D. *Herrn Doktor?* 7 *Sieh über dich.* 11 Biß *sei (Imperativ).*

Leehrs auß. O grauß!
Gedult allein dich stillet.

3. Böß einfäll mich stets plagen.
   Entschütte dich. Ach wie kan ich?
   Sich hindersich.
Jch möcht balt vollends verzagen.
Das wer doch vbel ghaust.
Mein Hirn stets saust vnd praust.
   Mach Lufft. O Klufft!
Gotts Wort mag als verjagen.

4. Jammer will mich nit lassen.
   Erquicke dich. Ach wie kan ich?
   Sich nur fürsich.
Jch muß mich selber hassen.
Wie Plagstu dich so gern.
All frewd von mir ist fern.
   Erschall. O Gall!
Durch Christum kanst dich fassen.

5. Angst folgt nach meinen Sünden.
   Glaub festiglich. Ach wie kan ich?
   Sich neben dich.
Die Straff thu ich empfinden.
Was nutzt dich Christi Todt?
Jch Gilff in meiner Not.
   Steh fast. O Last!
Gott würd dich schon entbinden.

6. Schrecken des todts mir trawen.
   Vergleiche dich. Ach wie kan ich?
   Sich gar in dich.
Mein Feind all in mich Hawen.
Faß du ein dapffern Mut.
Mein Fleisch stet zittern thut.
   Halt Wacht. O Nacht!
Gotts Angesicht wirstu schawen.

---

28 als *alles.* 42 Gilff *wimmere, schreie.* 43 fast *fest, stark.* 45 trawen *dräuen, drohen.* 46 Vergleiche dich *bring dich ins Gleiche?*

1621

Johann Hermann Schein

[Melodie]

Amor das blinde Göttelein
Hat mich ja wol vexiret!
5 Vnlengst in einem Gärtelein
Saß es vnd lamentiret,
Kund sich so kläglich stellen /
Als hets sein zartes Füsselein
Getretten in ein Dörnelein /
10 Daß es davon thet schwellen.

Was gschicht? Jch armer Coridon,
Laß mirs zu Hertzen gehen /
Verhoff des kriegen guten Lohn /
Wil nach seim Füßlein sehen /
15 Als ichs auffhub gar sachte /
Da schnellt das kleine Schälckelein
Ein Pfeil von seinem Bögelein
Tieff in mein Hertz vnd lachte.

Ach weh / sprach ich / ist das der Lohn /
20 Für mein bärmlich Mitleiden?
Ach ach mir armen Coridon!
Nun kenn ich erst die Kreiden /
Daß es Betrug gewesen /
Drumb Filli zart / der Wälder zier /
25 Du kanst noch einig helffen mir /
Sonst werd ich nicht genesen.

[1627]

---

20 bärmlich *erbarmendes.*   22 Kreiden *Losung.*

UNBEKANNTER VERFASSER

Deß Pfaltzgrafen Vrlaub.

[Holzschnitt]

1.

Jch sing ein Lied ich waiß nit wie /
Von meinem Fritzen der ist nit hie /
Er ist auff frembder strassen /
Er schlaff oder wach er gehe oder stehe /
So gschicht jhm jetzt weh /
Sein frefel ist auß der massen /
Mags lassen.

2.

Er namb sein Gmahel bey der Hand /
Er führts mit sich ins Stockfischlandt /
Deß Niderlandts ein ende /
Jetzt ist er schabaw
Man schlueg jhn schier plaw /
Die Farb war mancherleichen
Von streichen.

3.

Vnd ob es jhm schon vbel gieng /
Weil er der straich sehr vil empfieng /
Doch blib er hoch im Hertzen /
Mit jhme thet manchen Englischen sprung
Sein Königin jung
Der Fraw vergieng das schertzen
Vor Schmertzen.

4.

O Fritz laß von dem hochmuet dein
Jch trag bey dir ein Kindelein
So lang hab ichs getragen /
Sechs Wochen wol vber das halbe Jahr
Jn grosser gefahr

---

2 *Kurfürst Friedrich V. von der Pfalz, 1619 zum König von Böhmen gewählt, verlor Königs-krone und Kurwürde nach der Schlacht am Weißen Berg, 1620, und floh mit seiner Frau, der Tochter Jacobs I. von England, nach Holland;* Vrlaub *Abschied.* 3 *Der Holzschnitt zeigt Friedrich mit Frau und Kindern auf der Wanderschaft.* 9 frefel *Übermut.* 12 *Im Original:* Sockfischlandt. 14 schabaw *schabab, eigentlich: Kehricht, Abfall, dann auch adverbial: hin, erledigt.* 26 bey *von.*

30   Wem soll ich jetzund klagen
                    Die plagen.

                        5.

          Tregstu bey mir ein Kindelein /
          So laß vnß bitten den Schwehern mein /
              Wir wölln vns vor jhm biegen /
35   So wirdt er vns geben gnueg Wein vnd guet Brot
                    Vnd helffen auß noth /
          Jch schaw dir vmb ein Wiegen
                    Muest kriegen.

                        6.

          Wol vmb ein Wiegen vnd Windelein /
40   Darein bind du dein Kindelein /
              Mein Kind ist schon gebunden /
                  So trag du dein Wiegen auff deinem Khopf
                    Dem Schwehern zu Hof /
          Klag jhm wie ich empfunden
45   Vil Wunden.

                        7.

          Sie nimbt jhr Kindlein an den arm
          Sie tregts dahin daß Gott erbarm
              Sie tregts in Engellande
                  O Vatter Herrliebster Herr Vatter mein /
50   Der Tochterman dein
          Schickt dir fürs Hosenbande
                    Diß Pfande.

                        8.

          Der Pfaltzgraf schauet jhr kläglich nach /
          Als sie die letsten Wort zu jhm sprach /
55   Jhr Aeuglein gaben Wasser /
                  O Friderich werst ein Pfaltzgraf gebliben
                    Nit hochmuet getriben
          So wärst jetzt nit verlassen
                    Dermassen.

                        9.

60   Vnd als die Fraw in Engelland kam
          Mit jhrem jungen Landsknecht Khram
              Sehr vbel wardts empfangen

---

33 Schwehern   *Schwiegervater.*   51 *für den Hosenbandorden.*

Der Vatter war zornig ließ sie nit ins Hauß
Müest wider hinauß
65 Den weeg dens mit verlangen
War gangen.

10.

Da gieng dem Fritzen zu ein grauß /
Vil Kinder vnd kein Brot im Hauß /
Wie soll er sich jetzt nören.
70 Vor hettest O Fridrich vil guet vnd vil ehr
Jetzt kanst du dich mehr
Deß Hungers kaum erwöhren
Muest zöhren.

11.

Ein Kron woltst haben auff deinem Haupt /
75 Jetzt bist deins aigen Lands beraubt
Ein anderer thuets besitzen
Dein Chur hast verloren kombst wol nimmermehr
Zur vorigen Ehr
Die angst die macht offt schwitzen
80 Den Fritzen.

12.

O Fritz es geht der Winter herein
Möchst nit gern wider ein König seyn
Gleich als wie vor eim Jahre?
Jch raht dirs wol nit es ist mit dir auß
85 Bleib daussen bleib dauß
Es ist darbey groß gfahre
Das spare.

13.

Die Faßnacht warstu König der Schellen
Jm Sommer thetst ein Laubkönig dich stellen
90 Von wegen deiner Kinder /
Ein Aichelkönig warstu in dem Herbst
Drinn alles verderbst
Hertzkönig war im Winter
Dein hinter.

---

73 **zöhren** *beköstigt werden (auf fremde Kosten).* 85 daussen, dauß *draußen.*
88–94 *deutsche Kartenspielfiguren.*

14.

95 Dann als du gsehen daß Bayrische Schwert
Hastu dem Feindt den Ruggen gekehrt
Dein Hertz fiel in die Hosen
Auch fiele von dir vil anderer raub
Schell Aichel vnd Laub
100 Bringt dir der Winter Rosen?
Magst losen.

1624

JOHANN HERMANN SCHEIN

[Melodie]

Als Filli schön vnd from
Einsmals am Elbestrom /
5 Bey klar vnd heissen Sonnenschein /
Trenckt jhre durstge Schäffelein /
Da kam Amor das Göttlein blind
Gesegelt her mit guten Wind /
Fortun' es comitiret:
10 Jhr Hertzlein inflammiret:
Jetzt liechterloh für Liebe brandt /
Der Liebe vor war vnbekandt.

---

95 *Maximilian von Bayern war Führer der Liga, deren Heere unter Tilly die Schlacht am Weißen Berge gewannen.*
9 Fortun' *Fortuna, Göttin des Glücks;* comitiret *begleitet.*

PETER ROLLOS

Ein Pomperantzen soll fein sein /
   Nicht gar zu groß / nicht gar zu klein.
Nicht gar zu heis / nicht gar zu kalt /
   Nicht gar zu iung / nicht gar zu alt.
Nicht gar zu eng / nicht gar zu weit /
   Jung von iahren / kraus von haren.
Nicht zu drucken / auch nicht zu naß /
   O wie ein Pomperantz ist das.

JULIUS WILHELM ZINKGREF

Epigramma.

Hactenus incultam pubes Germanica credens
   Linguam hanc, externos est venerata sonos,
Quisquiliasque suo peregrinas praetulit auro;
   Ergò peregrinus credidit omnis idem.

EIN POMPERANTZEN SOLL FEIN SEIN. 1 *Ob der Kupferstecher* PETER ROLLOS *auch der Verfasser der Verse ist, ist zweifelhaft.*

EPIGRAMMA. 3 ff. *Bisher glaubten die Deutschen, diese ihre Sprache sei noch unausgebildet, sie verehrten ausländische Klänge und zogen fremden Tand dem eigenen Golde vor. Also glaubte auch jeder Fremde dasselbe. Einzig aber Opitz nimmt sich des Vaterlandes an, indem er die Sprache ehrt, Opitz, der erste Ruhm unserer lyrischen Dichtung. Nichts habe ich mit euch gemein, die ihr mit unreinem Mund die Hefe und den Bodensatz des römischen Weins aufleckt. Weicht, ich will es euch sagen, ihr Römer, weicht, ihr Griechen – der Deutsche ist da, der euch aus dem Feld schlagen wird.*

Vnicus ast patriam sermonis honore tuetur
Opitius, nostrae gloria prima lyrae.
Nil mihi vobiscum, impuro qui lingitis ore
10   Romani faces relliquiasque meri.
Cedite, dicam ipsis, Romani, cedite Graij,
Germanus qui vos exsuperabit adest.

MARTIN OPITZ VON BOBERFELD

Vber des Hochgelehrten vnd weitberümbten Danielis Heinsij Niderländische Poemata.

Jhr Nymphen auff der Maaß / jhr Meer einwohnerinnen
5   Hebt ewre Häupter auff / erhöhet ewre Sinnen /
    Frew dich / du schöner Rein / vnd du gelehrte Statt /
    Die Hungersnoth vnd Krieg zugleich getragen hat:
Der gantze Helicon ist bey dir eingezogen /
Nach dem der hohe Geist von Gent hieher geflogen /
10   Die Tauben / so zuvor dir Zeitung zugebracht /
    Hat Venus jetzt auch hier zu Burgerin gemacht /
Der Edle von der Does hat erstlich sie gelocket /
Sein' Jda gleichfals offt an jhren Mund getrucket /
    Sein' Jda die den Mars so jnniglich verwundt /
15   Daß er Schwerdt / Schildt vnd Spieß nicht lenger halten
Die Thränen so vor Lieb auß seinen Augen flossen / [kundt.
Sind der Maranen Heer ins Läger auch geschossen /
    Da ward es gar zu naß. Sie liessen Leiden stehn /
    Vnd fürchteten / die Flut möcht an die Kröser gehn.
20   So bald der Spanier nun vrlaub hat genommen
Deß Wassers vngewohnt: Jst Pallas zu euch kommen /
    Vnd Phoebus hat mit jhm die Musen hergebracht /
    Die dann auß Niderland Athen vnd Rom gemacht /
Es war noch nicht genug / der Held von Brennus Stamme /
25   Der grosse Scaliger / steckt auff sein helle Flamme /

VBER DES HOCHGELEHRTEN . . . 3 Daniel Heinsius, *1580–1655; seine Nederduytschen Poemata erschienen zuerst 1616.* 6 Statt *Leiden.* 7 *1573/74 unter spanischer Belagerung.* 9 *Heinsius stammte aus Gent.* 10 Zeitung *Nachricht.* 12 *Janus Dousa (van der Does), 1545–1604, neulateinischer Dichter.* 17 Maranen *Spanier (Schimpfname).* 19 Kröser *Eingeweide.* 24 Brennus *gallischer Heerführer (4. Jhdt. v. C.).* 25 *Joseph Justus* Scaliger, *aus Frankreich gebürtig, seit 1593 in Leiden, Philologe.*

Die Franckreich war entführt: Ein Mann / ein einig Mann
Der Adler in der Lufft / redt alle Völcker an /
Biß jhr auch Heinsius / jhr Phoenix vnsrer Zeiten /
Jhr Sohn der Ewigkeit / beguntet außzubreiten
30 Die Flügel der Vernunfft. Das kleine Vatterland
Trotzt jetzt die grosse Welt mit ewerem Verstandt.
Was Aristoteles / was Socrates gelehret /
Was Orpheûs sang / was Rom von Mantua gehöret /
Was Tullius gesagt / was jergendt jemand kan /
35 Das sicht man jetzt von euch / von euch / jhr Gentscher Schwan.
Die Teutsche Poesy war gantz vnd gar verlohren /
Wir wusten selber kaum von wannen wir geboren /
Die Sprache / vor der vor viel Feind erschrocken sindt /
Vergassen wir mit fleiß vnd schlugen sie in Windt.
40 Biß ewer fewrig Hertz ist endtlich außgerissen /
Vnd hat vns klar gemacht / wie schändtlich wir verliessen
Was allen doch gebürt: Wir redten gut Latein /
Vnd wolte keiner nicht für Teutsch gescholten sein.
Der war' weit vber Meer in Griechenland geflogen /
45 Der hatt Jtalien / der Franckreich durchgezogen /
Der prallte Spanisch her. Jhr habt sie recht verlacht /
Vnd vnsre Muttersprach in jhren werth gebracht.
Hierumb wirdt ewer Lob ohn alles ende blühen /
Das ewige Geschrey von euch wirdt ferne ziehen /
50 Von dar die schöne Sonn auß jhrem Beth auffsteht /
Vnd widerumb zu ruh mit jhren Pferden geht.
Jch auch / weil jhr mir seyt im Schreiben vorgegangen /
Was ich für Ruhm vnd Ehr durch Hochteutsch werd erlangen /
Will meinem Vatterlandt bekennen ohne schew /
55 Daß ewre Poesy der meinen Mutter sey.

Sonnet.
Auß dem Jtalienischen Petrarchae.

Jst Liebe lauter nichts / wie daß sie mich entzündet?
Jst sie dann gleichwol was / wem ist jhr thun bewust?
5 Jst sie auch recht vnd gut / wie bringt sie böse Lust?
Jst sie nicht gut / wie daß man Freudt auß jhr empfindet?

---

33 Mantua *Geburtsort Vergils.*   34 Tullius *Cicero.*   46 prallte *prahlte.*
2 *Petrarcas Sonett* S'amor non è (Canzoniere *Nr. 132*).

Lieb ich gar williglich / wie daß ich Schmertzen trage?
Muß ich es thun / was hilffts / daß ich solch trawren führ?
Thue ichs nicht gern / wer ists / der es befihlet mir?
10   Thue ich es gern / warumb / daß ich mich dann beklage?
Jch wancke / wie das Gras / so von den kühlen Winden
Vmb Vesperzeit bald hin geneiget wirdt / bald her.
Jch walle wie ein Schiff / daß in dem wilden Meer
Von Wellen vmbgejagt nicht kan zu rande finden.
15   Jch weiß nicht was ich will / ich will nicht was ich weiß /
Jm Sommer ist mir kalt / im Winter ist mir heiß.

Epigramma.

Die Sonn / der Pfeil / der Wind / verbrent / verwundt / weht hin /
Mit Fewer / schärfe / sturm / mein Augen / Hertze / Sinn.

Lied.

Wol dem der weit von hohen dingen
  Den Fuß stelt auff der Einfalt bahn /
Wer sein Gemüth zu hoch will schwingen /
5   Der stößt gar leichtlich oben an.
Ein jeder folge seinem Sinne /
  Jch halts mit meiner Schäfferinne.

Ein hohes Schloß wird von den Schlägen
  Deß starcken Donners eh' berührt /
10 Wer weit will / fellt offt auß den Wegen /
  Vnd wird von seinem Stoltz verführt.
Ein jeder folge etc.

Auff grossem Meer sein grosse Wellen /
  Viel Klippen / Stürm vnd grosse Wind /
15 Wer klug ist / bleibet bey den Quellen /
  Die in den grünen Wälden sind /
Ein jeder etc.

Hat Phyllis gleich nit Gold vnd Schätze /
  So hat sie doch was mir gefellt /
20 Womit ich mein Gemüth ergetze /
  Wird nit gekaufft mit Gut vnd Gelt.
Ein jeder etc.

Man steth bey reicher Leuten Pforte
  Sehr offt / vnd kompt doch selten ein /

25   Bey jhr bedarff es nit viel Worte /
      Was jhr ist / ist nit minder mein.
    Ein jeder etc.

    Glentzt sie gleich nit mit thewren Sachen /
      So glentzt doch jhrer Augen Liecht /
30   Gar viel muß Hoffart schöne machen /
      Jhr schlechter Schein betreugt mich nicht.
    Ein jeder etc.

    Jst sie gleich nicht von hohem Stande /
      So ist sie dennoch auß der Welt /
35   Hat sie gleich keinen Sitz im Lande /
      Sie selbst ist mir ein weites Feldt.
    Ein jeder etc.

    Wer will / mag in die Lüffte fliegen /
      Mein Ziel erstreckt sich nit so weit /
40   Jch lasse mich an dem begnügen
      Was nicht bemüth / vnd doch erfrewt /
    Vnd halt’ es recht in meinem Sinne /
      Mit meiner schönen Schäfferinne.

Ein Anders.

    Jtzundt kompt die nacht herbey /
    Vieh vnd Menschen werden frey /
    Die gewünschte Ruh geht an /
5   Meine sorge kompt heran.

    Schöne glentzt der Mondenschein /
    Vnd die güldnen Sternelein /
    Froh ist alles weit vnd breit /
    Jch nur bin in traurigkeit.

10   Zweene manglen vberal
    An der schönen Sternen zahl /
    Die zween Sternen / so ich mein /
    Sind der Liebsten Aügelein.

    Nach dem Monden frag ich nicht /
15   Dunckel ist der Sternen licht /
    Weil sich von mir weggewendt /
    Asteris, mein Firmament.

2 ff. *Vgl. Scheffler S. 221 f. und Schwieger S. 232 f.*

Wann sich aber naht zu mir
Dieser meiner Sonnen zier /
20 Acht ich es das beste sein /
Daß kein Stern noch Monde schein.

Das Fieberliedlin.

Nechst als zugleiche lagen
Zwey lieb in fiebers schmertz /
Sprach er: ich bin zutragen
5 Für dich bereit / mein hertz /
Für dich bin ich bereit zu leiden /
Vnd soll sich meine Seele scheiden.

Er lag in heisser flammen /
Die Sprache ließ schon nach /
10 Die Hitze kam zusammen /
Der Puls schlug sehr gemach;
Empfund doch mitten in dem leiden /
Weil er bey jhr wahr / lust vnd freuden.

Sie schlug die augen nieder /
15 Als er fiel in den todt /
Er wandte hin vnd wieder
Sein haupt in letzter noth /
Sein Hertz wurd matt / die adern sprungen /
Der Geist würd auß zufahrn gezwungen.

20 Sie sprach: mein lieb / mein leben /
Jch schwimme wegen dein /
Vnd ich / er sagt / muß geben
Für dich mein Seelelein.
So ist er in der Schoß gestorben /
25 Die er so treulich hatt erworben.

Aus: Grabschrifften

Eines Hundts.
Die Diebe lieff ich an / den Buhlern schwig ich stille /
So ward vollbracht deß Herrn vnd auch der Frawen wille.

5

Eines Kochs.

Wie wird die Welt doch vberal verkehret /
Hie hat ein Koch im grabe seine ruh /
Der mancherley von Speissen richtet zu /
Jetzt haben jhn die Würme roh verzehret.

Liedt /

im thon: Ma belle je vous prie.

Ach Liebste laß vns eilen	Wir haben Zeit:
Es schadet das verweilen	Vns beider seit.
Der schönen Schönheit gaben	Fliehn fuß für fuß
Daß alles / was wir haben /	Verschwinden muß /
Der Wangen zier verbleichet /	Das Haar wird greiß /
Der äuglein fewer weichet /	Die flamm wird Eiß.
Das Mündlein von Corallen	Wird vngestallt.
Die Händ / alß Schnee verfallen /	Vnd du wirst Alt.
Drumb laß vns jetz geniessen	Der Jugent frucht /
Eh dann wir folgen müssen	Der Jahre flucht.
Wo du dich selber liebest /	So liebe mich /
Gib mir / daß / wann du gibest /	Verlier auch ich.

5

10

Ein Gebet /
daß Gott die Spanier widerumb vom Rheinstrom
wolle treiben.
1620.

5 Schlag doch / du starcker Heldt / die Scheußlichen Maranen /
So leyder jhre Zelt vnd Blutgefärbten Fahnen
    Auch jetzt in Teutschland bracht / an vnsern schönen Rhein /
    Der Waffen tragen muß / vor seinen guten Wein /
Es ist genug gespielt mit eisernen Ballonen /
10 Du grosser Capitain / hör' auff / fang' an zu schonen /
    Es ist genug / genug / die Götter sein verheert
    Durch die / so sie gemacht / Statt / Dorff / vnd Feld verkehrt /
Laß die / durch deren grimm die Ströme kaum geflossen
Von Leichen zugestopfft / nit außgehen vngenossen /
15   Vnd mache kundt / daß der / der dir zugegen strebt /
    Stürtzt / oder bleibt er ja / jhm selbst zur straffe lebt.

LIEDT. 3 Wir haben Zeit *Es ist an der Zeit*   5 schönen *seit 1625:* edlen.
EIN GEBET. 5 Maranen *Spanier (Schimpfname).*   9 Ballonen *Kugeln.*
11 Götter *wohl: Götterbilder.*   14 vngenossen *unverletzt, unbestraft.*

ISAAC HABRECHT

Vberreime / an die Teutsche Musa.

Nun / Teutsche Musa / tritt herfür /
　　Laß kecklich deine stimm erklingen /
5　Warumb woltestu förchten dir /
　　Jn deiner Mutter sprach zusingen?
Meint man / Teutschlandt sey ohne sinnen?
　　Soll dann der Grichen pracht /
　　Oder die Römisch macht
10　Der Poetrei Kleinodt allein gewinnen?

PAUL SCHEDE*

Lied.

Jm thon / ich ging einmal spatziren.

1.

Rot Röslein wolt' ich brechen
5　Zum hübschen Krentzelein:
Mich Dörner thaten stechen
　　Hart in die finger mein.
Noch wolt' ich nit lan ab.
　　Jch gunt mich weiter stecken
10　Jn Stauden vnd in Hecken:
　　Darin mirs wunden gab.

2.

O dorner krum' vnd zacket /
　　Wie habt jhr mich zerschrunt?
Wer vnter euch kompt nacket /
15　Der ist gar bald verwunt.
Sonst zwar könt jhr nichts mehr:
　　Jhr keiner Haut thut schonen /
　　Noch nitlicher Personen /
　　Wans gleich ein Göttin wer.

VBERREIME. 2 Vberreime *Epigramm (Lehnübersetzung)*.

LIED. 1 *Im Original:* Paulus Melissus. *Schede starb bereits 1602.* 2 *Im Original:* Ein anders. 13 zerschrunt *(von zerschrinden) wundgestochen.* 18 nitlicher *angenehmer.*

3.

20 Sie hats wol selbs erfahren /
　　Die schöne Venus zart /
　Als sie stund in gefahren /
　　Vnd so zerritzet ward.
　Daher die Röslein weis
25 　　Von Bluttrieffenden nerben
　　Begunten sich zu ferben:
　　Den man verieht den preis.

4.

　Jch thu ein Rose loben /
　　Ein Rose tugent voll.
30 Wolt mich mit jhr verloben /
　　Wans jhr gefiehle wol.
　Jhrs gleichen find man nicht
　　Jn Schwaben vnd in Francken:
　　Mich Schwachen vnd sehr Krancken
35 　　Sie Tag vnd nacht anficht.

5.

　Nach jhr steht mein verlangen /
　　Mein sehnlich hertzegird:
　Am Creutz last sie mich hangen /
　　Meins lebens nimmer wird.
40 Zwar bald ich tod muß sein.
　　Je weiter sie mich neidet /
　　Je lenger mein Hertz leidet.
　　Jst das nit schwere pein?

6.

　Ach liebster Schatz auff Erden /
45 　　Warumb mich quelest so?
　Zutheil laß dich mir werden /
　　Vnd mach mich endlich fro.
　Dein wil ich eigen sein.
　　Jn lieb vnd trew mich binde /
50 　　Mit deiner hand mir winde
　　Ein Rosenkrentzelein.

---

25 nerben *Narben.*　27 verieht *verjeht, zuerkennt.*　40 Zwar *wahrlich.*
41 neidet *haßt.*

Ejusdem Sonnet
Jörgen von Averli, vnd Adelheiten von Grauwart.

Was im Weltkreise rund allenthalb lebt vnd schwebet /
    Wehrhafft erhalten wirdt durch gleich eintrechtigkeit /
5   Dann Gott vorkommen hat alle Zwyspaltigkeit
    Daß inn all seim Geschöpff keins widers ander strebet.
Zwar jglicher Natur jhr eigenschafft anklebet /
    Jrrdisch vnd Himmlisch ding helt seine Richtigkeit.
    Diß alles wirckt die Lieb durch jhr Einhelligkeit /
10   Vnd macht / daß in seim Standt nichts widersinns sich hebet/
Lieb ist ein Bidergeist / auß Fewr vnd Lufft vereint /
    Ders Hertz mit Girdt enttzündt / den mut mit Luste kühlet/
    Da eins Gemühts vnd Willn ein par Ehvolck sich meint /
Solch jnre Brunst vnd Hitz mit frischer labung fület /
15   Dem Edlen Averli Adelheit die Hertzliebe.
    Die Seel Menschlicher Seel ist Flammbrünstige Liebe.

CASPAR KIRCHNER

An Herrn Jörg Kobern Medicinae Doctorn.

    Wenn Bawren so da dienen sollen
    Selbst Edelleute werden wollen:
5   Wenn aller Zipffel peltzer Geister
    Sich achten mehr als Bürgermeister:
    Wenn Schuster / Gerber / ander Bengel
    Getrieben durch deß Satans Engel /
    Sich Gottes sachen vnderstehen /
10   Mit newem Glauben schwanger gehen /
    Wenn Fischer werden Advocaten /
    Vnd ohne Recht zum Rechten rathen /
    Wenn grobe Schmide bey dem bober /
    Das wolten thun was Doctor Cober,
15   Wen alles sollt gehn vbernhauffen /
    So muß die Welt zum Thor außlauffen.

EJUSDEM SONNET. 1 Ejusdem *desselben (nämlich Schedes)*.   5 vorkommen *vermieden*.   7 Zwar *wahrlich*.   10 nichts widersinns *kein Gegensinn;* sich hebet *sich erhebt. Im Original:* sich bebet.   11 Bidergeist *tüchtiger Geist*.   12 Girdt *Begierde*.   13 sich meint *sich liebt*.

AN HERRN JÖRG KOBERN ... 5 Zipffel peltzer *billiger Winterpelz mit Schoßzipfeln, auch: Kuppelpelz*.   13 bober *Nebenfluß der Oder*.

JULIUS WILHELM ZINKGREF

Epigramma.
Was der recht Adel sey.

Ein vnzeitige Frucht / bewart in Mutter Leibe /
5 Lebt halber nur biß sie zum gantzen Menschen wirdt.
So auch ein Kindt erzeugt von einem Edeln Weibe;
  Mit halbem Adel nur von der Natur geziert.
Der ist ein halber Mensch / der sein vnarth verblümet
  Mit seiner Eltern Rhum / den er zur schande lebt /
10 Der ist ein rechter Mensch den eigne Tugendt rühmet /
  Den sein selbst Raht vndt that zu Ehren hoch erhebt.
Die aber so zugleich von Edlem stamm geboren /
  Durch Tugendt noch darzu vollkommen sein gemacht /
Die sein / die sein allein die Edlen außerkoren /
15 Die man vor Götter hie vnder den Menschen acht.

1625

MARTIN OPITZ VON BOBERFELD

Jhr schwartzen Augen / jhr / vnnd du / auch schwartzes Haar /
Der frischen Flavien / die vor mein Hertze war /
  Auff die ich pflag zu richten /
5 Mehr als ein weiser soll /
  Mein Schreiben / Thun vnd Tichten /
  Gehabt euch jetzund wol.

Nicht gerne sprech' ich so / ruff' auch zu Zeugen an
Dich / Venus / vnd dein Kind / daß ich gewiß hieran
10 Die minste Schuld nicht trage /
  Ja alles Kummers voll
  Mich stündlich kränck' vnd plage /
  Daß ich sie lassen soll.

Jhr Parcen / die jhr vns das Thun des Lebens spinnt
15 Gebt mir vnd jhr das was ich jhr / vnd sie mir gönnt /

EPIGRAMMA. 2 *Im Original:* Aliud Ejusdem Zincgrefij.   8 verblümet   *bemäntelt.*
9 den   *denen.*   11 sein selbst   *seiner selbst, sein eigener.*

Weil ich's ja soll erfüllen /
soll zähmen meinen Fuß /
Vnd wieder Lust vnd Willen
Auch nachmals sagen muß:

20 Jhr schwartzen Augen / jhr / vnnd du auch schwartzes Haar /
Der frischen Flavien / die vor mein Hertze war /
Auff die ich pflag zu richten /
Mehr als ein weiser soll /
Mein Schreiben / Thun vnd Tichten /
25 Gehabt euch jetzund wol.

Jhr / Himmel / Lufft vnd Wind / jhr Hügel voll von Schatten /
Jhr Hainen / jhr Gepüsch / vnd du / du edler Wein /
Jhr frischen Brunnen jhr so reich am Wasser seyn /
Jhr Wüsten die jhr stets müßt an der Sonnen braten /
5 Jhr durch den weissen Thaw bereifften schönen Saaten /
Jhr Hölen voller Moß / jhr auffgeritzten Stein' /
Jhr Felder welche ziert der zarten Blumen Schein /
Jhr Felsen wo die Reim' am besten mir gerathen /
Weil ich ja Flavien / das ich noch nie thun können /
10 Muß geben gute Nacht / vnd gleichwol Muth vnd Sinnen
Sich förchten allezeit / vnd weichen hinter sich /
So bitt' ich Himmel / Lüfft / Wind / Hügel / Hainen / Wälder /
Wein / Brunnen / Wüsteney / Saat / Hölen / Steine / Felder
Vnd Felsen sagt es jhr / sagt / sagt / sagt jhr vor mich.

UNBEKANNTER VERFASSER

‹Grabschrift der Anna Sophia Barth›

Allhier ruhet unter diesen Stein /
Herr Paul Barths geliebtes Töchterlein.
5 Welches im Sechshunderten 21. Jahr /
Den 30. Augusti gebohren war /
Anna Sophia ward sie genannt /
Dem HErrn Christo wohlbekannt /

JHR / HIMMEL ... 1 ff. *Nach Ronsard:* Amours de Cassandre, *LXVI* (Ciel, air et vents).
‹GRABSCHRIFT DER ANNA SOPHIA BARTH›. 2 *In Dresden, Liebfrauenkirche.*

Lebt auf Erden kurtze Frist /
10 Vier Jahr / 7. Wochen / 6. Tag ihr Alter ist /
Am Blattern starbs mit grossen Schmertzen /
Macht den Eltern betrübte Hertzen /
Den 23. Octobris Anno 1625. zu Nacht /
Halweg 9. Uhr ihren Abschied macht /
15 Ein zartes Blümlein auff dieser Welt /
Hat der bitter Todt hingefält /
Jetzt ruhet ihr Leib sanfft in der Erden /
Zur himmlischen Freud erweckt soll werden /
Sie lebet nun in ewiger Freud
20 Dazu hilff heilige Dreyfaltigkeit.

[1718]

GEORG RODOLF WECKHERLIN

Parentes vt immaturè praereptam deflentes alloquitur
Elizabetha Trumball Filia max.

Desinite infensis, parentes frustra parentes
5   Mori & amori, oculis gaudia flere mea.
Vltra si sexum, fatum, aetatemque tenellam
Natis atque datis dotibus ingenuis
Jngenij, genij, testatur, corporis, oris,
Patria quòd caelum, quòd pater ipse Deus;
10 Luminis occludens orbes, et Numinis Orbis
Ad laudes revocans virginis ora pia

PARENTES VT IMMATURÈ ... 2 ff. *Die folgenden vier Gedichte (mit den angeschlossenen
Grabschriften) bilden einen Zyklus. Sie wurden wahrscheinlich den Eltern des im Alter von sech-
zehn Jahren verstorbenen Mädchens überreicht. Im 17. Jhdt. ungedruckt. – Elizabeth Trumball,
die älteste Tochter, redet ihre Eltern an, die die vor der Zeit Hinweggeraffte beweinen. Laßt ab,
Eltern, die ihr der Sitte und der Liebe zu Unrecht gehorcht, aus vergrämten Augen meine Freu-
den zu beweinen. Wenn das Schicksal durch über mein Geschlecht und mein zartes Alter hinaus-
gehende angeborene und geschenkte Gaben des Geistes, des Talents, der Gestalt und des Antlitzes
bezeugt, daß der Himmel mein Vaterland, Gott selbst mein Vater ist; wenn das euch widrige
Schicksal, indem es mir die Augen schließt und den frommen Mund des Mädchens zum Lob
des Weltgottes zurückruft, offen bezeugt, daß ich Bürgerin des Himmels und Gottes Tochter
bin – so unterwerft nun der Liebe zu Gott, dem Einen rechtens gehorchend, Eltern, eure Liebe,
und laßt ab mich zu beweinen. Grabschrift. Geliebt, in dreimal fünf Jahren in drei Sprachen
unterwiesen, erflehe ich aus gutem und reinem Herzen dich, o himmlisches Vaterland. – Die
Grabschrift bildet ein Chronogramm. Die Großbuchstaben ergeben, als Zahlzeichen gelesen, das
Datum der Abfassung: 1624 alten (und englischen) Stils. Nach heutigem Kalender ist das
Mädchen 1625 gestorben.*

Si ingratum vobis fatum testatur apertè,
Quòd caeli civis, filia simque Dei;
Jam Dei amori, Vni parentes rite parentes
15   Subdite amorem, me flereque desinite.

Epitaphium.
Chara, trIbVs LIngVas tres LVstrIs DoCta, reposCo,
CorDe bono & Casto, te sVpera ô patr Ja.

Upon the vntimelie death of the godlie and vertuous
20   gentlewoman Mistresse Elizabeth Trumball &c.

Sonnet.

Ere winters doome, his pow'rfull sway to shew,
    Condemnes this earth of bewtie stript to bee;
    Bids watterstreames not to flow, hard to grow;
25   Nips tender sprigs, and strips the loftiest tree:
A gardner good, that futur time doeth know,
    Will spare no paines his choisest flow'rs to free
From wrong of hardning cold and harming snow,
    But settes them where th'aire may with them agree.
30 Thus knowing best Our Saving Gardners grace
    (Without whose care all care of man is vaine)
    Th'vnworthinesse of this low freezing place,
Transported soone in Paradise againe
    This Virgin flow'r, that there before his face
35   Pure, fresh and sweet it may for aye remaine.

19 ff. *Über den vorzeitigen Tod des gottesfürchtigen und tugendhaften Edelfräuleins Elizabeth Trumball etc. Sonett. Bevor des Winters Schicksalsspruch, um seine mächtige Herrschaft zu zeigen, diese Erde dazu verurteilt, der Schönheit entkleidet zu werden, den Wasserläufen gebietet, nicht zu fließen, hart zu werden, zarte Sprößlinge durch Frost zerstört und die stattlichsten Bäume entkleidet – wird ein guter Gärtner, der die zukünftige Zeit kennt, keine Mühen scheuen, seine erlesensten Blumen von Unbill durch hart machende Kälte und schädigenden Schnee freizuhalten, vielmehr versetzt er sie dorthin, wo sie die Luft vertragen. So nun, in bester Kenntnis der Unwürdigkeit dieses niederen, im Frost erstarrenden Ortes, versetzte die Gnade Unseres Rettenden Gärtners (ohne dessen Vorsorge alle Vorsorge des Menschen vergeblich ist) diese Jungfrauenblüte bald wieder ins Paradies zurück, auf daß sie dort vor seinem Angesicht für immer rein, frisch und duftend bleiben möge. Als Grabschrift. Ein Anagramm. Elisabeth Trumball. Alle Tugenden dein Balsam. Dein Grabgitter, süße Seele, braucht keine duftenden Blumen noch anderen Wohlgeruch: Um diese weite Welt (um so mehr einen so kleinen Ort) mit der Wahrheit des Ruhms, mit dem Wohlgeruch der Wahrheit zu zieren, könnten alle Tugenden dein vortrefflichster Balsam sein.*

For an Epitaph. An Anagram.
Elisabeth Trumball. All vertu's thy balme.
Thy herse, Sweet Soule, needes no sweet flowrs nor sent:
This spacious World (much more so small a place)

40 With glories truth, with truths perfume to grace
All Vertu's were *thy balme* most excellent.

Sur le trespas de tres-vertueuse damoiselle,
Madamoiselle Elizabeth Trumball.

Et bien, si des vertus le chœur,
45 Dont elle estoit le digne temple;
Si l'ardeur saincte de son cœur,
Dont les Saincts cherissent l'exemple,

Monstroit clairement a nos yeux
Qu'elle estoit Deesse immortelle,
50 Et qu'elle retournoit aux Cieux,
Deuons nous bien pleurer pour elle?

Ouy, d'autant qu'auec Elle Dieu
(La rappellant de ce bas lieu)
Pour monstrer sur nous sa vengeance,

55 Retire aussy les fleurs d'honneur,
De pitié & d'innocence,
Et reserre nostre bonheur.

Epitaphe.
Le Ciel admirant la richesse
60 Des beautez, vertus, & doulceurs
De mon corps, esprit, de mes mœurs,
Amoureux me ravit en ma prime jeunesse.

---

42 ff. *Über das Hinscheiden des sehr tugendhaften Edelfräuleins, Fräulein Elizabeth Trumball. Wohlan, wenn der Chor der Tugenden, deren würdiger Tempel sie war, wenn die heilige Glut ihres Herzens, deren Musterhaftigkeit die Heiligen lieben, unseren Augen deutlich zeigten, daß sie eine unsterbliche Göttin war und daß sie in den Himmel zurückkehrte – dürfen wir dann wohl um sie weinen? Ja, weil Gott, um seine Rache an uns zu zeigen, mit ihr (indem er sie zurückruft von hienieden) auch die Blumen der Ehre, des Mitleids und der Unschuld fortnimmt und unser Glück schmälert. Grabschrift. Der Himmel, bewundernd den Reichtum an Schönheit, Tugend und Milde meines Leibes, meines Geistes, meiner Sitten, nahm mich aus Liebe in meiner ersten Jugend hinweg.*

Vber den vnzeitlichen seeligen abschid
Der Edlen vnd Tugentreichen Jungfrawen
65   Elisabeth Trumball.

Stände.

Der Tugent klarer glanz / welcher deinen aufgang /
Mehr dan andrer mittag / vnvergleichlich gezieret /
Bezeugte das dein lauf solt von seinem anfang
70 Schnell / wie ein schöner tag / zu end werden geführet.

Die blumen / welche sich herfür wagen zu früh /
Werden bald von dem frost verwälcket hingenommen:
So kan kein frühe frucht / Ob man sie schon mit müh
Lang aufbehalten will / v̈ber den Winter kommen.

75 Dan der Natur gesatz / welches man halten muß /
Gebeut / das nichts alhie glückseelig lang soll wehren;
Vnd das was herrlich ist / gleichsam zu einer buß
Soll (die welt nicht zu lang zu ehren) bald aufhören.

Also deine Kindheit mit arbeit / ehr vnd Zucht /
80 Mit weißheit vnd Gotsforcht / wissenschaft dreyer Zungen /
Mit andrer edler blust und v̈berreicher frucht
V̈bertraf weit das zihl aller Alten vnd Jungen.

Darumb der freche Tod / bedenckend deine sehl /
Mit so altem verstand / fleiß vnd tugent geschmücket /
85 Hat als ein reiffe frucht / dich frey von allem fehl
Mit ganz gnadloser hand noch blühend abgezwicket.

Ob aber wol der Tod kont deiner Jugent bluhm /
Diser haillosen Welt zuschaden / widerstreben;
So blühet doch stehts frisch der Tugent-blumen ruhm /
90 Vnd die leben lang gnug / so recht vnd wol gnug leben.

Wan dan / seelige Sehl / dein leben vnd dein tod
Vns nur deinen gewin / vnd vnsern verlust weisen /
Haben wir / klagend Got vnser leben vnd noht /
Jhn für dein leben / lehr vnd hail herzlich zupreisen.

---

63 vnzeitlichen *vorzeitigen.*   66 *„Stanzen', Strophen.*   75 gesatz *Gesetz.*
80 Gotsforcht *im Original:* Gotsfrocht.   81 blust *Blüte.*

1628

JOHANN HERMANN SCHEIN

[Melodie]

Mit Frewden / mit schertzen /
Mit küssen / mit Hertzen /
5 Mit klingen mit singen /
Mit tantzen mit springen
Wil ich den Tag zubringen:
Weil Filli mich liebet
Sich hertzlich ergiebet /
10 Jn Ehren z'erfüllen
Mein sehnlichen willen /
Thut all mein Trawren stillen.

Fraw Venere lachet /
Jhr Söhnelein machet
15 Mir liebliche Possen
Mit seinen Geschossen.
Heut bin ich vnverdrossen.
Zu fechten / zu ringen /
Die Piquen zu schwingen /
20 Der Filli zu Ehren /
Nach jhren Begehren
Wil ich mein Fleiß ankehren.

Was wolt ich lang sorgen /
Was heute was morgen?
25 Gott wird vns bescheren /
Was dienet zu Ehren /
Ja was wir nur begehren.
O Filli mit schertzen /
Mit küssen / mit hertzen /
30 Mit klingen / mit singen /
Mit tantzen / mit springen
Last vns den Tag zubringen.

---

13 Venere *Venus (italienische Namensform).*

MARTIN OPITZ VON BOBERFELD*

Sonnet über die augen der Astree.

Diß sindt die augen: was? die götter; sie gewinnen
Der helden krafft vndt muth mitt jhrer schönheit macht:
5   Nicht götter; himmel mehr; dann jhrer farbe pracht
Jst himmelblaw / jhr lauff ist über menschen sinnen:
   Nicht himmel; sonnen selbst / die also blenden können
Daß wir vmb mittagszeit nur sehen lauter nacht:
Nicht sonnen; sondern plitz / der schnell vndt vnbedacht
10 Herab schlegt wann es ie zue donnern wil beginnen.
   Doch keines: götter nicht / die böses nie begehen;
Nicht himmel / dann der lauff des himmels wancket nicht;
Nicht sonnen / dann es ist nur einer Sonne liecht;
   Plitz auch nicht / weil kein plitz so lange kan bestehen:
15 Jedennoch siehet sie des volckes blinder wahn
Für himmel / sonnen / plitz vndt götter selber an.

JOHANNES HEERMANN

Vrsache des bittern Leidens Jesu Christi / vnd Trost aus seiner Lieb vnd Gnade: Aus Augustino.

5   Jm Thon: Geliebten Freund / was thut jhr so verzagen? etc.

Hertzliebster Jesu / was hastu verbrochen /
Daß man ein solch scharff Vrtheil hat gesprochen?
Was ist die Schuld? Jn was für Missethaten
           Bistu gerathen?
10 Du wirst gegeisselt / vnd mit Dorn gekrönet /
Jns Angesicht geschlagen vnd verhönet:
Du wirst mit Essig vnd mit Gall getrencket:
           Ans Creutz gehencket.
Was ist doch wol die Vrsach solcher Plagen?
15 Ach meine Sünden haben dich geschlagen.
Ach / HERR JESV / ich hab diß wol verschuldet /
           Was du erduldet.

SONNET ÜBER DIE AUGEN DER ASTREE. 2 ff. *Vgl. Finckelthaus S. 88 und Zesen S. 158 f.*

Wie wunderbarlich ist doch diese Straffe!
Der gute Hirte leidet für die Schafe.
20 Die Schuld bezahlt der HERRE / der Gerechte /
      Für seine Knechte.
Der Frome stirbt / der recht vnd richtig wandelt.
Der Böse lebt / der wider Gott mißhandelt.
Der Mensch verwirckt den Tod / vnd ist entgangen:
25   Gott wird gefangen.
Jch war von Fuß auff voller Schand vnd Sünden:
Biß zu der Scheitel war nichts guts zu finden.
Dafür hett ich dort in der Helle müssen
      Ewiglich büssen.
30 O grosse Lieb! O Lieb ohn alle masse /
Die dich gebracht auff diese Marterstrasse!
Jch lebte mit der Welt in Lust vnd Frewden:
      Vnd du must leiden!
Ach grosser König / gros zu allen Zeiten:
35 Wie kan ich gnugsam solche Trew außbreiten?
Keins Menschen Hertz vermag es außzudencken /
      Was dir zu schencken.
Jch kans mit meinen Sinnen nicht erreichen /
Womit doch dein Erbarmung zu vergleichen.
40 Wie kan ich dir denn deine Liebesthaten
      Jm Werck erstatten?
Doch ist noch etwas / das dir angenehme:
Wann ich des Fleisches Lüsten dempff vnd zehme:
Daß sie auffs new mein Hertze nicht entzünden /
45   Mit alten Sünden.
Weils aber nicht besteht in eignen Kräfften /
Fest die Begierden an das Creutz zu hefften.
So gib mir deinen Geist / der mich regiere /
      Zum guten führe.
50 Alsdann so werd ich deine Huld betrachten:
Aus Lieb an dich / die Welt für nichtes achten.
Bemühen werd ich mich / HERR / deinen Willen
      Stets zu erfüllen.
Jch werde dir zu Ehren alles wagen:
55 Kein Creutz nicht achten / keine Schmach vnd Plagen /
Nichts von Verfolgung / nichts von Todes-Schmertzen /
      Nehmen zu Hertzen.

---

46 besteht *steht.*

Diß alles / obs zwar für schlecht ist zu schetzen:
Wirstu es doch nicht gar beyseite setzen:
60 Zu Gnaden wirstu diß von mir annehmen /
     Mich nicht beschämen.
Wann / HERRE JESV / dort für deinem Throne
Wird stehn auff meinem Häupt die Ehrenkrone:
Da wil ich dir / wann alles wird wol klingen /
65   Lob vnd Danck singen.

JOHANNES PLAVIUS

Courante oder drähe-tantz:

1.

Gedencket / wie kräncket vnd lencket einn doch
Die lieb' vnd jhr trübe-betrübtes joch!
5 Vor dacht' ich; wer macht mich: wer achtt mich / mit fug /
Wie Plato / wie Cato / wie Crates / so klug /
  Nu reisst meinen sinn /
  Als ich nu werd' inn' /
Jn liebe die liebe beliebete-hin.
10 So zwinget / so dringet / so bringet vns weh
Mit tücken / mit blicken / mit stricken in d' eh.

2.

Vor wust' ich von lust nicht / drumb must' ich in frewd'
Jn singen / in klingen hinbringen die zeit:
Mein hertze / von schmertzen / von kertzen befreyt /
15 War einig / alleinig vnd schleunig geneigt
  Zu der musen konst /
  Die ich achte donst /
Aus liebe der lieben beliebeten gonst
So zwinget / so dringet / so bringet vns weh
20 Mit schmertzen / mit schertzen / mit hertzen in d' eh.

3.

Vor dacht' ich / was acht' ich die macht vnd die krafft
Der liebe / da üben betrüben verschafft /
Vor dacht' ich / verlacht mich / verachtt mich Amor /
So lehrt mich / so neert mich / so ehrt mich davor
25   Aller Musen schaar /
  Den ich gantz vnd gar
Jm leben gar eben ergeben / fürwar.

---

6 Crates *Krates von Theben, griech. Philosoph, Kyniker.*

Nu zwinget / nu dringet / nu bringet mich weh
Gantz völlig / gutwillig vnd billich in d' eh.

4.

30 O krone nu schone / belohne mir nun /
Jn frewden mein leiden / mein meiden mein thun
Es mehret- / es neeret- / Es mehrt- sich in mir
Durch bangen / gefangen verlangen nach dir.
O mein ander ich /
35 Der ich williglich
Mein leben gar eben ergeben / sieh mich
Ernewe / befrey' vnd erfrewe mein weh /
So spring' ich mit singen vnd klingen in d' eh.

Hoffe:

Wenn vns des Herren hand vnd strafe hat getroffen /
Daß auch die besten freund' vns abgestorben seyn /
Vnd wir in solcher noht nicht wissen aus noch ein /
5 Dieweil vns aller trost vnd hoffen ist ersoffen
Jn vnser thränen-see / vnd nichtes mehr zuhoffen
Von menschen übrig scheint / als nur der tod allein /
Der vns dem leid' entnimmt vnd tödtet vns der pein /
So steht / Herr / deine güt' vns noch zu hoffen offen.
10 Wer sich auf fleisch verlässt / vnnd wer auf menschen hofft /
Die sterblich seyn / wie er / den treugt sein hoffen oft.
Daß er mit schaden vnd durch harren wird zum narren.
Er hat für das er hofft des höchsten fluch zu lohn'
Vnd von der welt wird jhm zum schaden spott vnd hohn.
15 Das heisst / wer hoffen wil / der sol des herren harren.

Deut' alles zum besten.

Ach lieber mensch / wer ist / dem nicht zu zeiten
Ein böses wort ohn seinen danck entfährt?
Wer hört so wol / daß er sich nicht verhört?
5 Wer strauchelt nicht? wem kan der fuß nicht gleiten?
Es redt sich viel. Man muss nicht alles streiten.
Der hat verstand / vnd der ist wolgelehrt /
Der alle ding' auf 's beste lenckt vnd kehrt.
Man sol nicht bald' ein ding so übel deuten.

HOFFE. 11 treugt *trügt.* 13 das *das, was.*
DEUT' ALLES ZUM BESTEN. 3 ohn seinen danck *gegen seinen Willen.*

10   Wer in der welt vnd vnter frembden leuten
      Fort kommen wil / der mag sich vorbereiten /
      Damit jhn nicht ein jedes wort beschweert.
      Er trifft es nicht. Drümb irren die bey weiten /
      Die umb ein wort bald für den richter schreiten.
15   Ein sanfter geist wird nicht so bald verseert.   *[1939]*

1631

PAUL FLEMING

Nil ego sum sine te; cum te mox omnia fio.
Ilicet es, mea Lux, Omne Nihilóque meum.

Amoris Impatientia.

O Amor! ô glacialis Amor! ô lubrica fata!
   O nimiùm fallax virgine nixa fides.
Quae mea tàm blandis allexit pectora viscis,
5   Mî malè diflexô pollice dixit: Abi.
Ah merui talem, perjura RUBELLA, repulsam?
   Sic licet in fidum saevius ire caput?
Quid crucior? moriar! certam duplicat mora mortem.
   Chara venit misero gratia, posse mori.
10 In lacrymas frustrà, torrentior amne, resolvor.
   Submergar lacrymis protinùs ipse meis.
Quid juvat infidis suspiria credere ventis;
   Fluxilis ah animam ventilet aura meam.

NIL EGO SUM . . . 2f. *Nichts bin ich ohne dich, mit dir werde ich bald alles. Zugleich bist du, mein Licht, mein Alles und mein Nichts.*

AMORIS IMPATIENTIA. 1ff. *Ungeduld der Liebe. O Liebe! O eisige Liebe! O unsicheres Geschick! O allzu trügerisches Vertrauen auf eine Jungfrau! Die meinHerz mit so lockendem Leim gebunden hat, hat mir mit unheilvoll abgewendetem Daumen gesagt: Geh weg. Ach, habe ich eine solche Abweisung verdient, meineidige Rubella? Darf man derart gegen ein treues Haupt wüten? Warum werde ich gequält? Ich werde sterben! Das Verweilen verdoppelt den sicheren Tod. Willkommen ist dem Elenden die Gunst, sterben zu können. Ich löse mich vergeblich auf in Tränen, reißender als ein Strom. Ich ertrinke immerfort in meinen eigenen Tränen. Was nützt es, die Seufzer den treulosen Winden anzuvertrauen; ach, möge die strömende Luft meine Seele kühlen! Ich sterbe auf tausend Weisen, dennoch komme ich in ihnen nicht um. So mache ich im drangvollen Sterben schleichende Tode durch. Aber Göttin, ohne die ich weder sterbe noch leben kann, gib mir die freie Verfügung über mein Leben zurück. Entweder stirb mit mir, oder gib den grausamen Sinn auf. Wenn ich ohne dich leben muß, will ich lieber sterben.*

Mille modis morior. tamen haut exstinguor in illis.
15 Sic spissâ lentas transeo morte neces.
At DEA, quâ sine nec morior, nec vivere possum,
Redde mihi vitae libera jura meae.
Aut mecum morere: aut crudelem dejice mentem.
Vivere si sine te debeo, malo mori.

JOHANN HEINRICH SCHILL

Grabschrifft vnd Lobspruch.

Hie ligt mit Frawen Barbara
ie ligt mit Frawen Barbara T
e ligt mit Frawen Barbara Th
ligt mit Frawen Barbara Tha
igt mit Frawen Barbara Thab
gt mit Frawen Barbara Thabe
t mit Frawen Barbara Thabea
mit Frawen Barbara Thabea J
it Frawen Barbara Thabea Ju
t Frawen Barbara Thabea Jud
Frawen Barbara Thabea Judi
rawen Barbara Thabea Judit
awen Barbara Thabea Judith
wen Barbara Thabea Judith R
en Barbara Thabea Judith Ru
n Barbara Thabea Judith Rut
Barbara Thabea Judith Ruth
arbara Thabea Judith Ruth v
rbara Thabea Judith Ruth vn
bara Thabea Judith Ruth vnd
ara Thabea Judith Ruth vnd S
ra Thabea Judith Ruth vnd Sa
a Thabea Judith Ruth vnd Sar
Thabea Judith Ruth vnd Sara

Hie ligt mit Frawen Barbara/
Thabea/ Judith/ Ruth/ Sara.

Die zwei Verse dieses Gedichts lassen sich (von der linken oberen bis zur rechten unteren Ecke) auf mehr als vier Billionen Wegen lesen. Thabea *vgl. Apostelgesch.* 9,36ff.

DIETRICH VON DEM WERDER*

Aus: Krieg und Sieg Christi.

Eingang. Sonnet.

Von Christi Krieg' vnd Sieg' erfrew ich mich zu singen /
    Der seiner Kriege last mit Sieg' ertragen hatt /
5   Vnd Sieghafft auff den Hals der Kriegesfeinde tratt:
Ja vnser Sieg vnd Krieg soll drunter mit erklingen /
Wie ich vnd jeder Christ durch Krieg zum Siege dringen
    Sieghafften Kriegern gleich; verleih' hier deinen rath
10   Du Kriegs- vnd SiegesFürst / steh bey mir in der that /
Vnd hilff mir einen Sieg in diesem Krieg' erringen.

Du großer SiegesHeld / ErtzHertzog Heer- vnd Kriegs /
    Der KriegesHeere Herr vnd geber jedes Siegs /
Gib daß sich jeder Vers mit Sieg vnd Krieg zerstreite /
15   Das spielend' ich Krieg Sieg in alle reimen leg' /
Vnd mache Siegen mich / auff das den Krieg / den heute
    Jch kriegend' hier anheb' / bald Siegend' enden mög.

Krieg vnd Sieg Christi
Jn seinen Wunderwercken. Das 66. Sonnet.

20 Es Kriegt vnd Siegt der HERR in allen wunderwercken /
    Er Kriegt vnd Siegt wann er der winde flügel lähmt /
    Er Kriegt vnd Siegt wann er der Feinde list beschämt /
Er Kriegt vnd Siegt wann er kan jhre falscheit mercken /
Er Kriegt vnd Siegt wann er kan die krafftlosen stercken /
25   Er Kriegt vnd Siegt wann er den tröstet / der sich grämt/
    Er Kriegt vnd Siegt wann er den Satan selber zähmt /
Er Kriegt vnd Siegt wann er jhm frey gibt Säw' vnd fercken.

Er Kriegt vnd Siegt wann er das Wasser macht zu wein /
Er Kriegt vnd Siegt wann er kan heilen im abwesen /
30   Er Kriegt vnd Siegt wann er offt Teuffel treibet aus /
    Er Kriegt vnd Siegt wann er den Aussatz machet rein /
Er Kriegt vnd Siegt wann er die Siechen macht genesen /
    Ach Kriege Sieg' O HERR / den Krieg zum Land' hinnaus.

Beschlus. Sonnet.

35 O Kriegs- vnd SiegesFürst! O Christe / dich erheben
    Muß ich / durch Krieg vnd Sieg / am ende noch mit danck

---

16 den Krieg   *zu lesen:* der Krieg? *Sonst wäre das Subjekt aus dem Relativsatz zu ergänzen.*

Für deine Siegeshülff' in diesem Kriegesklang /
Vnd wollest diesen Kriegs- vnd Siegesreimen geben /
Das dein Krieg Sieg allzeit in jhnen möge leben /
40   Jn deinem Krieg' vnd Sieg' auch dieser mein gesang /
    So lang' als imer Krieg / Sieg / Siegs- vnd Kriegeszanck /
   Mit Sieg- vnd Kriegsgeschrey auff Erden werden schweben.

   Verleyh' O aller Kriegs- vnd Siegesreichster Gott /
   Weil du mich jetzund auch zu deinen Krieg vnd Siegen
45   So starck beruffen lest / das Sieghafft ich in Kriegen /
    Als dein Kriegs-Siegesman / nicht schewe not vnd todt.
   Auff daß ich auch mithelff' im Kriege Sieg erringen /
   Vnd vnser Land vom Krieg' in Sieg vnd Friede bringen.

        Oder
50   Verleyh' O aller Kriegs- vnd Siegesreichster Gott
   Das ich Krieg / Sieg / Creutz / pein des lebens überwinden
   Durch Krieg im Siege mög' / vnd wann herbey sich finden
    Mit Krieg' vnd Siege wird mein letzter Feind / der Todt /
   So hilff / das ich durch Krieg den Sieg an jhm erringe /
55   Vnd so durch allen Krieg / zu dir / mit Siege dringe.

Georg Gloger*

Generals Tylli
drey Tugenden in Laster verkehret.

Noch newlich rühmbte man / der Tylli sey beschryen
5 Von dreyen Tugenden / vor andern Jhm verliehen.
  Zum ersten / daß er nie ein Weibesbild berührt.
  Vors andre hett' Jhn auch kein Trunck noch Rausch verführt.
  Zum dritten hett' er gar in keiner Schlacht verlohren /
  Vnd were von Natur zum Siegen nur gebohren.
10 Jch glaubs / vnd ist auch war. durch solcher Tugend Krafft
  Hat weder Macht noch List an Jhm gar viel geschafft.
  Denn keusche Jungfrawschafft stets jhre Lohnung findet /
  Vnd wer sich selbst beherscht / auch ander' überwindet.
  So gleichsfals / wer sich recht vor Voll-sein hüten kan /
15 Der bleibt vor seinem Feind' ein vngeschlagner Mann.

44f. *Werder erhielt 1631 von Gustav Adolf ein schwedisches Regiment zum Geschenk und nahm als dessen Oberst bis 1635 am Kriege teil.*
2 ff. *Im Original geht eine lat. Fassung des Gedichts voran.* 2 Tylli *Tilly.*

Nach dem er aber sich an Blutschuld vollgesoffen /
Vnd an der Sachsen Magd die Keuschheit abgeloffen /
   So kan er in der Schlacht nicht mehr / wie vor / bestehn /
   Vnd muß vor seinem Feind' in stettem fliehen gehn.
20 Denn wer sich Blutvoll säufft / hat gar kein recht Geschicke;
Vnd wer Jungfrawen schändt / hat weder Stern noch Glücke.
   Drümb heist er billich nun / wie ers verdienet hat /
   Ein Hurer / Trunckenpolt / vnd flüchtiger Soldat.

1632

MICHAEL ALTENBURG*

Königlicher Schwanengesang /
So Jhre Majest. vor dem Lützenschen Treffen
inniglichen zu Gott gesungen /

1.

5 Verzage nicht du Häufflein klein
   Ob schon die Feinde willens seyn /
Dich gäntzlichen zuverstören
   Vnd suchen deinen Vntergang
Darvon dir wird gantz Angst vnd Bang
10   Es wird nicht lang mehr wehren.

2.

Tröste dich das / das deine *Sach*
   Jst *Gottes* / dem befiehl die *Rach.*
Vnd laß es jhme nur walten.
   Er wird durch einen GEDEON
15 Den er wol weis / dir helffen schon
   Dich vnd seine *Wort* erhalten.

3.

So war Gott / *Gott ist* vnd sein *Wort*
   Muß Teuffel / Welt vnd Hellen Pfort
Vnd was deme thut anhangen

GENERALS TYLLI . . . 17 *der Sachsen Magd Magdeburg, 1631 von Tilly erobert und zerstört;* abgeloffen *abgelaufen.* 18 *Tilly wurde 1631 bei Breitenfeld von Gustav Adolf geschlagen.*

KÖNIGLICHER SCHWANENGESANG. 3 *Gustav Adolf, der 1632 in der Schlacht bei Lützen fiel.* 14 GEDEON *Gideon, vgl. Richter 6–8.*

20   Endlich werden zu Hohn vnd Spott
        Gott ist mit vns / vnd wir mit Gott
        Den *Sieg* wollen wir erlangen / Amen.

1634

UNBEKANNTER VERFASSER

Von der Lothringer Niederlag bey Pfaffenhofen
allda der Hertzog von dem Birckenfelder die letzte Oelung
empfangen. Geschehen Anno 1633.

5   Nach dem Thon vnd Reymen Mitten wir im Leben seynd etc.

I.

        Mitten wir im Elsäs seynd
            Mit Vnglück vmbfangen:/:
        Wen suchen wir der Hülffe thu /
            Daß wir Gnad erlangen?
10   Das ist Franckreich alleine:
        Vns rewet vnser Missethat /
            Die vns alls verspielet hat!
                Ach weh der Schand vnd Spott!
                O Schaden nicht ohn Spott!
15   Pfaffenhofen bringt vns vmb das Land!
                O ewiger Spott!
        Wann wir nun nicht sincken
            Jn noch grösser Schand vnd Noth!
                Nous demandons Pardon!

II.

20   Mitten im Verlust anficht
            Vns deß Feindes lachen :/:
        Wer wil vns auß solchem Spott
            Frey vnd ledig machen?
        Das ist Franckreich alleine:

VON DER LOTHRINGER ... 2–4 *Herzog Karl von Lothringen, der sich mit der katholischen
Liga verbündet hatte, wurde 1633 bei Pfaffenhofen im Elsaß von Pfalzgraf Christian von Pfalz-
Birkenfeld geschlagen.* 19 *Wir bitten um Pardon. Bei Luther:* Kyrieleyson.

25 Wir bitten vmb Barmhertzigkeit /
Was wir than han ist vns leyd!
Ach weh der Schand vnd Spott!
Jetzt han wir jmmer Spott!
Weil wir han verlohren Leut vnd Land;
30 O Ewiger Spott!
Wir müssen verzagen /
Weil der Krieg nicht glücken thut!
Nous demandons pardon!

III.

Mitten in der Flucht vnd Angst
35 Vns die Feind noch treiben / :/:
Wa solten wir dann fliehen hin /
Da mir mögen bleiben?
Daß bistu Pabst alleine;
Vergossen ist vnsers Volcks Blut /
40 Daß vbel schmiertzen thut!
Heilige g'schorne Rott!
Wir hetten nicht ein Brodt /
Wann wirs müßten hohlen in vnserm Land!
O Ewiger Spott!
45 Vns wil gar entfallen
Zu dem Krieg hinfort der Muth!
Nous demandons Pardon!

JOHANN RIST

Auff die nunmehr angekommene kalte Winterzeit.
ODE JAMBICA.

Der Winter hat sich angefangen /
5 Der Schnee bedeckt das gantze Landt /
Der Sommer ist hinweg gegangen /
Der Waldt hat sich in Reiff verwandt.

Die Wiesen sind von Frost versehret /
Die Felder gläntzen wie Metall /
10 Die Blumen sind in Eis verkehret /
Die Flüsse stehn wie harter Stahl.

---

40 schmiertzen *schmerzen.*
2 ff. *Vgl. Horaz Od. I, 9.* 3 *Jambisches Lied.* 7 verwand *gewendet, verwandelt.*

Wolan wir wollen von vns jagen
Durchs Fewr das kalte Winterleid /
Kompt / Last vns Holtz zum Herde tragen
15 Vnd Kohlen dran / jetzt ist es zeit.

Last vns den Fürnewein hergeben
Dort vnten auß dem grossen Faß /
Daß ist das rechte Winterleben:
Ein heisse Stub' vnd kühles Glaß.

20 Wolan wir wollen musiciren
Bey warmer Lufft vnd kühlem Wein /
Ein ander mag sein klagen führen /
Den Mammon nie lest frölich seyn.

Wir wollen spielen / schertzen / essen /
25 So lang' vns noch kein Gelt gebricht /
Doch auch der schönsten nicht vergessen /
Denn wer nicht liebt / der lebet nicht.

Wir haben den noch gnug zu sorgen
Wann nun das Alter kompt heran /
30 Es weiß doch keiner was jhm morgen
Noch vor ein Glück begegnen kan.

Drumb wil ich ohne Sorge leben /
Mit meinen Brüdren frölich seyn /
Nach Ehr' vnd Tugendt thu ich streben /
35 Den rest befehl' ich Gott allein.

DANIEL CZEPKO VON REIGERSFELD

Aus: Drey Rollen verliebter Gedancken.

Viel leiden und schweigen kan zu Hertzen steigen.

Im Willen wird die Liebe zwar gebohren,
5 Doch läst du ihn, hast du erst Lieb erkohren.

Verlohren ist hier erkohren.
Ich such und find, und als ich es erkohren,
Hab ich dasselb und mich in dem verlohren.

---

16 Fürnewein *Firnewein, Firnwein (alter Wein).*   23 lest *im Original:* leß. *Korrigiert nach der 2. Auflage.*   31 Glück *Geschick, Zufall.*
2 ff. *Im 17. Jhdt. ungedruckt. Vgl. Czepkos* Monodisticha *S. 213.*

Mich aber vielmehr dich.
10 Du liebst nicht mich, nur dis, was sich dir in mir gleicht,
Drumb sich in ihrer Lieb auch deine Lieb erreicht.

Ich bin da, wo mein Sinn.
Die Tugend kan zwar viel, doch macht die Lieb allein:
Daß ich abwesend auch kan gegenwärtig seyn.

15 Es kommt von dir, nihm es von mir.
Weil die Gedancken mich zur Liebe stets vermögen,
So find ich allda dich, bist du gleich nicht zugegen.

Ohne Pein kan es nicht seyn.
Mit Blumen prangt der Lentz: Der Sommer drauf mit Ähren:
20 Mit Wein und Obst der Herbst: Die Liebe mit Beschweren.

[1932]

1637

ANDREAS GRYPHIUS

Trawrklage des Autoris / in sehr schwerer Kranckheit.
A. cIɔ Iɔc XXXVI. Mense Febr.

Jch bin nicht / der ich war / Die kräffte sind verschwunden!
5 Die Glieder sind verdorrt wie ein verbrandter Grauß /
Hier schawt der schwartze Todt zu beyden Augen auß /
Nichts wird als Haut vnd Bein mehr an mir vbrig funden.
Der Athem wil nicht fort; die Zung steht angebunden.
Mein Hertz das vbersteht numehr den letzten Strauß /
10 Ein jeder / der mich siht / spürt daß das schwache Hauß
Der Leib wird brechen ein / gar jnner wenig Stunden /
Gleich wie die Wiesenblum früh mit dem Liecht der Welt
Hervor kombt / vnnd noch eh der Mittag weggeht / fält;
So bin ich auch benetzt mit Thränentaw ankommen:
15 So sterb ich vor der Zeit: O Erden gutte Nacht!
Mein Stündlein laufft herbey! nun hab ich außgewacht /
Vnd werde von dem Schlaff des Todes eingenommen!

DREY ROLLEN VERLIEBTER GEDANCKEN. 20 Beschweren *Beschwernissen.*
TRAWRKLAGE DES AUTORIS. 3 *Im Monat Februar 1636.* 7 Bein *Knochen.*
11 jnner *innerhalb.*

Der Autor vber seinen Geburts-Tag
den 29. Septembr. des CIƆ IƆ CXVI. Jahres

Als Jch diß Jammerhauß der Welt solt erst beschreiten /
Vnd nichts als Angst vnd Noth / man hier gewertig war;
5   Vmbringstu JESU mich mit deiner Engel Schar.
Durch der auffsicht! (ob schon mein Fuß hat müssen gleiten
So sehr / daß man mir auch das Grab offt wolt bereiten)
   Jch dennoch bin entsetzt viel tausendfacher Gfahr /
   Diß hastu meinen Geist versichert hell vnd klar.
10 Weil du mich an dem Tag ins Leben thätest leiten /
   An dehm der Engel-Printz den Teuffel triumphirt.
   O der du mich bißher so wunderlich geführt /
Gib daß das Lebensziel / so Jch noch hie zu lauffen /
   Durch dieser Wächter Schutz mir möge sicher seyn:
15   Vnnd wenn der letzte Tag des Todes nun bricht ein /
So laß mich frölich gehn zu deiner Engel hauffen.

An eine hohen Standes Jungfraw.

Was wundert Jhr Euch noch / Jhr Rose der Jungfrawen /
   Daß diese purpur Roß die Jhr kaum auffgefast
   Jn Ewr schneeweissen Hand so vnversehns erblast?
5 So wird Ewr schöner Leib / nach dem Er abgehawen /
Vons Todes scharffer Seens in kurtzem seyn zu schawen.
   Diß was Jhr jtzt an Euch so lieblich fünckeln last /
   Der Halß / der Mund / die Brust / sol werden so verhast /
Daß jedem / der sie siht / davon wird hefftig grawen.
10   Ewr Seufftzer ist vmbsonst! nichts ist das auff der Welt /
   So schön es jmmer sey Bestand vnd Farbe helt /
Wir sind von Mutter-Leib zum vntergang erkohren.
   Mag auch an Schönheit was / der Blum zu gleichen seyn?
   Doch / eh sie recht noch blüht verwelckt vnd felt sie ein /
15 So greifft der Todt nach vns / so bald wir sind gebohren.

DER AUTOR VBER SEINEN GEBURTS-TAG. 1 f. *Gryphius wurde am 2. Oktober 1616 ge-*
boren. Vgl. das Epigramm S. 144.   8 entsetzt *befreit.*   11 Engel-Printz *Erzengel,*
hier: Michael, dessen Tag der 29. 9. ist (Michaelis).

AN EINE HOHEN STANDES JUNGFRAW. 1 *Im Original:* An eben dieselbe.

Trawrklage des verwüsteten Deutschlandes.

Wir sind doch numehr gantz / ja mehr alß gantz vertorben.
   Der frechen Völcker schar / die rasende Posaun /
   Daß vom Blutt feiste Schwerd / die donnernde Carthaun /
5 Hat alles diß hinweg / was mancher sawr erworben /
Die alte Redligkeit vnnd Tugend ist gestorben;
   Die Kirchen sind vorheert / die Starcken vmbgehawn /
   Die Jungfrawn sind geschänd; vnd wo wir hin nur schawn /
Jst Fewr / Pest / Mord vnd Todt / hier zwischen Schantz vnd Korben
10   Dort zwischen Mawr vnd Stad / rint allzeit frisches Blutt
   Dreymal sind schon sechs Jahr als vnser Ströme Flutt
Von so viel Leichen schwer / sich langsam fortgedrungen.
   Jch schweige noch von dehm / was stärcker als der Todt /
   (Du Straßburg weist es wol) der grimmen Hungersnoth /
15 Vnd daß der Seelen-Schatz gar vielen abgezwungen.

1638

FRIEDRICH VON LOGAU*

Aus: Teutsche Reimen-Sprüche

Mars & Venus sunt connexa.

Wer Pöeten nennet Tichter
5   Jst ein vngerechter Richter;
Man kan ja noch heutt erfahren
Das sich Mars vnd Venus paren;
Denn es ist ein theil vom kriegen
Auff der Magd zu Felde liegen.

10   Mundi optimum.
Weistu was in dieser Welt
Mier zum meisten wolgefellt?
Das die Welt sich selbst verzehret
Vnd die Welt nicht ewig wehret.

TRAWRKLAGE DES VERWÜSTETEN DEUTSCHLANDES. 1 ff. *Man vergleiche die spätere Fassung S. 144 f.* 9 Korben *Flechtwerk an Dämmen, Reuse.* 14 *Im Jahre 1622.*
TEUTSCHE REIMENSPRÜCHE. 1 *Im Original:* Salomon von Golaw *(Anagramm).*
3 Mars und Venus sind zugehörige *(Ausgabe von 1654).* 4 Tichter *Erdichter.*
10 Das Beste der Welt *(1654).*

15

Nobiles bullati.

Wo ein gemahlter Brieff vnnd auffgekauffte Bullen /
Den / der nicht Edel ist / erst Edel machen sollen;
So kan auch eine Mauß deß Adelß sich vermessen /
Die einen solchen Brieff hat manchmal auffgefressen.

SIMON DACH

Orbis ad exemplum se quoque formet homo.

[Melodie]

1. Sol sich der Mensch / die kleine Welt /
5 Jetzt nicht auff süsse Heyraht lencken?
Muß doch das prächtige Gezelt
Der grossen nur an Liebe dencken.

2. Die Erd' ist sauber vnd beleckt
Durch den gewünschten Schein der Sonnen /
10 Jst jhres Winterfells entdeckt
Vnd wird vom Himmel lieb gewonnen.

3. Der sich herab in jhren Schoß
Durch einen warmen Regen machet /
Vnd schwängert jhren dürren Kloß
15 Daß alles frölich sieht vnd lachet.

4. Was auß der Lufft den Ackersmann
Mit singen tröstet vnd erfrewet /
Spricht lieblich eins das andre an
Vnd wird zu gleichem gleich getrewet.

20 5. Die Heerde treibt den Hirten fort
Der Galatheen nach zu lauffen /
Pan braucht sich jetzt der besten Wort'
Jhr Nymphen / ewre Gunst zu kauffen.

TEUTSCHE REIMENSPRÜCHE. 15 Brief-Edle *(1654)*. 16 gemahlter *in Zierschrift geschriebener;* Bullen *Urkunden.*

ORBIS AD EXEMPLUM . . . 2 *Nach dem Beispiel der Welt richte sich auch der Mensch.* 10 entdeckt *aufgedeckt.* 14 Kloß *Kugel.* 15 sieht *aussieht, scheint.* 19 getrewet *getrauet?* 22 braucht sich *bedient sich.*

6. Das meiste / welches Auffenthalt
25   Nur in den Wellen ist zu finden /
    Ja Hügel / Berge / Wild vnd Wald
    Muß jetzt in Liebe sich verbinden.

7. Der Mensch / ein Außzug dieser Welt /
    Wird vieler Schuld entledigt bleiben /
30   Wenn er sich dem gemeß verhelt
    Was Lufft / See / Erd vnd Himmel treiben.

1639

ANDREAS GRYPHIUS

Aus: Feyrtags Sonnete.

Am gutten Freitage.

O schmertz! das leben stirbt! o wunder! Gott mus leiden!
5   Der alles trägt, felt hin! die ehre wirdt veracht!
    Der alles deckt ist nackt! der alles tröst verschmacht!
Der luft undt bäume schuff, mus luft undt Wälder meiden!
Vndt hatt die luft zur pein! undt mus am holtz verscheiden!
    Der glantz der herlikeit verschwindt in herber nacht!
10   Der segen wirdt zum fluch, die unerschöpfte macht
Hatt keine kräfte mehr! den König aller Heiden
    Erwurgt der Knechte Schar! was bosheit hatt verschuldt
Zahlt unschuldt willig aus! wie embsig ist gedult,
Was wiederwill verschertzt, auf's new hervor zue bringen!
15   O härtter weitt als stein, den nicht die trew bewegt!
    Wen Sonn' undt luft verschwartzt! wen sich der Erdtkreis regt!
Wen todten auferstehn undt hartte fels zue-springen.

Am tage der Himmelfahrt des Herren. Marc. 16.

Triumph! der todt ist todt! Triumph ihr Himmelscharen!
20   Triumph! die Helle ligt. Mein König fehrt nun auf,
    Und fuhrt in banden schaw der schwartzen Teufel hauf.
Triumph! die vor verstrickt in sunden keten wahren,

---

2 ff. *Im Original: kursive Antiqua.*   3 *Karfreitag.*   20 Helle *Hölle.*   21 ban-
den schaw *wohl als Kompositum zu lesen.*   23 den *denen.*

Macht seine freiheit frey, undt den vor so viel jahren
Das Paradis verspert, durch Mutter Evae kauf,
25 Undt Adams fraas, holt ein sein werthe lehr undt tauf.
Triumph! der Herr fehrt auf, mitt tausendt tausendt paaren,
Itzt sitzt er und regirt bei Gottes rechten handt,
Undt tritt was vor sich fest in seinen has verbandt.
Vor ihm mus Himmel, Erdt, und Hell, die fusse neigen.
30 Doch bey uns bleibt er auch, so lang die Sonne wacht,
So lang der Sternen glantz umbringt die schwartze nacht,
Bis er der erd ihr endt, uns wirdt den Himmel zeigen.

JONAS DANIEL KOSCHWITZ

Sappho der edlen Poeterin Jhr Leyergedichte
Jn Hochdeutsch gesungen
Auff dero wohlgebohrnen Frewlein Gottlib /
5 des Hoch- vnd wohlgebohrnen Herrn Hn. Georg Sparrn /
GeneralFeldzeug-Meisters vnd jhrer Käiserlich. Mai:
Ferdinandt III. geheimen Rahtes Töchterleins
allzuzeitlichen hintritt aus dieser Welt.

Nach der Grichen art vnd Lateiner Ordnung
10 Jn genawer abmessung der zahlen.

Musen / jhr Musen / stehet vnd erachtet /
Jupiters Töchter / klaget vnd betrachtet /
Alle neun Schwestern / machet ohne länge
Grabe-gesänge.
15 Heulet Jhr Nymfen / leget ab geschmeyde /
Lauten vnd Harffen / leget alle Frewde /
Stellet Euch trawrig / zihet auff parete
Schwartze Tapete.
Ewre Gold-gälb' vnd hohe krausen Haaren
20 Mussen jhr Blumwerck / jhre Kräntze fahren
Lassen / jetzund nun liben Euch Cypressen
Bleiche Cypressen.

---

28 in seinen has   *in Haß auf ihn.*   31 umbringt   *umringt.*

2 *Nicht ein Gedicht der Sappho, sondern die nach ihr benannte sapphische Ode.*   9f. *Der genaue Sinn dieser Angaben wäre durch eine metrische Analyse des Gedichts zu ermitteln. Es handelt sich offenbar um den Versuch einer quantitierenden Nachbildung antiker Versmaße, wie ihn in derselben Publikation Adam Bythner theoretisch begründet und in Gestalt einer Elegie unternommen hat. Aus dieser Absicht erklären sich wohl die vielen Härten in Wortwahl und Satzbau des Gedichts.*   17 parete   *italienisch: die Wand.*

Alles erstumm' / O stehe / lige / leyde /
Nun Sie auch Todt ist da die eine Frewde
25 Vnd jhrer Mutter Ruhe solte werden
　　　　　Auff diser Erden.
Ach zuerbarmen! wahren andre Leute
Nicht mehr auff Erden: dise kleine Beute /
Muste Sie dir / Tod / dise dann vor allen
30 　　　　　Also gefallen?
Hatte Sie doch kaum gesehen das Hertze ᵃ)
Der blawen Sonnen / die erhabne Kertze /
Noch gehet Sie bald wider in die höle
　　　　　Die hohe Seele?
35 Ach zuerbarmen! wie aber dem allen;
Dir ja dir Dreymahl-groser HErr gefallen
Also der Menschen sachen im gebitte
　　　　　Sterblicher Hütte.
Ohne Gott wird kein Tod an vns gebühren /
40 Ohne Gott wird er wenig Hände rühren /
Ohne Gott wird er wenig vns bedrawen /
　　　　　Oder abhawen.
Drumb jhr O Eltern leget ewre schmertzen /
Gott der hat Gottlib / ewer Heil der Hertzen /
45 Zu sich entzogen da der Himmel Ende /
　　　　　Ausser elende /
Ohne zeit schweben: da wil er sich hören
Lassen Jhr Trewer Vater vnd sie ehren
Ewig in rechter Libe der gelübnüß.
50 　　　　　Ohne betrübnüß.
Seelig O / den Gott libet vnd von hinnen
Zeucht ! diser wird nicht sehen also können
Jmmer auff Erden rauhe Kriegs-gewitter
　　　　　Vnd rauhe Splitter.

a) Titan wird von den Poeten vnd Astronomis Planetarum cor genennet.

---

24 die *Druckfehler für* sie?　　33 Noch *dennoch.*　　37 gebitte *Gebiete.*
39 gebühren *geschehen.*　　41 bedrawn *bedrohen.*　　45 Ende. *Orte, Gegenden*
48 Jhr *als ihr.*　　49 *wohl: in der gelobten (versprochenen) Liebe.*　　*zu* a) Titan *die*
Sonne; Planetarum cor *Herz der Planeten.*

1640

Simon Dach

Perstet amicitiae semper venerabile Faedus!

[Melodie]

1. Der Mensch hat nichts so eigen
So wol steht jhm nichts an /
Als daß Er Trew erzeigen
Vnd Freundschafft halten kan;
Wann er mit seines gleichen
Soll treten in ein Band /
Verspricht sich nicht zu weichen
Mit Hertzen / Mund vnd Hand.

2. Die Red' ist vns gegeben
Damit wir nicht allein
Vor vns nur sollen leben
Vnd fern von Leuten seyn;
Wir sollen vns befragen
Vnd sehn auff guten Raht /
Das Leid einander klagen
So vns betretten hat.

3. Was kan die Frewde machen
Die Einsamkeit verheelt?
Das gibt ein duppelt Lachen
Was Freunden wird erzehlt;
Der kan sein Leid vergessen
Der es von Hertzen sagt;
Der muß sich selbst aufffressen
Der in geheim sich nagt.

4. Gott stehet mir vor allen /
Die meine Seele liebt;
Dann soll mir auch gefallen
Der mir sich hertzlich giebt /
Mit diesem Bunds-Gesellen
Verlach' ich Pein vnd Noht /
Geh' auff dem Grund der Hellen
Vnd breche durch den Tod.

---

2 *Der Freundschaftsbund bleibe stets verehrenswert.*   19 betretten *ergriffen.*

5. Jch hab' / ich habe Hertzen
So trewe / wie gebührt /
Die Heucheley vnd Schertzen
Nie wissendlich berührt;
40   Jch bin auch jhnen wieder
Von grund der Seelen hold /
Jch lieb' euch mehr / jhr Brüder /
Als aller Erden Gold.

GOTTFRIED FINCKELTHAUS

Der Vngetrewe Vnbestendige.

Ja: Jch lieb an allen Orten /
   Endre mich bald vnd geschwind:
5   Jeder schwur bey meinen Worten
   Jst mir als ein leichter Wind.
   Kehr vnd wendig ist mein Sinn /
   Von der zu der andern hin.

Jch bin ausser allen Schrancken:
10   Eben / vngleich als die Fluth.
Pflege wie das Meer zu wancken:
   Einmal from / dann nimmer gut.
   Kehr vnd wendig ist mein Sinn /
   Von der zu der andern hin.

15 Meine Thränen auff den Wangen /
   Die man sampt den Seufftzen schawt /
Sind Strick Netze die zu fangen /
   So dem falschen Eyde trawt.
   Kehr vnd wendig ist mein Sinn /
20   Von der zu der andern hin.

Bin ich früh bey der vermessen /
   Mittags mich ein andre helt:
Die zu Abend ist vergessen /
   Wenn die dritte mir gefellt.
25   Kehr vnd wendig bleibt mein Sinn /
   Von der zu der andern hin.

Die von mir sich Hoffnung machet
   Weiß nicht meine Liebes Krafft:

---

1 ff. *Das genaue Erscheinungsdatum des hier benutzten Druckes ist nicht bekannt. Vgl. Faber du Faur Nr. 330.*   10 Eben   *ebenso.*

So die jene nur verlachet /
 Die an mir mit Glauben hafft.
30 Kehr vnd wendig ist mein Sinn /
 Von der zu der andern hin.

Zwar die ich erst kunte lieben
 Hat das Hertze mir gerührt.
35 Doch ist keine noch verblieben
 Die nicht sey von mir verführt.
 Kehr vnd wendig ist mein Sinn /
 Von der zu der andern hin.

Jmmerzu auff eine lauschen
40 Bringt nur den Verdruß zuletzt.
 Meine Damen vmbzutauschen
 Jst allein das mich ergötzt.
 Kehr vnd wendig bleibt mein Sinn /
 Von der zu der andern hin.

Er schertzet.

Jm Fall ich bin was hönisch in dem Schreiben /
 Vnd sage / daß ich vnbeständig sey
Jn Lieb vnd Gunst / so wisset diß dabey:
5 Es ist mein Schertz / dem jhr nicht sollet gläuben.
Mir steht ja frey nach willen was zu dichten:
Mein Leben ist nicht aus der Schrifft zu richten.

Vber die Hand der Astree.

Du schöne Hand: Was / Hand! ja Ketten / denn sie bindt.
Was Ketten? Wollen mehr / weil sie so weich zu drücken.
 Was / Wollen? Fewer mehr / denn sie das Hertz entzündt.
5 Was / Fewer? Mehr als Schnee / die Weisse muß sie schmücken.
Doch keines: Ketten nicht: ich bin ja frey zu nennen.
 Nicht Wollen / die sonst bald verwehen kan der Wind.
Nicht Fewer: siehstu denn die Gluth so helle brennen?
 Nicht Schnee / weil sich in der die rechte Wärme findt.
10 Jedennoch siehet dich des Volckes blinder Wahn
 Aus Liebe vor den Schnee / Fewr / Wollen / Ketten an.

---

29 So die jene *welche diejenige.*
VBER DIE HAND DER ASTREE. 1 ff. *Vgl. Opitz S. 67 und Zesen S. 158 f.*

Dorilis.

Jch wil etwas heimlichs sagen /
Von der schönen Dorilis /
Was sich newlich zugetragen.
   Gläubet mir / es ist gewiß.
   Gläubet jhr es oder nicht?
   Dorilis es selber spricht.

Laß vns / sagte sie / doch schertzen.
   Alles ist geheim vnd still.
Alles was du hast im Hertzen
   Jch mit dir begehren wil.
   Gläubet jhr es / oder nicht?
   Dorilis es selber spricht.

Drauff so legten wir geschwinde
   Mund auff Mund / vnd Brust an Brust.
Warlich / warlich ich empfinde
   Noch bey mir die süsse Lust:
   Gläubet jhr es / oder nicht?
   Dorilis es selber spricht.

Als wir lange diß getrieben /
   Sprach die Dorilis zu mir:
Dieses wohl vergnügte Lieben
   Ja verschwiegen sey bey dir.
   Gläubet jhr es / oder nicht?
   Dorilis es selber spricht.

Vnser beyder süsses Küssen /
   Meine schöne Dorilis /
Sagt ich / soll nicht einer wissen /
   Sey versichert vnd gewiß.
   Gläubet jhr es oder nicht?
   Dorilis es selber spricht.

Also wil ich stille schweigen /
   Weil es keinem wissent ist.
Niemand sol mich vberzeugen /
   Daß sie sey von mir geküst.
   Vnd daß sie drumb wisse nicht /
   Dorilis es selber spricht.

Ludwig von Anhalt-Köthen*

Wenige anleitung zu der Deutzschen Reim-kunst.

1.

Wer eines guten Reims weis' art und maß wil wissen
Jn unsrer Deutzschen Sprach' / aufs erste sey befliessen /
5   Zu schreiben drinnen klar / leicht ungezwungen rein /
An fremde Sprachen sich und Worte ja nicht binde /
Er geh' auch in dem fall' er folgen wil / gelinde /
    Biß er der seinen sich befind ein Meister seyn.

2.

Er nehm' in acht die fäll' und solche nit verkehre /   Casus.
10 Und wo verkehret sie ein bessers andern lehre /
    Nach wahrer Eigenschaft der Zung' in unserm Land /
Da sie mit reiner zierd' / und deutlich wird getrieben
Jn ungebundner red' / als sie dann auch geschrieben /   Prosa.
    Gebunden werden sol / in wolgemeßnem band.   Oratio
    ligata.

3.

15 Das maß der Reim' ich mein' in dem' alleine lieget   Mensura.
Die schöne Wissenschaft zusammen wol gefüget:
    Darbey dan das gehör' am meisten wircken muß /
Die Sylben kurtz und lang gleich auff einander lauffen /   Jambi.
Die kurtzen zwiefach sich zusammen nimmer hauffen /   Dactili.
20   Sonst wird der falsche Thon gebehren nur verdruß.

4.

Es werden lang und kurtz die Sylben auch gesetzet   Trochaei.
Jn sondre Reimen-art / die unsern sinn ergetzet /
    Wann sie Gesanges weiß' und artlich sein gestelt /   Odae.
Die Reime nit zu lang in Sylben überhauffet /
25 Dann ihre kurtze fort wol unterschieden lauffet /
    Und dann so außgemacht dem Leser wol gefelt.

5.

Die endung unsrer Reim' auch werden muß erkleret /   Terminatio.
Dieselb' ist zweyerley / und also wird gelehret:
    Die erste Männlich ist / und mit dem Thone felt /   Masculina,
    accentus.

---

14 Gebunden, Oratio ligata   *Versdichtung.*   19 hauffen   *häufen.*   22 sondre
besondere.

30 Die Weiblich' in der Sylb' ohn' ein' am letzten stehet / Foeminina.
   Und in derselben lang gantz prächtig einher gehet /
      Der Schluß von Mannes art stets doch den preiß behelt.

6.

Eilff und zehnsylbig seind / die man gemeine nennet / Vers
Und in der vierdten wird ihr abschnitt recht erkennet: Communs.
35 Der Sylben aber zwölff' hat unser' Helden art Caesura.
Und dreyzehn/die man darff mit dreyzehn auch anfangen / Carmen
                                                        Heroicum.
Mit zweyen zeilen fort zu einen Reim gelangen /
   Und in der Sechsten helt ihr abschnitt seine fahrt.

7.

Die edelst' art ist diß / so unser Deutscher übet / Vers Alex-
40 Geht hurtig von der Faust / und leichte Reime giebet / andrins.
   Die andre / vierde Silb / und Sechste lang muß seyn /
   Die achte / zehnd / und zwölfft dermassen sich auch zeigen /
   Weil unserm Ohrenmaß es klinget und ist eigen /
      Ja mit der deutligkeit sie kömt recht überein.

8.

45 Die Klinggedichte seynd von vierzehn vollen zeilen / Sonnets.
   Die man dermassen sol außbutzen und befeilen /
      Wie euch ist vorgesagt: Jm anfang findet man
   Gesetze deren zwey gleich folgen in acht reyen /
   Darauf sich können wol die Sechse so verneuen /
50   Wie man bloß nach der lust sie nur wil setzen an.

9.

Gesetze dreyerley im schwange rummer gehen / Stances.
Von vieren / sechs und acht der zeilen sie bestehen:
   Die erst' und vierdte muß in vieren enden gleich / Quadrain.
Jn sechsen werden noch zwey zeilen zugeleget Sixain.
55 Von achten das Gesetz geschrencket dreymal treget Huictain.
   Den Reim/und einer giebt den schluß und letzten streich.

10.

Man sol auch nie zu sehr ein wort zusammen ziehen / Contractio.
Dergleichen zwang vielmehr nach müglichkeit stets fliehen /
   Der Sprach' art und Natur damit wird gantz verstelt /
60 Ein hart gezwungnes wird hingegen eingeführet /
   Da ihre leuffigkeit man sonsten lieblich spüret
      Und wird des rechten Zwegs der anmuht so verfehlt.

---

30 in der Sylb' ohn' ein' *in der vorletzten Silbe.* 35 Helden Art *paarweise ge-reimte Alexandriner.* 51 Gesetze *Strophen.*

11.

Zu letzt wird auch das e zum öfftern außgelassen   Elisio.
Wann ein selblauter folgt / wie dann auch ebner massen / Vocalis.
65 Wann die mitlautre sich gleichförmig treffen an /   Conso-
Der Selblaut e als dan zu rück' und aussen bleibet /   nans.
Er wird geschlucket ein / und gleichsam auf sich reibet /
Wie man baß durch gebrauch diß alles lernen kan.

12.

Wie wol sich finden nun noch mehre Reimenarten /
70 Wie die in endung sich dann in einander Charten /
Jn oberzehlte doch sie meistlich lauffen ein /
Die angezogen seind / ins Deütsche sich die schicken /
Und wann sie recht gesetzt / Hertz und gemüt' erquicken /
Daraus zu nehmen ab / daß diese Kunst nicht klein.

PHILIPP VON ZESEN

Dactylisch Sonnet
an den Edlen vnd Weltberühmten Herrn
August Buchnern /
5 Vber die Erfindung der Dactylischen vnd
Anapästischen Verse.

Höret die Lieder wie artlich sie klingen /
Welche *Herr Buchner* erfindet vnd übt /
Echo sich selbsten in jhnen verliebt /
10 Wolte sie gerne mit freüden nachsingen /
Vbet sich stetig die Stimme zu schwingen /
Aber in dem sie noch hefftig betrübt /
Nicht mehr als halbe gebrochne wort giebt;
Wälder vnd Felder dem toone nachspringen.
15 *Buchner* so längsten vnsterblich gemacht /
Jtzo mann ähnlich den Göttern Jhn acht /
Weil er Dactylisch zu singen erfunden:

---

64 ebner massen *gleichermaßen.*   68 baß *besser.*   70 Charten *fädeln.*
71 oberzehlte *oben erwähnte.*   72 angezogen *genannt, angeführt.*
8 *Nämlich in seinem seit dem Ende der dreißiger Jahre handschriftlich verbreiteten Kolleg über die Dichtkunst (im Druck erschienen 1663/65).*   9 Echo *Nymphe, der Juno nur die Stimme ließ.*

Phöbus verwundert sich selbsten ob Jhn /
Orpheüs die Seiten muß anders aufzihn /
20   Cicero schweiget vnd lieget gebunden.

1641

GEORG RODOLF WECKHERLIN

Der erste Psalm.
Beatus vir, qui non abiit.

1.

Recht seelig ist der Mensch / der fromb vnd frey zu leben
5   So fleissig Gottes schul
     Besuchet / daß er (Got ergeben)
Sich weder in den Raht / noch auff die Straß / noch Stul /
Des volcks / so mit boßheit / schand vnd spot sich ergötzet /
Achtloß / frech / sicherlich / verfüget / stöllet / sötzet.

2.

10   Ja / seelig ist der mensch / der der welt vngeachtet
     Allein Gottes gesatz
     Stets lobet / liebet vnd betrachtet /
Als den süssesten lust / als den reichesten schatz:
Vnd es in frewd vnd laid so lernet / vnd so lehret /
15   Daß es jhn tag vnd nacht bewahret vnd bewehret.

3.

Einem fruchtbaren baum von guter hand gepflantzet
     Jn wolgeschlachtem grund
     Mit wasserbächen wol verschantzet /
Daß er zu seiner zeit erquicket aug / naß / mund /
20   Ja / der den gärtner stets erfrewet vnd bereichet /
Grün / blühend vnd fruchtreich / ein solcher mensch sich
                        gleichet.

---

2 ff. *Man vergleiche die Nachdichtungen von Becker und Jonas von Elverfeld S. 19 f. und S. 23 f.*
3 *Luther: Wol dem der nicht wandelt (im Rat der Gotlosen).*   9 sicherlich *sorglos (adverbial).*   11 gesatz *Gesetz.*   17 wolgeschlachtem *wohlgeartetem.*

4.

Sein arm / sein mund / sein hertz / verrichtet / redet / tichtet /
    Was götlich / wahr / gerecht /
    Vnd wie jhn Got selbs vnderrichtet /
25   Also gehorchet er / als ein getrewer knecht /
Daß jhm in allem thun / von Got reichlich gesegnet /
Glücklich gelinget stehts / vnd kein vnglück begögnet.

5.

Ein vil andre gestalt hat es nun mit den bösen /
    Ob sie schon groß / starck / reich:
30   Ein fluch ist der gottlosen wesen /
Ob schon jhr vberfluß des Herren seegen gleich:
Sie hoffen ohn bestand / ohn grund sie sich erfrewen /
Dan die wind hin vnd her wie sprewer sie zuströwen.

6.

Auch wirt / wan alles flaisch soll wieder aufferstehen
35   Für des Höchsten gericht /
    Der bösen jamer recht angehen /
Da jhrer keiner wirt auffhöben sein gesicht:
Kein sünder wirt ja dann der frommen wohn beflöcken /
Noch sich vnder die zunfft der gerechten verstöcken.

7.

40   Dann ja der grosse Got / dem aller menschen handel /
    Hertz vnd gedancken kund /
    Seiner erwöhlten weeg vnd wandel
Erkennend / nimmet sie zu sich in guter stund:
Hingegen stürtzen sich in ewiges verderben
45   Die bösen / da sie dann (vnsterblich) allzeit sterben.

Sonnet. An das Teutschland.

Zerbrich das schwere Joch / darunder du gebunden /
    O Teutschland / wach doch auff / faß wider einen muht /
    Gebrauch dein altes hertz / vnd widersteh der wuht
5   Die dich / vnd die Freyheit durch dich selbs vberwunden.

Straff nu die Tyranney / die dich schier gar geschunden /
    Vnd lösch doch endlich auß die (dich verzöhrend) glut /
    Nicht mit dein aignem schwaiß / sondern dem bösen blut
Fliessend auß deiner feind vnnd falschen brüder wunden.

---

22 tichtet *ersinnt, nimmt sich vor.*   **33** zuströwen *zerstreuen.*   **38** wohn *von
mhd.* wân: *Hoffnung, bei Weckherlin oft im Sinn von* Wonne.

10 Verlassend dich auff Got / folg denen Fürsten nach /
    Die sein gerechte hand will (so du wilt) bewahren /
    Zu der getrewen trost / zu der trewlosen raach:

    So laß nu alle forcht / vnd nicht die zeit hinfahren /
    Vnd Got wird aller welt / daß nichts dan schand vnd schmach
15 Des feinds meynaid vnd stoltz gezeuget / offenbahren.

Von dem König von Schweden.
1631.

O König / dessen haupt / den Weltkraiß zu regieren /
Vnd dessen faust die welt zu sigen / allein gut;
5 O Herrscher / dessen hertz / Herr / dessen grossen muht
Gotsforcht / Gerechtigkeit / stärck / maaß vnd weißheit zieren;

O Held / für dessen schwert die verfolger die wuht /
Jhr klagen / forcht / gefahr die verfolgte verlieren;
Mars / götlichen geschlechts / von der Errötter blut /
10 Wehrt vber Tyranney vnd stoltz zu triumfieren.

Des Feinds zorn / hochmuht / hassz / durch macht / betrug / vntrew /
Hat schier in dienstbarkeit / Vnrecht / Abgötterey /
Des Teutschlands freyheit / Recht vnd Gottesdienst verkehret;

Als ewer haupt / hertz / hand / gantz weiß / gerecht / bewehret /
15 Die Feind bald jhren wohn vnd pracht in hohn vnd rew /
Die Freind jhr layd in frewd zuverkehren / gelehret.

An Herren Martin Opitzen
Fürtrefflichen Teutschen Poeten.

Jn dem mein Ohr / hand / mund schier müd / die schwere plagen
Die diser grosse Krieg mit hunger / schwert / pest / brand /
5 Vnd vnerhörter wuht auff vnser Vatterland
Außgiesset / ohn ablaß zu hören / schreiben / klagen /

Da ward mit wunder mir vnd mit wohn fürgetragen:
Mein Opitz / deiner lieb vnd freindschafft wehrtes pfand /
Pfand / welches mir alßbald die feder auß der hand /
10 Vnd auß dem mund vnd gaist die klag vnd layd geschlagen.

VON DEM KÖNIG VON SCHWEDEN. 1 *Gustav Adolf.* 4 sigen *besiegen.* 9 Errötter
Erretter. 14 weiß *weise.* 15 vgl. oben zu *S. 94 Z. 38.*
AN HERREN MARTIN OPITZEN. 7 wunder *Verwunderung;* wohn *vgl. oben zu*
S. 94 Z. 38. 8 *Opitz hat Weckherlin 1638 seine Psalmenübersetzung geschickt.*

Dan ja dein Orgelstraich / vnd deiner Harpfen klang
So lieblich das gehör vnd hertz zugleich berühren /
Daß (wer sinnreich) mit mir erforschet jhren zwang /

Der kan nichts dan dein werck vnd wehrt zu hertzen führen /
15   Vnd sein mund muß dich bald mit einem lobgesang /
Vnd seine hand dein haupt mit Lorbörzweigen zieren.

Der Sp: Soldaten Grabschrifft.

Jn diser erden ist ein saht
Des gebeins deren Raht vnd that
Befürdert des Lands krieg vnd plagen.
5   Solt nu der grund so fruchtbar sein
Daß er für eins solt hundert tragen /
So verleyh Got / daß stehts darein
Der hagel / plitz vnd dunder schlagen!

Aus: Etliche Sonnet oder Klinggesang von seiner Liebsten.

Vorrede vnd bitt an Seine Liebste.

Jch dicht / Jch sag / Jch sing: Ach nein / Jch seuftz / schrey / klag /
Die lieb / das layd / damit mein junges hertz gestritten /
5   Verlierend allen trost vnd hofnung mit dem tag /
Verwundet durch vnd durch endlich den tod erlitten.

Kein soldat in der schlacht vnd grösten niderlag
War jemahls / als mein hertz / zerhacket vnd zerschnitten;
Vnd bittend vmb quartier kont ich weder vertrag /
10   Noch meiner feindin gnad erbeutten noch erbitten.

O grewliche Schönheit / die mit ernst oder schertz /
Nach ewerm aignen lust / den sehlen widerstrebet /
Erkennet doch wie groß ewer stoltz vnd mein schmertz!

O die Jhr / wan jhr wolt / den tod / das leben / gebet /
15   Verleyhet das durch Euch / weil ja durch Euch mein hertz
Getödtet / mein Gesang hingegen werd belebet!

Sie ist gantz lieblich vnd löblich.

Das gold des Morenlands / wie pur es auch kan sein /
Muß jhres krausen haars köstlichem schimmern weichen:
20   Der rohteste Coral / des schönsten Rubins schein
Jst jhres Rosenmunds reichtumb nicht zuvergleichen:

DER SP: SOLDATEN GRABSCHRIFFT. 1 Sp: *spanischen.*   8 dunder *Donner.*

Vnd keine perlein seind so weissz / so gleich / so rein /
Als die / die jhres munds red vnnd geschmöll bereichen:
So kan auch die Natur vnd Kunst kein helfenbein /
25   Das so zart / glat vnd weissz / wie jhr leib / herauß streichen.

Kurtz / meine Nymff Myrt ist ein Kunst-stück der Natur /
Der hertzenbrunst vnd wunsch / die herrscherin der seelen /
Der holdseeligkeit quell / der lieblichkeit figur /

Der augen süsse wayd / die todte zu besehlen /
30   Der Schönheit gantze sum / der Tugenten Richtschnur;
Wie kan ich jmmer dan / Sie liebend / lobend / fehlen?

Venedig gegen seiner Liebsten verglichen.

Witzloß war die fürwitz / aufsätzig der fürsatz /
Creutz-geitzig der ehrgeitz / die mich so sehr bethöret /
35   Daß eines Fürsten will / der Schön vnd Liebgesatz
Zuwider / mich gleichwol gehorsamen gelehret.

Dan was seind doch die Brent / Galleen / Marxenplatz /
Die statliche palläst / der schatz so weit vermehret /
Gegen der haaren strom von purem gold bewehret /
40   Vnd gegen der Schönheit vnd tugend grösserm schatz?

Was ist des Hertzogs / Rahts / vnd Curtisanen prangen
Jn purpur / scharlach / gold / in bestem saal vnnd mahl /
Verglichen mit dem schmuck der lippen vnd der wangen:

Was seind die Müntz / Zeughauß / geschütz vnd Arsenal /
45   Gegen dem schönen aug / das billich (mein verlangen
Zustrafen) so weit ab mich tödet wie ein strahl?

Von jhren vberschönen augen.

Jhr augen / die jhr mich mit einem blick vnd plitz
Scharpf oder süß nach lust könt strafen vnd belohnen;
50   O liebliches gestirn / Stern / deren liecht vnd hitz
Kan / züchtigend den stoltz / der züchtigen verschonen:

---

22 gleich *eben, glatt.*   23 geschmöll *Lächeln, auch: Schweigen.*   28 figur *Gestalt, Gleichnis, Symbol.*   33 aufsätzig *aufsässig.*   34 Creutz-geitzig *wohl: nach Leid begierig.*   35 *Weckherlin reiste Ende 1618 mit einer württembergischen Gesandtschaft nach Venedig zu diplomatischen Verhandlungen;* der Schön vnd Liebgesatz *dem Gesetz der Schönheit und der Liebe.*   36 gehorsamen *zu gehorsamen.*   37 Brent *Brenta, Fluß in Oberitalien;* Galleen *Galeeren;* Marxenplatz *Markusplatz in Venedig.*
44 Müntz *Münze, Münzanstalt.*

Vnd jhr / der Lieb werckzeug / kundschaffter vnsrer Witz /
Augbrawen / ja vilmehr triumfbogen / nein / Cronen /
Darunder lieb vnd zucht in vberschönem sitz
55 Mit brauner klarheit schmuck erleuchtet / leuchtend wohnen!

Wer recht kan ewre form / farb / wesen / würckung / krafft /
Der kan der Engeln stand / schein / schönheit / thun vnd gehen /
Der kan der wahren lieb gewalt vnd aygenschafft /

Der Schönheit schönheit selbs / der seelen frewd vnd flehen /
60 Vnd der Glickseeligkeit vnd Tugenten freindschafft /
Jn Euch (der Natur kunst besehend) wol verstehen.

Ode. Drunckenheit.

Könt jhr mich dan sunst gar nichts fragen /
Jhr Herren / meine gute Freind?
Dan was ich euch könd newes sagen /
5. Wie starck vnd wa jetzund der Feind?
     Jch bit (doch wollet mir verzeyhen)
Mit fragen nicht zu fahren fort /
Dan sunsten will ich euch verleyhen
     Kein einig wort.

10 Jch red nicht gern von schmähen / tröwen
Von raub / brunst / krieg / vnglick vnd noht /
Sondern allein / Vns zuerfrewen /
Von gutem wildbret / wein vnd brot.
     Den Man der wein mit lieb entzündet /
15 Vnd das brot stärcket jhm den leib
Daß Er das wildbret besser findet
     Bey seinem Weib.

So lang zu reden / lesen / hören /
Vnd mit dem haupt / hut / knü / fuß / hand
20 Gesanten / Herren / König ehren /
So lang zu sprachen an der wand;
     So lang zuschreiben vnd zu reden
Von Gabor / Tilly / Wallenstein /
Von Franckreich / Welschland / Dennmarck / Schweden /
25   Jst eine pein.

---

56 *zu ergänzen (aus Z. 61):* wol verstehen.
10 tröwen *drohen.*   21 sprachen *sich unterreden, ratschlagen.*   23 Gabor *Gábor
(Gabriel) Bethlen, Fürst von Siebenbürgen, im 30jährigen Krieg auf Seiten der Protestanten.*
24 Welschland *Italien.*

Darumb fort / fort mit solchem trawren /
Daß man alßbald bedöck den tisch /
Vnd keiner laß die müh sich dawren /
Wan wein / brot / flaisch vnd alles frisch;
30 Der erst bey tisch soll der erst drincken /
So / Herren / wie behend? wolan /
Schenck voll / die Fraw thut dir nicht wincken /
  Nu fang ich an.

Ho! Toman / Lamy / Sering / Rumler /
35 Es gilt euch diser muß herumb /
Jch waissz / jhr seit all gute Tumler /
Vnd liebet nicht was quad vnd krumb /
  Dan nur das / so man kaum kan manglen /
Die weiber wissen auch wol was
40 Gedenckend alßbald an das anglen /
  Auß ist mein glaß.

Nim weg von meinem Ohr die Feder /
Gib mir dafür ein Messer her;
Ho / Schweitzer / kotz Kreutz / zeuch von leder /
45 Vnd Schweizer gleich streb nu nach ehr:
  Wolan / jhr dapfere soldaten /
Mit vnverzagtem frischem muht /
Waget zu newen / freyen thaten
  Nu flaisch vnd blut.

50 Feind haben wir gnug zu bestreitten
Jn dem Vortrab vnd dem Nachtrab /
Nu greiffet an auff allen seitten /
Vnd schneidet köpff vnd schenckel ab:
  Jn dem sich straich / schnit / bissz vermischen /
55 Vnd der Nachtrab mag hitzig sein /
So ruff ich stehts euch zu erfrischen /
  Ho! schenck vns ein.

Sih / wie mit brechen / schneiden / beissen /
Dem lieben Feind wir machen grauß!
60 Laß mich das Spanfährlein zerreissen /
Stich dem Kalbskopff die augen auß:

---

28 dawren *gereuen.*   30 der erst drincken *als erster trinken.*   34 *Freunde Weck-*
herlins in London.   37 quad *böse, verkehrt.*   44 Schweitzer *Toman.*   60 *Span-*
ferkel.

So / so / wirff damit an die Frawen /
Die wan sie schon so süß vnd milt
Doch könden hawen vnd auch klawen;
    Es gilt / es gilt.

65

Wan die soldaten vor Roschellen /
Wan die soldaten vor Stralsund /
Die Mawren könten so wol fällen /
Wie hertzhafft wir in diser stund
    Nu stürmen wöllen die Pasteyen /
Jch sag die starck wildbret pastet /
So würden sich nicht lang mehr freyhen
    Die beede Stät.

70

Frisch auff / wer ist der beste treffer?
Ha / ha / frisch her! ho / ich bin wund /
Das pulver ist von saltz vnd pfeffer /
Ho! die brunst ist in meinem mund:
    Doch sih / es hat euch auch getroffen;
Zu löschen muß es nicht mehr sein
Gedruncken / sondern starck gesoffen /
    So schenck nur ein.

75

80

Durch disen becher seind wir Siger;
So sauff herumb knap / munder / doll /
Drinck aus / es gilt der alten Schwiger /
Jch bin schon mehr dan halb / gar / voll:
    Darumb so lassz den Käß herbringen;
Kom küssz / so küß mich artlich / so;
Laß vns ein lied zusamen singen /
    Hem hoscha ho!

85

Die Schwäblein / die so gar gern schwätzen
Jn Thüringen dem dollen land /
Frassen ein Rad für eine bretzen
Mit einem Käß auß Schweitzerland:
    Jn vnsrer hipschen Frawen namen /
Schwab / Schweitzer / Thüringer / Frantzoß /
So singet frölich nu zu samen /
    Kom küß mich Roß.

90

95

---

62 *jemanden mit Augen anwerfen: mit ihm liebäugeln.*   64 klawen *kratzen.*
66 Roschellen *La Rochelle, 1628 von Richelieu erobert.*   67 Stralsund *1628 von Wallenstein erfolglos belagert.*   70 Pasteyen *Basteien, Bollwerke.*   71 starck *gewaltige.*
72 freyhen *freuen.*   83 knap *stattlich?*   84 Schwiger *Schwiegermutter.*
92 bretzen *Brezel.*   95 *Rumler, Toman, Sering, Lamy (vgl. oben Z. 34).*   97 Roß
Rose.

O daß die Schweitzer mit den lätzen /
Die Schwaben mit dem Leberlein
100 Die Welschen mit den frischen Metzen
Die Thüringer mit bier vnd wein
Jn jhrer hipschen Frawen namen
Ein jeder frölich / frisch herumb
Sing / spring vnd drinck: vnd allzusamen /
105 Küssz mich widrumb.

Nu schenck vns ein den grossen becher /
Schenck voll / So / ho! Jhr liebe freind /
Ein jeder guter Zecher / Stecher /
So offt als vil Buchstaben seind
110 Jn seines lieben Stechblats namen
Hie disen gantz abdrincken soll /
Jch neunmhal / rechnet jhr zusamen /
Es gilt gantz voll.

Wol / hat ein jeder abgedruncken /
115 Drey / fünff / sechs / sieben / zehen mahl?
Jst dises käß / fisch oder schuncken?
Jst dises pferd graw oder fahl /
Darauff ich schwitz? gib her die flaschen /
Es gilt Herr Grey / Herr Gro / Gro / groll /
120 So dise wäsch wirt wol gewaschen /
Seit jhr all doll?

Ho / seind das Reutter oder Mucken?
Buff / buff / es ist ein hafenkäß:
Zu zucken / schmucken / schlucken / drucken /
125 Warumb ist doch der A. das gsäß?
Pfuy dich / kiß mich / thust du da schmöcken?
Wer zornig ist der ist ein Lump /
Hey ho / das ding die Zähn thut blöcken
Bumb bidi bump.

130 Ha / duck den kopff / scheiß / beiß / Meerwunder.
Nu brauset / sauset laut das Meer;
Ein regen / hagel / blitz vnd dunder /
Hey / von Hayschrecken ein Kriegsheer;

---

98 lätzen *Hosenlätzen.* 99 Leberlein *oberdt.: Leber.* 100 Metzen *Mäd-*
chen, Huren. 110 Stechblats *Stichblatt, Schutzvorrichtung am Degen.* 116 schuncken
Schinken. 117 fahl *falb.* 122 Mucken *im Original:* Mücken. 123 hafenkäß
Topfkäse. 126 Pfuy dich *schäm dich (vulgärer Ausruf).* 132 dunder *Donner.*

135   Ho! schlag den Elefanten nider /
Es ist ein storck / ha nein / ein lauß /
Glick zu / gut nacht / kom küssz mich wider /
   Das liecht ist auß.

Alßdan vergessend mehr zu trincken
Sah man die Vier / wie fromme schaf
140   Zu grund vnd auff die båncke sincken /
Beschliessend jhre frewd mit schlaf:
   Vnd in dem Sie die zeit vertriben /
Hat disen seiner Freinden Chor
Alsbald auff dise weiß beschriben
145   *Jhr Filodor*.

AUGUST BUCHNER

Epigramma.

Was Salomon zuvor des Himmels-voll getichtet /
Schreibt Cösius hier ümb / und in das Deutsche richtet:
5   Der Leser lobts / und spricht: Wol dir / geschickte hand /
Du ehrest Gott zugleich / und ziehrst dein Vaterland.

PHILIPP VON ZESEN

Aus: Salomons
Des Hebräischen Königs Geistliche Wollust.

Die Vierde Abtheilung.
Er.
1.
5   Ach Liebste / wie soll ich dein Angesicht preisen!
Ach Freundin / wie schöne wie schöne bistu /
Die schwärtzlichen Augen auch zierlich sich weisen
Durch deine geflochtene Zöpfe dazu /

---

135 storck   *Storch.*
EPIGRAMMA. 2 *Im Original:* Ein anderes.   4 Cösius   *Zesen.*
SALOMONS DES HEBRÄISCHEN . . . 3 *Hoheslied Kapitel 4. Man vergleiche Donauers Ge-*
dicht S. 21 f.

Sie schimmern im dunckeln
10 Wie lichte Karfunckeln /
und leuchten herfür;
Die Taube muß weichen
und kann nicht erreichen
Das blitzen der augen / die liebliche Zier.

2.

15 Wie jenseit dem Eufrat die lustigen Ziegen
Auf Galaad hüpfen und gleichen dem klee /
So müssen die Haare sich schwingen und flügen
umb deine Verliebete stirne wie schnee.
Den Zähnen ingleichen
20 Die Herde muß weichen
im wasser geschwemmt /
Die allzumahl träget /
Viel wollust erreget /
Die jmmer mit doppelten früchten ankömmt.

3.

25 Die Lippen den röthlichen Rosen sich gleichen /
Dein sprechen ist lieblich und süße wie Wein.
Der Granat an farbe den Wangen muß weichen /
Die zwischen den Haaren vollführen den schein.
Dein Liljen-hals pranget /
30 Darnach mich verlanget /
Dem Thurne sich gleicht /
Den David erbauet /
Wie jedermann schauet /
Der herrlich von Waffen und Schilden fürleucht.

4.

35 Jm Frühling / wenn unsere Rosen ausblühen /
Worunter zwo junge Reh-zwillinge gehn /
Die sich miteinander zu schertzen bemühen;
So sihet mann gleichsam die Brüste da stehn.
Wir wollen aufstehen /
40 Zum Myrrhen-strauch gehen /
Weils kühle noch ist /
Wir wollen uns wenden /
Zum Hügel hinlenden /
Wo allerley Weyhrauch und myrrhen man list.

---

19 ingleichen *gleichermaßen, ebenfalls.* 34 fürleucht *hervorleuchtet.* 43 hinlenden *hinwenden, hinlenken.*

5.

45   Kein flecken noch mackel ist irgend am Leibe /
O Freundin / wie schöne / wie schöne bistu!
Wer ist es der deine geberden beschreibe?
    Komm / Schöne / von Hermon / mein' einige Ruh /
      Mit nichten verweile /
50   Von Libanon eyle /
        Laß Senir zurück /
          Wo Leuen und Drachen /
          Jhr Lager bewachen /
Komm eyle / mein Leben / versuche dein glück.

6.

55   O Schwester / ô Schöne / dein liebliches blicken /
Benimmt mir das Hertze / bezwinget den muth /
Mich können die Ketten am Halse bestricken /
    Entzünden im Hertzen die feurige gluth.
      Die Brüste / mein Leben /
60   Seyn süßer als Reben /
        Ja süßer als Most:
          Die Salbe kan machen
          Zunichte die sachen /
und wenn sie gleich kommen von Westen und Ost.

7.

65   Die Lippen seyn Honig und lieblich zu küssen /
und unter der Zunge quillt zucker wie tau /
Du gleichst den verschlossenen gärten und flüssen /
    Du gleichest ô Schöne / der lieblichsten Au.
      Die Kleider ingleichen
70   Dem Balsam nicht weichen
        und riechen auch sehr:
          Du gleichest / mein Leben /
          Den Quellen dich eben /
Die inner dem Rügel sich halten vielmehr.

8.

75   Du gleichest dem Garten da Kalmus aufgehet /
    Da allerley früchte / da Saffran entspringt /
Da Cypern mit Narden und Zynamen stehet /
    Der Weyherauch / Myrrhen und Aloes bringt /

---

71 riechen *duften.*   74 inner *innerhalb;* Rügel *Riegel (Luther:* Ein verschlossen Quelle*).*

Du pflegest zu fließen
80 und lieblich zu schießen
Wie sonsten ein Quell.
Nord / Suden / jhr Winde
Durchwehet gelinde
Den garten durchwässert durchstreichet jhn schnell!

SIMON DACH

Einzugs-Lied
bey höchst feyr- und erfrewlicher Einkunfft Sr. Churfürstl. Durchl.
Hn. Hn. Friderich Wilhelmen etc. etc. etc. in Dero Hertzogthumb
5 Preussen und Churfürstl. Residentz
Königsberg 1641.

Du Gesegneter des HErren,
Komm, zeuch gnädig ein! wir sperren
Thör und Hertzen Dir weit auff,
10 Komm, Dein Preussen kompt zu hauff,
Wünschet Deiner Herrschaft Segen:
Dir legt Königsberg sich an
Auch so schön es immer kan,
Aller Pracht ist Deinetwegen,
15 Der Triumph-Gebäwde Zier
Pranget, Unserm Fürsten, Dir.

Dieser wehrte Tag wird Preussen,
Weil es stehet, heilig heissen,
Die wir jetzt am Leben sind
20 Bringen ihn auff Kindes-Kind,
Alle Nach-Welt wird ihn fassen,
Was das Kind die Mutter fragt,
Sie dem Kinde wieder sagt,
Was man redet auff den Gassen,
25 Was man hin und her ohn Ruh
Sorgt und schaffet, das bist Du.

Du bist, dem wir hin und wieder
Singen Ehr- und Frewden-Lieder,
Weil Dich auch das Wetter ehrt
30 Der Geschütze, die man hört,

20 bringen *überliefern.* 27 *immer wieder.* 29 Wetter *Blitz, Blitzen.*

Dir gibt Wall und Schantze Flammen,
  Menschen, Wild, Wald, Himmel, Schnee,
  Kälte, Glut, Lufft, Erde, See
Tretten Dir in Dienst zusammen:
35   Jedes ehrt, so gut es mag,
      Churfürst, Deinen Einzugs-Tag.

Komm, wir sehen umb dich schweben
Billigkeit, Lust, Fried' und Leben,
  Lauter Gnüg und Gnaden-Schein
40   Zeucht mit Unserm Fürsten ein.
Du wirst Heil dem Lande bringen,
  Held, dem Lande, welches fast
  Durch der Zeiten schwere Last
Wil mit seinem Tode ringen,
45   Hilff ihm, es verlässet sich
    Einig noch auff Gott und Dich.

1. Sonnet.

Daß dich so eine Welt an Kindern, Jung- und Frawen
Und Männern, ChurFürst, sieht, Zürn ja darüber nicht
50 Gott kommt sonst nimmermehr uns Menschen zu Gesicht,
Wir sind sein Bild in dir begierig anzuschawen.

2. Sonnet.
Ueber den Eingang der Schloßbrücke.

Du Seule Brandenburgs, du Preussens Sicherheit,
55 O Fridrich Wilhelm, Trost und Hoffnung vieler Lande,
Sey willkomm deinem Volck hie an des Pregels Rande!
Des Höchsten Ehrendienst ist wegen dein erfrewt,

Verspricht Uns unter Dir die alte güldne Zeit;
Gerechtigkeit und Fried in jedem Ort und Stande
60 Verknüpffen dir sich fest mit einem güldnen Bande,
Du machst, daß alles wil genesen weit und breit.

Jn dem dein Eintzug Uns die Hoffnung aber giebet,
So wirstu billich nie von uns auch gnug geliebet;
O leb Uns werthes Haupt, sey Uns ein Sonnen-schein,

65 Der nimmer untergeht! schon jetzt mit deiner Jugend
Dringt Fama durch die Welt, du wirst bey solcher Tugend
Nicht hie nur, sondern auch im Himmel Hertzog seyn. *[1937]*

---

48 Jung- und Frawen *Jungfrauen und Frauen.*   56 Pregel *Fluß in Ostpreußen.*
57 *die Geistlichkeit?*   65 Jugend *der spätere „Große Kurfürst" war 1641 21 Jahre alt.*

Letzte Rede
Einer vormals stoltzen vnd gleich jetzt sterbenden Jungfrawen.

[Melodie]

5 Jch armer Madensack! der ich vor wenig Wochen
Belebt / gerad vnd schön gleich einem Hirsche gieng /
Vnd hoch geehret ward / vnd manchen Gruß empfieng /
Lieg hie nun hergestreckt vnd bin nur Haut vnd Knochen;
Die Glieder sterben mir / die Augen sind gebrochen.
10 War dieses / daß ich mich mit Golde so behieng?
Jhr Freünde / haltet Mund vnd Nase zu / ich stinck.
Ach Gott! so wird mein Pracht vnd Vbermuth gerochen!
Jhr Jung- vnd Frawen kompt / kompt spiegelt euch in mir!
Lernt hie / was Hochmuth sey / was Stand / Gestalt vnd Zier!
15 Jhr seht / ich muß davon / mein Leben wil sich schliessen.
Lebt alle wol / vnd habt eüch stets in guter acht!
Gedenckt wie mich der Todt so scheüßlich hat gemacht!
Jch tantze nur voran / jhr werdet folgen müssen.

CHRISTOPH KALDENBACH*

– tenet sensus unica Flora meos.

[Melodie]

1. Flora meine Frewde /
5 Meiner Seelen Weide /
Meine gantze Ruh /
Was mich so verzücket
Vnd den Geist bestricket /
Flora / das bist Du /
10 Deine Pracht
Gläntzt Tag vnd Nacht
Mir für Augen vnd im Hertzen
Zwischen Trost vnd Schmertzen.

LETZTE REDE. 13 *vgl. oben zu S. 106 Z. 48.*
– TENET SENSUS UNICA FLORA MEOS. 1 *Im Original:* Celadon. 2 *Flora allein beherrscht meine Sinne.* 4 ff. *Vgl. Johann Francks* Jesu, meine Freude *(1653).*

2. Deine liebe Wangen
15 Halten mich gefangen /
Dieß dein Augen-liecht
Vnd dein Ruhm der Sitten
Hatt mein Hertz bestritten /
Daß es fast zerbricht;
20 Dieser Mund
Macht mich so wund
Daß mich nichts / ohn deine Gaben /
Sonsten weiß zu laben.

3. Die begabten Sinnen
25 Vnsrer Schäferinnen
Rühmen selbst die Pracht /
Singen von den Plagen
Die ich muß ertragen /
Die mir Amor macht;
30 Hertz vnd Sinn
Vnd was ich bin
Hat sich dir bey solchen Wunden
Gantz vnd gar verbunden.

4. Nun du wirst es zeügen /
35 Jch bin schon dein eigen /
Du hast mich gestillt:
Du solt mich erhalten
Biß ich werd' erkalten
Himmel-werthes Bild;
40 Du bist mir
Schon für vnd für
Ob ich noch so hefftig leide /
Flora meine Frewde.

---

18 bestritten *angegriffen, bekämpft.*   22 ohn *außer.*   34 zeügen *bezeugen.*
36 gestillt *befriedigt.*

PAUL FLEMING

Elegie An sein Vaterlandt.

Ach! Daß ich mich einmahl doch wieder solt' erfrischen
    An deiner reichen Lust / du edler Muldenfluß /
5 Da du so sanffte gehst in bergichten Gepüschen /
    Da / da mein Hartenstein mir both den ersten Kuß.
Wie jung / wie klein' ich auch ward jener Zeit genommen /
    Auß deiner süssen Schoß / so fällt mirs doch noch ein /
Wie offt' ich lustig hab' in deiner Fluth geschwommen.
10 Mir träwmet offte noch / als solt' ich vmb dich seyn.
Jtzt wolt' ich mir erst Lust / vnd dier Ergetzung schaffen /
    Jn dem ich nach der Kunst / die mich vnd dich erhebt /
Ein vnerhörtes Lied / nicht von Gradivus Waffen /
    Für dem du nun / Gott lob / jtzund hast außgebebt /
15 Ein Lied / von stiller Ruh' vnd sanfftem Leben spielte /
    Wie vnser Maro jtzt bey seinem Bober thut /
Ein Lied / das Himmel Hätt' / vnd etwas solches fühlte /
    Das nach der Gottheit schmeck' / vnd rege Muth vnd Bluth /
Als ich denn pflag zu thun vor sieben halben Jahren /
20 (Wo ist sie jtzund nur die liebe schöne Zeit!)
Da ich so helle sang bey Philyrenes Paaren /
    Daß sich mein Thoon erschwung biß an die Ewigkeit.
Jch sang der Teutschen Ruhmb / vnd jhrer thewren Printzen /
    Biß Mars mich da trieb' aus / der vnholt aller Kunst.
25 Da macht ich mich belobt bey vielerley Provintzen
    Das Lieff- vnd Rußlandt auch mir bothen jre Gunst.
Rubelle die ich pflag mehr als mich selbst zu lieben /
    Rubelle von Gestallt vnd Sitten hochgenahmbt /
Dieselbe hatte mir die Pest auch auffgerieben.
30 Doch hat sich jhre Frucht in mir sehr reich besaamt.

---

1 *Die folgenden Gedichte Flemings aus der nachlässig gedruckten Ausgabe von 1641 sind hier an mehreren Stellen nach dem zuverlässigeren Text der Gesamtausgabe von 1646 korrigiert. Die erste Ausgabe weist die folgenden Lesarten auf:* Elegie an sein Vaterlandt 11 dier] die 20 Wo] Wer 22 Thoon] thun 23 jhrer] jhren 42 sich] jhr 43 Fluth] Flucht. Er redet die Stadt Moskaw an 6 Güldners] güldnes 9 All] Alle. – *Einige andere Korrekturen betreffen Interpunktion und Orthographie.* 4 Muldenfluß *Mulde, Nebenfluß der Elbe. Flemings Geburtsort Hartenstein im Erzgebirge liegt an der Zwickauer Mulde.* 10 als solt ich... sein *als wäre ich.* 13 Gradivus *Mars.* 16 Maro *Vergil; vnser Maro... bey seinem Bober gemeint ist Opitz.* 21 Philyrenes *Leipzigs (wo Fleming 1633 promoviert wurde).* 25 f. *Fleming ging nach seinem Studium nach Holstein und von da mit einer Gesandtschaft über Reval nach Moskau.*

Die weisse Balthie vmb die zu einem Schwane
   Zevs jtzt auch würde noch / fieng mich mit jhrer Ziehr.
Nach dieser wurd mir hold die lange Roxolane.
   Ach! aber / Ach. Wie weit bin ich von beyden hier!
35   Zwar es verstattet mir das Caspische Gestade /
   Das ich vmb seinen Strand mag vngehindert gehn /
Auch bittet mich zur Zeit zu jhrem schönen Bade /
   Auff Vrlaub des Hyrcans / manch' Asische Siren'.
Jch bin den Nimfen lieb / den weichen Circassinnen /
40   Dieweil ich jhnen frembd' vnd nicht zu heßlich bin.
Vnd ob einander wir schon nicht verstehen können /
   So kan jhr Auge doch mich günstig nach sich ziehn.
Was aber sol ich so / vnd auff der Fluht nur lieben.
   Cupido wird durch nichts als Stetigkeit vergnügt.
45   Was den zu laben scheint / das macht jhm nur betrüben /
   Der allzeit alles hat / vnd niemahls nichts doch kriegt.
Jch stürbe mirs denn ab / so hoff' ichs zuerleben /
   Das / wenn ich diesen Lauff zu Ende habe bracht /
Jch dir den ersten Kuß / ô Landsmannin / wil geben.
50   Was ferner kan geschehn / das laß ich vngedacht.

                  Vor Terky der Cirkassen / 1636. den 9. Novembr

Er redet die Stadt Moskaw an /
als er jhre vergüldeten Thürme vom fernen sahe.

Du edle Keyserin der Städte der Ruthenen /
Groß / herrlich / schöne / reich; Seh' ich auff dich dorthin /
5   Auff dein vergüldtes Häupt / so kömmt mir in den Sinn /
Was güldners noch als Gold / nach dem ich mich muß sehnen.
Es ist das hohe Haar der schönen Basilenen /
Durch welcher Treffligkeit ich eingenommen bin.
Sie / Gantz ich / sie mein All / sie / meine Herscherin /
10   Hat bey mir allen Preyß der Schönsten vnter Schönen.
   Jch rühme billich dich / du Häuptstadt deiner Welt /
Weil deiner Göttligkeit hier nichts die Wage helt /
Vnd du der Außzug bist von tausendten der Reussen.

31f. *Anspielung auf den Mythos von Zeus und Leda.*   35 *die Ufer des Kaspischen Meers, wohin die holsteinische Gesandtschaft auf ihrem Weg zum persischen Hof gelangt war.*
38 Hyrcan *Hyrkanien hieß eine Landschaft am Kaspischen Meer, dieses selbst auch das Hyrkanische;* Asische *asiatische.*   39 weichen *sanften;* Circassinnen *Tscherkessinnen.*
   3 Ruthenen *Reußen, Russen.*   7 Basilenen *Anagramm für Elsabe (Niehus), Flemings erste Braut.*

Mehr aber rühm' ich dich / weil / was dich Himlisch Preist /
15 Mich an ein Göttlichs Mensch bey dir gedencken heist.
Jn welcher alles ist / was trefflich wird geheissen.

An sich.

Sey dennoch vnverzagt. Gieb dennoch vnverlohren.
Weich keinem Glücke nicht. Steh' höher als der Neid.
Vergnüge dich an dir / vnd acht' es für kein Leid /
5 Hat sich gleich wieder dich Glück' / Ort vnd Zeit verschworen.
Was dich betrübt vnd labt / halt' alles für erkohren.
Nim dein Verhangnüß an. Laß alles vnbereut.
Thue / was gethan muß seyn / vnd eh man dirs gebeuth.
Was du noch hoffen kanst / das wird noch stets gebohren.
10 Was klagt? Was lobt man doch? Sein Vnglück vnd sein Glücke
Jst jhm ein jeder selbst. Schaw alle Sachen an.
Diß alles ist in dir. Laß deinen eiteln Wahn /
Vnd eh du förder gehst / so geh' in dich zurücke.
Wer sein selbst Meister ist / vnd sich beherschen kan /
15 Dem ist die weite Welt vnd alles vnterthan.

Des seligen Herrn D. Paul Flemingi Grabschrifft /
So er jhm selbst drey Tage vor seinem Tode gemachet.
Jn Hamburg den 20. Tag des Mertzen
1640.

5 Jch war an Kunst / vnd Guth / vnd Stande groß vnd reich.
Des glückes lieber Sohn. Von Eltern guter Ehren.
Frey. Meine. Kunte mich aus meinen Mitteln nehren.
Mein Schall floh über weit. Kein Landsman sang mir gleich.
Von reisen hoch gepreyst / für keiner Mühe bleich.
10 Jung / wachsam / vnbesorgt. Man wird mich nennen hören.
Biß daß die letzte Gluth diß alles wird verstöhren.
Diß / deutsche Clarien / diß gantze danck ich euch.

Es redet die Stadt Moskaw an. 15 Mensch *(neutrum) Mädchen.*
An sich. 2 Gieb *halte für.* 8 gebeuth *gebietet.* 9 gebohren *hervorgebracht.*
13 förder *weiter, voran.*
Des seligen Herrn . . . 1 D. *Dr.* 3 *richtig: den 28., wie es auch in der Ausgabe*
von 1642 heißt. Fleming starb am 2. 4. 9 gepreyst *gepriesen.* 11 verstöhren
zerstören. 12 Clarien *Musen.*

Verzeiht mir bin ichs werth / Gott / Vater / Liebste / Freunde.
Jch sag' euch gute Nacht / vnd trette willig ab.
15 Sonst alles ist gethan / biß an das schwartze Grab.
Was frey dem Tode steht / Das thue er seinem Feinde.
Was bin ich viel besorgt / den Othem auffzugeben.
An mir ist minder nichts / das lebet / als mein Leben.

1642

PAUL FLEMING

Gedancken / über der Zeit.

Jhr lebet in der Zeit / und kennt doch keine Zeit /
So wisst Jhr Menschen nicht von / und in was Jhr seyd.
5 Diß wisst Jhr / daß ihr seyd in einer Zeit gebohren.
Und daß ihr werdet auch in einer Zeit verlohren.
Was aber war die Zeit / die euch in sich gebracht?
Und was wird diese seyn / die euch zu nichts mehr macht?
Die Zeit ist was / und nichts. Der Mensch in gleichem Falle.
10 Doch was dasselbe was / und nichts sey / zweifeln alle.
Die Zeit die stirbt in sich / und zeucht sich auch aus sich.
Diß kömmt aus mir und dir / von dem du bist und ich.
Der Mensch ist in der Zeit; sie ist in ihm ingleichen.
Doch aber muß der Mensch / wenn sie noch bleibet / weichen.
15 Die Zeit ist / was ihr seyd / und ihr seyd / was die Zeit /
Nur daß ihr Wenger noch / als was die Zeit ist / seyd.
Ach daß doch jene Zeit / die ohne Zeit ist kähme /
Und uns aus dieser Zeit in ihre Zeiten nähme.
Und aus uns selbsten uns / daß wir gleich köndten seyn /
20 Wie der itzt / jener Zeit / die keine Zeit geht ein!

---

1 Die auf 1642 datierte Gesamtausgabe ist de facto erst 1646 erschienen.
GEDANCKEN / ÜBER DER ZEIT. 10 dasselbe was *dieses etwas;* zweifeln alle *ist allen zweifelhaft.* 16 Wenger *weniger.* 20 Wie der itzt *wohl: wie jetzt dieser Zeit (Dativ).*

An Makarien.

Jsts so / Makarie / als wie mir wird gesagt /
du solst / so balde du die Post von mir verstanden /
daß Jch enthalten sey in weit-entlegnen Landen /
5   da es sechs Stunden eh' / als in den unsern tagt.
    Dich haben über mir von Hertzen sehr beklagt /
So gar auch / daß du dich samt meiner Salibanden
zu Bette hast gelegt / und ungescheut der Schanden /
Offt öffentlich von mir / Jch weiß nicht was gefragt.
10   Diß habest du so offt / so lang und viel getrieben /
Biß daß du endlich gantz darüber bist geblieben.
    Jsts so / Makarie / Exempel einer Gunst /
    die Todt und Leben trutzt / so muß ich mich zwar krencken /
hoch über deinen Fall / doch einer solchen Brunst
15   nicht minder auch mit lust zu aller zeit gedencken.

Laß dich nur nichts nicht tauren
mit trauren /
Sey stille /
Wie Gott es fügt /
5   So sey vergnügt /
mein Wille.

Was wilst du heute sorgen /
auff morgen /
der eine /
10   steht allem für /
der giebt auch dir /
das deine.

Sey nur in allen Handel
ohn Wandel.
15   Steh feste /
Was Gott beschleust /
das ist und heist /
das beste.

AN MAKARIEN. 3 Post *Nachricht.*   4 enthalten sey *mich aufhalte.*   7 Salibanden *Elsabe Niehus, Flemings erste Braut (anagrammatisch).*   11 darüber... geblieben *ununterbrochen damit beschäftigt gewesen.*
LASS DICH NUR NICHTS NICHT TAUREN. 1 tauren *gereuen.*

Für eine Jungfrau.

Der Mäy der kömmt gegangen
und hat die schönen Wangen
mit Blumen außgemahlt.
5   Das Leid der langen Fröste
wird durch die warmen Weste
mit Wollust reich bezahlt.

Auch euer Tag der liebe /
will gantz nicht sehen trübe /
10   stellt sich erfreuter ein.
Und / alles / was wir fragen /
das sagt in einem sagen /
Jhr sollt gebunden seyn.

Drüm wils auch mir gebühren /
15   daß ich euch helffe ziehren.
Nehmt dieses schlechte Band.
Jhr Wünsche / die ich schicke /
habt mehr / als ich Gelücke /
und schlingts ihm ümm die Hand.

20   Jch bitte seinetwegen
von Gott ihm so viel Seegen /
als Stern am Himmel stehn;
als Zweige sind in Wäldern;
als Kräuter auff den Feldern;
25   als Fisch im Meere gehn.

Auff Abscheiden zweyer Vertrauten.

Sie. Mag auch ein größer Hertzeleidt
gefunden können werden /
als dieses / das mich dieser Zeit
5   zur ärmsten macht auff Erden!
Was soll ich nun beginnen?
Jtzt macht er sich von hinnen!
Kein Wort / kein Kuß / kein Zähren /
kan seinem Willen wehren.

FÜR EINE JUNGFRAU. 1 *Im Namen einer Jungfrau; angeredet ist ihr Freund.*   6 Weste
Westwinde.   9 sehen *aussehen, blicken.*   10 erfreuter *flektierter Gebrauch, nicht:*
Komparativ.   13 gebunden *beschenkt (mit einem „Angebinde").*

10 Er soll / er muß sich scheiden.
Jch muß / ich soll ihn meyden.
Ach! ach deß bittern Schmertzen /
in mein- und seinem Hertzen!
Der mich in lieben übte /
15 der mich liebt' und betrübte /
den ich so innig liebte /
der / Ach! der soll von mir.

Er. Ach das ists / das mein Hertze bricht!
Hör ich den Mund nicht klagen?
20 Seh ich die Augen weinen nicht /
die mir die meinen plagen?
O daß doch diese Stunden
schon wären überwunden!
Wol hab ich können dencken /
25 wie sie diß würde kräncken.
Was aber soll man machen;
kein Rath hilfft dieser Sachen.
Wir wolln nicht oder wollen;
wir müssen / wie wir sollen.
30 Daß ich mich itzt soll scheiden /
daß ich sie nun soll meiden /
das bringt mir gleiches Leiden;
Schatz / hörst dus / oder nicht?

Sie. Recht / Liebster / hör' ich wol die Noth /
35 in welcher wir itzt schweben.
Daß aber aller Trost ist todt /
das tödtet mir mein Leben.
Sollt ihr mir seyn genommen /
So bin ich ümm mich kommen;
40 Bin ich von euch verlassen /
So muß ich mich selbst hassen.
So werd' ich krancke müssen
mit steten Thränen fliessen.
Soll ich euch fort nicht sehen /
45 So ists ümm mich geschehen.
Jch kan / ich mag nicht leben.
Jch will den Geist auffgeben.
Als stets in ängsten schweben.
Und itzt / itzt fang ich an.

---

25 *betrüben.*   44 fort *hinfort.*

50 Er. Jch krancker ich / was mach ich nun?
Sie sinckt in Ohnmacht nieder.
Laß / Hertze / laß dein kläglich thun.
Wir sehn einander wieder.
Ach Lieb / gieb dich zu frieden /
55 Wir bleiben ungeschieden.
Gantz nichts nicht soll uns trennen.
Jch will dich meine nennen.
Dein werd ich unterdessen
und nimmermehr vergessen.
60 Mein Sinn wohnt in dem deinen /
und deiner in dem meinen.
Mein Hertze bleibet deine.
Dein Hertze bleibet meine.
Du / Schatz / du bists alleine /
65 die meine Seele liebt.

Sie. Ach Thyrsi / nun so sey gegrüßt
von deiner Ameryllen.
Er. Und / Amarylli / du geküßt /
von Thyrsi / deinem Willen.
70 Das wiederkommen machet /
daß man deß scheidens lachet.
Sie. Auff tausent tausent Leyden
kömmt tausent tausent Freuden.
Gott schütz dich in Gefahren.
75 Er. Der woll auch dich bewahren.
Sie. Zeuch hin; machs wol; komm wieder.
Das wünscht mit mir ein ieder.
Er. Ach Lieb / laß ungeklaget.
Sie. Wolan es sey gewaget.
80 Er. Wolan es ist gesaget.
Beide. Wolan / so scheiden wir.

Auff die Jtaliänische Weise:
O fronte serena.

O Liebliche Wangen /
Jhr macht mir Verlangen /
5 diß rohte / diß weisse
zu schauen mit fleisse.

---

56 Gantz *gar.*

Und diß nur alleine
ists nicht / das ich meyne;
Zu schauen / zu grüssen /
10 zu rühren / zu küssen.
Jhr macht mir Verlangen /
O liebliche Wangen.

O Sonne der Wonne!
O Wonne der Sonne!
15 O Augen / so saugen
das Liecht meiner Augen.
O englische Sinnen /
O himmlisch Beginnen.
O Himmel auff Erden /
20 magst du mir nicht werden.
O Wonne der Sonne!
O Sonne der Wonne.

O schönste der schönen /
benimm mir diß sehnen.
25 Komm / eile / komm / komme /
du süße / du fromme.
Ach Schwester / ich sterbe /
Jch sterb' / ich verderbe.
Komm / komme / komm / eile /
30 komm / tröste / komm / heile.
Benimm mir diß sehnen /
O schönste der schönen!

Wil sie nicht / so mag sies lassen /
Zynthie / die stoltze die.
Was betrüb ich mich ümm Sie.
Eins ist mir ihr Huld' und hassen.
5 Zynthie sey wer sie sey;
Jch bin froh / daß ich bin frey.

Vorhin thät' ich / wie sie thäte.
Lieb' ist Gegen-liebe wehrt.
Jtzund / weil sie sich verkehrt
10 bin auch ich auff andrer stette.
Zynthie sey wer sie sey;
Jch bin froh / daß ich bin frey.

Meynt sie wol mich zu betrüben /
mit dem / was nur ist ein Schein?
15   Nein. Will sie mir gut nicht seyn /
So kan ich auch sie nicht lieben.
Zynthie sey wer sie sey;
Jch bin froh / daß ich bin frey.

Zahlt mir diß nur meine Treue /
20   meinen unbewegten Sinn?
Doch wer achtets. Jmmer hin.
Es kömmt doch noch wol zur Reue.
Zynthie sey wer sie sey;
Jch bin froh / daß ich bin frey.

25   Sie bekömmt wol meines gleichen /
und auch ihres gleichen ich.
Weil sie ja verdringet mich /
So will ich ihr gerne weichen.
Zynthie sey / wer sie sey;
30   Jch bin froh / daß ich bin frey.

Sie mag lachen / oder klagen /
oder etwas anders thun.
Mich vergnüget dieses nun /
daß ich kan mit Warheit sagen:
35   Zynthie sey / wer sie sey;
Jch bin froh / daß ich bin frey.

Eine hab' ich mir erwählet /
und die solls alleine seyn /
die mich frölich macht und quählet /
doch mit einer süßen Pein /
5   Jhrer Tugend reine Pracht
hat mir ihre Gunst gemacht.

Lobt der seine von der Jugend /
Jener seine von der Zier;
Mich ergetzet ihre Tugend /
10   die vor andern gläntzt an ihr /
wie deß Monden voller Schein /
unter tausent Sternelein.

---

27 verdringet *verdrängt.*
1 ff. *Strophenakrostichon:* ELSABE *(vgl. zu S. 110 Z. 7).*   7 von *wegen, ob.*

So erstreckt sich mein begehren
weiter als auff Treue nicht.
15 Jhre Warheit kan gewehren /
was mir ihre Gunst verspricht.
Hab' ich sie / so hab ich mir
aller Schätze Schätz' an Jhr.

Auff Sie bin ich außgeschüttet.
20 Mein Liecht borgt von ihr den Schein.
Was mein Mund / der nichts mehr bittet /
als von ihr geküst zu seyn /
Nachts und Tages / spat und früh
redt und singet / das ist sie.

25 Basilene / deine Liebe /
dein gewisser / fäster Sinn /
der mich dir zu lieben triebe /
wird gerühmt seyn / weil ich bin.
Deiner treuen Redligkeit
30 wird vergessen keine Zeit.

Ein Gedächtnüß will ich stifften
und von Jaspis führen auff /
Amor soll mit güldnen Schrifften
diese Worte stechen drauff:
35 Basilene du allein /
und sonst keine soll es seyn.

Ein getreues Hertze wissen /
hat deß höchsten Schatzes Preiß.
Der ist seelig zu begrüssen /
der ein treues Hertze weiß.
5 Mir ist wol bey höchstem Schmertze /
denn ich weiß ein treues Hertze.

Läufft das Glücke gleich zu zeiten
anders als man will und meynt /
ein getreues Hertz' hilfft streiten /
10 wieder alles / was ist feind.

---

25 Basilene *vgl. zu S. 110 Z. 7.*   27 triebe *trieb.*   31 Gedächtnüß *Denkmal.*
33 Schrifften *Lettern.*
1 ff. *Strophenakrostichon:* ELSGEN.   3 seelig *als selig.*

Mir ist wol bey höchstem Schmertze /
denn ich weiß ein treues Hertze.

Sein vergnügen steht alleine
in deß andern Redligkeit.
15 Hält deß andern Noth für seine.
Weicht nicht auch bey böser Zeit.
Mir ist wol bey höchstem Schmertze /
denn ich weiß ein treues Hertze.

Gunst die kehrt sich nach dem Glücke.
20 Geld und Reichthum das zersteubt.
Schönheit läst uns bald zurücke.
Ein getreues Hertze bleibt.
Mir ist wol bey höchstem Schmertze /
denn ich weiß ein treues Hertze.

25 Eins ist da seyn / und geschieden.
Ein getreues Hertze hält.
Giebt sich allezeit zu frieden.
Steht auff / wenn es nieder fällt.
Jch bin froh bey höchstem Schmertze /
30 denn ich weiß ein treues Hertze.

Nichts ist süßers / als zwey Treue /
wenn sie eines worden seyn.
Diß ists / das ich mich erfreue.
Und Sie giebt ihr Ja auch drein.
35 Mir ist wol bey höchstem Schmertze /
denn ich weiß ein treues Hertze.

An Basilenen
Nach dem Er von Jhr gereiset war.

Jst mein Glücke gleich gesonnen /
mich zu führen weit von dir /
O du Sonne meiner Wonnen /
5 So verbleibst du doch in mir.
Du in mir / und ich in dir /
sind beysammen für und für.

13 steht *besteht.*   20 zersteubt *zerstiebt.*
1 *Vgl. oben zu S. 110 Z. 7.*

Künftig werd ich gantz nicht scheuen /
Kaspis / deine fremde Fluht /
und die öden Wüsteneyen /
da man nichts / als fürchten / thut.
Auch das wilde macht mir zahm /
Liebste / dein gelobter Nahm'.

Überstehe diese Stunden /
Schwester / und sey unverwand.
Jch verbleibe dir verbunden /
und du bist mein festes Band.
Meines Hertzens Trost bist du /
und mein Hertze selbst darzu.

Jhr / ihr Träume / sollt indessen
unter uns das beste thun.
Kein Schlaff der soll ihr vergessen.
Ohne mich soll Sie nicht ruhn.
Daß die süße Nacht ersetzt /
was der trübe Tag verletzt.

Lebe meines Lebens Leben /
stirb nicht meines Todes Todt /
daß wir uns uns wiedergeben /
abgethan von aller Noth.
Sey gegrüßt / bald Trost / itzt Quahl
tausent / tausent / tausent mahl.

10
15
20
25
30

Er beklagt die Enderung und Furchtsamkeit itziger Deutschen.

Jtzt fällt man ins Konfect / in unsre vollen Schalen /
wie man uns längst gedräut. Wo ist nun unser Muth?
der außgestählte Sinn? das kriegerische Blut?
Es fällt kein Unger nicht von unserm eiteln pralen.
  Kein Pusch / kein Schützen-Rock / kein buntes Fahnenmahlen
schreckt den Krabaten ab. Das ansehn ist sehr gut /
das ansehn meyn' ich nur / daß nichts zum schlagen thut.
Wir feigsten Krieger wir / die Föbus kan bestrahlen.

5
10

AN BASILENEN. 10 Kaspis *das Kaspische Meer (vgl. oben zu S. 110 Z. 35).* 16 unverwand *beständig.* 23 ihr *ihrer.*
ER BEKLAGT DIE ENDERUNG ... 3 Konfect *Zuckerwerk.* 4 gedräut *gedroht.*
6 Unger *Ungar.* 7 Pusch *Federbusch am Helm?* 8 Krabaten *Kroaten;* ansehn *Aussehen, Schein.* 10 Föbus *Phöbus, die Sonne.*

Was ängsten wir uns doch und legen Rüstung an /
die doch der weiche Leib nicht ümm sich leiden kan?
Deß großen Vatern Helm ist viel zu weit dem Sohne.
Der Degen schändet ihn. Wir Männer ohne Mann /
15 Wir starcken auff den Schein / so ists ümm uns gethan /
uns Nahmens-deutsche nur. Jch sags auch mir zum Hohne.

Dem Wolgebohrnen Herrn /
Herrn Dietrich von dem Werder.

Es sagts Jerusalem / es sagets Krieg und Sieg /
und hundert anders mehr / was werther Held dein dichten /
5 und dein verrichten sey. Du giebest den Geschichten
Jhr Leben durch dein Thun. Machst daß dein Sieg und Krieg
    sich kriegt und übersiegt / den sonst die Zeit verschwieg
in einer langen Nacht. Du kanst dich dir verpflichten /
daß dich und deinen Rhum kein Todt nicht mag vernichten.
10 Weil ritterliche Kunst ihn sieghafft überstig.
    Jch lobe diese Faust / die Leib und Nahmen schützt /
Selbst schreibt was sie selbst thut. Auff Krafft und Kunst ihr
auff beyderley gelehrt / was beyder Seiten nützt.   [eigen /
    Jhr Röhmer / tretet auff; Jhr Griechen gebet zeugen /
15 wird Agamemnon nun selbst sein Homerus nicht?
Eneas sein Virgil? wer ists / ders wiederspricht?

Er verwundert sich seiner Glückseeligkeit.

Wie mir es gestern gieng / und wie ich ward empfangen
in meiner Freundinn Schoß / weiß Sie nur und nur ich.
Das allerliebste Kind das hertzt' und grüßte mich.
5 Sie hielte fäste mich / wie ich sie hart' ümmfangen.
    Auff meinem lag ihr Mund / auff ihren meine Wangen.
Offt sagte sie mir auch / was nicht läst sagen sich.
Darümm du / Momus / nicht hast zu bekümmern dich.
Bey ihr ist noch mein Sinn / bey mir noch ihr Verlangen;

DEM WOLGEBOHRNEN HERRN ... 3 Jerusalem *Werders Tasso-Übersetzung ,,Gott-*
fried von Bulljon, oder Das Erlösete Jerusalem", 1626; Krieg und Sieg *das Sonettwerk*
,,Krieg und Sieg Christi", 1631; vgl. oben S. 73f. und das Quellenverzeichnis.   5 *Werder*
nahm als Oberst eines schwedischen Regiments am Krieg teil, vgl. oben zu S. 74 Z. 44f.
ER VERWUNDERT SICH SEINER GLÜCKSEELIGKEIT. 5 wie ich sie hart' *als ich sie kaum?*
8 Momus *Gott des Spottes, auch: Spötter.*   9 Bey ihr *im Original:* Bey mir.

10 O wol mir / der ich weiß / was nur die Götter wissen /
die sich auch / wie wir uns / in reiner Keuschheit küssen.
O wol mir / der ich weiß / was kein verliebter weiß.
Wird meiner Seelen Trost mich allzeit also laben /
. mir allzeit also thun / so werd' ich an ihr haben
15 ein weltlichs Himmelreich / ein sterblichs Paradeiß.

Auff Jhre Gesundheit.

Was ich schlaffe; was ich wache;
Was mir träumet für und für;
was mir Angst macht; was Begier;
5 was ich lasse; was ich mache;
Was ich weine; was ich lache;
was ich nähm' an Kost zu mir;
schreibe; lese; dencke hier /
Die / und die / und diese Sache /
10 was ich nicht thu / was ich thu;
nichts und alles; reis' und ruh';
Angst und Freuden; Lust und Schmertzen;
Dieses alles / alles das /
thu ich hier ohn unterlaß
15 Auff Gesundheit meines Hertzen.

Als Er Sie schlafend funde.

Hier liegt das schöne Kind / in ihrer süssen Ruh /
Sie bläst die schöne Lufft / von welcher ich mich quähle
biß an die Seele selbst / durch ihre süße Kehle;
5 Hier liegt das schöne Kind / und hat die Augen zu.
Streu Rosen ümm Sie her / du sanffter Zefyr du /
mit Nelcken untermengt / daß ihr Geruch vermähle
mit ihrem Ahtem sich / dieweil ich leise stehle
so manchen Kuß von Jhr. Silenus sprich kein Muh!
10 St! Satyr / weg / Sylvan ! geht weit von diesem Bache
daß meine Seele nicht von eurer Stimm' erwache.
Klitzscht in die Hände nicht / ihr schlipfrigen Napeen.

ALS ER SIE SCHLAFEND FUNDE. 6 Zefyr *Zephir, Westwind.*   9 Silenus *Begleiter*
des Bacchus.   10 Satyr *Feld- und Waldgottheit;* Sylvan *Silvan, Gott der Wälder und der*
Hirten.   12 Klitzscht *klatscht;* schlipfrigen *glatten;* Napeen *Napäen, Talnymphen.*

Schlaf / Schatz ich hüte dein. Schlaf / biß du selbst erwachest /
So wirst du wachend thun / was du im Schlafe machest.
15 Mir auch träumt itzt mit dir / als solt ich vor dir stehn.

Bey einer Leichen.

Ein Dunst in reger Lufft;
Ein geschwindes Wetterleuchten;
Güsse / so den Grund nicht feuchten;
5 Ein Geschoß / der bald verpufft;
Hall / der durch die Thäler rufft;
Stürme / so uns nichts seyn deuchten;
Pfeile / die den Zweck erreichen;
Eyß in einer warmen Grufft;
10 Alle diese sind zwar rüchtig /
daß sie flüchtig seyn und nichtig;
Doch wie nichts Sie alle seyn /
So ist doch / O Mensch / dein Leben /
mehr / als Sie / der Flucht ergeben.
15 Nichts ist alles. Du sein Schein.

Andreas Tscherning

An eine Jungfraw
Die einen Alten heyrathet.

Wo sind doch deine Sinnen?
5 Kanst du ein grawes Haar /
O Jungfraw / lieb gewinnen?
Nimm deiner besser wahr.

Ein Hauß das erst erbawet
Sieht einer lieber an /
10 Alß das für alter grawet /
Vnd kaum noch stehen kan.

Wil schon ein Widder alten /
Vnd von der Heerde ziehn /
Man wird dann höher halten
15 Sein Fell / alß selber Jhn.

BEY EINER LEICHEN. 7 nichts seyn *nichts zu sein.* 10 rüchtig *berühmt.*
AN EINE JUNGFRAW . . . 8 erst *eben erst.* 10 grawet *ergraut.* 12 alten *alt werden.*

Ein Holtz das schon wil fäulen
Taugt auff die Fewerstat /
Ein Hund kan nichts alß heulen /
Der Zeitten auff sich hat.

20 Du siehest wie das Eisen
Vor alter rosten muß:
So auch wann Männer greisen /
Verschrumpffet Hand vnd Fuß.

Wann alte Kreißer schertzen /
25 Vnd stellen Buhlschafft an /
So lacht der Todt im Hertzen /
Weiß daß es sey gethan!

Bey Alten ist nur rathen /
Jst hoher Worte Pracht.
30 Bey Jungen ist zu thaten /
Vnd lieben frische Macht.

Der Alte verredet sich.

Liebste / derer hohe Ziehr
Mein Gemüte hat entzündet /
Vnd mich selbst genommen mir /
Dencke nicht daß alles schwindet
5 Mit den Jahren.
Bin Jch / alß ich muß gestehn /
Greiß an Haaren /
Gleichwol kan ich buhlen gehn.

10 Zwar der rauhe Winter schafft
Alle Blätter von den ästen /
Doch der Stamm behelt die Krafft.
Alte Glocken sind die besten.
Rosse rennen
15 Jn dem Alter auch mit macht /
Wann sie brennen /
Wann Jhr Mut ist auffgewacht.

Nun du wirst mich / alß ich weiß /
Vor die schnöde Jugend setzen /

---

24 Kreißer *Greise.*
1 *widerspricht, widerlegt.*

20 Alte Klugheit hat den Preiß /
Altes Geld ist hoch zu schätzen /
Wirst erkennen /
Altes Holtz das könne mehr
Lichter brennen:
25 Grünes aber rauche sehr.

GABRIEL VOIGTLÄNDER

Wie es zu Hofe zugeht.
Vnd wie außerlesen man alles haben will.

[Melodie]

1.

5 Es ist gantz billich /
So bald der Herre spricht /
Daß ich sey willig /
Nach heischung meiner pflicht /
Vnd sing ein angenehm Geticht /
10 Das frölig klinge /
Vertreibe Trawrigkeit /
Nicht vnlust bringe /
Sondern Ergetzligkeit /
Vornemlich aber zu der Zeit /
15 Wenn man mit den Gläsern scharmutziret /
Vnd dabey ein gutes Müthlein führet /
Daß auch sagen alle Leute /
Vnser Fürst ist lustig heute.
Darumb will es sich nicht anders reimen /
20 Als daß wir mit Sauffen / Schwermen leimen /
Kommen woll zu mir vnd sprechen /
Jch soll auch eins mittrumb zechen.

2.

Jch soll Lust machen /
Vnd singen drüber man
25 Was müsse lachen /

DER ALTE VERREDET SICH. 23 f. mehr Lichter *heller.*
WIE ES ZU HOFE ZUGEHT. 15 scharmutziret *scharmützelt, plänkelt.* 20 Schwer-
men *lustiges Treiben;* leimen *verbinden.* 21 zu ergänzen: sie *(alle Leute).*

Vnd bringen auff die Bahn
Was man verschweigt doch dencken kan /
Jch solls nun rühren /
Daß es nicht möge gar
30 Der Bawer spühren /
Doch soll es seyn so klar /
Daß man es auch verstehe zwar /
Es soll artlich seyn / nicht Melancolisch /
Nicht Calvinisch / Luttrisch / noch Catholisch /
35 Jch soll kein grob Garn nicht spinnen /
Nicht zu Ehrbar seyn darinnen /
Jch soll lächerliche Possen reissen /
Nicht zu fromm noch Gottloß mich erweisen /
Niemand heucheln / niemand straffen /
40 Beydes guts vnd böses schaffen.

3.

Jch soll es stellen /
Daß es vor Jungfern tauch /
Vnd den Gesellen /
Nicht sey verdrießlich auch /
45 Doch gleichwol nach der Welt gebrauch /
Es soll nicht thörlich /
Noch weißlich gar allein /
Nicht gar zu Ehrlich /
Nicht schändlich / sondern fein
Zu hören / vnd zu mercken sein /
Es soll richen nicht nach Tugendlehre /
Auch nach Lastern stincken nicht zu sehre /
Jch solls halb vnd halb verstutzen /
Wie man Hunde pflegt zu putzen /
55 Jch soll was ich meine nicht rauß sagen /
Gleichwol was es seyn soll recht vortragen /
So behoblen so beschneiden /
Daß mans kan in Ohren leiden.

4.

Könds möglich werden /
60 Zu thun wie obgemelt /
Würd ich auff Erden /
Vnd bey der Eitlen Welt /
Vielmehr verdienen Gunst vnd Gelt /

---

42 tauch *tauge.*   53 verstutzen *abkürzen.*   60 obgemelt *oben angegeben.*

Bey Gott dagegen /
65   Zorn / Straff vnd Vngenad /
Daß zu erwegen /
    Jst wol der beste Rath /
    Weil viel gefahr es auff sich hat /
Wenn man meint nach solcher Lust auff Erden /
70   Auch im Himmel dort erfrewd zu werden /
Jch kan das in Kopff nicht bringen /
    Darumb muß man hier so singen /
    Daß man Christlich nur sein Brod erwerbe /
    Aber dort nicht ewig hunger sterbe /
75   Daß man hier kan frölich leben /
    Vnd auch dort in Frewden schweben.

Ein Sommer Liedlein.

Phoebus ist nun wi-der-kommen / hat die Flo-ra an-ge-
blickt / vnd in Ar-men sie genommen / sie geküst / und schön ge-
schmückt / mit ei-nem bun-ten Rock / als ei-ne
schö - - ne Tock / jhr golt-geel Haar hat sie ge-

---

1 *Die Komposition ist von Voigtländer selbst.*

zie - ret / mit ei-nem Blu - men Krantz/da-rumb sie

nun zum Tantz/viel schöner Nymphen mit sich füh-ret.

1.

Phoebus ist nun wider kommen /
    Hat die Flora angeblickt /
Vnd in Armen sie genommen /
    Sie geküst / vnd schön geschmückt /
Mit einem bunten Rock /
Als eine schöne Tock /
    Jhr goltgeel Haar hat sie gezieret /
Mit einem Blumen Krantz /
Darumb sie nun zum Tantz /
    Viel schöner Nymphen mit sich führet.

2.

Kommet / kommet last vns gehen
    Jn das KornLand nauß mit jhr /
Last vns in den Wäldern sehen /
    Wie der Hirsch vnd andre Thier
Jm Grünen springen rumb /
Hört wie so wunder krumb
    Die Nachtegall her coloriret,
Seht wie an jeden Ort
Jn kühlen Schatten dort /
    Der Schäffer seine Hürtin führet.

3.

Oder last vns gehn im Garten
    Da viel tausend Blümelein
Vnd Gewechse sich wol arten /
    Vnd hervor gesprossen sein /

---

7 Tock *Puppe.*   8 goltgeel *goldgelb.*   17 krumb *künstlich.*   24 sich wol
arten *sich wohlgestalten.*

Die Blume Tulipan /
Vielen Thimian /
   Die RoßMarij vnd Hyacinthen /
Narcissen / Tausendschön /
30   Vnd Meyeran da stehn /
   Lavendel / Poley sich auch finden.

4.

Vnd die Blum je länger lieber /
   Rosen / Lilien wolgemuth /
Seht was vbers Bett hinüber
35   Was zur Tafel nötig thut /
Die Spargieß vnd Salat /
Spansche Lacktuk man hat /
   Melaunen / Gurken / Artischocken /
Antivien / Stickelbeer /
40   Vnd andre Sachen mehr /
   Die man zu essen kan abpflocken.

5.

Seht die JmmenStöck zur seiten /
   Wie die Honig Vögel doch
Vmb die Nahrung so arbeiten /
45   Wie der Wein auch wechst so hoch /
Das frische Obst wird süß /
Die Kirschen Bürn vnd Nüß /
   Die Öpfel / Pfirschgen / Pomerantzen /
Citronen / Feigen / auch
50   Was in die Küche tauch /
   Die Rüben / Wurtzeln / Kohl vnd Pflantzen.

6.

Seht das liebe Vieh dort grasen /
   Jn der Klever Weide fein /
Mit den vollen Millich Blasen /
55   Dort komt ein Heerd Schaaf herein /
Hört wie die Sackpfeiff klingt /
Hört wie die Viehmagdt singt /
   Seht wie sie Kraut vnd Blumen pflücket

---

27 *Dem Vers fehlt eine Silbe:* Die *oder* Vnd? 30 Meyeran *Majoran.* 31 Poley *Flohkraut, Minze.* 34 Bett *Beet.* 36 Spargieß *Spargel.* 37 Lacktuk *Lattich.* 38 Melaunen *Melonen.* 39 *Endivien, Stachelbeeren.* 41 *abpflücken.* 50 tauch *tauge.*

Die Erd vnd Himmel lacht /
60 Nehmt aber auch in acht /
   Was vns zur Lehre sich wol schicket.

7.

Sticht die Sonne dann / wir sprechen /
   Ach es ist so heise Zeit /
Da denn wol ist außzurechen /
65   Keine Frewd ist ohne Leid /
Die Blum verwelckt / das Graß
Wird abgemeyt / so daß
     Nichts ist bestendig auff der Erden /
Was Jrrdisch ist verdirbt /
70 Der Mensch wird Alt vnd stirbt /
   Die Welt muß auch zu nichte werden.

HEINRICH ALBERT

Lob der Könige.
Nach erhaltenem Friede in Preüssen.

[Melodie]

5 1. O Jhr Götter dieser Erden /
Die Jhr Kron vnd Scepter führt /
Die Jhr must gefürchtet werden /
Weil eüch Ehr vnd Macht gebührt /
Die Jhr mit so starcker Hand
10 Herrschet vber Leüt vnd Land.

2. Jhr seydt die berümbten Helden;
Nur von ewrer Dapfferkeit
Hette man genug zu melden /
Sie zu preisen weit vnd breit:
15 Wie Jhr offt gantz vnverzagt
Ewer Leib vnd Leben wagt!

3. Doch wir lassen dieses fahren /
Vnd gedencken nur allein
Wie von so viel hundert Jahren
20 Wir von Euch geschützet seyn;
Wie Jhr dessen euch nicht schämt
Vnd vns in die Arme nehmt.

---

3 Friede *zu Prag 1635.*

4. Da sich Mars ietzt wolt' erregen /
Vnd mit Schrecken vor vnß stund' /
25   Eben / alß er seinen Degen
Auß-zu-wetzen schon begunt /
Sagt Jhr vns nur lauter Ruh /
Gnade / Lieb' vnd Friede zu.

5. Daß wir können sicher schreiben
30   Was zu schreiben würdig ist;
Daß man kan die Tugend treiben;
Vnd der Künste nicht vergisst;
Daß sich vnser Menschen-Geist
Des / was Himlisch ist / befleist;

35   6. Daß wir mit gelehrtem Singen /
Mit geschicter Melodey
Können vnsre Zeit zu bringen;
Vnd ein jeder sich dabey
Frewet vnd von Hertzen lacht /
40   Habt Jhr Könige gemacht.

7. Vnser Phebus sol hinwieder
Danckbar also vmb Euch stehn /
Vnd Eüch / krafft gelehrter Lieder /
Hievor zu erheben gehn /
45   Vnser Phebus / der allein
Menschen heist vnsterblich seyn.

Simon Dach*

Trewe Lieb' ist jederzeit Zu gehorsamen bereit.

[Melodie]

1. Anke van Tharaw öß / de my geföllt /
5   Se öß mihn Lewen / mihn Goet on mihn Gölt.

2. Anke van Tharaw heft wedder eer Hart
Op my geröchtet ön Löw' on ön Schmart.

---

1 *Die Zuschreibung des anonym überlieferten Gedichts* (Aria incerti Autoris) *folgt Ivar Ljungerud (1949).* 4ff. *Herders Übersetzung (1778): Annchen von Tharau ist, die mir gefällt; Sie ist mein Leben, mein Gut und mein Geld. Annchen von Tharau hat wieder ihr Herz Auf mich gerichtet in Lieb' und in Schmerz.*

3. Anke van Tharaw mihn Rihkdom / mihn Goet /
Du mihne Seele / mihn Fleesch on mihn Bloet.

10 4. Quöm' allet Wedder glihk ön ons tho schlahn /
Wy syn gesönnt by een anger tho stahn.

5. Kranckheit / Verfälgung / Bedröfnös on Pihn /
Sal vnsrer Löve Vernöttinge syn.

6. Recht as een Palmen-Bohm äver söck stöcht /
15 Je mehr en Hagel on Regen anföcht.

7. So wardt de Löw' ön onß mächtich on groht /
Dörch Kryhtz / dörch Lyden / dörch allerley Noht.

8. Wördest du glihk een mahl van my getrennt /
Leewdest dar / wor öm dee Sönne kuhm kennt;

20 9. Eck wöll dy fälgen dörch Wöler / dörch Mär /
Dörch Yhß / dörch Jhsen / dörch fihndlöcket Hähr.

10. Anke van Tharaw / mihn Licht / mihne Sönn /
Mihn Leven schluht öck ön dihnet henönn.

11. Wat öck geböde / wart van dy gedahn /
25 Wat öck verböde / dat lätstu my stahn.

12. Wat heft de Löve däch ver een Bestand /
Wor nich een Hart öß / een Mund / eene Hand?

13. Wor öm söck hartaget / kabbelt on schleyht /
On glihk den Hungen on Katten begeyht.

30 14. Anke van Tharaw dat war wy nich dohn /
Du böst mihn Dühfken myn Schahpken mihn Hohn.

15. Wat öck begehre / begehrest du ohck /
Eck laht den Rack dy / du lätst my de Brohk.

Ännchen von Tharau, mein Reichthum, mein Gut, Du meine Seele, mein Fleisch und mein Blut! Käm' alles Wetter gleich auf uns zu schlahn [schlagen], Wir sind gesinnt bei einander zu stahn. Krankheit, Verfolgung, Betrübniß und Pein Soll unsrer Liebe Verknotigung seyn. Recht als ein Palmenbaum über sich steigt, Je mehr ihn Hagel und Regen anficht; So wird die Lieb' in uns mächtig und groß Durch Kreuz, durch Leiden, durch allerlei Noth. Würdest du gleich einmal von mir getrennt, Lebtest, da wo man die Sonne kaum kennt; Ich will dir folgen durch Wälder, durch Meer, Durch Eis, durch Eisen, durch feindliches Heer. Ännchen von Tharau, mein Licht, meine Sonn, Mein Leben schließ' ich um deines herum. Was ich gebiete, wird von dir gethan, Was ich verbiete, das läßt du mir stahn. Was hat die Liebe doch für ein Bestand, Wo nicht Ein Herz ist, Ein Mund, Eine Hand? Wo man sich peiniget, zanket und schlägt, Und gleich den Hunden und Katzen beträgt? Ännchen von Tharau, das woll'n wir nicht thun; Du bist mein Täubchen, mein Schäfchen, mein Huhn. Was ich begehre, ist lieb dir und gut [wörtlich: begehrest du auch]; Ich laß den Rock dir, du läßt mir den Hut [wörtlich: die Hose]!

35

16. Dit öß dat / Anke / du söteste Ruh'
Een Lihf on Seele wart vht öck on Du.

17. Dit mahckt dat Lewen tom Hämmlischen Rihk /
Dörch Zancken wart et der Hellen gelihk.

JOHANN RIST*

Daphnis bekümmerte Liebes-Gedancken /
Als er bey seiner Galatheen nicht seyn konte.

Discantus.

Daph-nis gieng für we-nig Ta-gen ü-ber die be-
Heim-lich fieng er an zu kla-gen / bey sich selbst sein

Bassus.

grün-te Heid sang auß hoch-be-trüb-ten Hert-zen /
schwe-res Leid

von den bit-tern Lie-bes Schmertzen / ach daß ich dich

nicht mehr seh' / al-ler-schön-ste Ga-la-the!

---

*Dies ist uns Annchen die süsseste Ruh [wörtlich: So ist es, Anke, du süßeste Ruh], Ein Leib
und Seele wird aus Ich und Du. Dies macht das Leben zum himmlischen Reich, Durch Zanken
wird es der Hölle gleich.*

1 *Im Original:* Daphnis aus Cimbrien. *– Die Melodie ist für zwei Singstimmen gesetzt.*

1.

Daphnis gieng für wenig Tagen
    Uber die begrünten Heid /
Heimlich fing er an zu klagen
    Bey sich selbst sein schweres Leid /
Sang aus hochbetrübten Hertzen
Von den bittern Liebes Schmertzen /
    Ach das ich dich nicht mehr seh
    Allerschönste Galathe!

2.

Jst mier recht / das sind die Spitzen
    Die ich an den Bäumen schauw /
Hinter welchen pflegt zu sitzen
    Galathee bey der Auw'
Als sie zwinget meine Sinnen
O du Preiß der Schäfferinnen /
    Weh mir daß ich nicht mehr seh;
    Allerschönste Galathe.

3.

Könt ich in den Lüfften fliegen
    Wie ein schnelles Vögelein /
Ach wie wolt ich dich betriegen
    Bald / bald wolt ich bey dir seyn
Und dier tausend Schmätzlein geben /
Das wer mein erwünschtes Leben /
    Nun ist mier von Hertzen weh
    Allerschönste Galathe.

4.

Möcht ich bey der Sonnen stehen
    Bey dem güldnen Himmels Licht
O wie fleissig wolt ich sehen
    Auff dein freundlichs Angesicht'
Tausend Strahlen wolt' ich schiessen
Deiner äuglein zu geniessen
    Nun ist mir von Hertzen weh'
    Allerschönste Galathe!

5.

Kan ich denn nicht zu dir kommen
    Der ich dir so nah jetzt binn /

---

14 welchen *im Original:* welchem.

Jst mier schon der Weg benommen /
 Ey so nim die Seuffzer hinn /
40 Die ich dier von Hertzen sende
Biß das Glück sich wiederumb wende
 Und ich dich mit Freuden seh /
 Allerschönste Galathe!

6.

Drumb' jhr Winde solt jhr bringen
45 Meine Klag und Seufftzen zu /
Selber kan ich nicht mehr singen
 Denn mein Hertz ist sonder Ruh'
Ach ich Armer hab ersehen
Jhr Gezelt von ferne stehen /
50 Nun ist mir von Hertzen weh'
 Allerschönste Galathe!

7.

O jhr Vöglein die jhr wendet
 Euren Flueg an jhren Orth /
Sagt ich hab euch hergesendet
55 Daß jhr mit euch nehmet fort
Die getreuen liebes Thränen /
Die sich stündlich nach dir sehnen /
 Biß ich dich mit Freuden seh'
 Allerschönste Galathe.

8.

60 Galathee du mein Leben
 Nim die Wind und Vöglein auff
Die sich dir zu Dienst ergeben
 Mit so schnellem Flug und Lauff /
Und weil ich dich nicht kan schauen
65 Wollest du dem Boten trauen /
 Biß ich selbst dich wiederseh'
 Allerschönste Galathe!

Frühlings-Gedicht
Daphnis wünschet /
Daß seine Galathee möcht eine Blume werden.

[Melodie]

1.

Daphnis wolte Blumen brechen
    Als der Mertz den Frühling bracht /
Ach (sagt Er) wer kan außsprechen
    Meiner bittern Liebe Macht /
Liebe die mich hat betrogen /
Daß ich bin ümbher gezogen
    Durch die Wiesen Tag und Nacht.

2.

Diß sind ja die ersten Früchte
    Von den Blumen dieser Zeit /
Da der Vogel Kling-Gedichte
    Menschen / Vieh' und Feld erfreut
Diß sind zwar die erste Gaben
Die wir von den Wiesen haben
    Durch deß Himmels Gütigkeit.

3.

Aber / wenn werd ich erlangen
    O mein Blümlein Galathe /
Dich wie andre zu ümbfangen
    Die ich jetzt für Augen seh' /
Ach wenn werd ich doch berüren
Dich die du mich pflegst zu führen
    Durch den Regen / Reiff und Schnee?

4.

Diese Blümlein darff ich tragen
    Mit mir heim in mein Gezelt /
Aber dich mein Lieb zu fragen
    Ob dier auch ein Kuß gefelt
Darff ich kaum mich unterstehen
Weil ich nie ein Bild gesehen
    Das dir gleichet in der Welt.

5.

Dieses Blümlein zu gewinnen
    Kostet weder Macht noch List /

---

14 **Kling-Gedichte** *im 17. Jhdt. geläufige Verdeutschung von „Sonett".*

35 Aber Ach! daß du von Sinnen
   So gantz hart und steinern bist /
Keine weiß ich dier zugleichen /
   Weil dich niemand kan erweichen
   Wenn er noch so redlich ist.

6.

40 Könt' ich deine zarten Glieder
   Stets verwandeln wenn ich wolt'
Und dich denn verkehren wieder /
   Fragt ich nichts nach Geld und Gold /
Nun wolt ich für alle Sachen
45 Solch ein Blümlein aus dir machen
   Das mich stets erfreuen solt.

7.

O wie wolt ich dich bewahren
   Jn den Garten meiner Treu /
Ey denn soltestu erfahren /
50   Schönste Blum was lieben sey /
Denn so wolt' ich dich mit Freuden
Küssen auff mein schweres Leiden
   Tag und Nacht ohn alle scheu.

8.

Brich die Sinnen Galathee /
55   Zwinge doch den harten Muht
Gönne Daphnis daß er sehe
   Dich sein allerhöchstes Guth /
Sey den Lilien gleich von Hertzen
Die nicht stets mit Stachlen schertzen
60   Wie die falsche Rose thut.

9.

Ach bedencke doch die Thränen
   Die dein Schäffer manchesmahl
Wenn er sich nach dir muß sehnen
   Fliessen lest ohn alle Zahl /
65 Ach bedencke doch / das lieben
Sonder nützen sey betrüben
   Ja der allergrösste Quaal.

10.

Alles zwar was Menschen sehen
   Hie auff Erden weit und breit /
70 Galathee muß vergehen

Phoebus selbst hat seine Zeit /
Ja was in der Welt zu finden
Muß zu letzt doch gahr verschwinden.
Lieben bleibt in Ewigkeit.

1643

JOHANN RIST

Klägliches Grab-Lied.
Uber die traurige Begräbnisse unsers Heylandes
JESU Christi / am stillen Freytage zu singen.

5   *[Melodie]*

1.

O Traurigkeit!
O Hertzeleid!
Jst das nicht zu beklagen /
  Gott des Vaters einigs Kind /
10   Wird ins Grab getragen.

2.

O grosse Noth!
Gott selbst ligt todt /
Am Creutz' ist Er gestorben
  Hat dadurch das Himmelreich
15   Uns aus Lieb erworben.

3.

O Menschen Kind!
Nur deine Sünd'
Hat dieses angerichtet /
  Da du durch die Missethat
20   Warest gantz vernichtet.

4.

Dein Bräutigam /
Das GottesLamm
Ligt hie mit Blut Beschlossen /
  Welches es gantz mildiglich
25   Hat für dich vergossen.

5.

O süsser Mund /
O Glaubens-Grund
Wie bist du doch zuschlagen!
Alles was auff Erden lebt /
30   Muß dich ja beklagen.

6.

O lieblichs Bild /
Schön zart und mild
Du Söhnlein der Jungfrauen!
Niemand kan dein heisses Blut
35   Sonder Reu anschauen.

7.

O selig ist
Zu aller frist
Der dieses recht bedencket /
Wie der HErr / der Herrligkeit
40   Wird ins Grab versencket.

8.

O JEsu / du
Mein' Hülff' und Ruh'
Jch bitte dich mit Thränen:
Hilff / daß ich mich biß ins Grab
45   Nach dir möge sehnen.

Erinnerung an den Leser.

Christlicher Leser / es ist mir der erste Verß dieses GrabLiedes benebenst seiner
andächtigen Melodey ohne gefehr zu Handen kommen. Wann mir denn selbige
insonderheit wolgefallen / als habe ich / dieweil ich der andern Verß gar nicht
50   theilhafft werden können / die übrige sieben / wie sie allhie stehen / hinzu ge-
setzt / welches ich dem gönstigen Leser nicht habe verhalten sollen noch wollen.

---

28 zuschlagen *zerschlagen.*   47 Verß *Strophe.*   51 verhalten *vorenthalten,*
verhehlen.

1643

Jacob Balde

Ad Simonem Lavendulam.
Se in excolenda Macie, mirum in modum proficere.

Tantae molis erat, denique corporis
Tota destitui mole, Lavendvla.
Ipsos exuor artus:
Ipsis exuor ossibus.

O gratare mihi. iam penitus macer
Depono reliqui rudera carceris.
Paullùm restat arenae: &
Totus spiritus emico.

Nec porrò lanios horreo, nec forum,
In quo vaenit adeps, vito Boarium.
Securus licitantum
Nullis à Brasilis emar.

Nulla parte mei bellua, flammeis
Mentem sideribus protinus inferam.
Ceu Maia satus, inter
Vmbras & Superos eo.

Iam iam liber iô (terra putris vale)
Defaecatus iô (congeries vale
Insyncera: valete
Ventres) tollar in aethera.

---

2 ff. *An Simon Lavendula. Über den wunderbaren Fortschritt in der Magerkeitspflege. So viel Mühe machte es, aber schließlich habe ich mich von der ganzen Last des Körpers befreit, Lavendula. Ich werde selbst meiner Glieder ledig, ich werde selbst meiner Gebeine ledig. O beglückwünsche mich! Schon völlig ausgezehrt, schüttele ich den Schutt ab, der vom Kerker übriggeblieben ist. Ein wenig Mörtel bleibt zurück, und ganz Geist schwinge ich mich empor. Von nun an schrecke ich nicht mehr vor den Metzgern zurück, noch vor dem Ochsenmarkt, auf dem das Fett verkauft wird. Sicher vor den Bietenden, werde ich von keinem Brasilianer [Sklavenhändler] gekauft werden. Da ich mit keinem meiner Teile mehr Tier bin, werde ich meinen Geist unmittelbar zu den feurigen Gestirnen tragen. Wie der Sohn der Maja [Merkur, als Götterbote] wandle ich unter den Schatten und den Himmlischen. Jetzt, jetzt, o frei (modrige Erde, leb wohl), o ungetrübt (unreiner Haufen, leb wohl, lebt wohl, ihr Bäuche) werde ich in den Äther entrückt. – Vgl. Grobs* Erhebung der Magerkeit *S. 294.* 4 *Vgl. Vergil Aen. 1, 34.*

Ad Christophorum Immolam Stoicum.
De seipso.

Contemno quaedam, & calco superbia
Laudabili. cur, IMMOLA, seruiam
5   Famae volutanti susurros?
        Cur timeam sine Marte linguas?

Non est meum, si plebs amat aequior,
Gaudere; si plebs odit iniquior,
     Dolere. permistam lupinis
10   Dedecorum decorúmque mercem,

Quae pisculento venditur in foro,
Pari moneta soluo. quid interest?
     Illauder à vili popello,
        An celebrer, digito fauentis

15 Monstrandus, HIC EST. seu mihi pollicem
Suburra vertat, seu premat; improba
     Virtute tantundem rependo:
        Méque mea inuolüo lacerna.

Cantata Ferijs Natalitijs Christi.
Speculum sine macula.

Ecce Crystallus sine labe pura:
Cui suum toto DEVS ore vultum
5   (FILIVM) impressit, speculi nitentis
        Captus amore.

AD CHRISTOPHORVM ... 1 ff. *An Christoph Immola, den Stoiker. Über sich selbst. Ich
verachte manches und trete es mit lobenswertem Stolz nieder. Warum soll ich, Immola, der
Flüsterreden verbreitenden Fama dienen? Warum soll ich Zungen fürchten, die den offenen Kampf
scheuen? Es ist nicht meine Art, mich zu freuen, wenn die Menge allzu gnädig liebt; mich zu
betrüben, wenn sie allzu ungnädig haßt. Die Ware, die mit den Wolfsbohnen von Tadel und
Lob vermischt auf dem Fischmarkt verkauft wird, zahle ich mit gleicher Münze. Was macht
es? Mag mich das gemeine Volk verachten oder mich preisen, indem es mit Gönnerfinger auf mich
zeigt: Der ist's. Mag die Vorstadt den Daumen abwärts kehren oder mir halten. Ich vergelte
Schlechtes gleichermaßen mit Tugend und hülle mich in meinen Mantel.*

CANTATA FERIJS ... 1 ff. *Kantate zum Fest von Christi Geburt. Ein Spiegel ohne Fehl.
Sieh den reinen Kristall ohne jeden Flecken, dem Gott in allen Zügen sein eigenes Aussehen (sei-
nen Sohn) aufgeprägt hat, erfaßt von Liebe zu dem strahlenden Spiegel. In allem bist du, Göttin,
in allem wahrhaft schön. Du bist gewiß auch schön als Jungfrau; aber weil du als Mutter und
als Jungfrau gefeiert wirst, bist du schöner als du selbst.*

Tota iam verè, Dea tota pulcra es.
Tu quidem Virgo quoque pulcra: sed cùm
Mater & Virgo celebraris; es te
    Pulcrior ipsâ.

Melancholia.

Semper ego inclusus Germanae finibus Orae,
    In Bauara tellure senescam!
Tristibus imperijs spatio retinemur in arcto,
5   Et curtum malè perdimus aeuum.
Atqui vincla, licet rupto dissoluere nodo,
    Et clausas diducere turreis.
Graeculus effugiens aliquis Minoïa regna,
    Ceratas sibi sumpserat alas.
10   Sed neque fallaceis ventos tentare necesse est
    Lapsuris super aequora pennis.
Tota mihi quamuis adeò Germania carcer,
    Deterius quoque carcere corpus:
Libera Mens tamen est. vbi vult, habitátque, volátque.
15   In pelago non impedit Auster:
In terris non tardat obex. transcendit & Alpes
    Nubiferas, ac sidera pulsat.
Accedit Phoebi donum, diuina Poësis.
    Hac fretus, velocior Euro,
20   Euri nascentis Patriam, cunásque videbo,
    Aurorae rapiendus in ortum.

---

1 ff. *Melancholie. Immer eingeschlossen in den Grenzen des deutschen Landes, soll ich auf bayrischem Boden altern! Durch unfreundliche Befehle werde ich im nördlichen Raume festgehalten, und ich verliere auf üble Weise die kurze Lebenszeit. Aber man kann die Fesseln, indem man die Knoten zerschneidet, lösen und die verschlossenen Türme sprengen. Ein junger Grieche [Daedalus] hatte, um aus dem minoischen Reich zu fliehen, sich mit Wachs überzogene Flügel angelegt. Indes man braucht nicht die trügerischen Winde zu versuchen, mit Federn, die sich über dem Meer lösen. Mag mir auch das ganze Deutschland ein Kerker sein, und schlimmer noch als ein Kerker der Körper: frei ist dennoch der Geist. Wo immer er will, wohnt er und fliegt er dahin. Auf dem Wasser hält ihn der Südwind nicht auf, auf dem Land hemmt ihn keine Schranke. Er übersteigt auch die wolkentragenden Alpen und stößt sogar an die Sterne. Die Gabe Apolls tritt hinzu, die göttliche Dichtkunst. Mit ihrer Hilfe werde ich, schneller als der Ostwind, die Heimat des Ostwinds und seine Wiege sehen, fortgerissen zum Aufgang der Morgenröte.*

ANDREAS GRYPHIUS

Der Autor vber seine Geburtt.
d. II. Octob. cIɔIɔ cxvi. h. 12. p. m.

Die erden lag verhült mitt fünsternus vndt nacht
5   Als mich die welt empfing / der hellen lichter pracht
Der sternen güldne zier / vmbgab des himmels awen;
Warumb? dieweill ich nur soll nach dem himmel schawen.

Vber die Geburt Jesu.

Nacht mehr den lichte nacht! nacht lichter als der tag /
Nacht heller als die Sonn' / in der das licht gebohren /
Das Gott / der licht / in licht wohnhafftig / ihmb erkohren:
5   O nacht / die alle nächt' vndt tage trotzen mag.
O frewdenreiche nacht / in welcher ach vnd klag /
Vnd fünsternüß vnd was sich auff die welt verschworen
Vnd furcht vnd hellen angst vnd schrecken ward verlohren.
Der himmel bricht! doch felt nuh mehr kein donnerschlag.
10   Der zeitt vnd nächte schuff ist diese nacht ankommen!
Vnd hatt das recht der zeitt / vnd fleisch an sich genommen!
Vnd vnser fleisch vnd zeitt der ewikeitt vermacht.
Der jammer trübe nacht die schwartze nacht der sünden
Des grabes dunckelheit / mus durch die nacht verschwinden.
15   Nacht lichter als der tag; nacht mehr den lichte nacht!

Threnen des Vatterlandes / Anno 1636.

Wir sindt doch nuhmer gantz / ja mehr den gantz verheret!
Der frechen völcker schaar / die rasende posaun
Das vom blutt fette schwerdt / die donnernde Carthaun
5   Hatt aller schweis / vnd fleis / vnd vorraht auff gezehret.
Die türme stehn in glutt / die Kirch ist vmbgekehret.
Das Rahthaus ligt im graus / die starcken sind zerhawn.
Die Jungfrawn sindt geschändt / vnd wo wir hin nur schawn
Jst fewer / pest / vnd todt der hertz vndt geist durchfehret.
10   Hier durch die schantz vnd Stadt / rint alzeit frisches blutt.
Dreymall sindt schon sechs jahr als vnser ströme flutt
Von so viel leichen schwer / sich langsam fortgedrungen.

DER AUTOR VBER SEINE GEBURTT. 2 ff. *Vgl. das Sonett S. 80.*   3 h. 12. p. m. *hora
12 post meridiem, 12 Uhr Mitternacht.*
THRENEN DES VATTERLANDES ... 1 ff. *Spätere Fassung des oben S. 81 mitgeteilten Gedichts.*

Doch schweig ich noch von dem was ärger als der todt.
Was grimmer den die pest / vndt glutt vndt hungers noth
15 Das nun der Selen schatz / so vielen abgezwungen.

An einen Vnschuldig Leidenden.

Ein brandt pfall vndt ein raadt / pech / folter / bley vnd zangen
Strick / messer / hacken / beyll / ein holtzstos vndt ein schwerdt /
Vndt siedent öel / vndt bley / ein spies / ein glüendt pferdt /
5 Sind den nicht schrecklich / die / was schrecklich nicht begangen.
Wer vmb die tugend leidt / vmb rechthun wirdt gefangen
Vndt wen es noth sein blut / doch ohne schuldt gewehrt
Dem wirdt für kurtze pein vnendtlich preis beschert /
Er wirdt den ehren krantz der nicht verwelckt erlangen.
10 Er lebt in dem er stirbt / er steigt in dem er fält
Er pocht was tödlich ist vnd trotzt die grosse welt
Vndt küst die ewikeit die er ihmb anvertrawett.
Hatt nicht der Höchste selbst sein höchstes wunderwerck
Jn dem er starb verbracht auff Salems schädelberg?
15 Der ist kein rechter Christ / dem für dem tode grawett.

An die Sternen.

Jhr lichter die ich nicht auff erden satt kan schawen /
Jhr fackeln die ihr stets das weite firmament
Mitt ewren flammen ziert / vndt ohn auffhören brent;
5 Jhr blumen die ihr schmückt des grossen himmels awen
Jhr wächter / die als Gott die welt auff wolte bawen;
Sein wortt die weisheit selbst mitt rechten nahmen nent
Die Gott allein recht misst / die Gott allein recht kent
(Wir blinden sterblichen! was wollen wir vns trawen!)
10 Jhr bürgen meiner lust / wie manche schöne nacht
Hab ich / in dem ich euch betrachtete gewacht?
Regirer vnser zeit / wen wird es doch geschehen?
Das ich / der ewer nicht alhier vergessen kan /
Euch / derer libe mir steckt hertz vndt Geister an
15 Von andern Sorgen frey was näher werde sehen.

AN EINEN VNSCHULDIG LEIDENDEN. 5 den *denen.* 11 pocht *verspottet, trotzt.*
14 verbracht *vollbracht;* Salems *Jerusalems;* schädelberg *Golgatha.*
AN DIE STERNEN. 12 wen *wann.*

GEORG PHILIPP HARSDÖRFFER*

Aus: Spielreimen.
Dergleichen Bey Außübung der Gesprächspiele /
zu Widerlösung der Pfande / Beliebet werden mögen.

5   Sprachen.

Die Ebreische Sprache.
Jch bin deß Höchsten Sprach / mein dunkle Wunderart /
Hat die Geheimnissen seins Willens offenbart.

Die Teutsche Sprache.
10 Mein rein und reiches Wort / mein schikliches Vermögen /
Kan andrer Zungen Zier mit Ehre niderlegen.

Die Niderländische Sprache.
Mich schmuket mein Poet / daß ich mit reichem Pracht /
Zu gleichen nun beginn / meins Volkes grosser Macht.

15   Die Griechische Sprache.
Die Kunst und Wissenschaft hab erstlich ich erfunden:
Mir ist der Musen Schaar verpflichtet und verbunden.

Die Lateinische Sprache.
Rom ist mein Vatterland / da bin ich reich gewesen /
20 Vnd nun von dar verjagt / im Teutschenland genesen.

Die Welsche Sprache.
Der Goth hat mich erzeugt mit Schmertzen / Angst und Plag /
Deßwegen meine Schön' der Mutter ahmet nach.

Die Frantzösische Sprache.
25 Mein Freund- und Lieblichkeit der Fremde liebt und ehrt /
Jn dem er mich erbuhlt / so ist sein Gelt verzehrt.

Die Spanische Sprache.
Jch hab ein andre Welt nunmehr genommen ein /
Die ich beherrschen soll / weil diese mir zu klein.

30   Die Englische Sprache.
Jch bin von Teutscher Art / und hab genommen zu /
An Kunst und Zierlichkeit / nun mangelt mir die Ruh.

Die Sclavonische Sprache.
Jch bin die letzte nicht an Ehren und Verstand /
35 Weil meines Munds Gewerb durchwandert grosse Land.

---

20 als humanistisches Neulatein (das freilich nicht nur in Deutschland gepflegt wurde).
21 die italienische.   33 die slowenische.

JOHANN MATTHIAS SCHNEÜBER

Hochzeit Gespräch Herrn Bräutigamms und seiner Braut.

Er.

5 Jch bränne gantz / O schönste Rosenmunde /
mein trost und auffenthalt /
dein liebes Feür ligt in meins Hertzen grunde /
und kommest du nicht bald
mich kräfftig zu erlaben /
10 so stehstu in gefahr
mich außgedörrt zu haben:
die Loh' ist schon im Haar.

Sie.

Verzieh / mein Freund / wie es mich wil bedunken
15 so thut es nicht so noht;
dann die Natur / und nicht die Liebesfunken /
macht dich so feürig roht.
Und wann ich soll bekännen
so wünsch' ich nichts so sehr /
20 als das du müssest brännen
wie ich / und noch viel mehr.

Er.

Ach sihst du nicht wie schon die grosse Flammen
der inniglichen Lieb /
25 gehn überal ob meinem Haupt zusammen?
die hat der kleyne Dieb
Kupido angezündet /
daß mein Hertz keyne ruh
und keynen trost mehr findet
30 du springest mir dann zu.

Sie.

Jch sähe zwar dein schönes Haupt umgäben
mit krauß-geflamten Haar /
doch glaube mir / es schwebet mir mein Leben
35 in grösserer gefahr:

---

14 Verzieh *warte, gedulde dich.*   30 *du springest mir denn bei.*

und wem hab ichs zu danken?
schreist du um hilff nach mir /
so rufft der Artzt dem Kranken;
die Mittel stehn bei dir.

Er.

40 O wann wir dann die Mittel bei uns haben
warum ist uns so bang?
komm / O mein Hertz / komm / komm / uns zuerlaben /
komm / was machst du so lang?
45 du darffst dich nicht erst schmuken /
dich wil ich / nicht dein Kleyd /
komm / laß dich hertzlich truken /
komm / O mein' Augen-weyd.

Sie.

50 Wolan ich komm / und will es wol erkännen /
ob dir / wie mir so wee?
ob deine Sinn' / wie mir die meine / brännen?
doch förcht ich / das vil eh
die glut in meinem Hertzen
55 mehr heyß werd' / als erfrischt /
wann du in liebes schmertzen
mir überlägen bist.

GEORG GREFLINGER*

Sein Erstes an Floren.

Jungfraw wollet jhr mich lieben /
Geld vnd Gut ist nicht bey mir /
5 Edel werd ich nicht geschrieben /
Auch ist sonsten keine Zier
An den Kleydern die ich trage /
Dann ich nichts nach Hoffart frage.

Viel zu Stutzen / viel zu Lügen /
10 Viel zu Buhlen weiß ich nicht /
Jch weiß mehr vom Felder pflügen /
Wie man säet / wie man bricht /

---

47 truken *drücken.*
1 *Im Original:* Seladon.   9 Stutzen *prahlen.*   12 bricht *pflückt.*

Was mein Vater hat getrieben
Jst auch noch bey mir geblieben.

15 Jch kan nichts von Schlachten sagen /
Mir geliebt der Helicon /
Mancher hat ein Hun erschlagen
Schreyet von Occasion /
Leiptzig liegt auff vieler Zungen /
20 Wenig haben da gerungen.

Was ich hab ist junges Leben /
Frisches Hertze freyer Muth /
Sinnen / die nach Ehren streben /
Keine Schulden / frisches Blut /
25 Was ich kan / kan Brodt erwerben /
Läst mich leichtlich nicht verderben.

Zwar die Warheit zu bekennen /
Jch hab etwas schlecht studiert /
So weiß ich auch nicht zunennen /
30 Was bey vns so güldig wird /
Hier geb ich mich klärlich an /
Daß ich nichts Frantzösisch kan.

Hat es aber einen Nutzen
Was man bey den Teutschen sieht /
35 So kan ich noch manchen trutzen /
Zwar ich bin vielmehr bemüht
Vber ewer hohen Gunst /
Als ich vber keiner Kunst.

Wer ich bin / habt jhr erfahren /
40 Weiber Schönheit hab ich nicht /
Frisch von Augen / schwartz von Haaren /
Braun in meinem Angesicht /
Vnd dabey gesundes Leibes /
Dürfftig eines jungen Weibes.

45 Wollet jhr dieselbe werden
Die ich ewig lieben sol /
Solt für allen jhr auff Erden /
Ewig mir gefallen wol.
Wolt jhr mich so gebt ein Zeichen
50 Daß ich nicht von euch darff weichen.

---

16 *mir ist lieb.*   18 *kriegerische Gelegenheit, Handstreich.*   19 *1631 von Tilly erobert.*
24 keine   *im Original:* kein.   30 *güldig.*   31 *bekenne ich.*   38 *als um irgendeine Kunst.*

Die er geliebet.

Candida / Fillis / Ramia / Rosina /
Dido / Johanna / Fides / Catharina /
Leßbia / Dorinde / Melusina / Stella /
ELJSABELLA /
Diese benannte hatten mich besessen /
Diese benannte bleiben mir vergessen / /
Welche vor allen noch ergetzt / ergetzte /
Stehet zu letzte.

CANDJDA fienge mich mit jren Wangen
Nahe der Elbe / derer Trew vergangen
Wegen der Schätze / die sie mit erblinden
Dachte zu finden.

FJLLJS in Vngarn muste mich begeben
Wider jhr Hertze / weil sie muste leben
Jhren Gebietern / was dieselben satzten /
Dachten vnd schwatzten.

RAMJA zürnte / daß ich mit den Waffen
Ausser den Büchern machte mir zu schaffen /
Jhre Gedancken waren wol zu Siegen /
Wenig zu Kriegen.

Aber ROSJNA dachte mehr der Waffen /
Welche zu zeitlich tödtlich must entschlaffen
Beyde sind / leyder / in dem Rauten-Lande
Tödtlich im Sande.

DJDO die Trewe / auß der Stadt gebohren /
Welche mit Ehren jhren Krantz verlohren /
Liebte so hertzlich / daß sie noch vom lieben
Newlich geschriben.

Meine Johanna / zwar nun nicht die Meine /
Welche nun heisset / Aeptisin / die deine /
Kennet mich nimmer / büsse nun du Nonne
Vorige Wonne.

Fides beschämte sich vnd jhren Nahmen /
Liesse die Ehre sambt der Lieb erlamen /
DJNA diß folget wann man sich wil lassen
schawen in Gassen.

---

12 erblinden *für erblenden = berücken?* 14 begeben *verlassen.* 16 satzten *setzten, verordneten.* 24 Sachsen (wegen des Rautenkranzes im Wappen des Herzogs). 26f. *wohl: Magdeburg, vgl. oben zu Glogers Gedicht S. 75.* 34 Fides *lat.: die Treue.*

Leßbia / Dorinde / Stella / Melusina /
Waren nicht anders als die CATHARJNA /
40 Ehrliches Küssen vnd geziemtes Schertzen
Liebten die Hertzen.
ELJSABELLA gehet vber alle /
Welcher ich gäntzlich in die Stricke falle /
Bleibet vergessen / die mich vor-besessen /
45 Bleibet vergessen.

GEORG PHILIPP HARSDÖRFFER*
JOHANN KLAJ*

Aus: Pegnesisches Schäfergedicht

Klajus eilete auf vorerwehnten Baum zu / und befunde diese Wort:

5 Schöne Linde
Deine Rinde
Nehm den Wunsch von meiner Hand:
Kröne mit dem sanfften Schatten
Diese stets begrasten Matten /
10 Stehe sicher vor dem Brand;
Reist die graue Zeit hier nieder
Deine Brüder /
Sol der Lentzen diese Aest'
Jedes Jahr belauben wieder
15 Vnd dich hegen Wurtzelfest.

[. . .] Er kunte leichtlichen muhtmassen / wessen Meisterhand solches eingeschnitten / weiln die Vnterschrifft war: *Der unwürdig Spielende.* [. . .]

Bey solchem Spatzierlust sange Klajus:

20 Hellgläntzendes Silber / mit welchem sich gatten
Der astigen Linden weitstreiffende Schatten /
Deine sanfftkühlend-beruhige Lust
Jst jedem bewust.

---

40 geziemtes *ziemliches, geziemendes.*
1 f. *Im Original:* Strefon und Clajus.   4 befunde *fand.*   17 f. *Harsdörffers Gesellschaftsname war* Der Spielende.

Wie solten Kunstahmende Pinsel bemahlen
25 Die Blätter? die schirmen vor brennenden Strahlen /
Keiner der Stämme / so grünlich beziert /
     Die Ordnung verführt.
Es lisplen und wisplen die schlupfrigen Brunnen /
Von jhnen ist diese Begrünung gerunnen /
30 Sie schauren / betrauren und fürchten bereit
     Die schneyichte Zeit.

[...] Weil wir aber bißhero allerley Versarten hören lassen / will
ich ein Ringelgedicht / [a]) oder Ringelreimung (dann das Wort
Gedicht den Jnhalt und nicht die Reimart bemerket) und zwar als
35 wann die Blume selbsten redete / hören lassen.

Jch schliesse das Feld!
Es fallen und falben die Blätter und Wasen /
Die Winde des Winters nun rasen und blasen /
  Sie weisen den Wiesen des Reiffes Gezelt:
40 Noch rühmet man meinen benameten Namen /
Von bundlich- und rundlich gewundenen Samen.
Jch schliesse das Feld!
Geringe Begabung der Ringe bezirke
Die Hertzen / und liebes Beständigkeit wirke /
45   Die Rundung das niemals geendte vermeldt /
So ringen / so springen nun beyde mit beyden /
Jhr Hoffen ist offen / in stetigen Freuden /
   Jch schliesse das Feld!

Klajus: Diß ist wol außgesonnen / daher zu vernehmen / daß Stre-
50 fon bey nicht geringen Meistern gelernet / Massen die Ringelblume
gleichsam der Schlüssel / der den Herbst zu- und den Winter auf-
schleust.

  a) Rondeau.

---

 37 Wasen *Rasen.*

JOHANN KLAJ*
SIGMUND VON BIRKEN*

Aus: Fortsetzung Der Pegnitz-Schäferey

Reimfolgerung. Pans Loblied.

5   Klajus.
O Pan / der du in Wäldern irrest /
    Du / den oft trägt der Felder Blumen-Bahn /
Der du wie eine Taube girrest /
    Wann vor dir flieht / die dein Sinn lieb gewan /
10   Nim hin das Schäfer-Singen /
Den Hirtendank / ein Lied von deinem Lob /
Wir wollen auch / wirst du uns schweben ob /
    Dir Gaben und Geschenke bringen.

                    Floridan.
15 Du Gott / du / dessen Rohr-gedröne[a])
    Die Eiter hier der Heerden füllet an /
Vnd dessen holdes Feld-getöne
    Der Nymphen Chor zu Hauffe lokken kan.
        Hör dieses Schäfer-Singen /
20 Das dir verehrt der Hirten Dankbegier /
Es stimmen ein die Rieselbäche hier /
    Vnd lispeln in der Pfeiffen Klingen.

                    Klajus.
Es wächset / wo du hingesetzet
25   Den Götterfus / die Kleebegilbte Bahn /
Vnd Gras / das unsre Schaf ergötzet /
    Vnd Blumen-Lust / daß man sich freuen kan.
        Laß / grosser Pan / dein Springen /
Bey unsrer Trifft auch mild und tätig seyn /
30 Hüpf oft und viel dort neben uns herein /
    Laß deine Tritte fettes düngen.

a) Nat. Com. an vielgedachtem Ort.

1f. *Auf dem Titelblatt nennt sich nur Birken:* Floridan.   4ff. *Im Original sind*
die Reimsilben der 2., 4., 5. und 8. Verse in allen Strophen leicht hervorgehoben.   16 Eiter
Euter.   *zu* a) *Natalis Comes in seiner Mythologie.*

Floridan.

Dein Anblikk kan die Bösen schrökken /[b]
    Gleichwie ein Blitz dort von der Wolken Plan /
35   Vnd wie der Donner / den sie hekken /
    Mit kalter Hitz kanst du sie stekken an.
      So wollest auch bezwingen
    Den Fresser-Wolff / im fall das grimme Tier
Mit Lämmerblut netzt diese Felder hier /
40   Vnd unsre Heerden will verschlingen.

Klajus.

Du hast in deinen ersten Jahren /
    Als du noch warst mit Kindheit angethan /
Typhöus ungeheure Schaaren[c]
45   Erdabgestürtzt / ein küner Kriegesmann.
      So / wann uns wolt verdringen
    Der tolle Mars / der morderhitzte Gast /
Wann daß er uns wolt rauben Schaf und Rast /
      Laß deine Mannheit für uns ringen.

50   Floridan.

Schau / hier auch stehen schwanke Rohre /
    Die vor der Zeit dein Lieben Lieb gewann /
Dort gukket bey der Wolken Thore /
    Der heilig dir / ein Fichten-hayn heran.
55   Drüm laß ja nicht vergringen
    Ein Metzelbad hier dieser Felderzier /
Es schütze sie dein Machtschutz für und für
      Für Hagel und für düstren Dingen.

Klajus.

60 O Pan / wirst du uns ferner schützen /
    So schwingen wir stäts deines Ruhmes Fahn /
Du solt auf unsren Lippen sitzen /
    Biß daß uns wirft der Charon in den Kahn.[d]
      Dein Lob soll uns bezüngen /
65   So lang ein Schaf sucht Gras und grüne Weid /
    So lang der Tau versilbern wird die Heid /
      So lang die Vfer Strudeln schlingen.

b) Panicus terror apud Erasmum. c) Idem ibid. d) Der Höllische Schiffmann.

---

44 *Typhon, Widersacher der Götter.*   46 *verdrängen.*   55 *verringern.*   *zu* b) „*Pa-
nischer Schrecken" bei Erasmus.*   *zu* c) *Derselbe ebendort.*

Floridan.
O Pan / wirst du uns Ruhe günnen /
70   So soll gewiß auch deinem Blumen-plan /
An Milch und Honig nie zerrinnen /
Den ümgezirkt der schlanken Fichten Mahn.
Jetzt höre / was wir klingen /
Ein Reimenlied / ein Jambisches Gedicht /
75   O Pan / du kanst die Jamben hassen nicht /[e])
Die deine Tochter lehrte zwingen.

e) Nat. Com. Mythol. l. 3. cap. 16.

JUSTUS GEORG SCHOTTELIUS

Wiedertritt.

1. Endlich thut das Ungelük
Einen Gang und einen Rük:
5   Einen Gang und einen Rük
Endlich thut das Ungelük.

2. Endlich kommt des Tagesschein
Nach dem langen dunkelsein:
Endlich nach dem dunkel-sein
10   Folget heller Tagesschein.

3. Endlich preßt man guten Wein /
Wan die Trauben reiffe sein:
Wan die Trauben reiffe sein /
Presst man endlich guten Wein.

15   4. Endlich bringt der Dornenstrauch
Ja die schönsten Rosen auch:
Schöne Rosen wachsen auch
Endlich aus dem Dornenstrauch.

5. Endlich folgt auf Krieg und Streit /
20   Friede samt Gerechtigkeit:
Ach das Fried / Gerechtigkeit
Folgen soll auf Krieg und Streit!

6. Endlich man die Tugend kröhnt
Und das Laster schimpflich höhnt:
25   Laster endlich wird verhöhnt /
Rechte Tugend wolbekröhnt.

---

70 plan *Gefilde.*   72 Mahn *Mond.*   76 *Iambe, Tochter des Pan und der Echo,*
Erfinderin der Jamben.

Creuß von Trogaischen.

Gar viel Schmertz
Ich im Hertzen
Stets entpfinde /
Meine Sünde
Truken täglich mich / weil ich nicht kan leben
Wie die Seele wil: Weil ich nicht kan streben
Recht mit Emsigkeit nach des Himmels willen /
Muß ohn Willen oft Leibeswillen stillen /
Auf Gott trauen /
Auf ihn schauen /
Sei stets mir
Höchste Gier:
Seine Güte
Mein Gemüte
Stets erfülle
Stets ümhülle:
Er mich Armen
Mit erbarmen
Stets erquikke /
Denn ich schiffe
Mein Begehren
Nach dem Herz.

Jrrgedicht oder JrrReime.

Wir armen Menschen hie im Leben
Wir jrren hier und dort herüm /
Durch Glük und Unglük mancherley:
5 Wir suchen ob wo Ruhe sey
Jn dieser trüben Zeit zufinden;
Wir werden jmmer mehr und mehr
Bald in die läng' und in die krümm'
Und hie und dort herümgeschmissen.
10 Wer hie nach steter Ruh wil streben /
Wil eine Kett' aus Sande binden:
Man wird vom Winde weggerissen
Wir schweben in dem wüsten Meer'.

Rudolf Karl Geller

Jesus / der ein Nazarener /
Judenkönig/Weltversohner.

Die Dornenstachel'Krone
Wird Christus aufgesetzt
Zu bitterm Spott uñ Hone/
Die ihm sein Haubt verletzt.

Es ist der Arme bandmordgrimmiglich zerzerret /
Dem Leben ist der Weg zum Lebenweg ver/sperret /
Die marmelweisseBrust mit einẽSpeer durchstochen/
Dadurch man sehen kan sein Bruderhertze pochen.

Der Leichnam blutet/
Mit Blut bestutet /
Die Knie gebogen /
Sind ausgesogen /
Die Beine sinken /
Dem Tode winken /
Die vormals eilten /
Die Beine heilten /
Gestälte   Spitzen
Die   Füsse   ritzen.
Herr Klaj fält nieder
Besingt die Glieder /
Die vor ihm tragen
Der SündenPlagen.
In jenem   Leben
Wird ihm zu Lohne
Der Heiland geben
Die   Lebenskrone.
Er wird Gott loben
Nach dem Elende
Im Himmel oben
Ohn alles

ENDE.

---

2 ff. *Letztes der angehängten* Lobgedichte, *die aus Anlaß der Aufführung und des Druckes*
von Klajs Trauerspiel *vom* Leidenden Christus *gedichtet wurden.*

PHILIPP VON ZESEN*

Di Lustinne rädet selbst.

i.

Aus däm Mehre bin ich kommen /
aus däs bitren salzes kraft
5   hab' ich dises sein gewonnen;
dässen schaum an meinen lokken
wi gefrohrne wasser-flokken
annoch haft.

ii.

Meinen krum-gekrüllten hahren
10   hat di wild-erbohste Se
(wi di hohlen wällen waren)
gleiche krümmen eingetrükket /
da des schaumes silber blikket
in di höh.

iii.

15   Als Kluginn' und Himmelinne
dis mein bildnüs sahen hihr /
sprachen si; es kan Schauminne /
ja Schauminne kan mit rächte
schahm-roht machchen ihr geschlächte
20   durch di Zihr.

Klüng-getichte auf das Härz seiner Träuen.

O trautes härts! was härts? vihl härter noch als hart /
o! stahl? mit nichten stahl; es lässt sich bässer zühen.
wi dan magneht? o nein; ihm ist vihl mehr verlihen.
5   ist's dan ein deamant? auch nicht; dan diser ward
im schäzzen nahch-gesäzt däs härzens wunder-ahrt.
wi! ist es dan kristal? durch dehn di strahlen sprühen /
wan izt di sonne stäht in follem glanz' und glühen.
o nein. wo-durch würd dan sein währt rächt offenbahrt?

DI LUSTINNE RÄDET SELBST. 1 *Im Original:* Ritterhold von Blauen.   2 Lustinne
und 17 Schauminne *Zesens Verdeutschungen von* Venus.   8 annoch *noch.*
15 *Zesens Verdeutschungen von* Minerva *und* Juno.

    KLÜNG-GETICHTE ... 1 ff. *Vgl. die Gedichte von Opitz S. 67 und Finckelthaus S. 88.*

10 indähm es mehr als hart / mehr zühglich ist und zühet
als stahl und libes-stein; mehr währt als deamant /
dehn sonst di blinde wält fohr täuer-währt ansihet;
vihl reiner als kristal / vihl klährer von verstand
als er am blohssen schein. noch hält däs Folkes hal
15 dein härze gleich magnet / stahl / demant und kristal.

1647

JUSTUS GEORG SCHOTTELIUS

›Der Jungfrauen Maria Lob‹

1.

Allerschönste Keuschheit-Krone /
Hochgepriesnes Engelein!
5 Du hast unsren Gott zum Sohne /
Hoch mustu gelobet seyn.

2.

Du bist eine güldne Rose /
Uberfeucht von Götterthau:
Eine glenzend-weiß Zeitlose /
10 Jn der hohen HimmelsAu:

3.

Du bist ein verslosner Garte /
Und ein schön CypressenBaum /
Eine liebste Gnaden-Warte /
Und der Ewigkeiten Raum.

4.

15 Engelschön ist dein Anstrahlen /
Zukker deine Händelein /
Blut und Milch dich übermahlen /
Must die Allerschönste seyn.

5.

Hoch-holdselig ist dein Herze /
20 Aller Weiber höchste Zier /
Heiligschönste HimmelsKerze /
Alle Engel dienen dir.

6.

Du ein Deamanten Siegel /
   Aller Zucht erhobner Preis;
25   Reiner Tugend reinster Spiegel /
     Silberklar und Lilienweiß.

7.

Keusches Wohnhaus aller Gaben /
   Abbild aller Frömmigkeit /
Deine Demuht ist erhaben /
30   Hoch berühmet weit und breit.

8.

Heiligst Himmels-Königinne /
   Und des heilgen Geistes Braut /
Aller heilgen Führerinne /
     Du mit Gott / Gott dir vertraut.

9.

35   Du kanst treten auf die Sterne /
   Überschaun die Ewigkeit;
Alle Welt bringt dir von ferne /
     Ruhm und Ehr und Lob bereit.

10.

Du ein Pallast aller Wonne /
40   Gnadensüß von Himmellust;
Heilig-glenzend wie die Sonne /
     Aller Freud quellreiche Brust.

11.

So bistu / du schönste Zierde /
   Du Jungfrau / Maria du /
45   Dir schikt reines Herzensgierde /
     Erd und Himmel brünstig zu.

Hitzig im Rahten /
Seumig in Tahten /
   Pfleget zu krenken:
Alles Beginnen
Soltu durchsinnen /
   Lange bedenken:

---

5 Soltu   *sollst du.*

Wan es besonnen /
Und du gewonnen
   Klugheit mit grunde;
10   Soltu mit Sterke /
Richten zu Werke /
   Alles zur Stunde.

JESAIAS ROMPLER VON LÖWENHALT

**Betrübnus über verlurst Lud: Härings /
eines fürtrefflichen jungen Mahlers.**

O wie sieht die Pallas auß!
5   wie verställt sie die Gebärden /
will sie dan gantz rásend werden?
wie fleügt doch ihr hár so krauß!
sie will mit der zähne krachen
fast ein tonder-weter machen;
10   und des grimmen zornes hitz
macht die augen voller plitz.

Flieh / du kind der trüben Nacht /
Pallas will sich an dir rächen!
Du mit deinem faden-brechen
15   hast sie so entrüstt gemacht:
wär' es möglich dich zutöden /
Parca! du wärst ietzt in nöthen /
weil du dén hinweg geraubt /
den sie dir noch nicht erlaubt.

20   Hast du dan nicht hin und her
bej den krüplen bej den greüssen
schwache fäden abzureissen /
da es vilmehr billich wär /
als bej solchen jungen leüthen /
25   die nach disen krieges-zeiten
wider mit kunst-reicher hand
ziehrten díß verhérte land?

HITZIG IM RATHEN / 12 *pünktlich.*
BETRÜBNUS ÜBER VERLURST . . . 17 Parca *Parze (hier: Atropos).*   21 *Krüppeln, Greisen.*

Wirst du / Pallas! forthin auch
dich mit iemand so ergetzen?
30 Zu wém wilst du dich nun setzen /
der die farben also brauch /
der die pentzel so wird zwingen /
daß er kan zuwegen bringen /
waß die schäpffend Art erdacht;
35 und der Häring nach gemacht?

Wer hat doch dein angesicht
in dem málen so getroffen:
daß es roth-weiß underloffen;
daß der grauen augen liecht
40 manlich-weibisch sich verwändet;
daß die helle rüstung bländet /
und das schlangenhaupt daran;
wie der Häring hat gethan?

Diser ist ietzund dahin /
45 die geschickten finger-glider
kommen nimmermehr herwider /
ja der künstlich-kluge sinn
ist von ihnen abgefáren
schon inn grünen jünglings-járen:
50 Wie ein außgelöschtes liecht /
dem kein unschlit noch gebricht.

Lachesis / ach kan es seyn!
laß dich eynmal nur erbitten:
waß die schwester abgeschnitten /
55 flick imm spinnen wider einn.
Kanst du dises Härings leben
tausch-weiß iergend widergeben /
nun / so gib ihn auß dem grab;
und holl hundert Stockfisch ab.

---

32 *Pinsel.*   34 *schöpfend, schaffend;* Art   *Natur.*   40 *sich verdreht.*   49 schon
im Original: schön.   51 *Talg.*   52 Lachesis   *eine der drei Parzen.*

UNBEKANNTER VERFASSER

I.

Reverirte Dame,
Phoenix meiner *ame,*
   Gebt mir *audientz:*
5   Euer Gunst *meriten,*
Machen zu *falliten*
   Meine *patientz.*

II.

Ach ich *admirire,*
Vnd *considerire,*
10   Eure *violentz;*
Wie die Liebesflamme
Mich brennt / sonder *blasme,*
   Gleich der Pestilentz.

III.

Jhr seyd sehr *capable,*
15   Jch bin *peu valable*
   Jn der *eloquentz:*
Aber mein *serviren*
Pflegt zu *dependiren,*
   Von der *influentz.*

IV.

20   Meine *Larmes* müssen
Von den *jouen* flüssen
   Nach der Sing*cadentz;*
Wie der Rhein *couliret,*
Vnd sich *degorgiret,*
25   Nechst bey *Cobelentz.*

V.

Solche *amartume*
Macht *Neptuno rühme*
   Jn *oceans* Grentz' /

---

2 ff. *Im Original stehen die hier kursiv gesetzten Wörter in Antiqua, die übrigen in Fraktur.*
2 *verehrte*   3 *ame*   *Seele.*   5 *Vorzüge.*   6 *bankrott.*   7 *Geduld.*   8 *bewun-*
dere.   9 *betrachte.*   10 *Heftigkeit.*   12 *Rüge, Tadel?*   14 *befähigt.*   15 *wenig*
tauglich.   16 *Beredsamkeit.*   17 *dienen.*   18 *abhängen.*   19 *Einfluß.*   20 *Trä-*
nen.   21 *Wangen.*   23 *fließt.*   24 *überfließt.*   25 Nechst *in der Nähe von.*
26 *Bitterkeit, Gram.*   27 rühme   *frz. rhume, Rheumatismus.*

Komt ihr Flußnajaden
30   Vnd ihr Meertriaden /
          Schaut die *consequentz*.

VI.

Belle, werd ihr lieben /
Vnd nicht mehr betrüben
          Eure *conscientz*,
35   Werdt ihr *rejouiren*,
Die im Meer *versiren*,
          Nach der *aperentz*.

VII.

Die *coquilles* tragen
Werden *tandem* fragen
40   Nach der *excellentz*,
So die *saliteten*
adulciret hätten /
          Durch die *abstinentz*.

VIII.

Abstinentz von hassen /
45   Vnd sich lieben lassen
          Sonder *insolentz*,
Kan das Meer versüssen.
Bis zu euren Füssen
          Macht Euch *reverentz*.

50   *Confusius* von *Ollapotrida*.

1648

GEORG NEUMARK

›Lob-Ode‹

1.

Wol dem der in den Wäldern lebet /
Jn vnser Edlen Schäffer-Lust /

---

30 *Dryaden?*   32 *Schöne.*   34 *Gewissen.*   35 *erfreuen.*   36 *sich umtreiben.*
37 *frz. apparence, Aussehen, Anschein?*   38 *Muschelschalen.*   39 *lat. schließlich.*
41 *Salzigkeiten.*   42 *versüßt.*   50 Ollapotrida *Allerlei.*

5 Derselbe stets in Freuden schwebet /
    Kein Jammer ist jhm je bewust /
Vnsterblich ist vnd bleibet frey
Die Schäffer- vnd Poeterey.

2.

Was sind doch anders Fürsten Sachen /
10   Als lauter Vngemach vnd Streit /
Alhier ist nichts daß vns kan machen
    Betrübet; trotz sey allem Neid.
Vnsterblich ist vnd bleibet frey
Die Schäffer- vnd Poeterey.

3.

15 Die Stadt ist reich von theuren Dingen /
    Doch wol von Falscheit vnd von List /
Wir aber mögen frölich singeṇ /
    Biß Cynthia auff gangen ist.
Vnsterblich ist vnd bleibet frey
20 Die Schäffer- vnd Poeterey.

4.

Jn vnsern Wäldern Phoebus gläntzet /
    Jn vnsern Wäldern Pallas lacht /
Manch Edler Schäffer wird bekräntzet /
    Durch der Poeten starcke Macht.
25 Vnsterblich ist vnd bleibet frey
Die Schäffer- vnd Poeterey.

5.

Bey vns die hohen Bäume prangen /
    Bey vns ist Floren Blumen krafft /
Bey vns die schönen Apffel hangen /
30   Bey vns ist süsser Bienen Safft.
Vnsterblich ist vnd bleibet frey
Die Schäffer- vnd Poeterey.

6.

Drumb wol dem / der in Wäldern lebet
    Jn vnser edlen Schäffer-Lust /
35 Derselbe stets in Frewden schwebet /
    Kein Jammer ist jhm je bewust.
Vnsterblich ist vnd bleibet frey
Die Schäffer- vnd Poeterey.

---

7 frey *ganz.*   28 Floren *der Flora, Göttin der Blumen.*

Jonas Daniel Koschwitz

Abschieds-Liedchen.

[Melodie]

1. Liebe lässt von Liebe nicht /
Ob sie schon mus weichen.
Selten daß Jhr Trost gebricht
Hülffe zu erreichen;
Muß sie aus der Welt schon gehn /
Liebe bleibt bey Liebe stehn.

2. Liebste / muß ich mich mit dir
Jetzt schon trawrig scheiden /
Wil ich dich doch / meine Zier
Wieder sehn mit Frewden /
Scheiden bringet Hertzeleid /
Wiederkommen Trost vnd Frewd.

3. Wolten uns dann Neid vnd Qual /
Feind' vnd Freunde trennen /
Vnd wir solten uns kein mal
Braut vnd Bräutgam nennen /
Sol mein Trost doch dieser seyn
Daß ich sterben werd' allein.

4. Keine / wer sie immer sey /
Darff wol nicht gedencken
Daß sie mich in Lieb' vnd Trew
Wolle zu sich lencken.
Nein: Jch sterbe schon allein
Sol ich ohn dich / Liebste / seyn.

5. Eine / daß bist du / mein Lieb /
Die hab' ich erkohren /
Ob der Neid mich von dir trieb /
So ist je gebohren
Keine hie noch sonst wo nicht /
Der ich leiste meine Pflicht.

6. Vnter dessen wil ich dir
Leiden / sterben / leben /
Alles Leid / so über mir
Wird auff Erden schweben /
Sol mir Creütz ohn Creütze seyn /
Eine Pein ohn alle Pein.

40 7. Thymioge / wie du heisst /
Edler Muth der Erden
Hiemit / hoff' ich / wird mein Geist
Dier bekandt nun werden /
Nimm doch an dies Vnterpfand /
45 Meine Trew' vnd meine Hand.

8. Liebste / dencke diesem nach
Was du siehst geschrieben:
Wisse / daß kein Vngemach
Trenne wahres Lieben;
50 Liebe / die nicht ist erticht /
Sieht / noch hört / noch gläubet nicht.

GEORG RODOLF WECKHERLIN

Die Lieb ist Leben vnd Tod.

Das Leben so ich führ ist wie der wahre Tod /
Ja über den Tod selbs ist mein trostloses Leben:
5 Es endet ja der Tod des menschen pein vnd Leben /
Mein Leben aber kan nicht enden diser Tod.

Bald kan ein anblick mich verlötzen auf den Tod /
Ein andrer anblick bald kan mich widrumb beleben /
Daß ich von blicken muß dan sterben vnd dan leben /
10 Vnd bin in einer stund bald lebendig bald tod.

Ach Lieb! verleyh mir doch numehr ein anders leben /
Wan ich ja leben soll / oder den andern tod /
Dan weder disen tod lieb ich / noch dises leben.

Verzeih mir / Lieb / ich bin dein lebendig vnd tod /
15 Vnd ist der tod mit dir ein köstlich-süsses leben /
Vnd leben von dir fern ist ein gantz bittrer tod.

---

50 *erdichtet.*
2 ff. *Vgl.* Joachim du Bellays Olive (*1574*), Sonnett˙CX.
3 *schlimmer als der Tod.*   9 *bald . . . bald.*

Ein Rund-vmb:
An eine grosse F. etc.

Ein kleine weyl / als ohn gefähr
Jch euch in einem Sahl gefunden /
5   Sah ich euch an / bald mehr vnd mehr
Hat ewer haar mein hertz verbunden:
    Jhr auch lieb-äügleten mir sehr /
Da durch ich weiß nicht was empfunden /
Das meinem Geist / dan leicht dan schwer /
10   Auß lieb vnd layd alßbald geschwunden
    Ein kleine weyl.
Biß ich von ewrer augen lehr /
Vnd jhr von meiner seufzen mähr
Die schuldigkeit der lieb verstunden;
15   Darauf wir heimlich ohn vnehr
Einander frölich überwunden
    Ein kleine weyl.

An die Marina.
Ein Rund-vmb.

Jhr wisset was für schwere klagen /
Für grosse schmertzen / sorg vnd plagen
5   Mich ewre Schönheit zart vnd rein /
Vnd ewrer braunen augen schein
Schon lange zeit hat machen tragen.
    Was solt ich euch dan weitters sagen /
Weil vns die lieb zugleich geschlagen /
10   Dan das vns jetz kan füglich sein
    Jhr wisset was.
Derhalben länger nicht zu zagen /
So wollet mir nu nicht versagen
Vil taussent küß für taussent pein;
15   Vnd weil wir beed jezund allein
So lasset vns auch vollends wagen
    Jhr wisset was.

EIN RUND-VMB: 1 *Rondeau.*   2 F. etc. *Fürstin (Goedeke)? Fotz (Fischer)?*
7 *Goedeke nimmt* „achtungsvolle Entstellung der Flexion" *auf die 3. Person des Plurals hin*
an.   9 *bald... bald.*
   AN DIE MARINA. 2 *Rondeau.*   10 Dan das *Als: daß;* füglich *schicklich, gelegen.*

An Meine Dochter /
F. Elisabeth Trumbull.

Recht schön an Geists- vnd Leibs-gestalt
Bist du ein Wunder-kind gewesen /
5 So wol / als andre weiß vnd alt /
Drey-jährig kontest du schon lesen.

Du hast die Sprachen / welche wir
Mit müh erlernen / leicht vnd reichlich;
Vnd die gedechtnuß / welche dir
10 Der Himmel gab / ist kaum vergleichlich.

Mit Gotsforcht / zucht / gehorsam / ehr /
Mit fleiß vnd tugent wol gezieret /
Bist du der Spiegel vnd die Lehr /
Mit welchem dein Geschlecht prachtieret.

15 Daher bit ich Got / daß die frewd /
Die deinen Eltern du gegeben
Du mögest ohn verdruß vnd leyd
An deinen Kindern lang erleben!

An den Hofe.
Rund-vmb.

Glick zu / du Hof vnd du Hofleben /
Da wenig Trauben vnd vil Reben /
5 Da weder warheit / trew noch zucht /
Des prachts / lists vnd betrugs erbsucht /
Mit Schalckheit vnd Torheit verweben.
Du Hof / an dem die sünden kleben /
Mit allen Lastern rund-vmbgeben /
10 Du Nest der Trägheit vnd Vnzucht
Glick zu.
Dein mund ist milt / dein hertz darneben /
Stehts falsch / will wanckelbar vmbschweben /
Du hast vil Hofnung / wenig frucht;
15 Darumb von dir nem ich die flucht /
Vnd sag dir / freyhend jetz mein leben /
Glick zu.

AN MEINE DOCHTER / 2 *Nicht identisch mit der Elizabeth Trumball aus dem Zyklus von 1625; vgl. S. 62ff.* 5 weiß *weise.*
AN DEN HOFE. 2 *Rondeau.* 7 verweben *Partizip.*

PAUL GERHARDT

Mel. O welt / ich muß dich lassen.

1. Nun ruhen alle wälder / Vieh / menschen / städt und felder / Es
schläft die gantze welt: Jhr aber / meine sinnen / Auf / auf / jhr sollt
5 beginnen / Was eurem Schöpffer wol gefällt.

2. Wo bist du / Sonne / blieben? Die nacht hat dich vertrieben / Die
nacht des tages feind: Fahr hin / ein andre Sonne / mein Jesus /
meine wonne Gar hell in meinem hertzen scheint.

3. Der tag ist nu vergangen / Die güldne sternen prangen Am blauen
10 himmelssaal: Also werd ich auch stehen / Wann mich wird heissen
gehen Mein Gott aus diesem jammerthal.

4. Der leib eilt nun zur ruhe / Legt ab das kleid und schuhe / Das bild
der sterblichkeit / Die zieh ich aus: dagegen Wird Christus mir an-
legen Den rock der ehr und herrlichkeit.

15 5. Das haupt / die füß und hände Sind fro / daß nun zum ende Die
arbeit kommen sey. Hertz / freu dich / du solt werden Vom elend
dieser erden / Vnd von der sünden arbeit frey.

6. Nun geht ihr matten glieder / Geht hin und legt euch nider / Der
betten ihr begehrt: es kommen stund und zeiten / Da man euch
20 wird bereiten Zur ruh ein bettlein in der erd.

7. Mein Augen stehn verdrossen / Jm huy sind sie geschlossen / Wo
bleibt dann leib und seel? Nim sie zu deinen gnaden / Sey gut für
allem schaden / Du aug und wächter Jsrael.

8. Breit aus die flügel beyde / O Jesu meine freude / Vnd nim dein
25 küchlein ein / Wil satan mich verschlingen / So laß die Englein sin-
gen: Dis kind sol unverletzet seyn.

9. Auch euch jhr meine lieben / Sol heinte nit betrüben Ein unfall
noch gefar / Gott laß euch selig schlafen / Stell euch die güldne
waffen Vmbs bett und seiner Engel schaar.   *[1653]*

---

12 bild *Sinnbild.*   25 küchlein *Küken.*   27 heinte *heute nacht.*

Johann Vogel

Fiunt, quae posse negabas.

Posse negas an adhuc per acum transire camelum?
Germanam pacem quando redire vides.

Was du nit glaubtest / das geschiht.

Wie? sol nicht ein Camel durch eine Nadel gehn?
Wann du den Teütschen Fried jetzt wider sihst entstehn.

FRIEDRICH SPEE VON LANGENFELD

1.

O Venus kind / du blinder knab /
Leg hin die pfeil vnd bogen:
Jch nichts mit dir zu schaffen hab /
Dem strick bin längst entflogen:
Dein kocher gut: dein stral / vnd glut /
Dein flüttig zart beyneben /
Solt du nun schwind: Marien kind
Gantz erblich vbergeben.

2.

Zwar deiner pfeil vergiffte spitz /
Mit lust / vnd frewd vmbwunden
Entzünd daß hertz mit süsser hitz /
Gar lieblich thuts verwunden;
Bald aber drauff: ehe man verschnauff /
Der tod kombt heimlich bücken.
Dein süsse stral: bricht er zumahl /
Vnd reißt all frewd in stücken.

3.

O JESU mein / du schöner knab /
Nim hin Cupidons waffen:
Reiß jhm die pfeil / vnd kocher ab /
Vnd leg jhn ewig schlaffen.
Nur du bitt ich: du ziehl auff mich;
Von dir will sein getroffen:
O reines gifft: wan JESUS trifft!
Alßdan ist heil zu hoffen.

4.

Wen JESU lieb wird machen wund /
Ein Creutzlein zwar muß tragen:
Doch meidet er der höllen schlund /
Wird ewiglich nit klagen.
O sünder schwach: nit mich verlach /
Mit dir ichs trewlich meine.
Was hilfft doch je: man lach alhie /
Vnd nachmahl ewig weine?

---

6 kocher *Köcher;* stral *Pfeil.*   7 flüttig *Fittich.*   15 *niederschlagen.*

5.

O ewigkeit! o ewigkeit!
   Wer dich zu sinn wolt fassen /
35   Würd bald von hertzen sein bereit
   All vppigkeit zu lassen.
Die sünd vergeht: die straff besteht.
   Wer wolt nun lust begeren?
40   Für kurtze frewd: ein langes leid
   Jn ewigkeit muß wehren.

**Die gesponß Iesu lobet jhren geliebten
mit einem Liebgesang.**

Die rei — ne stirn der mor - gen - röth war
Der frö - ling nach dem win - ter öd war

nie so fast ge - zieh — ret, Die wei - che
nie so schön mun - ti — ret.

brust der Schwa-nen weis war nie so wol

---

37 vppigkeit *Sinnlichkeit; Eitelkeit.*

1 gesponß *Braut.* 1 f. *Die Melodien zur* Trutz Nachtigall *dürften, wenn nicht von Spee selber, von Jacob Gippenbusch (1612–1664) stammen.*

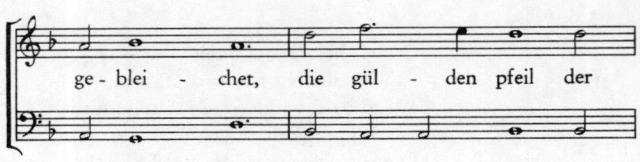

ge - blei - chet, die gül - den pfeil der

son - nen heis nie so mit glantz be - rei - chet.

1.

Die reine stirn der Morgenröth
    War nie so fast gezieret /
Der Frühling nach dem Winter öd
    War nie so schön muntiret /
Die weiche brust der Schwanen weiß
    War nie so wohl gebleichet /
Die gülden Pfeil der Sonnen heiß
    Nie so mit glantz bereichet:

2.

Alß Jesu Wangen / stirn / vnd mundt
    Mit gnad sein vbergossen;
Lieb hat auß seinen äuglein rundt
    Fast tausent Pfeil verschossen;
Hat mir mein Hertz verwundet sehr /
    O wee der süssen peine!
Für Lieb ich kaum kan rasten mehr /
    Ohn vnderlaß Jch weine.

3.

Wie Perlen klar auß Orient
    Mir Zähr von Augen schiessen:
Wie Rosenwässer wolgebrent
    Mir Thränen vberfliessen.
O keusche Lieb / Cupido rein /
    Alda dein hitz erkühle;
Da dunck dein heisse flüttig ein /
    Daß dich so starck nit fühle.

---

4 fast *sehr.*   6 *mundiret, gereinigt?*   21 *wohlgebrannt, destilliert.*   25 flüttig *Fittich.*

4.

Zu scharpff ist mir dein heisser brand /
   Zu schnell seind deine Flügel:
Drumb nur auß Zähren mit verstand
   Dir flechte Zaum vnd Zügel.
Kom nit so streng / mich nit verseng:
   Nit brenn mich gar zu Kohlen;
Halt zihl vnd måß / dich weisen laß /
   Dich brauch der linden stralen.

v.

O Arm vnd Hände JESV weiß /
   Jhr Schwesterlein der Schwanen
Vmbfasset mich nit lind / noch leiß /
   Darff euch der griff ermahnen.
Starck hefftet mich an seine Brust /
   Vnd satt mich lasset weinen:
Jch jhn erweich / ist mir bewust /
   Vnd wär daß Hertz von steinen.

vi.

O JESu mein / du schöner Heldt
   Lang warten macht verdriessen:
Groß lieb mir nach dem leben stelt /
   Wan soll ich dein geniessen?
O süsse Brust ! O Frewd vnd Lust!
   Hast endtlich mich gezogen:
O miltes Hertz!
            All pein vnd schmertz
Jst nun in Wind geflogen.

vii.

Alhie wil ich nun rasten lind /
   Auff JESV brust gebunden:
Alhie mag mich Cupido blind
   Biß gar zu todt verwunden.
Am Hertzen JESV sterben hinn /
   Jst nur in lüsten leben;
Jst nur verlieren mit gewinn /
   Jst todt im leben schweben.

---

33 weisen *belehren.*   34 Dich brauch *gebrauche.*   41 ist mir bewust *ich bin sicher.*

Trawr-Gesang von der noth Christi am Oelberg
in dem Garten.

Bey stil - ler nacht, zur er - sten wacht ein stimm sich gund zu kla - gen. Jch nam in acht, was die doch sagt, that hin mit au - - gen schla - gen.

I.

Bey stiller nacht / zur ersten wacht
    Ein stimm sich gund zu klagen.
Jch nam in acht / waß die doch sagt;
    That hin mit augen schlagen.

II.

Ein junges blut von sitten gut /
    Alleinig ohn geferdten /
Jn grosser noth fast halber todt
    Jm Garten lag auff Erden.

III.

Es wahr der liebe Gottes-Sohn
    Sein haupt er hat in armen.
Viel weiß- vnd bleicher dan der Mon
    Eim stein es möcht erbarmen.

---

13 Mon   *Mond.*

IV.

15   Ach Vatter / liebster Vatter mein
      Vnd muß den Kelch ich trincken?
    Vnd mags dan ja nit anders sein?
      Mein Seel nit laß versincken.

V.

    Ach liebes kind / trinck auß geschwind;
20   Dirs laß in trewen sagen:
    Sey wol gesinnt / bald vberwind /
      Den handel mustu wagen.

VI.

    Ach Vatter mein / vnd kans nit sein?
      Vnd muß ichs je dan wagen?
25   Wil trincken rein / den Kelch allein /
      Kan dirs ja nit versagen.

VII.

    Doch sinn / vnd muth erschrecken thut /
      Sol ich mein leben lassen?
    O bitter Tod! mein angst / vnd noth
30   Jst vber alle massen.

VIII.

    Maria zart / Jungfräwlich art /
      Soltu mein schmertzen wissen;
    Mein leiden hart zu dieser fahrt /
      Dein hertz wär schon gerissen.

IX.

35   Ach mutter mein / bin ja kein stein;
      Daß hertz mir dörfft zerspringen:
    Sehr grosse pein / muß nehmen ein /
      Mit todt / vnd marter ringen.

X.

    Adè / adè zu guter nacht
40   Maria mutter mildte!
    Jst niemand der dan mit mir wacht /
      Jn dieser wüsten wilde?

XI.

    Ein Creutz mir für den augen schwebt /
      O wee der pein / vnd schmertzen!
45   Dran soll ich morgen wern erhebt /
      Daß greiffet mir zum hertzen.

---

32 *Solltest du.*   42 wilde *Wildnis.*   45 *erhoben werden.*

XII.

Viel Ruthen / Geissel / Scorpion
Jn meinen ohren sausen:
Auch kombt mir vor ein dörnen Cron;
O Gott / wem wolt nit grausen!

XIII.

Zu Gott ich hab geruffen zwar
Auß tieffen todtes banden:
Dennoch ich bleib verlassen gar /
Jst hilff noch trost vorhanden.

XIV.

Der schöne Mon / wil vndergohn /
Für leyd nit mehr mag scheinen.
Die sternen lan jhr glitzen stahn /
Mit mir sie wollen weinen.

XV.

Kein vogel-sang / noch frewden-klang
Man höret in den Lufften /
Die wilden thier / trawrn auch mit mir /
Jn steinen / vnd in klufften.

Eine Ecloga oder Hirtengesang,

von Christo dem Herren im Garten, vnder der persohn des hirten
Daphnis, welchen der Himmlisch Sternen-Hirt, das ist der Mon,
allweil er seine Sternen hütet, kläglich betrawret. Seind aber Tro-
chaische oder Springverss, so nach jhrem sprung wollen gelesen
sein also: wie oben

Eingang.

I.

Mon des Himmels treib zur weiden
Deine Schäfflein gülden-gelb /
Auff geründter blawen heiden
Laß die Sternen walten selb /
Jch noch newlich so thät reden /
Da zu nacht ein schwacher hirt /

---

54 *Es ist weder Hilfe* ...   57 *lassen stehen, lassen außer acht.*

3 Mon *Mond.*   4 allweil *während.*   6 wie oben *bezieht sich auf die* Vorred deß
Authoris, *wo als Muster eines trochäischen Verses das lateinische* ,,*Pange lingua gloriosi*'' *an-
geführt ist.*

Aller wegen / steeg / vnd pfäden
15 Sucht ein Schäfflein mit begirdt.

II.

Gleich der Mon jhm ließ gesagen /
Nam ein lind gestimmtes rohr:
That es blasend zärtlich nagen /
Spielet seinen Sternen vor.
20 *Der Mon.*
Auff jhr Schäfflein / auff zur Heyden /
Weidet reines himmel-blaw:
Dannenhero wan wir scheyden /
Schwitzt jhr ab den morgen-taw.

III.

25 Ach! wer aber dort im garten
Ligt mit seinem hirtenstab?
Wer wil seiner dorten warten?
Schawt jhr sternlein / schawt hinab.
Haltet / haltet / ich nit fehle:
30 Jst der *Daphnis* wolbekandt:
Eia / *Daphnis* / mir erzehle /
Daphnis / waß wil dieser standt.

IV.

Weidet / meine Schäfflein / weidet /
Jch mit jhm noch reden muß.
35 Weidet / meine Sternen / weidet /
Daphnis ligt in harter Buß.
Daphnis / thu die Lefftzen rühren /
Eia / nit verbleibe stumm:
Daphnis / laß dich dannen führen /
40 Eia nit verbleibe tumm.

V.

Weidet / meine Schäfflein / weidet /
Daphnis ligt in ängsten groß:
Daphnis pein / vnd marter leidet /
Wölt / er läg in mutter-schoß!
45 Er dem felsen ligt in armen /
Ligt auff harten steinen bloß:
Ach wer dorten jhn wil warmen?
Förcht / er da das haupt zerstoß.

---

29 *ich irre nicht.*   32 *Zustand.*   37 *Lippen.*   39 *von dannen, hinweg.*

VI.

Weidet / meine Schäfflein / weidet /
50   *Daphnis* spaltet mir das hertz!
Wer mag haben jhn beleidet?
      Weinen möchten stein vnd ertz:
Kalte wind halt ein die flügel /
      Rühret nicht daß krancke blut:
55   Meidet jenen berg / vnd hügel /
      Daphnis ligt ohn schuch vnd hut.

VII.

Weidet / meine Schäfflein / weidet /
      Daphnis leidet angst vnd noth:
Daphnis dopple thränen leidet /
60   Weisse perl / corallen roth.
Perlen jhm von augen schiessen /
      Schiessen hin ins grüne gras:
Von dem leib corallen fliessen
      Fliessen in den boden bas.

VIII.

65   Weidet / meine Schäfflein / weidet /
      Niemand hats gezehlet gar /
Niemand hat es außgekreidet /
      Ob auch zahl der tropffen war.
Nur der boden wol genetzet /
70   Für den weiß- vnd rothen schweiß /
Jhm zu danck heraußer setzet
      Rosen roth / vnd lilgen weiß.

IX.

Weidet / meine Schäfflein / weidet /
      Daphnis voller ängsten ligt:
75   Ruch / noch farben vnderscheidet /
      Achtet keiner blümlein nicht.
O was marter dir begegnet?
      Hör zu schwitzen einmahl auff:
Gnug es einmahl hat geregnet /
80   Nit in rothem bad ersauff.

---

48 *Ich fürchte.*   51 *mißhandelt.*   56 *Schuh.*   67 *erforscht.*   75 *Weder Geruch* ...
78 schwitzen   *hier in allgemeiner Bedeutung: Schweiß und Blut schwitzen.*

X.

Weidet / meine Schäfflein / weidet /
　　Wer doch hat es jhm gethan?
Niemand meine frag bescheidet:
　　Du mir *Daphnis* zeig es an.
Daphnis kan für leyd nit sprechen /
　　Seufftzet manchen seufftzer tieff /
Jhm das hertz wil gar zerbrechen:
　　Ach daß jemand helffen lieff.

XI.

Weidet / meine Schäfflein / weidet /
　　Schon ein Englisch Edel-knab
Starck in Lüfft- vnd Wolcken schneidet /
　　Eylet hin in vollem trab.
Er jhm singlet süsse Reymen /
　　Mit gar süssem stimmlein schwanck /
Auch den Kelch nit thut versäumen /
　　Zeiget einen kräuter-tranck.

XII.

Weidet / meine Schäfflein / weidet /
　　Alles / alles ist vmbsonst:
Er doch allen trost vermeidet /
　　Achtets wie den blawen dunst.
O du frommer Knab von oben /
　　Du nur mehrest jhm die pein:
Doch ich deine trew muß loben;
　　Gott! dirs muß geklaget sein.

XIII.

Weidet / meine Schäfflein / weidet /
　　O wie schlecht / vnd frommer Hirt!
Er den Becher jetzet meidet /
　　Morgen jhms gerewen wirdt.
Er sich jetzet gar wil freyen /
　　Weigert was man trincket zu;
Dörfft villeichten morgen schreyen /
　　Ach wie sehr mich dürstet nu!

---

94 schwanck　*beweglich*.

XIV.

Weidet / meine Schäfflein / weidet /
    Daphnis bleibet schmertzen voll:
115   Euch befehl ich / euch entkleidet /
    Reisset auß die gülden Woll.
Nur euch kleidet pur in kohlen
    Pur in lauter schwartzes wand /
Von der scheitel auff die sohlen
120   Euch gebühret solcher standt.

XV.

Weidet / meine Schäfflein / weidet /
    Daphnis führet starckes leyd:
Jst vom Vatter hoch veraydet /
    Hoch mit wolbedachtem ayd /
125   Er doch wolte widerbringen /
    Ein verlohren Schäfflein sein;
Ach wan solte das mißlingen /
    Er ja stürb für lauter pein.

XVI.

Weidet / meine Schäfflein / weidet /
130   *Daphnis* wird verfolget starck:
Böß gesindlein jhn beneydet /
    Trachtet jhm nach blut / vnd marck.
O waß dorten! waß von stangen /
    Wehr / vnd waffen nehm ich war?
135   O villeicht man jhn kompt fangen!
    Warlich / warlich / ist gefahr.

XVII.

Weidet / meine Schäfflein / weidet /
    Sprechen wolte bleicher Mon:
Ja nit weidet / sonder scheidet /
140   Er da sprach / vnd wolte gohn.
Scheidet / scheidet / meine schaaren /
    Kan für leyd nit schawen zu:
Dich nun wolle Gott bewahren /
    Daphnis / wer kan bleiben nu?

XVIII.

145   Drauff adé der Mon wolt spielen /
    Da zersprang das matte rohr:
Augen tropffen jhm entfielen /
    Wurde wie der schwartze Mohr.

Vnd weil eben dazumahlen
150 Er tratt an in vollen schein /
Gleich vertauschet er die stralen /
Vollen schein gen *volle pein.*

xix.

Auch die sternen weinen kamen /
Flötzten ab all jhren schein /
155 Schein / vnd thränen flossen samen /
Recht zum blawen feld hinein;
Machten eine weisse gassen /
So noch heut man spüren mag:
Dan der milch-weg hinderlassen /
160 Jst wol halb von solcher bach.

1650

DAVID SCHIRMER

Sie sol der Jugend brauchen.

Kom Liebste / laß uns Rosen brechen /
Weil sie noch voll und färbicht seyn
5 Laß andre / was sie wollen / sprechen /
Die Flucht schleicht sich den Jahren ein.

Wir müssen unverwendet schauen
Wie uns diß alles folgen muß /
Die Jugend trägt sich durch die Auen
10 Geschwind mit unvermerckten Fuß.

Das Haar / der Mund und diese Wangen
Vergehen offt in kurtzer Zeit.
Der augen-Liechter göldne Spangen
Seyn für dem Tode nicht befreit.

15 Die edle Schönheit der Geberden /
Die meiner Liebe Mutter ist /
Kan durch den Wind verwehet werden.
Kom Liebste / weil du jung noch bist.

---

155 samen *zusammen.*

20   Wer sucht den Mäyen unsrer Tage
    Hernach / ist er einmahl vorbey?
    Häufft sich des Winters Leid und Plage /
    So sind wir aller Liebe frey.

    Wie sich ein Regenstrom behende
    Von Bergen in die Thäler geust:
25   So reissen wir uns selbst zum ende /
    Das uns jtzund schon eylen heist.

    Sind wir in dürren Sand geleget /
    So werden wir und bleiben bleich.
    Ein Stock der keine Zweige träget /
30   Jst keiner frischen Myrte gleich.

    Drümb laß uns lieben / wie es gehet /
    Eh noch der Abendstern anbricht.
    Wer in der Liebe nichts verstehet /
    Der braucht der edlen Jugend nicht.

Seine Schwartze.

    Jhr schwartzen Augen jhr / und du auch schwartzes Haar /
    Nemt hin von meiner Hand / nemt hin was ich euch sende /
    Durch was ich meine Schuld ein wenig nur verpfände /
5   Das dürstet jetzund noch nach eurer Blicke Schaar.
    Schwartz lieb ich auf der Welt. Schwartz wil ich immerdar.
    Schwartz ist mein Ruhestab der fast zu müden Hände /
    Schwartz ist der beste Glantz. Schwartz macht daß ich mich wende
    Zum schwartzen Angesicht / zu schwartzen Augen klar.
10   Laß roth / laß weiß / laß blau in seiner schöne gehen /
    und auf des Käysers Haupt ein Gold in Golde seyn /
    Laß Demant-Farbe blühn / laß jeden Edelstein
    Sein farbicht Angesicht bey allen Glantz aufblehen.
    Mein Schwartz vergnüget mir / drüm sprech ich immerdar:
15   Jhr schwartzen Augen jhr / und du auch schwartzes Haar.

---

2 *vgl. Opitzens Gedicht oben S. 60 f.*   14 vergnüget *genügt, befriedigt.*

Anna Ovena Hoyers

1. Auff / auff Zion /
Vnd schmück dich schon /
Singe das Hosianna,
Frölich Psallier /
5   Es singt mit dir /
Hanns Ovens Tochter Anna.

2. Nun kompt das Lamb
Auß Davids stamb /
10   Singe das Hosianna,
. Will trösten dich /
Des frewet sich /
Hanns Ovens Tochter Anna.

3. Nah' ist die zeit
15   Der Herrlichkeit /
Singe das Hosianna;
An diesem heil /
Hat mit ihr theil /
Hanns Ovens Tochter Anna.

20   4. Auff / auff Jungfraw'n
Geht auß zuschaw'n /
Singet das Hosianna;
Der Breut'gamb kümmt /
Jhr seiten stimmt /
25   Hanns Ovens Tochter Anna.

5. O Jhr Jüngling /
Seyd guter ding /
Singet das Hosianna,
Jhr Alten mit /
30   Weil euch drumb bitt
Hanns Ovens Tochter Anna.

6. Von hertzen grund /
Auß vollem mund /
Singet das Hosianna:
35   Beid Arm und Reich /
Es singt mit euch /
Hanns Ovens Tochter Anna.

---

3 schon   *schön (adverbial)*.   24 *Ihre Saiten stimmt.*

7. Es frewe sich /
Vnd sey willig
40   Zu sing'n das Hosianna,
Was leb't auff Erd /
Denn das begehrt
Hanns Ovens Tochter Anna.

8. Nemet die Laut /
45   Erfreut die Braut /
Singet das Hosianna;
Jhr traurigkeit
Setzt weit beyseyt /
Hanns Ovens Tochter Anna.

50   9. Alles unglück
Weich nun zurück /
Singet das Hosianna;
Der Fried floriert /
Frölich Psalliert /
55   Hanns Ovens Tochter Anna.

10. Hallelujah,
Die hülff ist nah' /
Singet das Hosianna:
Frölich im Herrn
60   Jst immer gern
Hanns Ovens Tochter Anna.

11. O scheinend' Sonn /
Voll freud und Wonn /
Singe das Hosianna,
65   An diesem tag /
Führt nicht mehr klag
Hanns Ovens Tochter Anna.

12. Jhr mein drey Söhn
Macht laut gethön /
70   Singet das Hosianna:
Jhr Töchter beid /
Auch frölich seyd /
Mit ewrer Mutter Anna.

13. Jesu des Herrn
75   Lob zu vermehrn /
Singet das Hosianna:

Auff Seiten spiel /
Macht freuden viel /
Mit ewrer Mutter Anna.

80   14. Ew'r hertz bewegt /
Ew'r lippen regt /
Singet das Hosianna,
Frölich Psalliert /
Vnd Jntonirt /
85   Mit ewrer Mutter Anna.

15. Rühmet den Herrn /
Stets nah' und fern / ´
Singet das Hosianna;
Jn frölichkeit
90   Sein lob außbreitt
Hanns Ovens Tochter Anna.

16. Sie Musicirt /
Sie jubilirt /
Sie sing't das Hosianna,
95   Den Herrn erhebt /
So lang sie lebt /
Hanns Ovens Tochter Anna.

ANDREAS GRYPHIUS

Verleugnung der Welt.

1. Was frag ich nach der welt! sie wird in flammen stehn:
Was acht ich reiche pracht: der Todt reißt alles hin!
5   Was hilfft die wissenschafft / der mehr denn falsche dunst:
Der liebe Zauberwerck ist tolle Phantasie:
Die wollust ist fürwar nichts alß ein schneller Traum;
Die Schönheit ist wie Schnee' / diß Leben ist der Todt.

2. Diß alles stinckt mich an / drumb wündsch ich mir den Todt!
10 Weil nichts wie schön vnd starck / wie reich es sey / kan stehn
Offt / eh man leben wil / ist schon diß Leben hin.
Wer Schätz' vnd Reichthumb sucht: was sucht er mehr alß dunst.
Wenn dem / der Ehrenrauch entsteckt die Phantasie.
So traumt jhm wenn er wacht / er wacht vnd sorgt im traum.

15 3. Auff meine Seel! auf! auf! entwach auß diesem traum!
Verwirff was jrrdisch ist / vnd trotze Noth vnd Todt!

Was wird dir / wenn du wirst für jenem throne stehn /
Die welt behülfflich seyn? wo dencken wir doch hin?
Was blendet den verstandt? soll dieser leichte dunst
20   Bezaubern mein gemüth mit solcher Phantasie?

4. Biß her! vnd weiter nicht! verfluchte Phantasie!
Nichts werthes Gauckelwerck. Verblendung-voller traum!
Du schmertzen-reiche Lust! du folter-hartter Todt!
Ade! ich wil nunmehr auf freyen Füssen stehn
25   Vnd tretten was mich tratt! Jch eyle schon dahin;
Wo nichts als warheit ist. Kein bald verschwindent dunst.

5. Treib ewig helles Licht der dicken Nebel dunst
Die blinde Lust der welt: die tolle Phantasie
Die flüchtige begierd' vnd dieser gütter traum
30   Hinweg vnd lehre mich recht sterben vor dem Todt.
Laß mich die eitelkeit der Erden recht verstehn
Entbinde mein gemüth / vnd nimb die Ketten hin.

6. Nimb was mich vnd die welt verkuppelt! nimb doch hin
Der Sünden schwere Last: laß ferner keinen dunst
35   Verhüllen mein Gemütt / vnd alle Phantasie
Der Eitel-leren welt sey für mir alß ein traum /
Von dem ich nun erwacht! vnd laß nach diesem tod
Mich vnerschrocken HERR / für deinem Andlitz stehn.

Gott dem Heiligen Geiste.

1. Satz.

Wie die Erden schmacht vnd brennet
Wie die Blume sinckt vnd fällt /
5   Wie der Garten sich verstellt /
Wie die Wiese sich verkennet /
Wenn die erhitzte Sonn mit jhrem Mittags flammen
Den Kreyß der welt ansteckt.
So / wenn deß Höchsten zorn wil tödten vnd verdammen.
10   Wenn vnß die Angst erschreckt:
Wenn vnß die heisse Noth verzehret
Wenn vnß die bange Furcht beschweret:
Denn wil vnß krafft vnd Muth verschwinden:
Denn ist kein Hertz in vnß zu finden.

---

38 *Der letzte Vers lautet in späteren Ausgaben:* Wenn hin dunst/phantasie/traum/tod/
mich ewig stehn.

15   ### 1. Gegensatz.
Doch wenn ein nicht harter Regen
Diesen durst der Felder lescht.
Vnd die dürren Kräutter wäscht /
Wenn die winde sich bewegen:
20   Vnd külen lufft vnd See mit angenehmen spielen
Bald lebt was vorhin todt.
So: wenn wir deinen Trost / Gott / höchste weißheit fühlen:
Dann lachen wir in noth.
Wenn vnß dein AllmachtsTaw erquicket:
25   Wenn vnß dein Liebe-wind anblicket:
Wenn deines Segens Regen netzet:
So fleucht / was jemals vnß verletzet.

1. Zusatz.
Viel hat die Höll! viel ein Tyrann' erschrecket;
30   Du grosser Geist hast sie noch mehr gesterckt
Viel hat die Pein der Folter banck gerecket.
Man hat in jhrem Hertzen dich vermerckt.
Viel sind bedeckt / mit Purpur rottem Blutt /
Gewiesen in die glutt:
35   Jhr Fleisch verfiel / doch jhnen wuchs der Mutt /
Durch dich / du höchstes Gutt.

2. Satz.
Geist durch den die Geister leben /
Geist durch den die Weißheit lehrt:
40   Geist durch den man Iesvm ehrt:
Geist der rechten trost kan geben.
Wenn vnß der Strom der Angst biß in den Abgrund reisset:
Wenn vnß der Feind ansticht.
Geist / durch den vnser Gott vnß seine Kinder heisset.
45   Vnd frey von Schulden spricht.
Durch dessen krafft wir können betten.
Vnd für deß höchsten Augen tretten:
Durch dessen hülffe / wir obsiegen:
Wenn vnß anfechtung wil bekriegen.

50   ### 2. Gegensatz.
Ach! Erwecke meine Seele:
Wende meinen vnverstand
Zeige den / den Gott gesand.
Reiß mich auß der Jammer höle /

55 Jn welcher mein gemütt verschlossen vnd verhüttet
Vnd sonder ende zagt.
Jn der deß Höchsten zorn mit heissen Eyver wüttet
Vnd mein Gewissen nagt:
Jch zitter: Hilff mir den erbitten.
60 Der seine Donner auß wil schütten:
Jch kämpffe: Hilff mir vberwinden:
Jch jrre laß den weg mich finden.

2. Zusatz.

Du weist / daß ich durch mich nichts kan vollbringen:
65 Jch weiß daß du durch mich kanst alles thun:
Drumb bitt ich HERR: Laß meiner Faust gelingen
Was du befihlst: biß daß mein Fleisch wird ruhn.
Gib weil diß Blutt sich in den Adern regt /
Ein Hertz das nichts bewegt:
70 Gib wenn mein Geist / diß Fleisch sein Hauß ablegt
Was die / die seelig / trägt.

Morgen Sonnet.

Die ewig helle schar wil nun jhr licht verschlissen /
Diane steht erblaßt; die Morgenrötte lacht
Den grawen Himmel an / der sanffte Wind erwacht /
5 Vnd reitzt das Federvolck / den newen Tag zu grüssen.

Das leben dieser welt / eilt schon die welt zu küssen /
Vnd steckt sein Haupt empor / man siht der Stralen pracht
Nun blinckern auf der See: O dreymal höchste Macht
Erleuchte den / der sich jtzt beugt vor deinen Füssen.

10 Vertreib die dicke Nacht / die meine Seel vmbgibt /
Die Schmertzen Finsternüß die Hertz vnd geist betrübt /
Erquicke mein gemüt / vnd stärcke mein vertrawen.
Gib / daß ich diesen Tag / in deinem dinst allein
Zubring; vnd wenn mein End' vnd jener Tag bricht ein
15 Daß ich dich meine Sonn / mein Licht mög ewig schawen.

---

55 verhüttet *gefangen gehalten.*
3 Diane *der Mond.*

Mittag.

Auff Freunde! last vnß zu der Taffel eylen /
  Jn dem die Sonn ins Himmels mittel hält
  Vnd der von Hitz vnd arbeit matten Welt
5 Sucht jhren weg / vnd vnsern Tag zu theilen.

Der Blumen Zier wird von den flammen pfeylen
  Zu hart versehrt / das außgedörtte Feldt
  Wündscht nach dem Taw' der schnitter nach dem zelt
Kein Vogel klagt von seinen Liebes seilen.

10 Das Licht regiert / der schwartze Schatten fleucht
  Jn eine höl / in welche sich verkreucht
Den Schand vnd furcht sich zu verbergen zwinget.
  Man kan dem glantz des tages ja entgehn!
  Doch nicht dem licht / daß / wo wir jmmer stehn /
15 Vns siht vnd richt / vnd hell' vnd grufft durch dringet.

Abend.

Der schnelle Tag ist hin / die Nacht schwingt jhre fahn /
Vnd führt die Sternen auff. Der Menschen müde scharen
Verlassen feld vnd werck / Wo Thier vnd Vögel waren
5 Trawrt jtzt die Einsamkeit. Wie ist die zeit verthan!

Der port naht mehr vnd mehr sich / zu der glieder Kahn.
Gleich wie diß licht verfiel / so wird in wenig Jahren
Jch / du / vnd was man hat / vnd was man siht / hinfahren.
  Diß Leben kömmt mir vor alß eine renne bahn.

10 Laß höchster Gott mich doch nicht auff dem Laufplatz gleiten /
Laß mich nicht ach / nicht pracht / nicht lust / nicht angst verleiten.
  Dein ewig heller glantz sey vor vnd neben mir /
Laß / wenn der müde Leib entschläfft / die Seele wachen
Vnd wenn der letzte Tag wird mit mir abend machen /
15 So reiß mich auß dem thal der Finsternuß zu dir.

---

6 port *Hafen.*

Mitternacht.

Schrecken / vnd stille / vnd dunckeles grausen / finstere kälte be-
decket das Land /
Jtzt schläfft was arbeit vnd schmertzen ermüdet / diß sind der traw-
rigen einsamkeit stunden.
Nunmehr ist / was durch die Lüffte sich reget / nunmehr sind Thiere
vnd Menschen verschwunden.
5   Obzwar die jmmerdar schimmernde lichter / der ewig schittern-
den Sternen entbrand!

Suchet ein fleißiger Sinn noch zu wachen? der durch bemühung
der künstlichen hand /
Jhm die auch nach vns ankommende Seelen / Jhm / die an jtzt sich
hier finden verbunden?
Wetzet ein bluttiger Mörder die Klinge? wil er vnschuldiger Her-
tzen verwunden?
Sorget ein ehren-begehrende Seele / wie zuerlangen ein höherer
stand?

10   Sterbliche! Sterbliche! lasset diß dichten! Morgen! ach! morgen
ach! muß man hin zihn!
Ach wir verschwinden gleich alß die gespenste / die vmb die
stund vnß erscheinen vnd flihn.
Wenn vnß die finstere gruben bedecket / wird was wir wündschen
vnd suchen zu nichte.
Doch wie der gläntzende Morgen eröffnet / was weder Monde
noch Fackel bescheint:
So wenn der plötzliche Tag wird anbrechen / wird was geredet /
gewürcket / gemeynt.
15 Sonder vermänteln eröffnet sich finden vor deß erschrecklichen
Gottes Gerichte.

MITTERNACHT. 2 dunckeles *im Original:* dunckels.   5 schitternden *schüttern-
den, bewegten.*   10 dichten *Trachten.*   11 die stund *diese, die Mitternachtsstunde.*

Einsambkeit.

Jn dieser Einsamkeit / der mehr denn öden wüsten /
 Gestreckt auff wildes Kraut / an die bemößte See:
 Beschaw' ich jenes Thal vnd dieser Felsen höh'
5 Auff welchem Eulen nur vnd stille Vögel nisten.

Hier / fern von dem Pallast; weit von deß Pövels lüsten /
 Betracht ich: wie der Mensch in Eitelkeit vergeh'
 Wie auff nicht festem grund' all vnser hoffen steh'
 Wie die vor abend schmähn / die vor dem tag vnß grüßten.

10 Die Höell / der rawe wald / der Todtenkopff / der Stein /
 Den auch die zeit aufffrist / die abgezehrten bein
 Entwerffen in dem Mut vnzehliche gedancken.
 Der Mauren alter grauß / diß vngebaw'te Land
 Jst schön vnd fruchtbar mir / der eigentlich erkant /
15 Das alles / ohn ein Geist / den Got selbst hält / muß wancken.

Auff den Einzug der Durchleuchtigsten Königin
Mariae Henriettae
Jn Angiers D. 14, Augusti Anno cɪɔ ɪɔc xliv.

Die Könige gezeugt / die Königlich gebohren /
5 Die Könige geliebt / die bey noch zartem Jahr
 Ein König jhr vermählt / die Könige gebahr /
 Nach dem drey Kronen sie / zur Königin erkohren:

Die Fraw' auff welche sich viel tausend Mann verschworen /
 Verhaßt bey jhrem Volck / geacht bey frembder Schaar
10 Bey Nachbarn sonder lust / bey Freunden in gefahr /
 Verjagt ins Vaterland / vermißt doch nicht verloren:

Die gegenwertig schreckt: abwesend hefftig krigt:
 Die Helden niederwirfft / vnd in der Senfften ligt
 Wirst du erfrew't Angiers / in tieffem kummer schawen!
15 Schaw' an die Majestät die in den Augen spielt
 Das Antlitz das endeckt / die sorgen die es fühlt /
 Vnd lerne / das was hoch / auch schmacht' in höher grawen.

Einsambkeit. 6 *Pöbels.* 15 ohn *ausgenommen*
Auff den Einzug . . . 1 ff. *Henriette Marie, Tochter Heinrichs IV. von Frankreich, Gemahlin Karls I. von England, floh während des Bürgerkrieges 1644 nach Frankreich.*
7 drey Kronen *England, Schottland und Irland.*

Als Er auß Rom geschieden.

Ade! begriff der welt! Stadt der nichts gleich gewesen /
Vnd nichts zu gleichen ist / Jn der man alles siht
Was zwischen Ost vnd West / vnd Nord vnd Suden blüht.
5 Was die Natur erdacht / was je ein Mensch gelesen.

Du / derer Aschen man / nur nicht vorhin mit Bäsen
Auff einen hauffen kährt / in der man sich bemüht
Zu suchen wo dein grauß / (fliht trüben Jahre! fliht!)
Bist nach dem fall erhöht / nach langem Ach / genäsen.

10 Jhr Wunder der gemäld / jhr prächtigen Palläst /
Ob den die kunst erstarr't / du starck bewehrte Fest /
Du Herrlichs Vatican / dem man nichts gleich kan bawen;
Jhr Bücher / Gärten / grüfft'; Jhr Bilder / Nadeln / Stein /
Jhr / die diß vnd noch mehr schliß't in die Sinnen eyn /
15 Ade! Man kan euch nicht satt mit zwey Augen schawen.

An H. Caspar Dietzel.
Vber die Abschrifft vnd verlag Leonis Armenii.

Der hochverhaßte Fürst / den zwar die grosse Stadt
Deß Bosphers hat gekrönt: Auf den sich doch verbunden
5 Erd / Himmel / Freund vnd Feind / der durch gehäuffte wunden
Von diesem Thron gestürtzt / den er mit macht betratt /

Der Fürst der sterbend lehrt / wie bald das schnelle Radt
Deß Glücks / werd' vmbgekehrt / hat / nun er gantz verschwunden
Durch zuthun meiner faust / sein Leben wider funden /
10 Daß jhm der Mörder Schwerdt / so schnell verkürtzet hatt.

Jch jrr' / Er fiel vorhin alß Bizantz jhn entleibet /
Er fällt nun durch die Hand / die seinen Todt beschreibet
Er fällt nun / weil man nicht mein schreiben / lesen kan.
Doch der / der dreymal starb / Muß dreyfach durch Euch leben /
15 Herr Dietzel dessen Hand / vnd druck jhm dis kan geben /
Was Bizantz / mein gedicht; vnd schrifft jhm abgewan.

ALS ER AUSS ROM GESCHIEDEN. 11 Ob den *über denen;* Fest *Feste, Festung.*
13 Nadeln *Obelisken.*
AN H. CASPAR DIETZEL. 1f. *Straßburger Verleger, der 1646/47 den* Leo Armenius
und die Gedichte des Gryphius publizieren wollte. 2 Abschrifft *Abschreiben;* verlag
Verlegung. 4 des *Bosporus.* 11 *Byzanz.*

Anton Rulmann*

Van Verachtinge der Poeterie.

    Wanne / wanne der armen Poeterie!
Dat iß jo man Lütter Drawelie /
5   Und welcke sick nu darup befliten /
Wo schmale möten doch desülve biten!
Wo vaken hebben se alles nichts to kawen /
Und lete man umme se nene Katten mawen.

    Orpheus, dat iß ein Kerl gewesen /
10   Darvan man noch jetzund mag lesen;
Dat he dorch sin künstlike singen /
Und dat leeflike söte klingen /
To sich gelocket mit siner Harpen /
Veel wilde Deerte / Hekede und Karpen;
15   Grote Steine / darvan man Müren gebuwet;
Ja / he het sick ock nich geschüwet /
Mit solckem Gesange in rechten Truwen /
Uth der Helle to halen sine Fruwen.

    Dat iß ein Kerl gewesen / alse Kasten /
20   Und wen ick ock so konde up de Lyren tasten /
Wolde ick ja so wenig / alse andere sorgen;
Den dar scholden staen Avend vnd Morgen /
Oßen / Hasen Rehe und Lemmer /
Jtem der allerbesten Fiske etlike Emmer /
25   De Krevede / welcke süß nich alto hoch springen /
Worden sick doch dwingen und ringen /
Dat se ock allsachte naschlenderden /
Und de Luft einmahl verenderden;
Ja went vort keme in de Vogel Tyd /

---

1 *Die Verfasserfrage ist nicht völlig geklärt.* 3 ff. *Wehe, Wehe über die arme Poeterei! Sie ist ja nur eine leere Geschäftigkeit, und die sich jetzt ihrer befleißigen, wie karg müssen die doch beißen! Wie oft haben sie überhaupt nichts zu kauen, und man ließe um sie keine Katze miauen. Orpheus, das ist ein Kerl gewesen, von dem man noch jetzt lesen kann, daß er durch sein kunstreiches Singen und das liebliche süße Klingen zu sich gelockt mit seiner Harfe viele wilde Tiere, Hechte und Karpfen, große Steine, aus denen man Mauern gebaut; ja er hat sich auch nicht gescheut, mit solchem Gesang in rechter Treue seine Frau aus der Hölle zu holen. Das ist ein Kerl gewesen wie Kasten [wohl Eigenname], und wenn ich auch so in die Leier greifen könnte, brauchte ich ja ebensowenig zu sorgen wie andere; denn dann sollten abends und morgens bereitstehen Ochsen, Hasen, Rehe und Lämmer, desgleichen etliche Eimer mit den allerbesten Fischen; die Krebse, die sonst nicht allzu hoch springen, würden sich doch danach drängen, daß sie auch ganz gemächlich hinterherschlenderten und die Luft einmal veränderten; ja wenn es dann weiterginge in die Vogelzeit hinein,*

30 Mosten Schneppen und Raphöner sin nich with;
  Und scholde den / wen de Deerte so horenden to /
  Use Magd hier und dar melcken eine Koh /
  Dat man van Bottern de Vülle hedde /
  To seeden und to braden in de Wedde /
35 Averst phu my an / und dat arme rimen /
  So nich eine Wost bringet an den Wimen /
  Darum ick id ock vordan wil laten bliven /
  Und nichts mehr to doen hebben mit dem kalen schriven /
  Jd were den / dat so noch upstünde ein Maecenas,
40 Alse in olen Tyden to Rome waß /
  De sick der Künste und Lüde annehme /
  Dat ein Poete ock wor to keme /
  Und by der reputation in godem Dege /
  Wat dögedes to schriven / Orsake krege.

1651

GEORG PHILIPP HARSDÖRFFER*

Der Früling.
Lied /

Jm Ton: Christ unser HERR zum Jordan kam / etc.

1.

5 Der frohe Früling kommet an /
  der Schnee dem Klee entweichet:
  Der Lentz / der bunte Blumen-Mann /
  mit linden Winden häuchet:
  Die Erd' eröffnet ihre Brust /
10 mit Safft und Krafft erfüllet:
  der zarte West / der Felderlust /
  hat nun den Nord gestillet.

---

*dürften Schnepfen und Rebhühner nicht weit sein; und dann sollte, wenn die Tiere so zu-
hörten, unsere Magd hier und da eine Kuh melken, damit man Butter die Fülle hätte, um um
die Wette zu sieden und zu braten. Aber Pfui über mich und das armselige Versedichten, das
nicht eine Wurst an die Räucherstange bringt. Weshalb ich es denn auch fortan bleiben lassen und
nichts mehr zu tun haben will mit dem kahlen Schreiben – es sei denn, das noch so ein Mäcenas
aufstünde, wie es ihn in alten Zeiten in Rom gegeben hat, der sich der Künste und der Leute
annähme, damit ein Poet auch zu etwas käme und bei solcher Achtung, in gutem Gedeihen, etwas
Tüchtiges zu schreiben Ursache kriegte.*

2.

Es hat der silberklare Bach
den Harnisch ausgezogen:
15 es jagt die Flut der Flute nach /
durch bunten Kiess gesogen.
Das Tauen nun die Auen frischt
die weisse Wollen Herde
auf neubegrünten Tepicht tischt /
20 und dantzet auf der Erde.

3.

Man hört die heisre Turteltaub /
die Schwalb und Nachtigallen /
die grünlich weisse Blüt' und Laub /
muß aus den Knöpfen fallen /
25 und bauen diesen Schatten-thron
den Lufft- und Feldergästen.
Die Rosen knüpft der Dörner Kron
von schwachen Stachel ästen.

4.

Die Sonne nunmehr stärcker scheint
30 und machet früher wachen.
Allein der dürre Reben weint /
wann Feld und Wälder lachen:
Die hochgeschätzte Tulipan /
das Sinnbild[a]) auf dem Bette /
35 zieht ihre fremde Kleider an /
und pranget in die wette.

5.

Der Jmmen Marckt / der Blumen Plan /
Narcissen und Violen /
die Nelcken / Lilien / Majoran /
40 ist nunmehr unverholen.
Die kleinen Hönig-Vögelein
den Zucker distilliren /
und hencken in die Waxburg ein /
was sie zusammen führen.

a) Lipsius Tulipas Hortorum Emblemata vocat.

---

23 *Knospen.*   33 *Beete.*   *zu* a) *Lipsius bezeichnet die Tulpen als Embleme der Gärten.*

6.

45   Ach Gott der du mit so viel Gut
      bekrönst deß Jahres Zeiten /
laß uns auch mit erfreutem Muth
      zum Paradeiß bereiten:
Da wir dich werden für und für
50   die schönste Schönheit finden /
dargegen diese schnöde Zier
      ist eitler Koth der Sünden.

JOHANNES KHUEN*

Das sibendt Gesang.
Quae est haec vox gregum quae sonat in auribus meis? 1. Reg. 15.
Was ist das für ein Stimb von Schaafheerdten / welche in meinem
Göhör erschalen thuet?
**Ein trawriges Gespräch der hinderlaßnen Wittiben /
vnd Geschwißtrigten.**

[Melodie]

1.

      Als den ersten Mord begienge
10   Der betüebent eyferer /
Gleich darauf die frag anfienge /
      Wo sein Brueder Abel wär?
Ach wer sol nit vrsach nemmen /
Den Tyrannen heut beschämmen /
15   Sprechen an die Tyranney /
      Wo sein Brueder Abel sey?

2.

      Kombt jhr Frawen / laßt jhr Müetter
      Sehen / ob das Volck gestilt /
Ob der vngeheure Wietter
20   Sein Begird hab gar erfilt /
Ob sich noch nichts auff den Strassen /
Als nur Bluet wöl sehen lassen?
      Sag du rote Tyranney /
      Wo doch vnser Abel sey?

---

3 *1. Samuel 15,14.*   10 *betäubend, vernichtend.*   19 *Wüter, Wüterich.*

3.

25 Wieuil hundert sein zugegen
　　Jn eim engen Kraiß / allhie /
Hingericht / mit Stöß / vnd Schlägen /
　　Niemand waiß / wann / oder wie!
Sein zerschmettert / sein zertrucket /
30 Sein zerhawen / sein zerstucket:
　　Sag du tolle Tyranney /
　　Wo nun vnser Abel sey?

4.

Wieuil hundert sein durchschnitten /
　　Ohn erbarmens vnderschid /
35 Sein durchschnitten durch die mitten /
　　Von der scharpfen Säbel schnid!
Noch vil mehr zertretten werden /
Von den Reutern / von den Pferdten.
　　Sag du grobe Tyranney /
40 　　Wo mein frommer Abel sey!

5.

Secht hie ligt ein gantz gewimmel /
　　Ach erblaich mein Angesicht!
Ach vnmenschlich wilts getümmel!
　　Schier vor Laid / mein Hertz erbricht!
45 Ach da ligens wie die Scheiter;
Wer kan aber helffen weiter?
　　Sag du blaiche Tyranney /
　　Ob auch da mein Abel sey?

6.

Suech / O Muetter / dich ermunter /
50 　　Faß ein Hertz / geh nit hinuon /
Suech / villeicht ist auch darundter /
　　Hie zu treffen an / dein Sohn:
Secht mir an / da disen Schmertzen /
Steckt ein Messer noch im Hertzen?
55 　　O du gelbe Tyranney /
　　Sag ob der mein Abel sey?

7.

Da ligt ainer noch in zügen;
　　O mein armes Ritterlein /

---

29 *zerdrücket.*　41 *Seht.*　57 *Atemzügen.*

Mueßt also / verwahrlost / ligen /
60 Da noch kund geholffen sein!
Ach er gibt erst noch ein zaichen /
Laßt jhm doch ein Labung raichen;
    Sag du schnöde Tyranney /
    Ob dann der mein Abel sey?

8.

Gantz ist Er mit Bluet begossen /
65 Sonst hett ich jhn bald erkent /
Ey so stirb auff meiner Schossen /
    Komm du schwacher Patient:
Secht er fangt sich an zurüehren;
70 O daß ich jhn soll Curieren!
    Sag du schlimme Tyranney /
    Ob diß vnser Abel sey.

9.

Laufft vnd rueffet allenthalben /
Das man jhme stell das Bluet /
75 Bringt ein Wasser / bringt ein Salben /
    Weil er noch ein schüpferl thuet.
O wann wir nur dise Wunden
Da bey zeit / verbindten kunden!
    Sag du scharpffe Tyranney /
80   Ob doch der mein Abel sey?

10.

O mein Gott / es ist vergebens /
    Langsamb kombt ein Labung dar /
Jst kain hoffnung länger strebens:
    Jst schon auß / jetzt hat ers gar.
85 Kam dann Jch mein armes Kindel /
Noch / zu deinem letzten stündel?
    Sag vns arge Tyranney /
    Wo dann vnser Abel sey?

11.

Kombt vnd laßt vns weiter fragen /
90   Secht in dises Hauß hinein:
Hört jhr nit ein Muetter klagen?
    Was mueß da geschehen sein?

---

74 *stille.*   76 *Bewegung.*

Gar hinzue wir vns verfüegen;
Da steht noch die bluetig Wiegen!
95   Sag befreunte Tyranney /
    Wo dein Brueder Abel sey?

12.

Hört jhr Frawen / laßt jhr Kinder
    Nach / in diser Angst / vnd Noth /
Es wär vns je nichts gesünder
100   Als dergleichen harter todt:
Jch begehr / vnd wünsch ein solchen;
Bring ein Messer / nimb ein Dolchen /
    Komb / du liebe Tyranney /
    Weiß mir wo mein Abel sey.

GEORG GREFLINGER*

Die Weltliche Nonne.

[Melodie]

1. Wie muß ich meine Zeit verschlüssen /
5   Jch armes Kind /
Jch muß von keinen Freuden wissen /
Die Weltlich sind:
Wie lieber möcht' ich einen Knaben
Als eine graue Kappen haben.

10   2. Pfy diesem Kleyd vnd Nonnen-Leben /
Hinweg mit dir /
Mir ist kein Nonnen-Fleisch gegeben.
Jst niemand hier
Der mich auß diesem Joch' außspannt
15   Vnd meinen frischen Leib bemannt.

3. Man hat mich jung hieher getrieben /
Jch war so schlecht /
Daß ich nicht wuste / was das Lieben /
Was linck / was recht:
20   Nun mich die Jahre Mannbar machen /
Gedenck ich auch an Mannes-Sachen.

_____

104 *weise, zeige.*
1 *Im Original:* Seladon.

4. Mein Dencken ist in einen Orden /
Da man sich küßt /
Jch bin der Nonnen müde worden /
25   Dann mich gelüst:
Ein Weib kan Gott so wol gefallen /
Als aller Nonnen-Psalter lallen.

Von dem erschrecklichen Wetter zu Bremen / den 5. Augusti 1647.

Jn der Melodey. Es ist gewißlich an der Zeit / etc.

1. Hoert an jhr Flucher / die jhr groß
5   Von Blitz vnd Donnder saget /
Vnd vor dem himmlischen Geschoß /
Sehr wenig Abscheu traget /
Hört an was in der Bremerstatt /
Deß Donnders Macht gewürcket hat /
10   Das alles Bremen klaget.

2. Es war ein Wetter / dessen Art
Kein Mensch je hat erhöret /
Dann es hat Bremen so gefahrt /
Vnd wunderbar zerstöret /
15   Daß solches anders nicht gedacht /
Als Gott käm jetzt mit aller Macht /
Den Weltbau vmbzukehren.

3. Es war das gantze Himmelhauß /
Voll Finsternüß vnd Flammen /
20   Die Blitze fuhren schrecklich auß /
Offt drey / offt vier zusammen /
Es wurd am helle Tage Nacht /
Die Sonne hatte keine Macht /
Die Blitze musten leuchten.

25   4. Die Donnder krachten schrecklich sehr /
Die himmlischen Carthaunen /
Vor denen Erde / Lufft vnd Meer
Mit jhrer Macht erstaunen /
Es zitterte die gantze Statt /

DIE WELTLICHE NONNE. 22 ist in   *ist gerichtet auf.*
VON DEM ERSCHRECKLICHEN WETTER ... 1 *Unwetter, Gewitter.*   10 *ganz Bremen.*
13 *gefährdet.*   15 solches *dieses, Bremen.*

30 Mit Vieh vnd Menschen / die es hat /
    Vor diesem Lufft geprasselt.

    5. Es kam nur jmmer Schlag auff Schlag /
    Vnd Blitz auff Blitz gegangen /
    Der zum Gerichte Jüngster Tag /
35 Kan strenger nicht anfangen.
    Die gantze Statt schien eytel Glut /
    Hierauff erstarten Muht vnd Blut /
    Vnd wusten kaum vom Leben.

    6. Jn diesen Schlägen hat ein Schlag /
40 Jn Pulverthurn geschlagen /
    Daß er die gantze Statt durch lag /
    Vom Pulver außgetragen.
    Dann es wurd alles Feuer voll:
    Was solches that / wird niemand wol
45 Vermögen außzusprechen.

    7. Diß hat die gantze Statt entziert /
    Zerschmettert vnd zersplittert /
    Theils von deß Pulvers Macht berührt /
    Vom Donner theils erschüttert.
50 Die Steine flogen Centner schwer /
    Durch manche Gassen hin vnd her /
    Es war kein Mensch nicht sicher.

    8. Die hohen Göbel brachen ab /
    Vnd stürtzten sich zur Erden /
55 Wie manchem hat sein Bau sein Grab /
    Vnd Würger müssen werden!
    Es blieb kein einig Fenster gantz:
    Jn Summa / Bremens Zier vnd Glantz
    Jst sehr zersplittert worden.

60 9. Das Waysenhauß gieng sehr darauff /
    Das Zuchthauß gleicher massen /
    Vnd muste da kein schlechter Hauff /
    Das arme Leben lassen.
    Thät Gott den armen Wayßlein das /
65 Was wird dann dich du fluchend Aaß /
    Vor eine Straffe treffen.

    10. Entsetze dich verruchte Zahl /
    Vor deinem bösen sagen:

---

31 *Geprassel.*   41 er   *der Pulverturm.*   53 *Giebel.*   59f. sehr   *ganz.*

Daß Donnder / Hagel / Blitz vnd Strahl /
70 Vom Himmel sollen schlagen.
Schau hier vnd lern was Donnder sey /
Vnd habe förder eine Scheu /
Von solchen was zusagen.

11. Es machet mancher böser Bub
75 Mit seinen Missethaten /
Daß mancher Frommer in die Grub /
Muß neben jhm gerahten /
Dann wann deß Herren Zorn anbricht /
So ist er streng vnd zörnet nicht /
80 So müssen alle büssen.

12. HERR / der du mit dem Donnder spielst /
Vnd blitzest nach der Erden /
Ja triffst gewiß / worauff du zielst /
Hilff / daß wir frömmer werden /
85 Daß wir durch deine Donnders Macht /
Nicht blötzlich werden vmbgebracht /
Diß seufftzen vnsre Seelen.

1652

JOHANN LAUREMBERG*

Jnholt.

Woer ein Minschen Kind henwandert
Jn der Werrelt wyt und breet /
5 Mercket men mit groet verdreet /
Dat sick alle dinck verandert:
Man moet sick verwundern sehr /
Nichtes blifft bestendig mehr.

---

79 zörnet *Druckfehler für?*
  1 *Im Original:* Hans Willmsen L. Rost. 2 *Das Gedicht geht als eine Art Inhaltsangabe*
den vier satirischen Schertz Gedichten *voran.* 3 ff. *Wohin ein Menschenkind wandert in*
der Welt weit und breit, bemerkt man mit großem Verdruß, daß sich jedes Ding verändert. Man
muß sich sehr verwundern: nichts bleibt mehr beständig.

Aller Minschen Doent / Gedancken /
Rede / Mening / Sinn und Waen /
Als ein Wind und Wedderhaen
Hen und her vnstedig wancken.
Wat dar was ein nie Gesanck /
Dat is nu de olde Klanck.

Wat vörm Jahr was Allemode /
Vnd van jederm wart geehrt /
Dat is itzund nicht mehr werth
Als dat schimmel van dem Brode:
Nie wert old / und old wert nie /
Kaken moet men frischen Brie.

Solcke doerheit wert gehalet
All uth Franckrick / darvör is
Mennig Schilling / ja gewis
Mennig tunne Gold betalet.
Vör Vernufft und Wyßheit goet
Gifft men kuem ein stücke Broet.

Nemand hölt sick na dem Stande
Dar en Gott hefft tho gebracht /
Nemand blifft bi siner Dracht /
De gebrücklick is im Lande /
Schlichtes Volck ein Levend förth /
Als dem Adelstand gebörth.

Vnderscheet der Ständ und Orden
Js den Lüden man ein Spot /
Welcker doch wyßlick van Gott
Sülvest is gestifftet worden.
Börgers willen holden sick /
Na der hogen wise und schick.

Aller Menschen Tun, Gedanken, Rede, Meinung, Sinnen und Trachten wanken wie ein Wind- und ein Wetterhahn unstet hin und her. Was damals [eben noch?] ein neuer Sang war, das ist jetzt der alte Klang. Was im Vorjahr à la mode war und von jedem in Ehren gehalten wurde, das ist jetzt nicht mehr wert als der Schimmel vom Brot. Neu wird alt und alt wird neu, kochen muß man frischen Brei. Solche Torheit wird allein aus Frankreich geholt, für sie ist mancher Schilling, ja gewiß manche Tonne Gold bezahlt worden. Für Vernunft und gute Weisheit gibt man kaum ein Stück Brot. Niemand hält sich nach dem Stand, in den Gott ihn gesetzt hat, niemand bleibt bei seiner Tracht, die im Lande gebräuchlich ist. Das einfache Volk führt ein Leben, wie es dem Adelsstand gebührt. Unterschied der Stände und Rangordnungen ist den Leuten nur ein Spott – der doch von Gott selber weise eingerichtet worden ist. Bürgersleute wollen sich nach Art und Brauch der Hochgestellten verhalten.

Kleder / Sprake / Versche schriven /
40　Endert sick fast alle Jahr.
Man ick achte idt nicht ein haer.
Bi dem olden will ick bliven:
Höger schal min Styll nicht gahn /
Als mins Vaders hefft gedahn.

WENCEL SCHERFFER VON SCHERFFENSTEIN

Grabschrifft.

Hier liegt ein Zwilling-paar / in einem Sarch und Grabe /
Die Eine Stunde seyn gelanget in die Welt /
5　und Eine Stunde hat der schnelle Todt gefellt /
noch nicht Zwey Monat alt / in vollem flug' und drabe.
　Eh' alß kam an das Licht der Eltern Dopple gabe /
Bricht Jhm der Vater ab / spatzirend durch das Feld /
Ein Doppelt Aërgewächs / auf einen Halm gestellt /
10　Der Mutter gab Er dieß / damit Sie sich was labe.
　So bald Sie aber nur die Doppel-ähr' ersehn /
hat Sie Jhr eingebildt die Zwilling' / alß geschehn.
　Doch bey dem Wunder ist auch dieses zu begreiffen:
Wie eine Korn-ähr' offt wirdt zeitig vor der zeit /
15　und durch des Schnitters Hand frühzeitig abgemeit:
So fiel das frühe Paar in seinem frühen reiffen!

SIGMUND VON BIRKEN*

Aus:　　　Kurze Tagseufzer

Wann du in Spiegel sihest.
Jch sehe zwar ein Bild / doch ist es deines nicht /
5　ô Gott / das du zu erst mir hattest eingeschaffen.
die Sünd ist / die in mir dir deinen Spiegel bricht.
doch kanst die Stükke du zusammen wieder raffen.

---

*Kleider, Sprache, Verseschreiben ändern sich fast jedes Jahr; aber ich kümmere mich nicht
ein Haar darum. Bei dem Alten will ich bleiben; mein Stil soll nicht höher gehen, als es der
meines Vaters getan hat.*

GRABSCHRIFFT. 12 Jhr eingebildet *sich vorgestellt.*

KURZE TAGSEUFZER. 1 *Im Original:* Sigismundus Betulius *(Kupfertitel).*　　2 *Vgl.
im Band 5 dieser Anthologie die Gedichte von Omeis (S. 39f.).*

Bey dem Waschen.

Wer rein ist / hat nicht noht / daß er gewaschen werde.
10   Jch / HERR / bin voller Wust / mein Hertz hängt an der Erde /
die Seel waltzt sich im Kot und Eitelkeit der Welt.
Komm wasche! kein Unflat kommt in dein Himmelzelt.

Wann du dich erleichterst.

Lach meiner Andacht nit / O Sathan / die ich hier
15   laß aus der Seel / in deß der Leib läst Unflat gehen.
was oben steigt / das steigt zu Gottes Himmels höhen /
was unten gehet aus / hör / das gehöret dir.

Sterb-seufzer auf dem Todbette.

HERR ich will gerne fort. Laß es nur / darf ich bitten /
20   fein richtig gehen zu. im fall das Lebensmaß
ist voll / so wollst du es gemach und sanft ausschütten.
laß mich vergehen nicht wie eine kurtze Blas'.

Grabreimen.

Schau' mich an / der du lebst. Jch war ja / was du bist.
25   was ich bin / wirst du seyn; du Erde must zur Erden.
Bedenk es. übel stirbt / der seines Tods vergisst.
Leb allzeit / wie du wollst im Tod erfunden werden.

1653

PAUL GERHARDT

Sommergesang.

Mel. Den Herren meine seel erhebt.

1. Geh aus / mein hertz / und suche freud Jn dieser lieben sommer-
5 zeit An deines Gottes gaben: Schau an der schönen gärten zier
Vnd siehe / wie sie mir und dir Sich außgeschmücket haben.

2. Die bäume stehen voller laub / Das erdreich decket seinen staub
Mit einem grünen kleide Narcissus und die Tulipan / Die ziehen
sich viel schöner an / Als Salomonis seyde.

---

10 Wust *Unflat.*   24 *Im Original:* Schau' an.   27 *gefunden.*
2 *Die Überschrift steht im Original nur als Kolumnentitel.*

10　3. Die lerche schwingt sich in die luft / Das täublein fleugt aus seiner
kluft / Vnd macht sich in die wälder. Die hochbegabte nachtigal
Ergötzt und füllt mit jhrem schall / Berg / hügel / thal und felder.

4. Die glucke führt jhr völcklein aus / Der storch baut und bewohnt
sein haus / Das schwälblein speist die jungen / Der schnelle hirsch /
15　das leichte reh Jst froh und kömmt aus seiner höh Jns tiefe graß
gesprungen.

5. Die bächlein rauschen in dem sand Vnd mahlen sich in jhrem
rand / Mit schattenreichen myrthen / Die wiesen ligen hart dabey /
Vnd klingen gantz vom lustgeschrey Der schaf und jhrer hirten.

20　6. Die unverdroßne bienenschaar Fleucht hin und her / sucht hie und
dar Jhr edle honigspeise. Des süssen weinstocks starcker saft Bringt
täglich neue stärck und kraft / Jn seinem schwachen reise.

7. Der weitzen wächset mit gewalt / Darüber jauchzet jung und alt
Vnd rühmt die grosse güte Des / der so überflüssig labt / Vnd
25　mit so manchem gut begabt Das menschliche gemüthe.

8. Jch selbsten kan und mag nicht ruhn / Des grossen Gottes grosses
thun Erweckt mir alle sinnen / Jch singe mit / wenn alles singt / Vnd
lasse / was dem Höchsten klingt Aus meinem hertzen rinnen.

9. Ach denck ich / bist du hier so schön Vnd läßt dus uns so lieblich
30　gehn / Auf dieser armen erden / Was wil doch wol nach dieser
welt / Dort in dem vesten himmelszelt Vnd güldnem schlosse
werden.

10. Welch hohe lust / welch heller schein / Wird wol in Christi
garten seyn / Wie muß es da wol klingen / Da so viel tausent Sera-
35　phim / Mit unverdroßnem mund und stimm / Jhr Alleluja singen.

11. O wär ich da! o stünd ich schon / Ach süsser Gott / für deinem
thron Vnd trüge meine palmen: So wolt ich nach der Engel weis /
Erhöhen deines Namens preis Mit tausent schönen psalmen.

12. Doch gleichwol wil ich / weil ich noch Hier trage dieses leibes
40　joch / Auch nicht gar stille schweigen / Mein hertze soll sich fort
und fort / An diesem und an allem ort Zu deinem lobe neigen.

13. Hilf mir und segne meinen Geist Mit segen / der vom himmel
fleußt / Daß ich dir stetig blühe / Gib / daß der sommer deiner gnad
Jn meiner seelen früh und spat Viel glaubensfrücht erziehe.

---

24 überflüssig　*überfließend, reichlich.*

45 14. Mach in mir deinem Geiste raum / Daß ich dir werd ein guter
baum / Vnd laß mich wol bekleiben / Verleihe / daß zu deinem
ruhm Jch deines gartens schöne blum Vnd pflantze möge bleiben.

15. Erwehle mich zum Paradeis Vnd laß mich bis zur letzten reis
An leib und seele grünen / So wil ich dir und deiner ehr Allein / und
50 sonsten keinem mehr / Hier und dort ewig dienen.

GEORG PHILIPP HARSDÖRFFER

Schaut diesem Knaben zu / er bläset runde Blasen /
   auß Erd- und Aschensafft / sie werden Kugelrund /
   sein Odem formet sie durch den Korallen Mund:
5   Kein Töpffer kan den Don mit solchem Glast beglasen.

Es ist die blaue Wolck in diesem Nichts zu schauen:
   die bunt' Opalenfarb hat den Saffranen Schein
   deß zärten Glases Glantz vergleicht den Onyxstein /
und weist sich in dem Ring das Milchkrystallen tauen.

---

46 bekleiben *haften, wurzeln.*

5 Glast *Schimmer.*   8 vergleicht *kommt gleich.*   9 *und in dem Ring zeigt sich.*

10   Auß was hast du das Haus so spiegelhell gegossen?
        sag an / mein liebes Kind? sol dieses Unflat seyn?
        hat es durch deinen Geist deß Mundes solchen Schein?
        wird durch das falbe Stroh' ein solcher Kreiß geschlossen?

     Was ist das Menschenkind? Erd' / Aschen / Schnöde / Schaum /
15   das GOTT auß eitlem Nichts nach seinem Wort erschaffen /
        entnommen aller Hülff' entfernet aller Waffen /
        gleich einer kleinen Welt gestaltet und den Raum

     deß höchsten Gnadenliechts gesetzt in seine Seel.
        Er ist von Sünden rein und fühlet Freud und Wonne
20   wann Christus ihn erleucht / als unsrer Hertzen Sonne /
        Er ist der GOTT bey uns / benammt Jmmanuel!

     Sonn der Gerechtigkeit bestral der frommen Hertzen /
        vertreib die Sünden Nacht / erleuchte Leib und Sinne;
        daß diese Sterblichkeit die Himmels Huld gewinne.
25   Wol dem / und aber wol / dem scheint die Gnaden Kertz!

1654

Friedrich von Logau*

Aus: Deutsche Sinn-Getichte

Auff Mummium.
     Es theilet Mumm sein Reich mit seinem lieben Weibe;
5   Tags / liegt sie jhm im Haar; Nachts / er jhr auff dem Leibe.

Deß Krieges Sieg.
     Es kriegt jhm Mars jetzt selbst; vnd das was er erkrieget
     Jst / daß er fällt die Welt / vnd selbst mit jhr erlieget.

Abgezwungene Jungfrauschafft.
10   Jhr Jungfern / euer Leib den wo Gewalt verletzet
     Wird Ehren-lose nicht / mit Billigkeit geschätzet:
     Cunninna weiß es wol / wer an um Gunst sie spricht
     Dem gibt sie die / vnd schreyt: O nun / O nein / O nicht!

---

16 entnommen *entledigt.*

1 *Im Original:* Salomon von Golau.   11 *Wird gerechterweise nicht für ehrlos gehalten.*
12 Cunninna *von lat. cunnus, weibliche Scham.*

Poeterey.

15 Es bringt Poeterey zwar nicht viel Brot ins Haus /
Das drinnen aber ist / das wirfft sie auch nicht auß.

Der verfochtene Krieg.

Mars, darff keinen Advocaten
Der jhm außführt seine Thaten;
20 Keinem hat er nichts genummen /
Wo er nichts bey jhm bekummen:
Keinem hat er nichts gestohlen /
Dann er nam es vnverholen:
Keinen hat er je geschlagen /
25 Der sich ließ beyzeiten jagen:
Was er von der Strasse klaubet /
Jst gefunden / nicht geraubet:
Haus / Hof / Scheun vnd Schopff geleeret /
Jst / ein Stücke Brot begehret:
30 Stat / Land / Mensch vnd Vieh vernichtet /
Jst / deß Herren Dienst verrichtet:
Huren / sauffen / spielen / fluchen /
Jst / dem Mut Erfrischung suchen:
Mehr kein Mensch seyn an Geberden /
35 Jst / ein braver Kerle werden:
Letzlich dann zum Teuffel fahren /
Jst / den Engeln Müh ersparen.

Auff Virnulam.

Es achtet in der Welt nichts Virnula so sehre /
40 Wie billich / als die Zucht vnd angeboren Ehre;
Damit sie jhr mit Macht nicht etwa werd entnummen /
So hat sie nechst ein Freund von jhr geschenckt bekummen.

Lebens-Satzung.

Leb ich / so leb ich!
45 Dem Herren hertzlich;
Dem Fürsten treulich;
Dem Nechsten redlich;
Sterb ich / so sterb ich!

Träume.

50 Die Träume sind wol werth daß sie man manchmal achte:
Die Fraw im Traume ward / ward Mutter da sie wachte.

---

28 Schopff *Schuppen.*   41 *genommen.*   42 nechst *neulich.*

Zungendrescher.

Kein grösser Unrecht wird Juristen angethan
Als wann ein jeder Recht erweiset jederman /
55   Weil jhnen Unrecht recht: Wann Unrecht wo nicht wär
Wär zwar jhr Buch voll Recht / jhr Beutel aber leer.

Auff Cypriam, die so leichte sündiget.

An keinen schweren Fall den sie begangen hätte
Denckt Cypria, sie fällt / offt / aber nur ins Bette:
60   Sie ist sonst schweren Fall bemüht zu übergehen /
Fällt nicht ins Bette sie / vnd fällt? Geschiehts im stehen.

Deß Krieges Buchstaben.

*K*ummer / der das Marck verzehret /
*R*aub / der Hab vnd Gut verheret /
65   *J*ammer / der den Sinn verkehret /
*E*lend / das den Leib beschweret
*G*rausamkeit / die unrecht kehret /
Sind die Frucht die *Krieg* gewehret.

Glauben.

70 Luthrisch / Päbstisch vnd Calvinisch / diese Glauben alle drey
Sind verhanden; doch ist Zweiffel / wo das Christenthum dann sey.

Von den entblösten Brüsten.

Frauen-Volck ist offenhertzig; so wie sie sich kleiden jetzt
Geben sie vom Berg ein Zeichen / daß es in dem Thale hitzt.

75
Jungfern-Mord.

Gestern war ein Freuden-Fest / drauff ward in der späten Nacht /
Eh es jemand hat gesehn / eine Jungfer vmgebracht:
Einer ist / der sie vermutlich (alle sagens) hat ertödtet /
Dann so offt er sie berühret / hat die Leiche sich erröthet.

80
Reime.

Jch pflege viel zu reimen / doch hab ich nie getraut
Was bessers je zu reimen als Bräutigam auff Braut:
Als Leichen in das Grab: Als guten Wein in Magen:
Als Gold in meinen Sack: Als Leben ohne Plagen:
85   Als Seligkeit auff Tod. Was darff ich mehres sagen?

---

59 Denckt   *gedenkt, erinnert sich.*

Von meinen Reimen.

Leser / das du nicht gedenckst / daß ich in der Reimen-Schmiede
Jmmer etwa Tag für Tag / sonst in nichts nicht mich ermüde;
Wisse / daß mich mein Beruff eingespannt in andre Schrancken /
90 Was du hier am Tage sihst / sind gemeinlich Nacht-Gedancken.

Frage.

Wie wilstu weisse Lilien / zu rothen Rosen machen?
Küß eine weisse Galathe, sie wird erröthet lachen.

1655

DANIEL CZEPKO VON REIGERSFELD

Aus: Sexcenta monodisticha sapientum

1.

α und ω
Anfang   Ende
5   im
Ende   Anfang.

Das Ende, das du suchst, das schleuß in Anfang ein,
Wilt du auf Erden weis', im Himmel seelig seyn.

2. Nichts ausser Gott.

10 Wer Gott im Hertzen hat und was dazu begehrt,
Der Mensch verlieret Gott, wird ihm sein Wunsch gewährt.

3. Rechter Freund.

Viel näher ist dir, als die Eltern, Gott verwand,
Sie sterben: Gott und du /: glaub es :/ sind ungetrannt.

15   **4. Nicht in dir.**

Schau alle Dinge in Gott, und Gott in allen an,
Du siehst, daß alles sich in ihm vergleichen kan.

5. Auf ebener Bahn.

Gerad in einem Strich eilt die Natur zu Gott.
20 Folg ihr. Dein Weg ist Gnad, ihr Weg hingegen Noth.

---

2 ff. *Im 17. Jhdt. ungedruckt. Hier sind die ersten 25 der ,,Sechshundert Einzel-Distichen der
Weisen" mitgeteilt. Vgl. Schefflers Sinn- und Schluß-Reime S. 218 ff. und Czepkos eigene*
Verliebte Gedancken *S. 78 f.*   14 *ungetrennt.*

6. Er ist zu gut.

O Mensch, du bist ja gar zu nahe Gott verwandt.
Er zürnt und strafft dich nicht. Dis thut dein Unverstand.

7. Immerwährendes Werck.

25 Den Anfang in den Schluß, den Schluß in Anfang binden,
Ists oberst im erwehln, ist unterst' im empfinden.

8. Ie weniger, ie besser.

So viel du nihmst, so viel must du zugleich verlieren,
Wol dem, der nichts bedarff, denn ihn kan nichts berühren.

9. Schau dich nicht umb.

30 Nur fort. Wo du wilt was in dieser Welt erlangen,
Aufhören heist allhie noch niemals angefangen.

10. Ie gemeiner, ie edler.

Gemeinte sich nicht Gott mit allem, was du siehst,
35 Spräch ich, Er wäre nicht, was er vor allen ist.

11. Wegen der Güte.

Getrost: Das Ende zeigt ohn End und Anfang an,
Daß alles sol und wil und muß seyn Wolgethan.

12. Augen und Seel   unersättlich.

40 Es wird ja keines satt, ob sich gleich kan verheelen
Im Auge sie die Welt, der Himmel in der Seelen.

13. Wo Stille,   Da Fülle.

Gott kömt durch dich in dich: und du durch Ihn in Ihn,
Er darff sich keinen Blick, viel minder du bemühn.

14. Einerley in einem.

45 Nichts zwingt den ausser sich, der über alles ist,
Nichts zwingt den inner sich, der einerley erkiest.

15. Bleib Innen.

Wohin? O Mensch. Zurück. Umbsonst gehst du herfür,
50 Bleib in dir. Wilt du Gott. Gott selber wartet dir.

16. Alles   Gar   Allein.

Laß dich und alles stehn, was du verstehst und siehst,
Du siehst, daß Alles Gott in allem heist und ist.

17. Zu spät nach dem Tode.

55 Nihm deiner fleissig wahr, der kan nur seelig werden,
Der dort im Himel ist, und lebt hier noch auf Erden.

---

34 Gemeinte sich   *machte sich gemein.*

18. Alle einer.

Ein einger Mensch der lebt. Daß er derselbe sey
Denckt ieder unter uns, drum kommt Ihm keiner bey.

60
19. Umkehren bekehrt.

Der ewge Umfang sol in uns das Mittel seyn,
Wol dem, der dieses aus, und jenes schlüsset ein.

20. Alles zur Nachfolge.

Gott wird dir Mensch. Du kommst und fällst in Noth und Tod,
65
Mensch, wirst du ihm aus Lieb und Treu nicht wieder Gott?

21. Sey vollkommen.

Wann das vollkomne kömmt, so geht das Stückwerck hin,
Zutheilt hier, dorte leb und bleib ich, Was ich bin.

22. Ungehorsam.

70
Wann Adam sich von Gott nicht durch den Fall gerissen,
Er wär ohn Schuld, hätt er zehn Aepffel angebissen.

23. Hoffarth.

Mensch, wie du fällst, so fiel auch Lucifer vor dir,
Du gehst: Wo her? Von Gott. Wohin? Zu dir und mir.

75
24. Verzehrn: Bewehrn.

Bey Gott ist Gnad und Zorn. Die Glut bringt beyde für,
Die umb Ihn ist, giebt Tod: Die in Ihm, Krafft und Zier.

25. Erlösung.

Du kanst es nicht ohn Gott, Gott wil es nicht ohn dich,
80
Drumb wird er Mensch, daß er den Menschen bring an sich.

[1930]

---

68 Zutheilt *zerteilt.*

1656

PAUL GERHARDT

An das leydende Angesicht Jesu Christi.

Mel. Hertzlich thut mich verlangen.

1. O Häupt voll blut und wunden / Voll schmertz unnd voller hon!
O häupt zu spott gebunden Mit einer dornen kron! O häupt sonst
schön gezieret Mit höchster ehr unnd zier / Jtzt aber hoch schimp-
firet! Gegrüsset seyst du mir.

2. Du edles angesichte / Dafür sonst schrickt unnd scheut Das
grosse weltgewichte / Wie bist du so bespeyt? Wie bist du so er-
bleichet? Wer hat dein augenliecht / Dem sonst kein liecht nicht
gleichet / So schändlich zugerichtt?

3. Die farbe deiner wangen / Der rothen lippen pracht Jst hin / unnd
gantz vergangen: Des blassen todes macht Hat alles hingenommen /
Hat alles hingerafft / Unnd daher bist du kommen Von deines leibes
krafft.

4. Nun was du / HERR / erduldet / Jst alles meine last: Jch hab es
selbst verschuldet / Was du getragen hast: Schau her / hie steh ich
armer / Der zorn verdienet hat / Gib mir / o mein Erbarmer / Den
anblick deiner gnad.

5. Erkenne mich / mein Hüter / Mein Hirte / nim mich an: Von dir /
quell aller güter Jst mir viel guts gethan: Dein mund hat mich ge-
labet Mit milch und süsser kost / Dein Geist hat mich begabet Mit
mancher himmelslust.

6. Jch wil hie bey dir stehen / Verachte mich doch nicht / Von dir
wil ich nicht gehen / Wann dir dein hertze bricht / Wann dein häupt
wird erblassen Jm letzten todesstoß / Alsdan wil ich dich fassen Jn
meinen arm und schoos.

7. Es dient zu meinen freuden / Unnd kömmt mir hertzlich wol /
Wann ich in deinem leiden / Mein Heyl / mich finden sol: Ach möcht
ich / o mein leben / An deinem creutze hier Mein leben von mir
geben / Wie wol geschähe mir!

---

2 ff. *Das Gedicht ist möglicherweise schon früher (aber nach 1653) gedruckt.*   6 f. schimp-
firet *beschimpft, verunstaltet.*   25 häupt *im Original:* hertz. *Korrigiert nach Ebelings
Ausgabe von 1669.*   29 deinem *im Original:* deinē.

8. Jch dancke dir von hertzen / O Jesu liebster freund / Für deines
todes schmertzen / Da dus so gut gemeynt: Ach gib / daß ich mich
halte Zu dir und deiner treu / Und wann ich nun erkalte / Jn dir
35 mein ende sey.

9. Wann ich einmal sol scheiden / So scheide nicht von mir: Wann
ich den tod sol leiden / So tritt du dann herfür: Wann mir am aller-
bängsten Wird ümb das hertze seyn / So reiß mich aus den ängsten /
Krafft deiner angst und pein.

40 10. Erscheine mir zum schilde / Zum trost in meinem tod / Unnd
laß mich sehn dein bilde Jn deiner creutzesnoth / Da wil ich nach
dir blicken / Da wil ich glaubensvoll Dich vest an mein hertz drük-
ken: Wer so stirbt / der stirbt wol.

Unbekannter Verfasser

1. Wer stets mag sitzen neben dir / O Schöne / schawet dein Lachen /
höret dein Gethöne / der kan den Göttern gleich geschätzet wer-
den / billich auf Erden.

5 2. Diß macht mein Hertze gantz vnnd gar verzücket: Da ich nur
einmahl dein Gesicht erblicket / bin ich verstummet; vor den süssen
Reden / muß ich erblöden.

3. Es steht die Zunge / kan auch nicht mehr so sprechen / weil mir
die Stimme schon wil zerbrechen / ich bin entzündet / die verliebten
10 Flammen / schiessen zusammen.

4. Das Ohr erklinget / beyde Liechter weichen / der Schweiß durch-
dringet mein Gebeine ingleichen / schauern vnd zittern fallen hin
vnd wieder / über die Glieder.

5. Jch bin verblasset wie die dürren Kräuter / fast gantz entseelet /
15 kan auch gar nicht weiter / der Athem schwindet / daß ich nun muß
werden / schleunig zur Erden.

---

36 nicht *im Original:* mich. *Korrigiert nach Ebelings Ausgabe von 1669.*
2 ff. *Nach Sappho (Φαίνεταί μοι κῆνος). Wahrscheinlich schon früher gedruckt. Einige
metrische Unebenheiten (Z. 8, 9, 12) lassen sich leicht beheben.*

1657

GEORG NEUMARK

Als Er Jhr Fürstl. Gnaden / Herrn Wilhelmen /
Hertzogen zu Sachsen-Weinmar / etc.
zum ersten mal sahe /
5   und zwar über den Markt reitend.

Wer ist Jener auf dem Markt / welcher dort kömmt hergeritten?
Wer ist doch der tapfre Held / den ich anseh' in der Mitten?
Jst es etwan der *Apollo* / der nach seinem Palmenwald'
Ausspatziret / sich zu laben? Nein / Er ist nicht so gestalt.
10 Denn die strenge Tapferkeit giebt ein Anders zu verstehen.
Jst es denn der Kriegsgott *Mars* / der sich etwan üm-wil-sehen /
Ob auch sey ein Feind vorhanden? Nein / Er kan es auch nicht
sein.
Es ist ja / Gott Lob / nun Friede. Der leutselig' Augenschein
Zeigt uns noch was ädlers an. Hier ist tapferes Geblüte /
15 Und des *Mavors* Heldensinn / mit dem löblichen Gemühte /
So Apollo zeigt / verbunden. Mache mir also den Schluß /
Daß der Held fürwar nicht anders / als *Eubulus* / heissen muß /
Der *Minervens* keusche Brust hat / von Kindheit auf / gesogen /
Und hernach vom *Waffengott* ritterlich ist auferzogen. [bericht:
20 Nein / es ist auch nicht *Eubulus*. Halt! nun werd' ich gleich
Es ist / hör' ich / *Hertzog Wilhelm* / *das berühmte Sachsenlicht*.

JOHANNES SCHEFFLER*

Aus: Geistreiche Sinn- und Schluß-Reime.

1. Was fein ist daß besteht.
Rein wie daß feinste Goldt / steiff wie ein Felsenstein /
5 Gantz lauter wie *Crystall* / sol dein Gemüthe seyn.

ALS ER JHR FÜRSTL. GNADEN. 9 gestalt *gestaltet, geartet.*   15 Mavors *Mars.*
17 Eubulus *griech.: der Wohlratende.*
GEISTREICHE SINN- UND SCHLUSS-REIME. 1 *Im Original:* Angelus Silesius.
2 ff. *Mitgeteilt sind wie bei Czepko (S. 213 ff.) die ersten 25 Sprüche.*

2. Die Ewige Ruhestädt.

Es mag ein andrer sich umb sein Begräbniß kränken
Und seinen Madensak mit stoltzen Bau bedenken.
Jch Sorge nicht dafür: Mein Grab / mein Felß und schrein
10   Jn dem ich ewig Ruh / sol's Hertze JEsu seyn.

3. Gott kan allein vergnügen.

Weg weg jhr *Seraphim* jhr könt mich nit erquikken:
Weg weg jhr *Heiligen* / und was an euch thut blikken:
Jch will nun eurer nicht: ich werffe mich allein
15   Jns ungeschaffne Meer der blossen Gottheit ein.

4. Man muß gantz Göttlich seyn.

HErr es genügt mir nicht / daß ich dir Englisch diene
Und in Vollkommenheit der Götter für dir Grüne:
Es ist mir vil zuschlecht / und meinem Geist zu klein:
20   Wer Dir recht dienen wil muß mehr als Göttlich seyn.

5. Man weiß nicht was man ist.

Jch weiß nicht was ich bin / Jch bin nit was ich weiß:
Ein ding und nit ein ding: Ein stüpffchin und ein kreiß.

6. Du must was Gott ist seyn.

25   Sol ich mein letztes End / und ersten Anfang finden /
So muß ich mich in Gott / und Gott in mir ergründen.
Und werden daß was Er: Jch muß ein Schein im Schein:
Jch muß ein Wort im Wort: a) ein Gott im Gotte seyn.

7. Man muß noch über Gott.

30   Wo ist mein Auffenthalt? Wo ich und du nicht stehen:
Wo ist mein letztes End in welches ich sol gehen?
Da wo man keines findt. Wo sol ich dann nun hin?
Jch muß noch b) über Gott in eine wüste ziehn.

8. Gott lebt nicht ohne mich.

35   Jch weiß daß ohne mich Gott nicht ein Nu kan leben /
c)Werd' ich zu nicht Er muß von Noth den Geist auffgeben.

9. Jch habs von Gott / und Gott von mir.

Daß Gott so seelig ist und Lebet ohn Verlangen /
Hat Er so wol von mir / als ich von Jhm empfangen.

a) Thaul. instit. spir. c. 39.   b) i. e. über alles daß man an Gott erkennt
oder von jhm gedänken kan / nach der verneinenden beschawung / von
welcher suche bey den Mijsticis.   c) Schawe in der Vorrede.

23 stüpffchin *Pünktchen.*   zu a) Thaul. *Johann Tauler.*   zu c) *Wo es von
diesem Spruch heißt: was darin gesagt werde, sei* nach diser Vereinigung *der christlichen Seele
mit Gott zu verstehen.*

40   10. Jch bin wie Gott / und Gott wie ich.
Jch bin so groß als Gott: Er ist als ich so klein:
Er kan nicht über mich / ich unter Jhm nicht seyn.

  11. Gott ist in mir / und ich in Jhm.
Gott ist in mir daß Feur / und ich in Jhm der schein:
45   Sind wir einander nicht gantz jnniglich gemein?

  12. Man muß sich überschwenken.
Mensch wo du deinen Geist schwingst über Ort und Zeit /
So kanstu jeden blik seyn in der Ewigkeit.

  13. Der Mensch ist Ewigkeit.
50   Jch selbst bin Ewigkeit / wann ich die Zeit verlasse /
Und mich in Gott / und Gott in mich zusamen fasse.

  14. Ein Christ so Reich als Gott.
Jch bin so Reich als Gott / es kan kein stäublein sein /
Daß ich (Mensch glaube mir) mit Jhm nicht hab gemein.

55   15. Die über Gottheit.
Was man von Gott gesagt / das gnüget mir noch nicht:
Die über Gottheit ist mein Leben und mein Liecht.

  16. Die Liebe zwinget Gott.
d) Wo Gott mich über Gott nicht solte wollen bringen /
60   So will ich Jhn dazu mit blosser Liebe zwingen.

  17. Ein Christ ist Gottes Sohn.
Jch auch bin Gottes Sohn / ich sitz an seiner Handt:
Sein Geist / sein Fleisch und Blut / ist Jhm an mir bekandt.

  18. Jch thue es Gott gleich.
65   Gott liebt mich über sich: Lieb ich Jhn über mich:
So geb ich Jhm so vil / als er mir gibt auß sich.

  19. Das seelige Stilleschweigen.
Wie seelig ist der Mensch / der weder wil noch weiß!
e) Der Gott (versteh mich recht) nicht gibet Lob noch Preiß.

70   20. Die Seeligkeit steht bey dir.
Mensch deine Seeligkeit kanstu dir selber nemen:
So du dich nur dazu wilt schiken und bequemen.

  21. Gott läst sich wie man wil.
Gott gibet niemandt nichts / Er stehet allen frey:
75   Daß Er / wo du nur Jhn so wilt / gantz deine sey.

  d) Vid. no. 7.   e) Denotatur hic Oratio silentij, de qua vide Maximil.
Sandae Theol. mystic. lib. 2. comment. 3.

zu d) Siehe Nr. 7.   _zu e) Hier wird bezeichnet die Rede des Schweigens, von welcher_
zu lesen in der Theologica mystica des Maximilian Sandäus.

22. Die Gelassenheit.

So vil du Gott geläst / so vil mag Er dir werden /
Nicht minder und nicht mehr hilfft Er dir auß beschwerden.

23. Die Geistliche Maria.

80 Jch muß MARJA seyn / und Gott auß mir gebähren /
Sol Er mich Ewiglich der Seeligkeit gewehren.

24. Du must nichts seyn / nichts wollen.

Mensch / wo du noch was bist / was weist / was liebst und hast:
So bistu / glaube mir / nicht ledig deiner Last.

85 ### 25. Gott ergreifft man nicht.

Gott ist ein lauter nichts / Jhn rührt kein Nun noch Hier: f)
Je mehr du nach Jhm greiffst / je mehr entwird Er dir.

f) i. e. Zeit und Ort.

JOHANNES SCHEFFLER*

Die Psyche ruffet auß Verlangen ihrem Geliebten.

Auff eine bekandte Melodey.

Ach wenn komt die zeit her - an / daß ich wer - de

schau - en an / mei - nen lieb - sten

Je - sum Christ / der mein Lieb und Le - ben ist.

87 entwird *entrinnt, geht verloren.*

1 *Im Original:* Angelus Silesius. *Die Kompositionen stammen von Georg Joseph (um 1650).*
2 ff. *Geistliche Kontrafaktur zu Gedichten des durch Opitzens Lied (S. 54 f.) repräsentierten
Typs. Vgl. auch Schwieger S. 232 f. Ein genaueres Vorbild steht in der* Jüngst-erbaweten
Schäfferey *von 1632.*

1. Ach wann komt die Zeit heran /
Daß ich möge schauen an
Meinen liebsten JESum Christ /
Der mein Lieb und Leben ist?

2. Ach wo bleibst du doch mein Licht!
Komm doch fort und säum dich nicht.
Komm doch weil mit grossem Schmertz
Auf dich wartt mein krankes Hertz.

3. Kommst du nicht ietzt also bald
Meines Lebens Aufenthalt /
So vergeht für Liebs-Begihr
Mein betrübter Geist in mir.

4. Allzeit weist du daß ich mich
Nicht erhalten kan ohn dich /
Weil du liebster JEsu Christ
Meines Lebens Leben bist.

5. Drumb so komm doch bald zu mir /
Und erfreue mich mit dir /
Schleuß mich in die Armen ein /
Die für mich verwundet seyn.

6. Reich mir deinen süssen Mund /
Thu mir deine Liebe kund /
Druk mich an die zarte Brust
Die mir ewig schaffet Lust.

7. Also werd' ich dort und hier
Frölich singen für und für;
Daß du liebster JEsu Christ
Meines Lebens Leben bist.

Sie fraget bey den Creaturen
nach jhrem Allerliebsten.

Wo ist der schön-ste den ich lie-be?

Wo ist mein See-len Bräu-ti-gam? Wo ist mein Hirt

und auch mein Lamm? umb den ich mich so sehr be-

trü-be? sagt an jhr Wie-sen und jhr mat-ten

ob ich beÿ euch jhn fin-den sol? daß ich mich un-ter

sei-nem schat-ten kan la-ben und er-fri-schen wol.

---

1 Sie *die Psyche.*

1. Wo ist der schönste den ich liebe?
Wo ist mein Seelen Bräutigam?
5 Wo ist mein Hirt' und auch mein Lamm?
Umb den ich mich so sehr betrübe?
Sagt an jhr Wiesen und jhr Matten
Ob ich bey euch jhn finden sol?
Daß ich mich unter seinem schatten
10 Kan laben und erfrischen wol.

2. Sagt an jhr Lilgen und Narcissen
Wo ist das zarte Lilgen Kind?
Jhr Rosen saget mir geschwind
Ob ich jhn kan bey euch geniessen?
15 Jhr Hyacinthen und Violen /
Jhr Blumen alle mannichfalt /
Sagt ob ich jhn bey euch sol holen /
Damit er mich erquikke bald?

3. Wo ist mein Brunn jhr kühlen brünne?
20 Jhr Bäche wo ist mein Bach?
Mein Ursprung dem ich gehe nach?
Mein Quall auff den ich immer sinne?
Wo ist mein Lust-Wald O jhr Wälder?
Jhr ebene wo ist mein Plan?
25 Wo ist mein grünes Feld jhr Felder?
Ach zeigt mir doch zu jhm die Bahn!

4. Wo ist mein Täublein jhr Gefieder?
Wo ist mein treuer Pelican
Der mich lebendig machen kan?
30 Ach daß ich jhn doch finde wieder!
Jhr Berge wo ist meine Höhe?
Jhr Thäler sagt wo ist mein Thal?
Schaut wie ich hin und wieder gehe /
Und jhn gesucht hab überall!

35 5. Wo ist mein Leitstern / meine Sonne /
Mein Mond und gantzes Firmament?
Wo ist mein Anfang und mein End?
Wo ist mein Jubel / meine Wonne?

---

22 *Quell.* 27 Gefieder *Federvieh.* 28 f. *Dem „Physiologus" und der zeitgenössischen Emblematik zufolge erweckt der Pelikan die toten Jungen mit seinem Blut wieder zum Leben. Daher: Sinnbild Christi.*

Wo ist mein Tod und auch mein Leben?
40 Mein Himmel und mein Paradeiß!
Mein Hertz dem ich mich so ergeben /
Daß ich von keinem andren weiß.

6. Ach Gott wo sol ich weiter fragen!
Er ist bey keiner Creatur.
45 Wer führt mich über die Natur?
Wer schafft ein Ende meinem Klagen?
Jch muß mich über alles schwingen /
Muß mich erheben über mich;
Dann hoff' ich wird mirs wol gelingen /
50 Daß ich O JESU finde dich.

JOHANN GEORG SCHOCH

Des Frauen-Zimmers Nein und Ja an die Amande.

1.

Amande / darff man dich wol küssen /
So komm / mein Liebgen / zu mir her?
5 Jch würd' es wol am besten wissen.
Diß war die Antwort ohngefehr.
Sie lieffe zwar / und sagte: Nein.
Vnd gab sich doch gedultig drein.

2.

Lauff nicht mein Kind / und bleibe stehen /
10 Lauff / Schöne! (schry' ich) nicht zu weit;
Laß uns der Liebe Werck begehen /
Wir seynd in unser besten Zeit.
Sie seufftzte zwar und sagte: Nein.
Vnd gab sich doch gedultig drein.

3.

15 So halte nun / und laß dich küssen /
Kein Mensche sol in dieser Stadt
Nicht das geringste darumb wissen /
Daß man mit dir zuthun gehat;
Sie zuckte zwar / und sagte: Nein;
20 Vnd gab sich doch gedultig drein.

---

2 ff. *Das Gedicht wurde zuerst in Adam Kriegers* Arien *gedruckt, wahrscheinlich ohne Nennung des Verfassers. Von dieser Ausgabe ist kein Exemplar erhalten.*

4.

Hiermit so zog' ich meiner Strassen /
Woher ich neulich kommen war /
Erfuhr in dessen bester massen /
Von der Amande wunderbar /
25   Daß Ja bey vielen pflege Nein /
Vnd Nein / so viel als Ja / zu seyn.

[1660]

ANDREAS GRYPHIUS

Fortis ut mors Dilectio.
Auff seine vnd seiner Ehegeliebten Vermählung.

1. Reine Lib' ists / die nichts zwinget /
5   Ob der Erden Abgrund kracht;
Ob durch schwartze Lüffte dringet
Der entbranten Stralen-Macht.
Keiner Thaten Wunder-Wercke
Dämpfen treuer Liebe Stärcke.

10   2. Spannt der Tod schon seinen Bogen /
Steckt er Trauer-Fackeln an!
Sie hat ihre Sehn gezogen /
Der nichts wiederstehen kan.
Jhre Glut brennt / wenn wir Erden
15   Vnd zur Handvoll Aschen werden.

3. Wenn die Helle sich erschüttert
Vnd mit Ach! vnd Folter schreckt /
Vnd der Aengsten Angst sich wüttert
Wird ihr Eyver mehr entsteckt.
20   Lieb ist nichts / denn Glut vnd Flammen /
Wie Gott Licht vnd Feur zusammen.

4. Lasst die stoltzen Wellen toben /
Schäumt ihr Meere! braust vnd schmeist
Wenn der strenge Nord von oben
25   Jn deß Saltzes Täuff einreist:
Wird doch Wind vnd Wassers kämpffen /
Nicht den Brand der Liebe dämpffen.

---

2 *Die Liebe ist stark wie der Tod* (Hoheslied 8,6).   18 *sich wittert, sich spüren läßt.*
25 *Täuff, Teufe, Tiefe.*

5. Lieb ist / der nichts gleich zu schätzen /
Wenn man alles Gold der Welt
30 Gleich wolt' auff die Wage setzen:
Lieb ist / die den Außschlag hält /
Lieb ists trotz der Silber-Hauffen /
Nur durch Liebe zuerkauffen.

Andreas Gryphius.
Vber seine Sonn- vnd Feyertags Sonnette.

Jn meiner ersten Blüt' / ach! vnter grimmen Schmertzen
  Bestürtzt durchs scharffe Schwerdt' vnd vngeheuren Brand
5 Durch libster Freunde Tod vnd Elend / als das Land
Jn dem ich auffging fil' / als toller Feinde Schertzen /
Als Läster-Zungen Spot mir rasend drang zu Hertzen /
  Schrieb ich diß was du sihst mit noch zu zarter Hand
  Zwar Kindern / als ein Kind / doch reiner Andacht Pfand /
10 Tritt Leser nicht zu hart auff Blumen Erstes Mertzen /
  Hier donnert / ich bekenn / mein rauer Abas nicht /
  Nicht Leo / der die Seel' auff dem Altar außbricht /
Der Märtrer Helden-Muth ist anders wo zu lesen:
  Jhr die ihr nichts mit Lust als frembde Fehler zehlt
15 Bemüht euch ferner nicht: Jch sag' es was mir fehlt
Daß meine Kindheit nicht gelehrt doch fromm gewesen.

DAVID SCHIRMER

Uber des Sommers Abend-Zeit an Sie.

Liebste / laß uns nun besehen /
Wie dir göldne Sonn entsinckt.
5 Wie sie wil zu Rüste gehen /
Wie sie aus dem Meere trinckt.
Denn der Abend kömpt mit Prangen
Vor der braunen Nacht gegangen.

ANDREAS GRYPHIUS. 2 *Vgl. oben S. 83f.*   10 Erstes Mertzen *Genetiv.*   11 Abas
Schah Abas, persischer König, aus Gryphius' Trauerspiel ,,Catharina von Georgien".
12 Leo *Leo Armenius, byzantinischer Kaiser, aus Gryphius' gleichnamigem Trauerspiel.*
Vgl. das Sonett an Dietzel S. 194.

Laß uns voller Lust anschauen /
10   Wie der Tag den Abschied hält.
Wie die grünen Wälder blauen /
Wie der reine Nebel fällt.
Wie die Dünste von der Erden
Bey den Wolcken himlisch werden.

15   Zephyr bläst mit stillem Sause
Floren Silber in den Schoß.
Nisa trägt das Graß zu Hause.
Phyllis hat die Armen bloß.
Corydon schleicht mit Myrtillen
20   Nach der braunen Amaryllen.

Die geschwemten Schafe schellen.
Schöfer Mopsus leitet sie.
Es geht nach den warmen Ställen
Alles groß und kleine Vieh.
25   Und Hippander kömpt bey Zeiten
Jn dem kühlen außzureiten.

Die verlauffnen Endten sacken /
Weil die Heerde Gänse kömt.
Laub- und andre Frösche quacken.
30   Alles hat mit eingestimt
Die verwerlte Werle werlet /
Weil die Wiese sich beperlet.

Alles steht in vollem Schalle /
Pusch und Wald / und Laub und Graß.
35   Die verliebte Nachtigalle
Singt und klingt ohn unterlaß /
Daß der Zierrath aller Erden
Darob muß erfreuet werden.

Sie schlürft jhre reine Stimme
40   Durch die dunckel-blaue Luft /
Daß in jenes Thales Krümme
Jhr das Echo wiederruft.
Sie schreyt / umb die grünen Hecken
Jhren Morgen aufzuwecken.

45   Die verliebte Wachtel schläget /
Und läuft jhrem Buhlen nach

17-25 *im* 17. *Jhdt. gebräuchliche Schäfernamen.*   21 geschwemten *getränkten.*
27 *setzen sich?*   31 Werle *ein Fluß?*

Wo sie jhre Brunst hinträget.
Und das Rebhun girt gemach /
Daß jhm in den grünen Saaten
50 Seine Jungen wolgerathen.

Auch das kluge Volck der Eulen
Eilt erfreuet durch die Luft /
Wenn sie nach den Schlangen heulen.
Die Rohrdommel pompt und ruft.
55 Der Nachtrabe hält sein Meckern /
Auf den dickbeseeten Aeckern.

Hirsch und Hinde läst sich sehen.
Sie verlassen Holtz und Wald.
Und die wilden Schweine gehen
60 Auf des Bauers Aufenthalt.
Hier und dort da gehen Hasen
Jn die jungen Saaten grasen.

Der schwartzbraune Felder-Hüter
Bläset in sein Ziegen-Horn /
65 Umb der Erden reiche Güter /
Umb das halbgeschoste Korn.
Seine wachen Hunde wachen /
Das Getreydicht frey zu machen.

Cynthia die Jägerinne /
70 Stellt sich an das blaue Tach /
Und jagt an der göldnen Zinne
Jhren bleichen Sternen nach /
Die / die Nächte zu bedienen /
Jhr in was zu finster schienen.

75 Alle Blumen werden dunckel /
Nicht von der verbuhlten Nacht.
Liebste / deines Lichts Carfunckel
Hat sie bleich und kranck gemacht.
Deine Lippen / deine Wangen /
80 Nehmen jhren Glantz gefangen.

Laß uns heut zusammen setzen
Jn das feuchte Meyen-Feld /
Daß wir unsre Jugend letzen /
Morgen wird es eingestellt.
85 Denn der Menschen Lust und Freuen
Jst doch nur ein kurtzer Meyen.

---

66 *halb aufgeschossene.*

1658

Simon Dach

**Unterthänigste letzte Fleh-Schrifft
an Seine Churfürstl. Durchl.
meinen gnädigsten Churfürsten und Herrn.**

5   Held, zu welches Herrschafft Füssen
Länder liegen, Ströme fliessen,
Die ich auch nicht zehle schier,
Welchen ehren und anbehten
Sampt den Dörffern und den Städten
10   Auch die wild- und zahmen Thier:

Von dem grossen Theil der Erden
Laß ein kleines Feld mir werden,
Welches mir ertheile Brod,
Nun die Krafft mir wird genommen
15   Und auff mich gedrungen kommen
Beydes Alter und der Tod.

Hat ein Pferd sich wol gehalten
Und zuletzt beginnt zu alten,
Und nicht mehr taug in die Schlacht,
20   Es muß fressen, biß es stirbet,
Ja kein alter Hund verdirbet,
Der uns trewlich hat bewacht.

Laß auch mich nur Futter kriegen,
Biß der Tod mich heisst erliegen,
25   Bin ich dessen anders wehrt,
Hab' ich mit berühmter Zungen
Deinem Haus' und Dir gesungen,
Was kein Rost der Zeit verzehrt.

Phöbus ist bey mir daheime,
30   Diese Kunst der Deutschen Reime
Lernet Preussen erst von mir,
Meine sind die ersten Seiten,
Zwar man sang vor meinen Zeiten,
Aber ohn Geschick und Zier.

---

2 f. *Friedrich Wilhelm, Kurfürst von Brandenburg. Vgl. Dachs Gedicht S. 105 f.*   32 *Sai-*

35 Doch was ist hievon zu sagen?
Fürsten schencken nach Behagen,
Gnade treibet sie allein,
Nicht Verdienst, das Sie thun sollen,
Nein, Sie herrschen frey und wollen
40 Hie auch ungebunden seyn.

Thu, O Churfürst, nach Belieben.
Such' ich Huben zehnmal sieben?
Nein, auch zwantzig nicht einmal,
Andre mögen nach Begnügen
45 Auch mit tausend Ochsen pflügen,
Mir ist gnug ein grünes Thal,

Da ich Gott und Dich kan geigen,
Und von fern sehn auffwarts steigen
Meines armen Daches Rauch,
50 Wenn der Abend kömpt gegangen.
Sollt' ich aber nichts empfangen,
Wol, Herr, dieses gnügt mir auch.   *[1937]*

1659

Jacob Schwieger

Nacht-Lied.

1. Jtzund da fast alle Welt
eine sichre Ruhe hält /
5 muß ich in der irre gehn
zwischen Furcht und Hoffnung stehn.

2. Gleich wie ein verirrtes Schaf /
geh' ich in der irr' ohn schlaf;
ich geh' immer ohne Ruh
10 und thu gar kein Auge zu.

3. Doch daß ich hihr stehe still
macht weil ich vernehmen wil:
Ob du mich nicht wilt einmahl
machen frey von meiner quahl.

---

42 Huben *Flächenmaß für Ackerland.*
2 ff. *Vgl. Opitz S. 54 f. und Scheffler S. 221 f.*

15

4. Den dein wunder-schönes Hahr /
deine Brüst' und Augen-klar
wie auch deiner Hände schne
machen daß ich schier vergeh.

20

5. Sprich nur bald ô Adelmuht
ob du meine Liebes-Gluht
dempfen wilt? sonst geh' ich fort
und verfluche diesen Ort.

25

6. Mache bald das Fenster auf /
daß ich hemme meinen Lauf /
schau / ô Schöne! schau herab!
weil ich sonsten füll' ein Grab.

30

7. Auch eröffne flugs die Tühr
und kom eilig her zu mihr!
wo ich sol dein Liebster sein?
ach! so laß mich zu dihr ein.

1660

JACOB SCHWIEGER

›Lied‹

1. Cynthia du schönstes Licht
gibstu deinen Schein mihr nicht
5
so werd Jch bald untergehn
und in stetem Dunkkel stehn.

2. Schau diß Hertz / das dihr ist kund /
ist von deiner Liebe wund /
und du läst in diser Pein
10
mich so gar ohn Hoffnung sein.

3. Denkke doch an meine Noht /
die mihr bringen wird den Tod /
wo du ô mein Leben mihr
nicht mit Hülffe kommest für.

---

29 WO *wenn, sofern.*

4. Ach du schläfst ohn Ungemach
weil Jch hie mit Schmertzen wach'
und vor deiner Hütten Tühr
meine Klage stoß herfür.

5. Laß doch deinem Tauben Ohr
diß mein Leiden kommen vor /
und erkenne meinen Sinn
wie Jch so beständig bin.

6. Ewig dise Schmertzen-Gluht
brenne meinen krankken Muht /
dise Pein ohn' Ende sey
bleib ich dihr nicht ewig treü.

7. Doch was nützt mein kläglichs Flehn /
wen ich nicht mag Rettung sehn:
Wen ich täglich komm ümsunst
zuerbitten deine Gunst.

8. Sol dein Sinn und meine Pein
den stets unverändert sein?
Wol / so scheid' ich hiemit ab /
lebe wol / Jch eil ins Grab.

JOHANN GEORG SCHOCH

AMaRille.

1.
AMaRille /
Wenn soll ich erlangen /
Daß dein Lippen-Thau /
Schöne Frau /
Feuchte meine Wangen?
AMaRille.

2.
AMaRille /
Wenn sol mein Begehren
Dein so süsser Schmatz /
Liebster Schatz?
Doch einmal gewehren?
AMaRille.

3.

AMaRille /
Dämpffe meine Lüste;
Jch sag' unverhölt /
Was mich quält /
Das seynd deine Brüste.
AMaRille.

4.

AMaRille /
Kan es nicht geschehen /
Daß ich heute mag
Noch den Tag
Deiner Augen sehen.
AMaRille.

5.

AMaRille /
Was ich noch muß hoffen /
Das ist deine Gunst /
Schönste / sunst
Steht das Grab mir offen.
AMaRille.

6.

AMaRille /
Was du mir kanst geben
Steht bey dir allein:
Ja / und Nein /
Sterben / oder Leben.
AMaRille.

Tanqvam navis in profundo.

1.

Was ist die Welt mit ihrer Pracht?
Jhr Thun? darauff Sie Tag und Nacht
Die stoltz-erhabnen Sinne wendet.
Des Hochmuths auffgeblaßner Nord
Macht / daß man nie zur Tugend Port
Die ausgeworffne Barcke lendet.

---

17 *unverhohlen.*

1 *Gleichwie ein Schiff auf der Weite (des Meers). Vgl. Weisheit Salomos 5,10 und Jesus Sirach 33,2.*

2.

Die Welt ist die erbooßte Fluht /
Die Wellen-Berge Menschen-Bluth /
Begürdens Ost pflegt uns an Klippen
Den Felß der Wollust anzuwehn /
Daran wir offt zu scheidern gehn /
Wenn sie uns Krachend rückwerts schippen.

3.

Hat Hoffnung Flacken auffgesteckt
Vnd seinen Mast empor gereckt /
Lest auch der Seufftzer Seegel fliegen;
Verschlägt sie offt ein trüber Wind /
Daß sie nicht wissen wo sie sind /
Wo Mast und Tau und Ruder liegen.

4.

Wird uns einmal ein Sonnenschein /
So mag man nur gewärtig seyn /
Der Abend stimme nicht zum Morgen;
Jst guter Wind / das Wetter klar /
So hat man desto eh Gefahr
Vnd Vngewitter zu besorgen.

5.

Verzweifflung treibt den schwancken Kahn
An die verborgnen Scheren an /
Vnd macht ihn fest auff seichten Bancken.
Die Tieffen seynd der Vnbestand /
Der böß-Gewissens Trübbe-Sand
Weicht aus des Hoffnung Anckers Zancken.

6.

Der Geist ist Schiff- und Steuermann /
Schwingt er sich schon biß Wolcken-an /
Vmb Kunst und Weißheit nachzustellen /
Vnd hält der Ehren Steuer-Holtz /
Doch hat er eignen Ruhm und Stoltz /
Vnd Neid zu schlimmen Booß-gesellen.

7.

Vernunfft ist Bleywurff und Compas /
Die Schrifften Helena / und was
Pollux und Castor seynd bey Nachte:

---

10 *der Ostwind der Begierden.*   30 *Treibsand.*   31 Zancken   *Zacken.*   37 *Boots-*
gesellen.   38 *Wurfblei, Senkblei, Lot.*   39 Schrifften   *wohl: die heiligen.*

Doch aber beihth Witz und Verstand
Dem müden Schiffer nicht die Hand /
So wallt das Schiff auch trefflich sachte.

8.

Vnd haben wir nun manchen Straus /
45 Vnd manchen Sturm gestanden aus /
So kömmt das letzte Vngewitter /
Das wirfft die krancken Blancken ein /
Vnd was wir vor gewesen seyn /
Das zeugen nur noch wenig Splitter.

9.

50 Wer wolte denn mit frohem Muth
Nicht rückwerts lassen See und Fluth
Vnd nicht an stille Haffen lenden.
Mein Wundsch geht nach der Ewigkeit /
Vnd wie ich möchte mit der Zeit
55 Nach wundsche meine Reise enden.

An sein Vaterland / als Er bey Candien.

Jch sitze / Candia / bey dir in Ruhe hier /
Vnd laß' inzwischen dort das höchstbetrengte Meissen /
Mein liebes Vaterland / sich mit sich selbsten schmeissen /
5 Jndem sich Teutschland müht mit emsieger Begier
Sein Hencker selbst zu seyn. Jch bleibe hier bey dir /
Ein andrer steh für mich in eingeschlossnen Eysen /
Es mag sich auch der Feind umb meine Güter reissen /
Du bist mein Losament / du bist mein Hülff-Quartier /
10 Hier such ich meinen Feind / den kan ich recht bekriegen /
Jch kan in deiner Schoß / O schöne Candia !
So wol / und besser noch / als sie zu Felde liegen /
Ein Kuß ist die Patrol / die Losung eitel Ja /
Die Festung darff bey dir nicht erst beschossen seyn /
15 *Du läst mich durch Acord mit Sack und Back hinein.*

---

41 *beut, bietet.*   43 sachte   *langsam.*   47 *schwachen Planken.*
3 Meissen   *1632 von den kaiserlichen Truppen, 1637 von den schwedischen erobert.*
9 Losament   *Wohnung, Aufenthalt.*   13 Patrol   *Patrouille.*   15 Acord   *freiwillige Übergabe.*

CASPAR STIELER*

Ein jeder / was ihm gefället.

[Melodie]

1.

Wer will / kan ein gekröntes Buch
   von schwarzen Krieges-zeilen schreiben:
Jch will auff Venus Angesuch
   ihr süsses Liebes-handwerk treiben:
Jch brenne. Wer nicht brennen kan /
fang' ein berühmter Wesen an.

2.

Jch sehe vor mir Blut und Staub /
   und tausent Mann gewaffnet liegen /
ich sehe / wie auff Sieg und Raub
   so viel vergöldte Fahnen fliegen:
doch brenn' ich. Wer nicht brennen kan /
fang' ein berühmter Wesen an.

3.

Jch höre der Trommpeten Schall /
   der Paukken Lerm / den klang der Waffen /
der schrekkenden Kartaunen knall /
   der Büchsen und Musketen paffen
und brenne. Wer nicht brennen kan /
fang' ein berühmter Wesen an.

4.

Jch hätte die Gelegenheit
   ein neues Jlium zumelden:
Es gibt mir Anlaß mancher Streit
   so vieler ritterlichen Helden:
Doch brenn' ich. Wer nicht brennen kan /
fang' ein berühmter Wesen an.

5.

Jch spür' auch hier Ulyssens Wizz /
   mich reizen Hektors tapfre Tahten:
Was hilffts? mich läst die Liebes-hizz'
   auff andre Künste nicht gerahten.

---

1 *Im Original:* Filidor der Dorfferer (Dorfferer: *Anagramm für Erfforder, Erfurter*).
5 zeilen *wohl kein Druckfehler für* zeiten.   23 Jlium   *Troja.*

Jch brenne. Wer nicht brennen kan /
fang' ein berühmter Wesen an.

6.

Was mein beflammtes Herze hegt /
    zieht meinen Geist von seiner Erden:
hätt' Amors Gluht mich nicht geregt /
    wie würd' ich je beschrieen werden?
Nun brenn' ich. Wer nicht brennen kan /
fang' ein berühmter Wesen an.

7.

Was mir die Venus predigt ein
    samt ihrem lieblichem Empusen /
mag meines Nahmens Lorber sein:
    Sonst brauch' ich keiner andern Musen.
Jch brenne. Wer nicht brennen kan /
fang' ein berühmter Wesen an.

8.

Was frag' ich nach der Alten Neid /
    was nach dem stumpfen Tadler-besen!
Es ist genug / wenn nach der Zeit
    mich liebe Jungfern werden lesen.
Jch brenne. Wer nicht brennen kan /
fang' ein berühmter Wesen an.

9.

Jch weiß / wenn ich verweset bin /
    wird mich das junge Volk betrauren /
und sagen: Ach / daß der ist hin
    den Venus ewig hiesse dauren!
Wer aber nimmer brennen kan /
wird keine Venus fangen an.

---

41 *eigentlich: Nachtgespenster; hier wohl: Cupido.*

Liebe / der Poeten Wezz-stein.

Ober-stimme. — C.S.

Warum ich nur von Lie-ben die Blät-ter
voll - ge - schrie - ben war - um mein Buch ver -
zär - telt lacht: möcht' ei - ner
wundernd fra - gen / drum wil ichs sel - ber
sa - gen was mich dar - zu erst
an — — — — ge-bracht.

Grund-stimme.

---

1 *Die Komposition ist von Stieler selbst.*

1.

Warum ich nur von Lieben
die Blätter voll geschrieben /
warum mein Buch verzärtlet lacht:
5 möcht' einer wundernd fragen.
Drüm wil ich selber sagen
was mich darzu hat angebracht:

2.

Der Feuer-hauch der Musen
hat meinen engen Busen
10 mit solchen Flammen nicht gerührt.
Apoll ist hier nicht Meister /
nicht Pallas / so die Geister
auff Helikons Gebüsche führt.

3.

Die Lust / die Red' und Blikke /
15 der Glieder ihr Geschikke /
und was Rosillen mehr beschönt:
Jhr Wesen / Kleidung / Lachen
Betrübniß / Schlaf und Wachen
hat mich mit Efeu umgekrönt.

4.

20 Straks bin ich ein Poete /
wenn ihre Wangen-röhte
im weissem Alabaster blikkt.
Wenn in die göldne Seiten
wil ihre Kehle streiten /
25 so werd' ich auß mir selbst entzükkt.

5.

Jst wo ihr Leib entblösset:
so bin ich schon beflösset
mit Wasser auß dem Pferde-Guß.
Auff ihr Bewegen / regen /
30 wächst mir geschwind entgegen
ein Buch / das Troja trozzen muß.

6.

Der mag die Tugend melden /
und der die alten Helden
auß Teutschland tragen zu Papier /

---

28 *Hippokrene, Quell am Musenberg.*

35
der hohe Sachen schreiben:
Jch wil die Liebe treiben
und wie Rosille mir komt für.

7.
Der Schiffer schwazzt von Stürmen /
Der Krieger praalt von Türmen
40
die er so oft erstiegen hat /
der Bauer lobt die Felder /
der Jäger Wild und Wälder /
der Reisender so manche Stat:

8.
Jch bin ein Jungfer-lieber /
45
die Zunge geht mir über
von dehm / was auß dem Hertzen quillt.
Wer mich hierum wil schelten /
der fluche den Gewälten /
die ob uns hat ein Weibes-Bild.

Seiner Liebe Anfang.

---

1 *Die Melodie ist wahrscheinlich von Christoph Bernhard (1627–1692).*

ihr täht' aus gan-zem Her-zen kund / wie ich so oft um

ih-ren-we-gen/Ruh=trost und Sin-nen= ohn ge-le-gen.

1. Als ich auf meiner Liebsten Mund
(ach sanfte Ruhstat!) brünstig lage
und meiner Schmerzen herbe Plage
5   ihr täht' auß ganzem Herzen kund /
wie ich so oft um ihrentwegen
Ruh- trost- und Sinnen-ohn gelegen.

2. Mein (sprach sie) Herzgen / sage doch:
zu welcher Zeit du bist entbronnen /
10   und wodurch du mich lieb gewonnen:
Wo ich mich recht entsinne noch /
hastu / auch gar für wenig Wochen /
kalt-sinnig dich mit mir besprochen:

3. Da ich doch / als zum ersten mahl
15   ich dich nur obenhin erblikket /
durch deine Freyheit blieb bestrikket.
diß war nur meine gröste Qvaal /
die auch die Götter kan betrüben /
dich sonder Gegen-Liebe lieben.

20   4. Gott weiß / wie mir zu muhte war
auf die so unverhoffte Frage /
vermischt von Zorn / Verweiß und Klage
die meinen Undank machten klar!
Die Schaam / so ich daher empfunde /
25   nahm Red' und Antwort meinem Munde.

5. Jch ward verstarret / kalt / erblaßt /
wie / dem die Seele kaum sich reget:

---

9 *entbrannt.*

biß / auß Erbarmnüß sie beweget
mich in die schlanken Arme fasst' /
30   Ach! da ward mir gemach das Leben /
Kraft / Geist und Wärme wieder geben.

6. Jm küssen fing sie an noch mehr
mich bey der Fakkel zubeschweeren
die unser' Herzen kan versehren:
35   Sag an (bistu mir gut) wann ehr
du angefangen mich zu lieben /
und waß darzu dich erst getrieben.

7. Ach! frage nicht nach meiner Gluht /
(sprach ich / was frischer) Eyß und Winde
40   sind meiner Flammen Angezünde.
Du weist es wie auf jener Fluht /
von kalter Norden-luft gestanden /
ich lag in deiner Arme Banden.

8. Wie ich dich von dem Wagen nahm
45   und küßte die gefrorne Wangen:
Bald hat mein Herze Gluht gefangen.
Das Feuer / so auß Kälte kahm
straalt sint der Zeit mit tausent Flammen
ob meines Lebens Rest zusammen.

50   9. Nun (sagt sie) hat ein kalter Kuß
dich bracht in Feuer / Hizz' und Leiden;
weiß ich / daß Kühlung / Lust und Freuden
ein Warmer dir erwekken muß.
Der hat sie mir so viel erteilet /
55   so / daß ich ziemlich bin geheilet.

Das mißtrauliche Alter.

[Melodie]

1.

Wo der Teufel nicht kommt hin /
muß er alte Weiber senden /
jezo stünd' erfüllt mein Sinn /
5   und das Glükk' in meinen Händen /

---

42 *zum Stehen gebracht.*   48 sint *seit.*   55 ziemlich *genug.*

kommt ein alter Höllen-Hund
und verstört mir alles Wesen.
Jn Avernus roten Schlund
10   mit dem dürren Donnerbesen.

2.

Alter schimpfft zwar niemand nicht /
wo es nu den Jungen traute /
wo sein sorgliches Gesicht /
so nicht alles Ding beschaute.
15   Meiner Schönen zarter Mund
fiel auff mich mit tausend Küssen /
was mir weiter war vergunnt /
muß ich um der Alten missen.

3.

Kunnstu denn nicht dißmahl ruhn /
20   daß du uns zerreist die Karten?
hastu weiter nichts zu tuhn /
nicht der Spindel abzuwarten?
Flikk den alten Belz vielmehr
und bestell das Todten-Hemde.
25   Was verbeutstu / daß wol ehr
dir nicht ist gewesen fremde.

4.

Laß die Jugend frölich sein /
weil die Geister noch sich rühren.
Wenn die Wangen fallen ein
30   und die Zähne sich verlieren /
wenn die Brust verwelket steht /
und der Glieder Blut erkaltet
aller Muht zu drümmern geht
und der ganze Leib veraltet.

5.

35   Werden wir wol anders sein
und auff heylgern Kniern liegen /
weil uns blüht der Schönheit Schein /
suchen wir auch ihr Vergnügen.
Trozz! und tuh uns dieses nach /
40   was wir offt ergezlich treiben /

---

8 *alles Treiben, alle Verhältnisse.*   9 *Hades, die Unterwelt.*   18 um   *wegen.*
22 Spindel   *von der die Parze Klotho den Lebensfaden abspinnt.*

das nur bringt dir Ungemach /
daß dus selbst must lassen bleiben.

6.

Ungewitter / Teufels-Braut /
Zahn-bruch / Neid der guten Tage /
45   Schatten-körper / Runzel-haut /
Bein-hauß / Zorn-faß / Todten-klage.
Alte. Pakk dich / wie du tuhst /
zu den schwarzen Abgrunds-Geistern
und verwehr mir keine Lust.
50   Jch kan mich wol selber meistern.

Aus: Sinn-reden.

Durch Schwachheit ist mir meine Stärke kommen
durch Schwachheit ward ich meiner Krafft entnommen /
Nu bin ich durch die Schwäche worden schwach /
5   doch läßt auß Schwachheit meine schwäche nach.

Das Eyß zerbricht. Die Schönheit läst sich sehen
Der Amor fleucht aus Tetis Schoosse her.
Mein' erste Funk' entzündt sich auß dem Meer'.
Jsts müglich / auch im Wasser glüend stehen?

10   Wir singen. Fillis spielt die Flöten
den Schall merkt Sie und ich allein.
Laß / Fillis / laß dein Fingern seyn /
sonst wirstu mich durch Sehn-sucht tödten.
Soll aber ich die Laute schlagen /
15   so wil ich wol ein Stükkgen wagen.

Der Kato nennt es Zoten /
was ich bißher gesezzt.
Wer ist denn je gewesen /
der ihn es zwang zu lesen?
5   Wen dieses nicht ergezzt /
dehm hab' ichs ja verboten.

Sɪɴɴ-ʀᴇᴅᴇɴ. 7 Tetis *Thetis, Meergöttin.*
Dᴇʀ Kᴀᴛᴏ ... 1 ff. *Das letzte Gedicht der* Geharnschten Venus.   1 Kato *Sitten-
richter (nach Cato d. Ä.).*   2 gedichtet.   6 nämlich im Vorspruch des Buches, der lau-
tet:* Wer Ernst und Eyffer liebt und nie bei Lust gewesen: | hat meine Venus noch
[weder] zu singen / noch zu lesen.

1662

CATHARINA REGINA VON GREIFFENBERG

Göttlicher Anfangs-Hülffe Erbittung.

Gott / der du allen das / was du selbst nicht hast / gibest!
Du bist des gantz befreyt / was du den andern bist.
5   mein und der ganzen Welt Vranfang von dir ist /
weil die mittheilend Krafft du uns erschaffend' übest.
    Jn deiner Vorsicht Buch du alles Welt-seyn schriebest.
dein' überschwenglichkeit mit wolthun war gerüst /
daß sie so göttlich-reich uns schenket ieder frist.
10   ob alles kam aus dir / du alles dannoch bliebest.
    Sonst alles / als nur dich selbst nicht / anfahends Ding /
sey mit / in / und bey mir / wann ich das Buch anhebe.
Dein Anfang-Schirmungs-Geist ob diesen Redwerk schwebe /
    der gebe daß ich rein von deinen Wundern sing'.
15   Mein Gott / ich fah izt an / dich ohne End zu preissen:
Laß wol anfahend mich dich unanfänglich weißen.

Auf Höchst-erwehnten Wunder-Tag.

O nie-gesehne Sach! ein Jungfrau-Mutter wieget
denselben / der doch selbst die Haubtbewegung ist.
Er hat zur lieg statt ihm ein spannbreit Ort erkiest.
5   Der / so die Erd' umspannt / ietzt in der Krippen lieget.
    Er lässt den Himmels-Saal / und sich in Stall herfüget.
Ach mein Herz! daß du nicht stat seiner Windeln bist /
und Lieb-verbindlichst stark umfängest deinen Christ!
Ach daß ich ihn ein mal in meine Arme krieget'!
10   Ach Ochs und Esel / weicht und lasst mir euren Platz!
daß ich bedienen kan den kleinen Tausend Schatz.
Was unrecht! dieser / der die Federn selbst erschaffen /
    muß auf dem harten Stroh ohn alle Federn schlaffen.
mein Herz ist feder-voll / fliegt dir mein Heiland zu:
15   Ach würdig' es so hoch / und in demselben ruh!

GÖTTLICHER ANFANGS-HÜLFFE ERBITTUNG. 7 Vorsicht *Vorsehung.*   16 *dich als ohne Anfang erweisen.*

AUF HÖCHST-ERWEHNTEN WUNDER-TAG. 1 *nämlich den der Geburt Christi.*   6 lässt *verläßt.*   12 Was *was für ein.*

Auf unsers Heilandes Allmacht-durchstrahlten
Wunder-Wandel auf dieser Erden.

JEsu! deine Wunder / wundern und bestürzen mich so sehr /
das ich / stummer / als der Stumm' / eh du ihm die Sprach gegeben /
5 steh' im zweiffel / welches ich zu erheben an-soll' heben.
Ja / sie mehren in den Händen / leitend sie / sich mehr und mehr.
Lauter sonder-Seltenheiten sih' ich / wo ich mich hinkehr:
höre / was sonst unerhört / die gestorbenen beleben: [neben /
Blinden / das Gesicht und Liecht / Seelen-Sonn und Wonn dar-
10 geben / gleicher weiß den Tauben das Gehör / zu Gottes Ehr.
Krumme / lauffen wie die Reh auf der Allbewegung lenken.
auch der Aussatz lässt den Platz / deine Allmacht macht ihn rein.
Keine Sach' unüberwindlich / soll man / dir zu seyn / gedenken.
Du beherrschest alles / alles muß dir Dienst-gehorsam seyn.
15 Doch in dem so über-Mild du dein Herz uns pflegst zuschenken:
zeigest / daß dir könne gleichen deine grosse Güt' allein.

Auf meines Auserwählten JEsu verscheiden!

Anbetbars Wunderwerck! will denn das Leben sterben?
verseucht die Lebensquell? verlischt das Ewig Liecht?
hat Saffts und Kraffts Vrsprung / kein Safft und Krafft mehr nicht?
5 will Ertz-Erhaltungs-Stärck / selbselbsten hie verderben?
das Ewig Leben wir von Christus Sterben erben.
Die äusserst' Eusserung der Gottheits-Krafft geschicht /
die jetzt im Höllen-Reich Zerstörungs-Werk verricht.
Der unsterbliche kan unsterblichkeit erwerben
10 im Tod; der hat sich mit dem Leben selbst verschlungen.
Aus JEsu End / erfolgt mein Glücks-Vnendlichkeit.
Es hat die selbste Stärck durch Schwachheit überrungen
die stärcksten Menschen-Feind. Der / so des Tods befreyt /
wolt sterben / daß dadurch das Sterblich' Ewig lebet.
15 Die Vrständ-Geister er der Erd im Grab einwebet.

AUF MEINES AUSERWÄHLTEN ... 3 verseucht *versiegt.*　7 *geschieht.*　15 Vr-
ständ- *Auferstehungs-*.

Auf die Frölich-und Herrliche Auferstehung Christi.

Die Erde konde nicht den jenigen behalten /
aus dessen Mund sie ward. Wie kond Verwesung sehn /
in dem der Erz-Geist pflegt des Lebens zubestehn?
5   wie kond der Sonnen-Brunn / die Vrhitz selbst erkalten?
   sie must' in Mittel-Punct / war sie schon Strahl-zerspalten:
Daß aus dem Todten-Reich der Lebens-Fürst könt gehn.
Sein Mund-Lufft wär genug / den Atlas weg zuwehn.
Sein' Allmacht kan so wol in als auf Erden walten.
10 Was wolt dir / starker Leu / der Tod das Mäußlein seyn /
nach dem du Drachen schon und Tyger überwunden /
der Sünd und Teuffel Heer? du legst dich nur hinein:
   Auf daß wir auch den Tod im Grab belebet funden.
Dein Vrständ / schon mein Grab noch ungemacht aufmacht.
15 Du hast Vnsterblichkeit uns Sterblichen gebracht.

Uber das unaussprechliche Heilige
Geistes-Eingeben!

Du ungeseh'ner Blitz / du dunkel-helles Liecht /
du Herzerfüllte Krafft / doch unbegreifflichs Wesen
5   Es ist was Göttliches in meinem Geist gewesen /
daß mich bewegt und regt: Jch spür ein seltnes Liecht.
   Die Seel ist von sich selbst nicht also löblich liecht.
Es ist ein Wunder-Wind / ein Geist / ein webend Wesen /
die ewig' Athem-Krafft / das Erz-seyn selbst gewesen /
10 das ihm in mir entzünd diß Himmel-flammend Liecht.
   Du Farben-Spiegel-Blick / du wunderbundtes Glänzen!
du schimmerst hin und her / bist unbegreiflich klar
die Geistes Taubenflüg' in Warheits-Sonne glänzen.
   Der Gott-bewegte Teich / ist auch getrübet klar!
15 es will erst gegen ihr die Geistes-Sonn beglänzen
den Mond / dann dreht er sich / wird Erden-ab auch klar.

AUF DIE FRÖLICH- ... 14 Vrständ *Auferstehung.*
UBER DAS UNAUSSPRECHLICHE HEILIGE ... 15 f. *Vgl. die* Erklärung des Kupfer-
bilds *S. 278.*

Das / was man von Gott soll sagen / flösset uns derselbig ein.
Was den Himmel soll erheben / muß aus seinem Kunst-Schatz seyn.
Was zu seinen Ehren zielt / nimmt den Vrsprung her von oben.
Dieses Liecht erleuchten muß / dessen Klarheit man soll loben.
5 Drum mein alles guten Anfang / Ziel und End mein A und O!
fließ und gieß / bestrahl / erleuchte mich mit deiner Krafft also:
daß ich von dir sing' und sag / dich erhebe / lob' und preiße
auf fast-nie erhörte Weise.

1663

Andreas Gryphius

Uber die Leiche der heiligen Caecilien
welche von feule unversehrt in dem cIↃ IↃ XCIX. Jahre
nach Christi Geburt entdecket.

5 Jung; doch verständig / schön / doch züchtig / reich / doch rein
Vermählt; doch Jungfraw / schwach / doch stärcker denn die Pein.
Bey Engeln; auf der Welt geschmissen mit dem Schwerd /
Dreymal; und nicht enthalst. Vergraben: nicht verzehrt.
Verdeckt zwölffhundert Jahr; doch nicht verkehrt in Erden.
10 Kan was nicht irdisch ist wol Erd und Asche werden.

Uber die Marter Catharine Königin von Georgien.

O schönstes Wunderwerck! O grosse Sinnen Macht!
O höchste Königin der ie gekrönten Frawen!
Geist welcher Zang und Brand kan anschawn sonder Grawen
5 Der Abas höchste Gunst und schärffsten Grim verlacht!
Gantz Persen steht bestürtzt und siht die Gaben an.
Die diß Gemütt verwirfft. Gantz Persen steht und zaget
Jn dem der lange Tod dich unverzagte plaget /
Der zwar dein Fleisch / nicht dich in Stücken reissen kan.

Uber die Leiche ... 2 *gestorben um 230.*
Uber die Marter ... 1 *dramatisch dargestellt in Gryphius' Trauerspiel „Catharina von Georgien".* 5 Abas *Schah Abas, Widerpart der Catharina.*

10   So wird das schöne Gold durch heiße Glutt bewehrt.
    Ein Fürst kan andern wol / nach dem er will / gebieten:
    Du dir und der Natur / du heissest dich kein wütten
    Empfinden / welches dich die du es heist / verzehrt.

Uber die Bekehrung des Mörders am Creutz.

    Ach! daß auff spätte Buß es ja kein ander wage!
      Ob Jesus Gnad und Reich dem Mörder hier verleiht
    Geschicht es doch nur heut! Ein König zwar verzeiht /
5   Doch höchste Schuld nur an dem höchsten Ehren Tage.

Grabschrifft Marianae Gryphiae
seines Brudern Pauli Töchterlein.

    Gebohren in der Flucht / umbringt mit Schwerd und Brand /
    Schir in dem Rauch erstückt / der Mutter herbes Pfand /
5   Des Vatern höchste Furcht / die an das Licht gedrungen /
    Als die ergrimmte Glutt mein Vaterland verschlungen.
    Jch habe dise Welt beschawt und bald gesegnet:
    Weil mir auff einen Tag all Angst der Welt begegnet.
    Wo ihr die Tage zehlt; so bin ich jung verschwunden /
10   Sehr alt; wofern ihr schätzt / was ich für Angst empfunden.

Grabschrifft eines vortrefflichen Redners.

    Vorhin als sich der Geist in disen Glidern regt;
    Hat ieden / der mich hört / mein Weiser Mund bewegt.
    Jtzt nun die Zunge fault / so jage diß Gebein
5   Dir / der du sterblich bist / ein ernstes Schrecken ein.

UBER DIE MARTER . . . 11 nach dem *so wie, je nachdem wie.*   13 heist *befiehlst.*
GRAFSCHRIFFT MARIANAE GRYPHIAE . . . 3 f. *Marianne Gryphius wurde 1637 während des Brandes in Freystadt, kurz vor der Flucht der Familie, geboren.*

JOHANN THOMAS*

Endschafft der Reise.

Steht jhr Pferde / steht doch stille /
　Hier ist vnsre Reyß verbracht.
5　Du bekümmerte Lisille /
　　Gib den Sorgen gute Nacht.
Steige nun nur frisch vom Wagen /
　Der vns biß hieher getragen.

Mustestu in bösen Wegen
10　Vber Stock vnd über Stein /
Früh in Nebeln / spat im Regen
　Vielmahl überthauet seyn /
Hastu dich von Winden küssen
Vnd vmbhalsen lassen müssen.

15　Ey so richte nun das Bette
　　Von den weichsten Federn zu /
Daß wir schlaffen vmb die Wette
　　Still vnd sicher ich vnd du /
Vnd einander in den Armen /
20　Biß der Morgen lacht / erwarmen.

Wann dann nun der Morgen lachet /
　　Vnd beleuchtet vnsre Rast
Wann dein äuglein auffgewachet /
　　Vnd du außgeschlaffen hast /
25　Will ich von den Reyse-Tagen
　Dir ein lustigs Mährlein sagen.

Gleich vnd Vngleich.

Gott / segne du nur vnser Reisen!
　　Jch halt es nicht vor ohngefähr /
Daß vns diß Paar den Weg muß weisen
5　　Sieh / Lisilis / wer ist doch der /
Der seinen stoltzen Himmel-Wagen
　　Mit stöltzern Pferden hat bespannt.
Er sucht zur Lust das freye Land
Jn diesen warmen Sommer Tagen.

ENDSCHAFFT DER REISE. 1 *Im Original:* Matthias Jonsohn *(Anagramm).*

10 Sein Kleid ist von der reinsten Seiden /
Die Diener lauffen vmb jhn her.
So fährt er hin in Glück vnd Freuden /
Vnd lebt nach eygenem Begehr.
Nun aber wende dein Gesichte /
15 Nun sieh mir auch den andern an /
Mit grober Leinwad angethan /
Schwartz / heßlich von der Sonnen Lichte.

Da schleppt er sich mit Mist vnd Erden /
Vnd gönnt den Pferden keine Muß.
20 Doch daß sie nicht zu müde werden /
So geht der arme selbst zu Fuß /
Muß immer Herr vnd Diener bleiben.
Zwar sucht er auch das freye Land /
Zur Arbeit aber seiner Hand /
25 Vnd nicht zur Lust vnd Zeit vertreiben.

Wer sagt mir nun / daß diese Beyde
Die milde Sonne gleich bescheint /
Vnd sie bey solchem Vnderscheide
Von Adam einem Vatter seynd?
30 Der Stamm ist gleich von vielen Jahren /
Der Vrsprung ist gantz einerley
Das Ende gleich / weil diese zwey
Doch vnter eine Erde fahren.

Wir arme Menschen / weil wir leben /
35 So macht der Tag die Vngleichheit /
Die Nacht macht alles wieder eben.
Gleich ist die Schlaff- vnd Ruhezeit.
Vnd zwar die Wahrheit zu bekennen /
Jch wünsche mir so eine Nacht /
40 Wie der wird haben zugebracht /
Der sich die Sonne läst verbrennen.

---

31 einerley *ein vnd derselbe.*

1664

GEORG HENRICH SCHREIBER

Von der fürwitzigen Galathea.

Cantus.

C. H.

Co - ri - don der Fürst der Hir-ten / mit dem Sta-be

Bassus.

von den Mir-ten / trieb die Läm - mer Berg hin - an /

satz - te sich in Schatten nie - der / spiel-te schö - ne

Hir - ten Lie - der / wie er offt vor- hin ge-than.

1.

Coridon der Fürst der Hirten /
Mit dem Stabe von den Myrten /
Trieb die Lämmer Berg hinan /
Setzte sich in Schatten nieder /
Spielte schöne Hirten-Lieder /
Wie er offt vorhin gethan.

---

1 *Der unbekannte Komponist nennt sich* C. H. *und wohl anagrammatisch* SCHlaven. – *Die Melodie ist für zwei Singstimmen gesetzt.*

2.

Ohngefehr er Galatheen /
10   Sah' in grünen Thälern gehen /
        Gleich als nahte sie zu ihm /
Bald sprach er zu seinem Knaben /
Du must acht der Herde haben /
        Drümb mir die Lyciscen nimb.

3.

15   Als der Knabe weg getrieben /
Coridon erhitzt im lieben /
        Thalte unverziehend ein /
Denn er sprach / und zwar mit lachen /
Meine längst begehrte Sachen /
20   Werden jetzt gefunden seyn.

4.

Als er so vom Berge wieder /
Legt er sich im Grase nieder /
        Weil ihm nahe Galathe /
Stellte sich als er entschlaffen /
25   Galathe bey ihren Schaafen /
        Ließ sich nieder auch im Klee.

5.

Als sie eine Weil gelegen /
Und die Schaffe wie sie pflegen /
        Giengen nah' und fern umbher /
30   Eilten rückwärts Lämmer Ziegen /
Weil sie ihn gesehen ligen /
        Meinten ob ein Wolff es wär.

6.

Galathe ersah den Schrecken /
Machte sich zu solcher Hecken /
35   Wo der Schäffer lag gestreckt /
Recht sprach sie / greifft nach der Flöten /
Die er in verliebten Nöthen /
        Nicht gar wider eingesteckt.

7.

Dieses Flötchen sie begierte /
40   Daß sie es zum Munde führte /
        Wie sonst selbst der Schäffer pflag.

---

14 *Hündin.*   17 *ging unverzüglich talwärts.*

Aber von verliebten Dingen /
Wolt es nicht ein Wörtchen singen /
   Weil der Schäffer stille lag.

8.

45   Coridon dacht dieser Possen /
Jch dich jetzt nicht ungenossen /
   Galathea lassen muß /
Ließ die Augen was zerspalten /
Sprang auff / sprach: nun mustu halten /
50   Und empfangen manchen Kuß.

9.

Galathea im erschrecken /
Ließ die Flöth' im Munde stecken /
   Und sprach: Schäffer schonet doch /
Nein sagt' er / weil dein Belieben /
55   Sich wil auff der Flöthen üben /
   Mustu heut' es lernen noch.

10.

Was geschah / der Schäffer wieder /
Lehrete wie auff und nieder /
   Sie die Finger setzen solt.
60   Galathea sprach von Hertzen /
Mit der Flöth ist nicht zuschertzen /
   Nimmermehr sie lernen wolt.

11.

Wie gespielet nach Genügen /
Sprach sie / Schäffer seyd verschwiegen /
65   Drauff verliessen sie den Plan /
Und verschlichen im Gesträuche /
Daß ich ihrer Flöthen-Bräuche /
   Weiter nicht beschreiben kan.

12.

Dieser Dam ist recht geschehen /
70   Weil sie Flöten Lust zu sehen /
   Sonder ruhen war bedacht /
Wenn der Fürwitz Galatheen /
Heisset nach der Flöthen stehen /
   Wird sie recht zur Braut gemacht.

---

46 ungenossen *auch: unbestraft.*

1665

JOHANN THOMAS*

Ungelegenheiten der Reise.

1.

Reise nur / wer Lust zu reisen /
    Und ein frisches Müthlein hat.
Lieber vor die fremde Speisen
    Eß ich mich daheime satt.
Auch mein blöder Zeisig Magen
Kan nicht allerley vertragen.

2.

Aber zehnmal mehr mir grauet
    Vor den Betten ins gemein /
Welche wer sie recht beschauet /
    Wohl nicht allzu reinlich seyn.
Gleichwohl wil mein fetter Rükken
Auch das harte Stroh nicht drükken.

3.

Jch geschweige / was zu nennen
    Ohn erlaubt die Zucht verbeut /
Wir doch nicht entrahten können.
    Jhr versteht die Heimlichkeit /
Wie gar schlim / wie ungelegen
Wie sie aus zu sehen pflegen.

4.

Dannoch wolt ich alles leiden /
    Ausstehn alles Ungemach /
Gerne meine Betten meiden /
    Wasser trinken aus dem Bach /
Aller schlekkerey vergessen /
Und dafür ein Saltzbrod essen:

5.

Wann nur / zarteste Lisille /
    Du mit deinem Töchterlein

---

1 *Im Original:* Matthias Jonsohn *(Anagramm). Von der durch Auktionskataloge bezeugten Erstausgabe von 1665 ist bisher kein Exemplar bekannt. Auch sie verschweigt den bürgerlichen Namen des Verfassers.*

Von dem knillen und Gerülle
30   Möchtest mehr verschonet seyn.
An den Gliedern meiner Kleinen
Leid ich mehr als an den meinen.

Unterwegens.

1.

Was mag wohl die Lisille thun?
Sie ist doch nun nicht mehr im Bette.
Wann sie den Damon bey ihr hette /
5   So glaub ich / möchte sie noch ruhn /
Jn seinen Armen eingeschlossen /
    Und mit ihm sprachen mancherley /
So wohl von Ernst als Liebespossen /
    Und was sonst ihr Anliegen sey.

2.

10   Dann um dieselbe Morgenzeit
Da pflegt sie mir ihr Leid zuklagen /
Und mich darauf um Rath zufragen
    Jn hertzlicher Vertraulichkeit.
Wohin ich dann die Meinung richte /
15   Daßelb ihr gleichfals wohlgefällt /
Jm Gegentheil was ich vernichte /
    Das wird von ihr auch ausgestellt.

3.

Auf solche Weise wird bedacht
Die Notturft unsrer Hausgeschäfte /
20   Verleiht uns unser Gott die Kräfte /
    So wird es auch zu End gebracht.
Oft muß ich heimlich drüber lachen /
    Lisille nimt ihr wenig für /
Auch in den gar geringen Sachen /
25   Sie halte dann erst Rath mit mir.

4.

Gantz einsam aber ist sie nun /
Muß meine Stelle mit verwalten /

---

29 knillen   *Knallen, Poltern;* Gerülle   *Gerolle.*
7 sprachen   *ratschlagen.*

Muß sorgen / und allein Haushalten
Daß weiß ich / wird ihr ahnde thun.
30 Laß nur vier Tage noch verschleissen /
So wird dann sein herbey genaht /
Wie du / Lisille / mich thust heissen /
Dein lieber und geheimer Rath.

Als ihm Lisille den Baronius verehrete.

1.

So / Cardinal / so bist du doch noch mein /
Den ich schon schätzte für verlohren.
Lisille schwätzt es mir so ein /
5 Ob hätte dich ein reicher Abt erkohren
Zum Zierraht seiner Bücherey.
Wie gerne hätt ich diesen Todten!
Ey hätt ich doch mehr drauf geboten
Ein Thaler oder zwey.

2.

10 Seht nun was hat die schlaue Lisilis
Zutuen! So bald sie mein Anliegen
Gewahrt / und dessen wird gewiß /
So denkt sie mich rechtschaffen zu betrügen /
Lauft heimlich über ihren Schatz /
15 Den sie sonst kaum pflegt anzurühren:
Nun schleust sie auf die eisne Thüren.
Hier hat kein Geitz mehr Platz.

3.

Sie schikkt geschwind hin in den Bücher-Krahm /
Läst mir das theure Buch auskauffen /
20 Das große Buch sie zu sich nahm /
Jch sage baß / den gantzen Bücher Hauffen:
Nur weiß Sie nicht darmit wohin:
Dann Damon solt es noch nicht wissen.
Drum hat Sie es verstekken müssen /
25 Die theure Schäfferin.

---

29 ahnde thun   *leid sein.*
1 Baronius   *Kardinal, Verfasser der* Annales ecclesiastici *(zuerst 1588–1607, 12 Bände).*
11 *Im Original:* Zutuhen! So bald sie mein Angeliegen.   18 *Buchladen.*

4.

O Cardinal / was machst du Jhr für Müh!
Sie stekkt dich endlich hinters Bette.
　　So glükklich / Alter / warst du nie /
Daß solch ein Hertz um dich gebuhlet hätte.
30　　Zwar nicht um deiner gelben Haar /
Nur ihrem lieben Mann zum Possen /
Sie so / die dein sonst schlecht genossen /
　　Jn dich verliebet war.

5.

Biß endlich uns begint das alte Jahr
35　Den magren Rükken zuzukehren /
　　Und stellt die ersten Eltern dar /
Da läst sie mirs den heilgen Christ beschehren.
　　Der Bauer trägt dran / daß er schnaufft /
Gleich steht am ersten Blat zu lesen /
40　Wer jener reicher Abt gewesen /
　　Der mir es ausgekaufft.

6.

Die Reime / die du / liebe / selbst gemacht /
Die du mit güldenen Buchstaben
　　Dort auf das erste Blat gebracht /
Die wil ich mir tief in mein Hertze graben.
45　Wie hast du dich so wol verkappt!
Ey nim mich auf in deinen Orden.
Jch bin geschwind ein Münch geworden /
　　So sey du dann mein Abt.

　　　　　　　　　　　　　　　　[1672]

UNBEKANNTER VERFASSER

Aus:　　Newes A:B:C: Büchlin

Creütztragen.
Creütztragen ist ein hertzensplag
5　v̈eb die gedult, Gott dein Creütz klag
dan Er gibt den erlösungstag
Zu seiner zeit, drumb nit verzag

---

36 *Adam und Eva, im kirchlichen Kalender: der 24. 12.*
　2 ff. *Das Büchlein führt die Buchstaben des Alphabets als Initiallettern, umgeben von allerlei*
Pflanzen, Tieren und menschlichen Gliedmaßen, vor und fügt den einzelnen Kupfern jeweils einen
Spruch hinzu. Ausgewählt sind die Sprüche zu den Buchstaben C, J, O und Z.

Junckerleben.

Junckherhandwerck ist alletag

10 ser guet wo man hat den verlag
Der aber solches nit vermag
des Tages last vnd hitz stets trag

Obrikeit.

Obrikeit soll man Respectieren

15 Dan Gott selbst thuet sie Ordinieren
Daß sie gantz Lobreich soll Regieren
vnd dem Volck kain Trangsal Causieren.

Zeit.

Zeit bringt die Blumen auff der heid

20 Zeit bringt aus diser Welt abscheid
Zeit bringt die Ewig Himlisch freüd
bringt auch das Ewig Höllisch leid
betracht es wol, die Sünde meid

ANTON ULRICH VON BRAUNSCHWEIG-WOLFENBÜTTEL*

Gedult-Liedlein.

1.

Mit Unmuht schlaff ich ein / erwach mit Unmuht wieder /
Betracht mit Unmuht stets / mein Elend auff und nieder /

5 kein Lust noch Fröligkeit
wil jetzt zu dieser Zeit /
mein schweres Hertz erleuchten /
Nun heisse Seufftzerlein es innerlich befeuchten.

2.

Was mich für dieser Zeit noch kunte Lust erwecken /

10 das fliehet jetzt von mir / und thut sich all verstecken.
mein Creutz nimt überhand /
das mir hat zugesandt
mein Gott nach seinem Willen /
Solt ich dann in Gedult denselben nicht erfüllen?

NEWES A:B:C: BÜCHLIN. 10 verlag *die Mittel dazu.* 15 *einsetzen.*
GEDULT-LIEDLEIN. 1 *Im Original ist nur von* Einer hohen Personen *die Rede.*
8 Nun *nun da. Oder Druckfehler für* nur?

260

3.

15 Gedult kan ja allein das Elend überwinden /
wann ich gedültig bin / muß aller gram verschwinden /
        Ein tapfferes Gemüht /
            ist gleich in schärff und Güt /
        es bleibet standhafft stehen /
20 und ist bereit im Glück und Unglück her zu gehen.

4.

Was sorge ich dann viel / was traure ich ohn massen /
Was schwäch ich meinen Leib / da ich es wol kan lassen:
        man muß nicht weichlich seyn /
            und von so schlechter Pein
25   sich überwunden geben /
ein tapfferes Gemüht / muß so verzagt nicht leben.

5.

Verhön dein böses Glück / verlach sein tolles Wüten /
erwarte was es doch / wil endlich aus dir brüten /
        thu ihm den Willen nicht /
30   daß du ein saur Gesicht /
        wolltst seinet wegen machen /
bleib stets bey gleichen sein / und thu nur drüber lachen.

6.

Wann du nun schlaffen gehst / so leg die Sorgen nieder /
stehst du des Morgens auff / so wirff sie von dir wieder.
35   Laß ihnen niemals zu /
            zu wehren deiner Ruh /
        vergebens ist das Klagen /
wann man sein böses Glück nicht weiß hinweg zu jagen.

1666

UNBEKANNTER VERFASSER

‹Grabschrift Adam Kriegers›

Bleib stehen Wandersmann betrachte diese Höle /
Hier liegt eins Künstlers Leib / dort oben ist die Seele /
5 Des wackern Krügers Leib / die Welt beruffene Kunst /
Liegt unter diesen Stein verwandelt in die Dunst /

---

2 ff. *In Dresden, Liebfrauenkirche. Krieger, Hof- und Kammermusicus, starb* 32jährig *1666.*

Tritt ja nicht weiter fort / du habest denn Cypreßen
Gestecket auf diß Grab / und lasse nicht vergessen /
Sein Ruhm / das Lob / die Kunst: Der Krüger war es werth /
10   Und schade daß er soll nun werden zu der Erd.

1667

ADAM KRIEGER

Wer sich verliebt /   wird sehr betrübt.

[Melodie]

5
1. Ach! wie glückseelig ist ein Hertze /
das nichts mehr als sich selbsten kennt /
von keiner frembden Flamme brennt /
selbst seine Lust und selbst sein Schmertze /
seit daß ich nun verliebet bin /
so ist mein gantzes Hertze hin.

10
2. Jch schlaff / ich träume bey den Wachen /
Jch ruh' / und habe keine Ruh /
ich thu / und weiß nicht was ich thu /
ich weine mitten in dem Lachen /
Jch denck / ich mache diß und das /
15
ich schweig / und red' / und weiß nicht / waß.

3. Die Sonne scheint vor mich nicht helle /
mich kühlt die Gluth / mich brennt das Eyß /
Jch weiß / und weiß nicht was ich weiß /
die Nacht trit an des Tages Stelle /
20
Jtzt bin ich dort / itzt da / itzt hier /
ich folg' / und fliehe selbst für mir.

4. Bald billig' ich mir meinen Handel /
bald drauf verklag ich mich bey mir /
ich bin verändert für und für /
25
und standthafft nur in steten Wandel /
Jch selbst / bin mit mir selbst nicht eins /
bald will ich alles / bald gar keins.

5. Wie wird mirs doch noch endlich gehen?
ich wohne nunmehr nicht in mir /
30   mein Schein ist es nur / den Jhr hier /
in meinem Bilde sehet stehen /
   Jch bin nun nicht mehr selber Jch /
   Ach Liebe! Worzu bringst du mich?

Die Schöne schwärtzt   den / der Sie hertzt.

[Melodie]

1. Hör meine Schöne /
wie ich mich sehne /
5   nach deinen Blicken /
die mich entzücken /
was hat sich vor ein Gott bey dir versteckt?
daß deine Blitze /
mit solcher Hitze /
10   mich überstrahlen /
und schwartz bemahlen /
hat mich dergleichen Macht / doch nie erschreckt?

2. Kanst du mich schwärtzen /
mit deinen Kertzen /
15   die durch die Augen /
mein Blut außsaugen?
so muß ein Zauber-geist / selbst bey dir stehn;
bist du so göttlich /
und ich so spöttlich?
20   bist du so heilig /
und ich so greulich?
so darf ich dir nicht mehr entgegen gehn.

3. Wilst du mir weichen /
mit deinen Zeichen?
25   wilst du entrennen /
und kanst mich brennen?
du bist zwar weiß / noch hast du mich geschwärtzt /
pflegt doch die Sonne /
der Erden Wonne /
30   Jhr selbst das Leben /
gar offt zu geben /
Jst sie gleich schwartz / sie wird dennoch gehertzt.

4. Kom / kom mein Hertze /
du Sonnen Kertze!
35 laß mich der Erden /
doch gleich noch werden /
und wärme mich / durch dein erhitztes Bluth /
bin ich gleich häßlich /
und etwas gräßlich /
40 wirst du die Meine /
und ich der Deine;
so machet deine Zier / das Böse guth.

ANTON ULRICH VON BRAUNSCHWEIG-WOLFENBÜTTEL*

Sterb-Lied.

[Melodie]

1.

Es ist genug! mein matter sinn
5 sähnt' sich dahin /
wo meine Vätter schlaffen.
Jch hab es endlich guten fug /
Es ist genug!
ich muß mir rast verschaffen.

2.

10 Jch bin ermüdt / ich hab geführt
die Tages bürd:
es muß einst Abend werden.
Erlös mich / HERR / spann aus den Pflug /
Es ist genug!
15 nim von mir die Beschwerden.

3.

Die grosse Last hat mich gedrückt /
ja schier erstickt /
so viele lange Jahre.
Ach laß mich finden / was ich such.
20 *Es ist genug!*
mit solcher Creutzes-waare.

---

7 *Gelegenheit.*   12 einst   *einmal.*

4.

Nun gute Nacht / ihr meine Freund' /
   ihr meine Feind' /
ihr Guten und ihr Bösen!
25   Euch folg die Treu / euch folg der Trug.
    Es ist genug!
Mein Gott wil mich auflösen.

5.

So nim nun / HErr! hin meine Seel /
   die ich befehl
30   in deine Händ' und Pflege.
Schreib sie ein / in dein Lebens-buch.
    Es ist genug!
daß ich mich schlaffen lege.

6.

Nicht besser soll es mir ergehn /
35   als wie geschehn
den Vättern / die erworben
durch ihren Tod des Lebens Ruch.
    Es ist genug!
Es sey also gestorben!

UNBEKANNTER VERFASSER

›Grabschrifft des gedultigen Jobs‹

Hier Wandrer!
Dieser Stein bedekkt den grossen Helden:
5   Den je der Sonnen Schein beleuchtet hat.
Den weder
Des Satans gewaltsame Hand /
Noch der Chaldeer Trutz /
Oder gefährliche Brand /
10   Noch der Winde sausen und brausen /
Und was ich erst melden solte /

---

37 *Geruch*
1 *Verfasser ist vielleicht* MARTIN KEMPE (1637–82), *der die* ausführlichen Anmerkungen *zu* Neumarks Poetischen Tafeln *beigesteuert hat. Darin wird das Gedicht als Exempel einer Grabschrift nach Ahrt der alten Römischen Obschrifften mitgeteilt.*

Sein verboostes Weib.
Von Gott abwendig gemachet.
Er war überall mit Schaden beladen /
15   Das Hertz allein
Blieb an Gott in der äussersten Noht behangen.
Wohl dem / der also sein Verlangen lenkt!
Der wird zu letzt
Den Segen empfangen.
20   Der Hohn wird mit der Kron als
Einem köstlichen Tugend-lohn
ersetzt /
Wie uns klärlich bezeugen kan
Der bedrükkte / und wiedererquikkte
25   Kreutzträger /
Ja das Wunderwerk aller Standhafftigkeit /
Mit einem Worte
Hiob!

1668

QUIRINUS KUHLMANN

Aus: Spielersinnliche Grabeschriften.

1. Grab Martin Opitzs /
Des Schlesiens Homerus.

5 Jn dieser Gruft ligt hir Apollo selbst versencket
Des Deutschen Helicons / der alle hat geträncket
Mit seinem göldnen Mund / und wi ein großes Meer
Sich in gantz Schlesien ergoßen hin und her.

2. Grab Andreas Gryphens /
10   ### Des Teutschlandes Sophocles.

Mein Lob und Nahme wird erklingen weit und breit /
So lang' in diesem Rund wird sein die Eitelkeit:
Dem Opitz bin ich gleich / ich habe all' ergetzet /
Den Lorberkrantz hat Mir Thalia aufgesetzet.

---

3 *Vgl. die Dichtergrabschriften von Hofmannswaldau, S. 300 f.*   12 Eitelkeit *Nichtigkeit.*

3. Grab Salomon Golaus /
Des Schlesiens Martialis.

Jch bin aus derer Schaar / die von der Wiegen an
Mit aller Weißheit sich zu zieren fleiß gethan;
Drumb gab der Musen Printz Mir Golau solche Gaben /
So kaum die andern halb / ja kaum nur eintzeln haben.

CHRISTIAN WEISE*

Poeten müssen verliebet seyn.

1.

Sprecht mich nicht weiter an
  Um ein verliebtes Lied /
Dann ich bin ausgethan
  Wo Lust und Liebe blüht /
Das Gras ist abgemeyht /
  Die Rosen sind vergangen /
Der Winter führt das Leid
  Und hat sich angefangen.

2.

Jch fühle keine Lust
  Die mich zu Versen treibt /
Weil meine kalte Brust
  Unangefochten bleibt /
Das harte Silber fleust
  Nur bey der grossen Hitze /
Und der Poeten Geist
  Wird nur im Lieben nütze.

3.

Wie kan ich itzt betrübt
  Und wieder frölich seyn /
Jn dem mir nichts beliebt
  Von Anmuth oder Pein /
Soll mein erfrornes Hertz
  Von Glut und Flammen singen.
Und soll der kalte Schertz
  Die spröde Feder zwingen.

SPIELERSINNLICHE GRABESCHRIFTEN. 19 *Apollo.*
POETEN MÜSSEN VERLIEBET SEYN. 1 *Im Original:* D. E. 5 *ausgewiesen, ausgelöscht.*

4.

Ach nein die Aloe /
   Der Zucker und Zibeth /
Macht weder wol noch weh /
30   Wann der Geschmack vergeht /
Man muß die Eitelkeit
   Der Liebe noch ertragen /
Will man von Freud und Leid
   Gereimte Reime sagen.

5.

35 Der ist fürwar nicht klug /
   Der ohn ein Seitenspiel /
Durch einen Selbstbetrug /
   Verschwiegen tantzen will /
Und so wird mein Gedicht
40   Ein schlechtes Urtheil fühlen /
Wo die Begierden nicht
   Die Sarabande spielen.

6.

Geh zarte Poesie /
   Du bleibst mir unbewust /
45 Geh meine süsse Müh /
   Jtzt meine saure Lust /
Jch schreibe was ich kan /
   Jhr aber meine Brüder /
Sprecht mich nicht weiter an
50   Um Schertz und Liebes-Lieder.

Er ist fromm / aber wann er schläft.

1. Als ich meiner Rosilis
Neulich an den Schürtze grieffe /
Sagte sie mir gar gewiß
5 Jch wär fromm / doch wann ich schlieffe /
Sonsten wär ich in der Haut
Ein rechtschaffen böses Kraut.

2. Ja mein Liebgen fieng ich an /
Jch gesteh es / wann ich wache
10 Daß ich es nicht lassen kan
Doch es ist so ein Sache /

Stelle deine Schönheit ein
So will ich nicht lose seyn.

3. Uber dieses bin ich doch
15   Jn dem Schlafe fromm und stille /
Drum / mein Engel ist es noch
Dein und mein beliebter Wille /
Suchst du die Gewogenheit
Bloß in meiner Frömmigkeit.

20   4. Ey so schlaf einmahl bey mir
Sonsten muß ich es gestehen /
Daß ich keinmahl kan zu dir
Fromm und eingezogen gehen /
Soll ich fromm seyn / meine Zier /
25   Ey so schlaf einmahl bey mir.

Er ist ein Narr.

1. Jhr Leute gebt mirs doch geschrieben /
Daß ich ein Ertz-Fantaste bin /
Und solte mir es nicht belieben /
5   So bringt mich mit Gewalt dahin /
Daß ich die Thorheit zum Beschluß
Vor aller Welt bekennen muß.

2. Jch höre nichts mit meinen Ohren /
Jch bin mit sehnden Augen blind
10   Der Mund hat allen Schmack verlohren /
Die Fäuste sind nicht wo sie sind /
Die Nase reucht und hat gleichwol
Den Schnuppen wann sie riechen soll.

3. Dem Scheddel fehlt ein grosser Sparren /
15   Das Haupt ist wie ein Tauben-Haus /
Da fliegen mir die jungen Narren
Bald forne nein / bald hinten nauß /
Doch auf den Abend ziehn sie hier
Zusammen wieder ins Quartier.

20   4. Wolt ihr kein Cleußgen bauen lassen /
Darein ich mich versperren kan /

---

14 Sparren *Dachbalken.*   20 *Kläuschen, kleine Klause.*

So hetzt die Kinder auf der Strassen
Mit Hund und Katzen auf mich an /
Und legt mir alle Nahmen zu /
25   Biß ich nicht mehr so närrisch thu.

5. Verbremt mir nur den Kopf mit Schellen /
Und setzt mir einen Fuchsschwantz auf /
Wollt ihr mir einen Hut bestellen /
So flickt mir auch ein Kühhorn drauf /
30   Und gebt mir an des Sebels statt
Ein Holtz das keine Scheide hat.

6. Besetzt mein Kleid mit bunten Flecken /
Und macht mirs Band von Bohnen-Stroh /
Und schreibt mir an auf allen Ecken /
35   Dieß ist ein Narr in Folio
Wofern ich bey dem Narren-Spiel
Nicht zum Erkantniß kommen will.

7. Doch nein ich wil nun anders werden
Jch mag kein Pickel-Hering seyn
40   Jch stelle mich nur am Geberden
Bißweilen närrisch auf den Schein /
Drum lieber was verlacht ihr mich
Ein jeder ist ein Narr vor sich.

An das hochwerthe Deutschland wegen dieser Lieder.

Du liebstes Vatterland vergönne deinem Sohne
    Daß er sein eitles Thun der Welt zu schauen gibt /
Jch sehne mich darbey nach keinem andern Lohne
5   Als wann die hohe Gunst / den guten Willen liebt /
Jch muß es zwar gestehn es sind geringe Sachen
    Daraus ein blosser Schertz / und sonsten nichts entspringt /
Jedoch / ein kurtzes Lied / kan sich belieblich machen /
    Wann nur die rechte Zeit es auf die Bahne bringt /
10   Jch bin kein Opitz nicht / er bleibt noch unser Meister /
    Und sein berühmter Thon reist durch das Sternendach /
Hingegen fliegen sonst / die lobens-wehrten Geister /
    Kaum auf den halben Weg / mit schwachen Federn nach /

---

31 Scheide *Druckfehler für* Schneide?   37 *zur Einsicht.*
1 *Das Schlußgedicht der Sammlung. Einige metrische Unstimmigkeiten lassen sich durch Elisionen leicht beheben.*

Wiewol ich darf mich nicht in die Gesellschaft mengen /
15   Die / durch den Lorbeer-Zweig das Haar und sich verbindt /
Mein Glücke führt mich sonst auf Kunst-beliebten Gängen /
    Da dieses Nebenwerck gar wenig Stunden find.
Doch liebstes Vatterland / ich werde dir gefallen /
    Daß ich im Schreiben nicht / ein Sprach-Tyranne bin /
20   Jch folge deiner Zier / und richte mich in allen /
    Auf alte Reinigkeit und neue Kurtzweil hin /
Jch bin so eckel nicht / ich lasse mir belieben /
    Was die Gewonheit jtzt in langen Brauch gebracht /
Hätt unser Alterthum nicht so und so geschrieben /
25   So hätt es dieser Kiel / auch anders nachgemacht.
Und weil die Teutschen viel / aus andern Sprachen borgen /
    So muß ich ebenfalls / mich auch darzu verstehen /
Ein ander dems verdreust / mag sich zu tode sorgen /
    Gnug daß die Verse gut / die Lieder lieblich gehen /
30   Jst dieß nicht Puppen-Werck / wer etwas grosses heissen /
    Und seinen Lorbeer-Krantz mit Golde zieren will /
Der muß das A B C aus seiner Ordnung schmeissen /
    Bald hat er nicht genug / bald hat er gar zuviel /
Da ist ein Wort nicht recht / das haben die Lateiner /
35   Gelehnt und nicht geschenckt; das kommt aus Griechen-Land /
Da wird der Thon zu lang / da wird die Sylbe kleiner
    Die Sprache die wird nur nicht gäntzlich umgewandt.
Der arme Zizero ist auch ins Z gerahten /
    Der sonst fast oben an / in seiner Reihe steht /
40   Vielleicht weil ein Gemüth / in diesen Helden-Thaten /
    Gar langsam auf den Glantz der Redens-Künstler geht.
Sanct Felten ist hinauf biß an das F gestiegen /
    Und er verdient fürwar die Ehr-Bezeigung nicht:
Der Kwarck muß in das K aus seinem Neste fliegen /
45   Ob gleich die gantze Welt den Händeln wiederspricht /
Der Keyser soll bey uns nicht weiter Keyser heissen
    Er soll dafür ein Ertz- und grosser König seyn /
Wer uns dieß tapfre Wort will aus der Zunge reissen /
    Raubt uns der Völcker Ruhm / und unsers Landes Schein /
50   Ein solcher Klügling hat gewiß / nicht viel gelesen
    Und hat ers ja gethan / so möcht er in sich gehen /
Daß unsere Teutschen auch nicht Narren sind gewesen /
    Und daß man alles kan / ohn diesen Tand verstehen /

14f. *die Gesellschaft der kaiserlich gekrönten Poeten (Poetae Laureati Caesarei).*
25 *Federkiel.*   30 ff. *Die Verse richten sich gegen die puristischen Bestrebungen der Sprachgesellschaften und gegen Zesens orthographische Neuerungen. Vgl. oben S. 158 f.*

Ein ander mag sich mehr mit diesen Leuten zancken /
55   Mein ungebundner Fuß / geht in der Einfalt fort /
Und mein erregter Sinn / verwickelt die Gedancken /
     Mehr in der Sachen selbst / als in ein kahles Wort /
Hier hab ich nur geschertzt / doch wird man leicht geden-
     Daß / wie ich meiner Lust allhier genug gethan / [cken /
60   Jch / wann ich künfftig will / die Augen höher lencken
     Mit gleicher Fertigkeit die Feder richten kan.
Jch bin auch nicht so kühn den Momus zu verfluchen /
     Weil er den höhnschen Mund / nur an die Götter setzt /
Solt er dieß schlechte Werck zu seiner Rache suchen?
65   Nein er ist viel zu stoltz / wann er die Zähne netzt.
Drum bin ich auch vergnügt / und lege diese Lieder /
     Halb furchtsam und darbey halb trotzig vor die Welt /
Es falle wie es will / so komm ich doch nicht wieder /
     Der Himmel hat den Fleiß mir sonst wohin bestellt.

1669

Hans Jacob Christoffel von Grimmelshausen*

›Lied‹

Du sehr-verachter Bauren-Stand /
Bist doch der beste in dem Land /
5   Kein Mann dich gnugsam preisen kan /
Wann er dich nur recht sihet an.

Wie stünd es jetzund umb die Welt /
Hätt Adam nicht gebaut das Feld /
Mit Hacken nährt sich anfangs der /
10   Von dem die Fürsten kommen her.

Es ist fast alles unter dir /
Ja was die Erd nur bringt herfür /
Worvon ernähret wird das Land /
Geht dir anfänglich durch die Hand.

---

57 *Anspielung auf die in poetischen und rhetorischen Lehrbüchern übliche Unterscheidung zwischen „res" und „verba".*   62 Momus *Gott des Spottes.*
1 *Im Original:* German Schleifheim von Sulsfort *(Anagramm).*

15   Der Käiser / den uns Gott gegeben /
     Uns zu beschützen / muß doch leben
     Von deiner Hand / auch der Soldat /
     Der dir doch zufügt manchen Schad.

     Fleisch zu der Speiß zeugst auff allein /
20   Von dir wird auch gebaut der Wein /
     Dein Pflug der Erden thut so noth /
     Daß sie uns gibt genugsam Brot.

     Die Erde wär gantz wild durchauß /
     Wann du auff ihr nicht hieltest Hauß /
25   Gantz traurig auff der Welt es stünd /
     Wenn man kein Bauersmann mehr fünd.

     Drumb bist du billich hoch zu ehrn /
     Weil du uns alle thust ernehrn /
     Die Natur liebt dich selber auch /
30   Gott segnet deinen Bauren-Brauch.

     Vom bitter-bösen Podagram
     Hört man nicht / daß an Bauren kam /
     Das doch den Adel bringt in Noth /
     Und manchen Reichen gar in Todt.

35   Der Hoffart bist du sehr befreyt /
     Absonderlich zu dieser Zeit /
     Und daß sie auch nicht sey dein Herr /
     So gibt dir Gott deß Creutzes mehr.

     Ja der Soldaten böser Brauch /
40   Dient gleichwol dir zum besten auch /
     Daß Hochmut dich nicht nehme ein /
     Sagt er: Dein Hab und Gut ist mein.

                    ›Lied‹

     Komm Trost der Nacht / O Nachtigal /
     Laß deine Stimm mit Freudenschall /
     Auffs lieblichste erklingen :/:
5   Komm / komm / und lob den Schöpffer dein /
     Weil andre Vöglein schlaffen seyn /
     Und nicht mehr mögen singen:

---

23 durchauß *völlig, überall.*   31 Podagram *Gicht (Akkusativ).*   36 *Besonders.*

Laß dein / Stimmlein /
Laut erschallen / dann vor allen
10   Kanstu loben
Gott im Himmel hoch dort oben.

Ob schon ist hin der Sonnenschein /
Und wir im Finstern müssen seyn /
So können wir doch singen :/:
15   Von Gottes Güt und seiner Macht /
Weil uns kan hindern keine Nacht /
Sein Lob zu vollenbringen.
    Drumb dein / Stimmlein /
      Laß erschallen / dann vor allen
20   Kanstu loben /
Gott im Himmel hoch dort oben.

Echo, der wilde Widerhall /
Will seyn bey diesem Freudenschall /
Und lässet sich auch hören :/:
25   Verweist uns alle Müdigkeit /
Der wir ergeben allezeit /
Lehrt uns den Schlaff bethören.
    Drumb dein / Stimmlein / etc.

Die Sterne / so am Himmel stehn /
30   Lassen sich zum Lob Gottes sehn /
Und thun ihm Ehr beweisen :/:
Auch die Eul die nicht singen kan /
Zeigt doch mit ihrem heulen an /
Daß sie Gott auch thu preisen.
35   Drumb dein / Stimmlein / etc.

Nur her mein liebstes Vögelein /
Wir wollen nicht die fäulste seyn /
Und schlaffend ligen bleiben :/:
Sondern biß daß die Morgenröt /
40   Erfreuet diese Wälder öd /
Jm Lob Gottes vertreiben.
    Laß dein / Stimmlein /
      Laut erschallen / dann vor allen
          Kanstu loben /
45 Gott im Himmel hoch dort oben.

---

16 Nacht *im Original:* Macht.

1671

QUIRINUS KUHLMANN

An di Hochheilige Dreifaltikeit.
Luc. 2. v. 14.
ΔΟΞΑ· ΕΝ· ΥΨΙΣΤΟΙΣ· ΘΕΩΙ·

5 O du ewig grosse Gottheit! in Personen zwar dreifächtig!
   Jn dem Gottes wesen einig! alles allem allezeit!
O Gott Vater-Sohn und Geiste! gleich in allen! gleich allmächtig!
Schöpffer Himmels und der Erden! Heilig-heilge Heilikeit!
JEsus einig-eingeborner! Gott aus Gott mit Gott einträchtig!
10   Licht aus Lichte! Sohn des Höchsten! Wort von Anfang! Gottes
                       Freud!
Reinster Geist der reinsten Geister! Gott aus Gott mit Gott gleich
                       prächtig!
Heilger Lehrer der Propheten! nim dis an / was dir geweiht!
Ehre sei dir in der Höhe! Ehr in Tiffen! Ehr auff Erden!
Alle Ehren-ehren-ehre ehre dich ohn Untergang!
15 Ach daß ich verengelt lebend dir schon dankbar möchte werden!
Jenes Heilig Heilig Heilig sei mit heilgen mein Gesang.
Himmels-libe! komm geschwinde! komm geschwinde! komm!
                       versüsse
Meine Lippen! eile schneller! ich erwarte deiner Küsse!

1672

CATHARINA REGINA VON GREIFFENBERG

1. Lockung aller lieblichkeiten /
labsal-ladung / liebe Noht!
angenehmes Gott-żu-leiten /
5   süßer JEsus-ansag-bot /
Geist-geheimnus voller lust /
gnaden-süße Weisheit-brust!
   Ach! um JEsu willen leiden /
   ist ein Himmel voller freuden.

---

4 *Ehre sei Gott in der Höhe.*

2. Leiden / muß hier ein geniessen /
   trübsal lauter klarheit seyn.
   Angst wird man ergetzung müssen
   nennen / tröstung alle pein.
   Kreutze krönen / lust ist last /
   wann man JEsum mitgefast.
     Denn um JEsu willen leiden /
     ist ein Himmel voller freuden.

3. Glücklichs unglück / sanftes stürmen /
   ruh-erwerber / freuden-streit!
   Wann mein JEsus komt zu schirmen /
   ist man ängstig angst-befreyt.
   Wann die Allheit mir / in mir /
   zeiget ihre wunder-zier:
     ists / um JEsu willen leiden /
     recht ein Himmel voller freuden.

4. Wann der Höchste sich verkläret
   durch betrübnus in dem muht /
   daß das herz / wie es begehret /
   fühlt das all-erfüllend Gut:
   ist er Geistes-jubel-voll /
   daß ihm auch im übel wol /
     sehend / daß um JEsum leiden
     sey ein Himmel voller freuden.

5. Gallen sind ihm süßigkeiten /
   glücks-verluste lust-gewinn /
   güter-lassen himmel-beuten /
   schmach und hon ein' ehren-zinn.
   Welt-verachtung achtet nit /
   wer auf JEsu ehre siht /
     wissend: wie / um JEsum leiden /
     sey ein Himmel voller freuden.

6. Gott verwandelt / seinen Lieben /
   in behagen alle plag /
   in erhellung ihr betrüben
   und in lob und dank die klag.
   Er nimt ihrem kreutz das gifft /
   daß es nur gesundheit stifft /
     machet / daß um JEsum leiden /
     sey ein Himmel voller freuden!

50 7. Gottes Geist / der Creutz-begräntzer /
   weh-verweher / elends-End /
   unsrer trübsal stral-beglänzer
      der sie überwind und wend /
   zeiget sich in unsrer noht
55 Gott in uns / und uns in Gott /
      und auch wie / um JEsum leiden /
   sey ein Himmel voller freuden!

8. Unschuld / ist die klare Sonne /
      gut gewissen Mondes-schein /
60 Geistes-fank gedanken-wonne
      hier die blanken sterne seyn /
   und die blaue Himmels-fest
   ist beständigkeit gewest:
      weisend / daß um JEsum leiden /
65 sey ein Himmel voller freuden.

9. Voller freuden / voller wonne /
      voller Gottheit / voller Geist /
   voller Engel / voller Sonne /
      hell von herrlichkeit es gleist /
70 voll von allem Glück es ist /
   wo man leidt um JEsum Christ.
      Kurz: um JEsu willen leiden /
   bringt im Himmel volle freuden.

---

60 fank *Funke.*   62 fest *Feste, Festung.*

Erklärung des Kupferbilds.

Jch schauet' an den Mond / mit geistlichen gedanken /
  und schlieff darüber ein. Mich dünkt' im Traum zu sehn
  den Mond / als eine Kron / dort vor der Sonne stehn /
5 doch Erdwarts nicht mit liecht die dunkle Scheibe fanken.
Jch dacht / was diß bedeut? Bald ist mir beygefallen /
  was mir nie fället aus. Diß Bild dein Leiden ist /
  mein höchster Schatz! der du ein Himmel-König bist /
in höchsten Glanz und Schein / doch nicht erkennt von allen.

---

5 fanken *funkeln.*

10   Du sihst den Glauben an / der deine helle Sonne.
Man sihet deine Kron und Königlichen Pracht:
der / bey der Eitelkeit ganz dunkel und veracht /
unsichtbar wird gesehn nur von der Glaubens-wonne.
Du bist ein König ja der Klarheit / in der Warheit:
15   wann schon gebunden du vor jenem Richter stehst.
Dein Elend dreht sich üm / wann du vorüber gehst /
und in den Vollmond kommst: dann zeigt sich deine Klarheit /
Die HimmelKönigs-Kron. Jndeß muß sie im glauben
seyn ungesehn beschaut. Unsichtbar aber wahr
20   ist deine Herrlichkeit. Das jenig ist ja klar:
was bey der Sonne ist: wer wil den Glanz ihr rauben?

Uber die Geisel- und Dorn-Crönung meines allerliebsten Jesu.

O Schmerzen! schmeist man so den Himmel-Lilien-Leib?
Muß denn die Frömkeit selbst / die Pein der Boßheit leiden?
O jammer / zu zusehn! O Seele! stehen bleib /
5 und sihe / wie dein Freund / für dich / wird zugerichtet.
Schau / wie die Geisel-sporn sein zarte haut zerschneiden!
Schau! wie das frische blut mit schmerzen ausherdringet.
Bedenke / wie du ihm / unendlich hoch verpflichtet /
Dieweil ein jeder Ritz dir Himmels-wollust bringet.

10   Ach! daß in jedem Striem / ich hätte einen mund:
daß ich sie allzugleich auf einmal küssen kunt!
    Hätt ich in jedem auch / ein herz / zum brünstig-lieben:
    ich wolt die flammen-kunst der Liebe hitzigst üben.
Ach! hätt in jedem Ritz' ich eine Redner-zunge:
15   ich sänge frölich mich / wie Schwan und Nachtigall /
vor lauter lieb / zu todt / an diesem süßen Schall:
Wie seelig / wann darinn zu sterben / mir gelunge.

      Jch verpfeile meine Sinn'
      in die lieben Wunden hin.
20   Alle meine liebs-gedanken
      lauffen in den Striemen-schranken.
      Meine herz-begierden sitzen
      in den Blut-Rubinen-Ritzen.
      Es erwehlet meine Seel /
25   diese holde Himmel-höl.

---

15 sänge *im Original:* säuge *(nach der 2. Auflage korrigiert).*

Carfunkel-felsen! fallt / Ach! fallet auf uns nieder.
Jhr Lieb- und Allmacht-Berg! verberget uns bald wieder.
   Jhr Geisel-flammen-Ritz! eröfnet eure thor:
daß die beladne Seel in diese Freystadt fliehe.
30 Wer sünden-mord begeht / an diesen schutz-ort ziehe!
   Der Schild der sicherheit / hängt ewiglich davor.
Mein Felse / Burg und Berg sind / JEsu! deine Wunden.
Jch hab mich bässer nie / als nur daselbst / befunden.

      Sie sind meine Lorbeer-reiser /
35   meine Wachs- und Honig-häuser /
         meine süße Zucker-rohr /
         meine May- und Freuden-flor /
         meiner Wonne thron und kreis /
         Krone / Kranz und Paradeis.
40   Doch muß alle gleichnus weichen:
            deinem Blut ist nichts zu gleichen.

Magneten ihr! wie ziehet ihr die lippen
   mit sanfter macht und süßester gewalt /
zu küßen dort die Purpur-punte klippen /
45   Allbaster-weiß und lieblich von gestalt.
Ach! künt ich mich nur ganz in euch versenken /
   der ganzen welt gar nichtes mehr gedenken:
      daß ich in euch / ihr häuser süsster ruh;
      schlöß ewiglich die sorgen-augen zu.

50   Was ist sanfter / was ist süßer /
         als in JEsu Ritzen ruhn /
         augen / herz und mund zuthun?
         O die seelige Beküsser
         dieser keuschen Lammes-lust!
55   keine sey mir sonst bewust /
            als nur diese JEsus-freud /
            ihn zu lieben allezeit.

Mein mehr als Croesus-schatz in diesen küsten liget /
Mein Fortunatus-hut / so allen wunsch mir krieget!
60   Mein witze Salomons / und Alexanders sieg:
da auch die welt zu eng und weng ist ihren kräften;
   den meinen gleicher weiß die ich noch mehrer krieg'
und aufzurichten trau / in geistlichen geschäften.

---

44 zu *fehlt im Original.*   59 *wunscherfüllender Hut des Fortunatus* (*Volksbuch des*
15./16. Jhdts.)   61 weng *wenig*

O Allheit du / in der so gar ich alls vermag /
65 daß ich / biß es geschiht / es nicht zu sagen wag!

Es war ein großes zwar / daß Josua hieß stehen
die Sonn / Hiskia gar zurück sie machte gehen;
das Meer und Jordan floh / dem Jsrael zu gut;
daß unverletzend war / der Löw und Babels-glut.
70 doch stehen mir bevor / noch weit viel grössre sachen
in diesem Allmacht-thron. Dort sind nur wunderspiel'
auf Erden: dieses / hat den Himmel selbst zum ziel /
was aus der striemen-kraft ich grosses werde machen.

Doch lieb ich sie / nicht wegen dieser früchte:
75 Lieb ist nicht Lieb / die nutzen hat zum ziel.
Aus liebes-kraft / ich alle kraft vernichte.
Jm lieben mir die reinigkeit gefiel.
Ein herzen-kuß / ein eindruck meiner seelen /
ein wunden-wind und liebes-übergang /
80 erfreut mich mehr / als wann ich auch empfang
die grösten Reich' / und ihnen kan befehlen.

Was ist die Welt / daß sie mir wollust solte bringen?
macht einen König auch ein Floh vor freuden springen?
So schnöd ist sie der Seel / die ganz unsterblich ist.
85 Soll sich wol um ein Nichts / bemühn ein Himmel-Christ.
Die Perlen uns vor sich / mit eignem wehrt vergnügen /
nicht / daß mit ihnen wir ein tröpflein mehr Salz kriegen /
so an der muschel hängt. Die Striemen sind mein leben:
Wann sie mir schon kein Salz der Eitelkeiten geben.

90 Nur einig himmlisch ist / was warhaft mich vergnügt /
nichts reitzends hat vor mich / was welt und glücke fügt.
Jch steck in JEsu Blut die fackel aller lust:
sonst kein' / als seine / sey mir ewiglich bewust.
Mein JEsus ist mein Eins / doch alles ist in allen.
95 Jn Nichts / er alles ist; in allen / alls allein.
Jn beyden ist mein herz in ihm / und er darein.
Sollt mir / der alles ist / vor allem nicht gefallen?

Ach ja! er liebet mir nur einig und allein.
Mich dunkt die ganze welt ein Gallen-balle seyn /
100 voll Wermut / Enzion / Centauer / Kröten-kraut /
und was noch bitter ist / davor am meisten graut.

---

98 liebet *beliebet.*   100 Centauer *Centaurea, bitterstoffhaltiges Kraut.*

Die welt ist nichts / als gift / was solt ich sie verlangen?
voll Basilisken-eyr / aus welchen fahren Schlangen.
Hier ist ein Süßheit-meer / hie ist es wohnen gut:
105   hie stürz ich mich hinein in meines JEsu blut.

Kein Walfisch mich darf speyen an das Land /
wie Jona / noch wie Arion austragen.
Jch hab hierinn mein süßes wolbehagen /
als wie der Fisch im wasser / meinen stand
110   in JEsu Blut: das ist mein Element /
in dem ich leb und schweb biß an mein End /
und ewiglich / nach Endschaft aller zeiten.
Jch schwebe fort / in Unvergänglichkeiten!

Die flamm- und funken-güße
115   abkühlen mich.
Die Striemen-Purpur flüße
ergiessen sich:
sie machen weiß und rein.
Die Wunden / heilen:
120   Die selber kraftloß seyn /
mir kraft mit-theilen!

Es rinnet weg / die kraft / von ihm / auf mich:
solt es mein herz nicht allerinnigst rühren /
daß er sie wolt / zu stärken mich / verlieren /
125   zum labsal mir / verschmachten williglich;
Erdulten auch so unerhörte schmerzen /
zu lindern die / so billig ich verdient.
Damit erwarb er wollust meinem herzen;
hat / was es kränkt / vollkommlich auch versühnt.

130   Ach! nimm doch gnädig ein / in diese Felsen-klüfte /
die Taube / die verfolgt der Habicht durch die lüfte.
Laß ein / dein Schäfelein / das vor dem Wolfe fliehet /
in deiner Striemen stall. Der Himmel sich umziehet /
mit einer schwarzen wolk: drum laß den Pilger ein /
135   und unter trocknes dach der blut-betrüften Wunden.
Er wird unwürdig zwar / nohtdürftig doch befunden /
gefahr / und elend / ist erbarmungs-ziehe-stein.

Wann mir diese Liebe-Thor
nicht zur zuflucht stehn bevor /

---

112 Endschaft *Beendigung, Ende.*   135 *beträuften.*   137 ziehe-stein *Magnetstein.*

140   weiß ich nicht zu seyn auf Erden /
die ein Löwen-wüste ist /
    voller brüll- und qwal-gefärden.
Nimm mich ein / Herr Jesu Christ!
Laß mich bald / mein liebstes Leben!
145   dieses auf- und übergeben.

Jch bitte dich / du höchster Gnaden-thron!
    durch jede Wund' an deiner wehrten Stirne /
    so dich durchschmerzt biß gar in das gehirne /
durch marter-stich' aus deiner dornen-Kron
150   eil bald mit mir aus dieser welt davon.
      Laß deine Dorn mir sporen seyn zum Himmel.
      Laß schallen bald den lezten Schwannen-thon.
      Des Todes Senß wär mir die liebste Cymbel.

Gekrönter Seelen-Schatz! krön' auch bald deine Liebe /
155   wie kan der Bräutgam doch so lang seyn ohn die Braut?
Ach! deiner Trauten bald den süßen Lieb-kuß gibe:
    durch den sie sich in dich aus ihr versetzet schaut.
Jch nenne einen kuß / die Seele aus dem leib
    in deine hand gedrückt. Jch nenne diß ein krönen /
160 was sonsten töden heist. Wann ich in dir verbleib /
    ist sterben / leben mir; verwesen / mein verschönen.

Kron aller lust und herz-Ergetzlichkeit!
    muß krönen dich das schmerzlichst herzenleid?
      Die Himmels-Ros' in Dornen steht verzäunet.
165   Die Engel-Sonn' aus Stachel-strahlen scheinet!
O Pelican / den mir die hecke macht;
O Blut-Parnaß / unendlich groß geacht!
      Herz Hypocren! wolst mich ergetz- und netzen:
      daß ich dein Lob könn über Sterne setzen.

170   Die Plejaden müßen weichen /
          Ariadnen-Kron ingleichen.
            Aller Sternen-bilder-glanz
            wird durch dich verdunklet ganz.
          Deine Dörner-Sterne blitzen
175   Göttlich-schön / und heilig-hoch /
          über Serafinisch blitzen /
            und was hell- und klärer noch.

---

166 *vgl. zu S. 224 Z. 28 f.*   168 Hypocren   *Hippokrene, Quell am Helikon.*

O glanz / vor dem die Sonn der schwärzsten Nacht sich
   O Klarheit / derer strahl un-Aug-erträglich ist! [gleichet!
180 Blut / Gottheit-Edelstein! die kein vergleich erreichet /
   der schönsten dinge auch; mehr als erz-Englisch bist.
Ja / recht Erz-Göttlich / selbst ist deine hohe Kraft /
   kraft der Erz-Einigung. Der Reinigung von sünden
nichts anders / als allein / die Göttlichkeit / verschaft.
185   Des Blutes glanz und kraft ist niemals auszugründen.

     Ach! du auserwehltes Blut /
     meine Wonne / Kron / und Gut /
       Sonne / Paradeis / und Himmel /
       ewigliches Lust-gewimmel!
190   Dich / will ich mit ruhm erhöhen /
     weil ich einen Odem reg /
     mit dem preis den Geist auswehen.
     Lobend ich ins Grab mich leg.

     Ja / mein staub und aschen soll
195   deines Lobes seyn so voll /
       daß davon die ganze Erden /
       möge deines Lobs voll werden.
     Wie der Weißen-stein das Bley
     machet / daß es pur-Gold sey:
200   also laß auch mein verlangen
       mit der wirkung Siege-prangen.

1673

UNBEKANNTER VERFASSER

‹Grabschrift zweier Kinder›

Zwey Roßen die ein Stock gezeuget und geseuget /
Die hat des NordWinds Grim geneiget und gebeuget
5 Und bald dahin gericht. Fragt jemand wo sie sein?
Hie liegen sie verdort / hier unter diesen Stein.
Biß das am Jüngstem Tag sie in des Himmels Garten
Newblühend werden stehen / Und ihres JESV warten.

---

198 *der Stein der Weisen; hier vielleicht mehrdeutig (auch: der weiß machende).*
2 ff. *An der Johanniskirche in Wolfenbüttel. Die Kinder starben zwei- und fünfjährig 1672*
und 1673.

1674

JOHANN ANDREAS MAUERSBERGER

Aus: Biblische Grab-Schrifften

Deß Adams.

Ein Apffel brachte mich in Unglücks-volle Noth /
Auff süsse Speise kam ein herbes Jammer-Brodt /
Hätt' ich mich lassen diß / was ich gehabt / vergnügen /
So dörfft' ich ietzt nicht hier bey meiner Mutter liegen.

Der Eva.

Mein Wunder-schöner Leib war Adams Fleisch und Bein /
Jch solt' in Eden stets Jhm ein Gehülffe seyn /
Weil ich mir aber ließ verbotne Frucht belieben /
So bin ich / nebenst Jhm / ins Leichen-Buch geschrieben.

Deß Abrahams.

Was frag ich ietzt nach Ur? Was frag ich nach der Welt?
Mein bestes Theil besitzt das göldne Himmels-Zelt /
Muß mein Eiß-kalter Leib schon modern in der Erden /
So soll mein Saame doch gleich wie die Sterne werden.[a]

Der Sara.

Jch bin numehr befreyt von allem Ungemach /
Mir stellt kein Pharao / kein Abimelech nach /
Wie mein verschloßner Leib sich hat eröffnen müssen:
So wird der grosse GOTT auch diese Grufft entschliessen.

CHRJSTUS.

Christ-gläub'ger Wanderer / laß diß dein Hertz' erfreun /
Daß dieses Grab nicht mehr schleust meinen Cörper ein:
Denn weil ich / als das Haupt / bin auß dem Grab' erstanden /
So wirst du / als das Glied / entgehn deß Todes Banden.

---

a) Gen. 15. v. 5. 6. Gen. 22. v. 17. Deut. 10. v. 22.

---

zu a) *1. Mose 15,5f.; 1. Mose 22,17; 5. Mose 10,22.*

1675

WOLFGANG HELMHARD VON HOHBERG*

Die Himmel erzehlen die ehre Gottes.

Wie schön und prächtich ist, ob unser, angesezet
des Himmels Harmonie, in stetter ordnung geht.
Wan dises glanzgebeu ô Mensch dein herz ergezet
denck, wievil grösser sey des Schöpffers Majestet.

5

JOHANN GEORGE ALBINUS

Feldwebels / Führers / Capitain-Armis / Corporal Lied.

Jm Thon: Hertzlich thut mich verlangen.

1. Hertzlich thut mich verlangen / nach einen höhern Ammt / die-
weil ich bin umbfangen mit Unlust ingesammt; ihr hohen Officirer
befreyt mich doch einmal / last mich nicht länger Führer und bleiben
Corporal.

5

DIE HIMMEL ERZEHLEN ... *zum Kupferbild:* OPERIS PRAESTANTIA ARTIFICIS GLORIA
Die Vortrefflichkeit des Werks ist der Ruhm des Künstlers; Coeli enarrant ... *Psalm 19,2.*
2 *Im Original gehen zwei lat. Distichen voran.*

FELDWEBELS / FÜHRERS / ... 2 Führers *Fahnenjunker;* Capitain-Armis *capitaine
d'armes, Waffenmeister.*

2. Wer wil zu Ehren steigen / der hebt von unten an / ich werde nicht verschweigen / was ihr an mir gethan / im Liegen und bey Marschen ohn einiges Geschenck / werd ich der höhern Scharschen seyn ewig eingedenck.

3. Wie du HERR hast erhoben / den frommen Daniel / wie Joseph dich kan loben / daß du so bald und schnell / zu Ehren ihn gezogen / so nimm auch meiner wahr / hilff / daß mir sey gewogen die gantze Krieges-Schaar!

4. So wil ich auch gedencken / früh deiner Gütigkeit / und dir ein Danck-Lied schencken / weil du zu rechter Zeit vom Staube mich erhöhet / und da gesetzet hin / wo jetzt ein Fürste gehet / hab Danck für dem Gewinn.

Belägerungs Lied.

Jm Thon: Wer Gott nicht mit uns diese Zeit.

1. Wo GOTT der HERR nicht bey uns hält mit seiner Hülff und Gnaden / weil die Belägrung angestellt / und schützet uns für Schaden / so müssen wir wol gar gewiß mit Schimpff und Spott verlassen diß / wornach uns sehr verlanget.

2. Ob sich der Feind zwar in der Stadt auffs beste wol verschantzet / und man die groben Stücke hat auff Thürmen ümbgepflantzet / so laß sie uns doch nehmen ein mit allem / was mag drinnen seyn / gib sie uns HERR zur Beute!

3. Der Feind erweiset sich noch frisch durch starckes Canoniren / zum Frühstück läßt er auff den Tisch uns Feuer-Bomben führen / Schlacht-Schwerder / Sebel / Morgen-Stern / die wollen sie uns hertzlich gern auf unsre Köpffe legen.

4. Sie wollen auch nicht unsre Freund in der Bestürmung werden / sie bleiben noch wie vor der Feind / voll feindlicher Geberden / sie fallen aus mit heissen Grimm / und werffen die Granaten rümb / uns vor der Stadt zu morden.

5. Drümb stille Gott den hohen Muth / laß uns die Stadt bekommen / reich' uns ihr überreiches Gut / zu unsern Nutz und Frommen. Straf ab den Hochmuth und die Pracht mit dem / was sie hat stoltz gemacht / weil kein Accord wil gelten.

FELDWEBELS / FÜHRERS / . . . 10 Scharschen   *Chargen, Dienstgrade.*
BELÄGERUNGS LIED. 8 *die schweren Geschütze.*   22 Accord   *freiwillige Übergabe.*

6. Gib uns doch HERR in unsre Hand Mann / Weib / Kind / Leib
und Leben / laß sie erschrecken einen Brand / daß sie sich uns er-
25 geben / laß keinen Sturm vergebens seyn / HERR! gib uns diese
Stadt nur ein / so wollen wir lobsingen.

Klage-Lied.

Jm Thon: Es spricht der Unweisen Mund etc.

1. Jn Kriege gehts erbärmlich zu von Anfang biß ans Ende / der
gantze Tag ist voll Unruh / die Zeiten auch elende / wenn einer ietzt
5 wil schlafen ein / so heist es auff marschiret fein / die Noth ist schon
vorhanden.

2. Man lebet stündlich in Gefahr zu Wasser und zu Lande / kein
einger Ort der ist fürwar fast günstig unserm Stande / viel Leute
sind uns Spinne-feind / der eine lacht / der andre weint / wenn er von
10 uns nur höret.

3. Voll auff hat keiner allezeit / viel müssen Hunger leiden / die Zah-
lungs-Gelder liegen weit / wir spinnen wenig Seiden. Wenn in dem
Kriege nicht gefällt der Sold und unser Monat-Geld / so gehets an
ein klagen.

15 4. Wenn andre sonder Sorge nun in ihren Kammern liegen / und
auff den weichen Betten ruhn / Ach! so muß uns vergnügen! ein
wenig Graß und wenig Stroh / darauff wird kein Soldate froh / der
Schlaf wird uns verhindert.

5. Jn Hitze / Frost / in Regen / Schnee / wenn andre sicher sitzen /
20 und umb den Ofen ohne Weh / als wie die Braten schwitzen / da
muß offt ein Soldate rauß / verlassen sein Qvartier und Haus / in
bösen Wetter schildern.

6. Wird einer von uns etwan kranck / so wil ihn niemand warten /
man läst ihn liegen auff der Banck / und ob ihm schon erstarrten die
25 Leibes Glieder ingesammt / man schilt / man fluchet und verdammt
uns wie die armen Hunde.

7. Ob dirs nun schon / O mein Soldat! so gar erbärmlich gehet / so
tröste dich / daß Gott mit Rath bey deinem Creutze stehet / und
thut wie eine Mutter thut / damit ihr krancke Kindgen ruht / läßt
30 sies im Schoße schlafen.

---

22 *Schildwache halten.*

CHRISTIAN WEISE

Als Mons. Georg Albrecht von Osterhausen /
Den 15. Novembr. 1672.
DE RATIONE STATUS
Eine Deutsche Rede hielt.

Ein Gauckel-Spiel der Welt / ein Rätzel der Gelehrten /
Der Frommen Auffenthalt / die Zuflucht der Verkehrten /
Der Klugheit Meister-Stück / ein rechtes Wunderthier /
Stellt unser Saal-Athen in einem Bilde für.
Es heist Raison d'Estat: Ein weltbekandter Nahmen /
Dazu Jtalien zwar unlängst seinen Samen
Erst eingeworffen hat; Doch was er in sich hält /
Dasselbe wuste man schon in der alten Welt.
Das Wasser hatte noch den Noah nicht vertrieben /
Da stund die Klugheit schon den Helden eingeschrieben
Und nahm den Staat in acht: wie mancher kam hervor
Und schwang die Majestät in seiner Stadt empor?
Wie mancher lernte sich vor einem Jäger bücken /
Der einen höltzern Stab von außgebranten Stücken
An statt des Zepters trug / und doch ein fester Band
Der Demuth und der Treu bey seinen Bürgern fand /
Als ietzt da Gold regiert? Wolan von solchen Sachen
Wil hier ein Edler Sohn beliebte Worte machen;
Das kluge Wunderwerck / der Nahme / dessen Schein
Die Völcker stutzig macht / sol seine Losung seyn.
Nehmt alles günstig an: er kan es nicht verneinen /
Die Hoheit wird noch nicht in seinem Mund erscheinen /
Die sich zur Sache schickt: Die Fragen gehn zu weit /
Des Zweiffels ist zu viel / daß seine Blödigkeit
Dabey verzagen muß. Jnzwischen lacht die Güte /
Dadurch Jhr kundbar seyd / die tröstet sein Gemüthe
Und heist ihn kühner seyn / daß eh er sich bemüht
Jn dieses Meer zu gehn / schon in den Hafen sieht.
Wiewol ich fürchte mich / es möchte nicht bey allen /
Dahin die Vorschrifft kömmt / ein gleiches Urtheil fallen:
Jch hab es offt gehört / man soll' in Schulen nicht

---

4 *Über die Staatsraison.*   5 *Es handelt sich offenbar um die Rede eines Schülers, gehalten
wohl bei einer Feierlichkeit am Gymnasium zu Weißenfels, wo Weise als Lehrer tätig war.*
9 *Athen an der Saale, wohl: Weißenfels bei Halle.*   10 *frz: die Staatsraison.*   11 *Italien
durch Macchiavelli.*   29 *Blödigkeit Schüchternheit.*   35 *Vorschrifft Empfehlung;
vielleicht auch Neubildung analog zu „Vorrede".*

Auff solche Sachen gehn; indem der Unterricht
Uns all zu wichtig sey / und wenig Nutzen brächte /
Die Jugend hätte Zeit / daß sie daran gedächte /
40 Wenn sie den Grund gelegt / da gieng es leichtlich an /
Und da wär aller Fleiß mit kurtzer Müh gethan.
Nun wol es sey also / wir müssen dieß gestehen /
Wir sollen zuvor aus auff Kunst und Sprachen gehen:
Jedoch was nützet uns das bloße Wörter-Spiel /
45 Wo keine Sachen sind davon man reden wil?
Es kömmt mir eben vor / als einer der im Singen
Sein künstlich Meister-Recht nicht kan zu Marckte bringen /
Weil er die Noten zwar mit ihren Wesen wol
Zu unterscheiden weiß; doch wenn er singen sol
50 Sich auff kein Lied besinnt. Wir reden / was wir wissen /
Und wer nichts lernen sol / der muß von Welschen Nüssen
Die Redens-Probe thun / die kennt ein iederman /
So daß er ihren Preiß gar leicht beschreiben kan.
   Mich dünckt / es sey mein Ampt die Jugend an zu führen /
55 Damit sie dermaleins dieselben Stände zieren /
Darzu sie GOTT versehn: Drumb nehm ich mich in acht /
Wie man bey guter Zeit den Anfang glücklich macht.
Und so wird nichts versäumt. Ein Adler führt die Jungen /
So bald ihr sprödes Ey vom Federn abgesprungen /
60 Der hellen Sonnen zu / da werden sie gehegt /
Biß ihrer Augen Krafft das höchste Licht erträgt.
So muß ein Edelman der Tapferkeit gewohnen /
Er darff die Jugend nicht von aller Müh verschonen /
Dadurch er Edel wird: es muß gar bald geschehn /
65 Und wer nicht in der Zeit lernt an die Sonne sehn
Eh er zum Adler wird / der bleibet wol dahinden /
Und muß er vor dem Glantz der Klugheit nicht verblinden /
So überkömmt er doch ein blödes Angesicht /
Und wagt sich an den Strahl des hellen Himmels nicht.
70   Nechst diesem scheint es auch / als werd es übel kommen /
Daß wir ein deutsches Wort zur Ubung angenommen /
Da doch kein Ackermann bey seinem Pfluge geht /
Kein Weib so niedrig ist / die solches nicht versteht.
Wir solten uns vielmehr zu jener Art bekennen /

---

37 f. *Gemeint ist wohl: Wir, die Lehrer, legten auf den Unterricht in solchen Sachen, der doch
wenig Nutzen bringe, allzuviel Gewicht.*   51 *Walnüssen.*   58–61 *die Sonnenprobe des
Adlers, ein häufiges Motiv in der Emblematik der Zeit.*   62 *gewohnt werden, pflegen.*
65 *rechtzeitig.*   68 *einen ängstlichen Blick.*   70 Nechst *nach;* kommen *ankommen,
aufgenommen werden.*

75   So die Gelehrten stets die Mutter-Sprache nennen /
     Darinnen Cicero / das Wunder seiner Stadt /
     Den unverwelckten Krantz bißher geschützet hat.
     Doch eben Cicero hat uns hierzu bewogen /
     Er hatte sein Latein bald mit der Milch gesogen /
80   Und gleichwol sann er nach / in halber Furcht und Scham /
     Biß er durch langer Müh zu diesem Grieffe kam /
     Der unvergleichlich scheint. Wolan ihr Deutschen dencket /
     Die Sprache wird euch nicht aus freyer Lufft geschencket /
     Hier sitzt die Königin / und hat die schönste Pracht /
85   Mit aller Lieblichkeit / um Arbeit feil gemacht.
     AUGUST der Sachsen Held / der in dem Palmen Orden
     Ein Mit-Glied und hernach ein solcher Schutz-Gott worden /
     Wie Ludwig vor der Zeit / nach diesem Wilhelm war /
     Der reicht uns Licht und Lust zu unserm Fleiße dar.
90   Wolan es ist gewagt. Wir hoffen von den meisten /
     Sie werden uns geneigt ein kurtz Gehöre leisten /
     Und trifft uns dieser Wunsch in seiner Hoffnung ein /
     So wollen wir mit Danck und Dienst verbunden seyn.

1677

GOTTFRIED FEINLER

Als er des Nachts nicht schlaffen kunte.
Madrigal.

     Was vor ein schweren Traum
5   Hat mich so gar aus meinem Schlaff gerissen?
     Wie Angst ist mir! wie bang!
     Die Nacht giebt sonst dem Trauren leichtlich Raum:
     Ein kalter Schweiß aus meinen Gliedern dringet /
     Und große Schwachheit bringet;
10   Die Zeit ist mir sehr lang;
     Jetzt hör' ichs zwölffe schlagen:
     Ach Gott / wenn wirds doch einmal wieder tagen!

---

79 bald   *gleich.*   86f. *August von Sachsen war seit 1667 Vorsitzender der „Frucht-bringenden Gesellschaft" (des sog. „Palmenordens"), die sich seit 1617 (in Weimar, dann in Köthen) um die Pflege der deutschen Sprache und Poesie bemühte.*   88 *Ludwig von Anhalt, Mitbegründer und erster Vorsitzender der Gesellschaft, Wilhelm von Sachsen, Vorsitzender seit 1650.*

Als sie eingeschlaffen.

Du liegest mitten unter Schaaffen /
Es kan dir gantz kein Leid geschehn.
Bist du vielleicht schon eingeschlaffen?
Jch muß gar sachte nach dir sehn:
5   Ja / ja / es schläfft mein Augen-Licht;
Ach! daß ich Sie verstöhre nicht!

Jhr Schäffer / höret auf zu schreyen /
Daß ihr mein Kindgen nicht auffweckt!
10   Still! Still' ietzund mit den Schallmeyen /
Wo ihr Sie in dem Schlaff' erschreckt /
Und ich zu Zorn bewogen werde /
So soll es kosten eure Heerde.

Ein ander mal pfeifft Hirten-Lieder /
15   Daß sie durchdringen Feld und Wald;
Wenn nur mein Schäffgin wachet wieder /
So schreyet / daß das Echo schallt /
Und machet euer bestes Stück;
Bleibt doch ietzunder nur zurück!

20   Fein sanffte blast / ihr Zephyrs-Winde /
Daß ihr mein Liebgin nicht verstöhrt /
Fein sanffte / still' und fein gelinde /
Biß Sie von ihrem Schlaff auffhört:
Zwar spielet nur durch Büsch' und Strauch /
25   Jedoch mit süssen Westen-Hauch!

Neptunus lass' die Wasser-Flüsse
Nicht rauschen gar zu starck vorbey;
Daß ihre ungeheuren Güsse
Uns unsre Andacht nicht zerstreu:
30   Komm / hemme ihren wilden Brauß /
So lange / biß ich geh nach Hauß.

Nun wacht sie auf / ich seh' es gerne:
Steh eilend auf / die Zeit ist hier;
Die Abend-Fackeln sind nicht ferne /
35   Komm / Sylvia! komm heim mit mir /
Biß morgen blincket Phöbus-Licht:
Komm / liebes Hertzgin! falle nicht!

UNBEKANNTER VERFASSER

Aus:　　　　Spanneue Grabschrifften

Eines Liedersingers.

Ein Liedersinger liegt / auff dieser stett begraben /
5　　Der täglich nach dem Marckt mit seinem Kram thet traben /
Sang bald den Lindenschmied / bald Störtzebechers Lied /
Bald Venus und dein Kind wormit er auch verschied.

Einer Pfaffen-Köchin.

Ein Pfaffenköchin keusch / die schmackhafft konte kochen /
10　　Auch waschen / backen / braw'n hat sich alhier verkrochen /
Nun muß der gute Herr / ohn Weib und Köchin seyn /
Und wie ein Wittwer pflegt / schlaffen im Bett allein.

1678

JOHANN GROB

Halber Adel.

Bei den Alten hieß es vor manche ritterthat begehen /
Dan so mocht ein schlechter mann bei dem starken adel stehen;
5　　Diß ist nun in abgang kommen: wer erschröklich fluchen kan /
Jst zu diesen lasterzeiten schon ein halber Edelmann.

An einen Deutschen Dichtgesezgeber.

Du lehrest / wie man sol kunstrechte reimen schreiben /
Und wilt den dichtergeist in enge schranken treiben:
Allein ich gebe nicht so bald die freiheit hin /
5　　Weil ich von muht' und blut' ein freier Schweizer bin.

SPANNEUE GRABSCHRIFFTEN. 1 *Im Original:* Corydon auß Arcadien.　　6 *historische*
Volkslieder des 16. Jhdts.　　7 Venus [du] und dein Kind　　*Lied von Jacob Regnart, 1576.*

293

Auf einen Hochzeiter.

Weil deinem schönen lieb' ihr bäuchlein wil geschwellen
So hast du hohe zeit ein' hochzeit anzustellen.

Von einem Werber.

Wer ist doch jener dort / der in dem scharlachroke
Mit seinem federbusch / und silberreichem stoke
So prächtig einher trit / als wären seiner drei?
5   Jch höre / daß er nur ein ochsenhändler sei.
Sol diese bursche dan auch federbusche tragen?
Ja freilich solche wol / die nach den ochsen fragen /
Die nur zweifüssig seind / und die der trommelschlag
Zu ganzen rotten hin zur schlachtung bringen mag.

Uber des Lysanders grab.

Solte Clotho ihrer schaar in dem grabe noch vergönnen /
Was sie bei der lebensfrist niemals haben meiden können /
Ach so trünke mein Lysander in dem grabe noch tabak /
5   Und sein weisser leichenmarmel würde wie ein kohlensak.

Erhebung der Magerkeit.

Auf den schlag / Solt' ich ein Feldherr sein / etc.

1.

Mein herz wird freüden-voll / wan ich die sinne lenke /
Vnd bei mir selbst bedenke /
5   Wie selig / frisch / und frei
Der magern menschen zunft auf dieser erden sei.
Phöbus hat sie oft gekrönt /
Mavors ist ihr hold gewesen /
Pallas hat sie aus erlesen;
10   Darüm sing' ich / daß es tönt:
Andere mögen was anderes loben /
Magerkeit bleibet auch immer erhoben.

UBER DES LYSANDERS GRAB. 4 trünke   *rauchte.*
ERHEBUNG DER MAGERKEIT. 1 ff. *Vgl. Baldes Ode S. 141.*   2 schlag   *Melodie.*
8 Mavors *Mars.*

2.

Fort dikgeleibtes volk mit deinen blasewangen /
    Du machst mir kein verlangen /
₁₅   Behalte dir dein schmer;
Es kömt viel ungemach von feten bäuchen her.
    Leüte / welche mager sind /
    Mögen hiz' und arbeit leiden /
    Können manche krankheit meiden
₂₀   Seind beweglich und geschwind /
Taugen zu frieden / und taugen zu streiten.
Fete die mögen noch lauffen noch reiten.

3.

Drüm nüzet magerkeit dem alter und der jugend
    Befürdert fleiß und tugend:
₂₅   Jch bin sehr hoch ergezt /
Daß sie sich mildiglich in meinen leib gesezt:
    Wenn jezund mein geist und muht
    Wil nach lob' und ehre ringen /
    Vnd sich auß dem staube schwingen /
₃₀   So ist schon die werkstat gut
Vnder Minerva nach künsten zu streben /
Oder bei Mavors in waffen zu leben.

4.

Man wendt hergegen ein / daß wir zu lachen haben /
    Dergleichen dörre knaben
₃₅   Sind bleich und ungestalt /
Vnd scheinen vor der zeit in ihrer jugend alt:
    Nun gesezt es sei ihm so /
    Schönheit ist der wollust zunder /
    Pracht und thorheit schleicht darunder;
₄₀   Eben dieses macht uns froh /
Daß wir in solchen gefahren nicht schweben /
Sondern uns mögen der tugend ergeben.

5.

Das zarte weibesvolk mag wol nach schönheit trachten;
    Vnd sich drum höher achten /
₄₅   An männern stehts nicht fein /
Den jene sollen schön / und diese häßlich sein.
    Einem / dem die stirne gleißt /
    Der sich wie die Damen schmüket /

---

22 *weder . . . noch.*   26 mildiglich *reichlich.*   33 daß *so daß.*

Wird erweißlich aufgerüket
50   Wenn man ihn ein Gretgen heißt.
Häßligkeit reizet zu männlichen thaten /
Absalon / dünkt mich / ist übel gerahten.

6.

So bringt dan fetigkeit den menschen kein gedejen /
Das kind der gasterejen
55   Die tochter fauler ruh
Sie schwächet das gemüht' / und legt dem leibe zu.
Edles Sparta / habe dank
Daß du keinen diken knollen
Dulden oder leiden wollen
60   Dieses war ein feiner rank:
Magerkeit bleibet noch immer gepriesen
Welche sich längsten lobwürdig erwiesen.

7.

Schaut nur die männer an die hier die welt bezwungen /
Vnd so viel sieg' errungen
65   Mit künheit und vernunft /
Jst wol ein diker wanst in solcher heldenzunft?
Sehet auf der Weisen schaar /
Die schier übermenschlich worden /
Nemt ihr unter ihrem orten
70   Eines feten mastbauchs war?
Darum beschließ' ich / und singe wie oben:
Magerkeit bleibet wol immer erhoben.

1679

CHRISTIAN HOFMANN VON HOFMANNSWALDAU*

1. Meine Seele laß die Flügel / Näher zu der Sonnen gehn / Und zer-
reiß den faulen Zügel / Der dich heist gefangen stehn / Sey der Welt
nicht allzuhold / Denn ihr Grund ist Glaß nicht Gold.

5 2. Glaß das früh der Sonnen gleichet / Glaß das tausend Augen
zeucht: Und den Abend kaum erreichet / Da sein Glantz wie Staub
verfleucht. Doch ist keines Leibes Faß Mehr gebrechlich / als ein
Glaß.

---

49 *ein Vorwurf daraus gemacht.*   60 *Einfall, List.*   69 orten   *Orden.*
1 *Im Original:* C. H. V. H.

3. Schaue nur das Spiel der Erden / Mit getheilten Augen an: Was
10 wird endlich dieses werden Das ihr viel bethören kan. Der aus
nichts gemachte Schein / wird in nichts verkehret seyn.

4. Laß den Purpur aus den Händen / Den dein Jrthum scheinbar
macht: Laß kein falsches Licht dich blenden; Meide dieser Blumen
Pracht / Den der Garten in sich hegt / Der vor Früchte Dornen trägt.

15 5. Lerne zeitlich dieses hassen / Was du ewig hassen must: Kanst
du denn die Welt nicht lassen? Ach! was ist derselben Lust? Heute
Graß und Morgen Heu / Heute Blumen Morgen Spreu.

6. Das Egypten unser Hertzen / Das itzt Ehr und Lust verspricht /
Macht uns Morgen Angst und Schmertzen / Endert sich und kennt
20 uns nicht. Suche nur ein fester Land / Denn hier wohnt nur Un-
bestand.

7. Auf O Seele zu den Sternen / Zu der Sonnen wahrer Ruh: Schau
gesaubert dort von fernen / Dieser Welt gebrechen zu / Die in
ihren Banden lacht / Und auf ihr Verderben tracht.

25 8. Dort empfähst du Trost vor Thränen / Grund vor Firnis / Lust
vor Noth / Gold vor Staub / Genüß vor Sehnen / Ja das Leben vor
den Tod. Und vor Cräntze dieser Zeit / Cronen wahrer Ewigkeit.

Gedancken bey Antretung des funffzigsten Jahres.

1.

Mein Auge hat den alten Glantz verlohren /
   Jch bin nicht mehr / was ich vor diesem war /
Es klinget mir fast stündlich in den Ohren:
5   Vergiß der Welt / und denck auf deine Baar /
Und ich empfinde nun aus meines Lebens Jahren /
Daß funfftzig schwächer sind als fünff und zwantzig waren.

2.

Du hast / mein Gott / mich in des Vaters Lenden /
   Als rohen Zeug / genädig angeschaut /
10 Und nachmahls auch in den verdeckten Wänden /
   Ohn alles Licht / durch Allmacht aufgebaut /
Du hast als Steuermann und Leitstern mich geführet /
Wo man der Wellen Sturm / und Berge Schrecken spüret.

MEINE SEELE LASS ... 10 ihr *ihrer.*   12 scheinbar *ansehnlich, glänzend.*

3.

Du hast den Dorn in Rosen mir verkehret /
Und Kieselstein zu Cristallin gebracht /
Dein Seegen hat den Unwerth mir verzehret /
Und Schlackenwerck zu gleichem Ertzt gemacht.
Du hast als Nulle mich den Zahlen zugesellet /
Der Welt Gepränge gilt nach dem es Gott gefället.

4.

Jch bin zu schlecht / vor dieses Danck zu sagen /
Es ist zu schlecht was ich dir bringen kan.
Nim diesen doch / den du hast jung getragen
Als Adlern itzt auch in dem Alter an.
Ach! stütze Leib und Geist / und laß bey grauen Haaren
Nicht grüne Sündenlust sich meinem Hertzen paaren.

5.

Las mich mein Ampt mit Freudigkeit verwalten /
Las Trauersucht nicht stören meine Ruh /
Las meinen Leib nicht wie das Eys erkalten
Und lege mir noch etwas Kräffte zu.
Hielff das mich Siechthum nicht zu Last und Eckel mache /
Der Morgen mich bewein / der Abend mich verlache.

6.

Las mich die Lust des Feindes nicht berücken /
Die Wermuth offt mit Zucker überlegt /
Verwirr ihn selbst in Garne seiner Tücken /
Das der Betrug nach seinem Meister schlägt.
Las mich bey guter Sach ohn alles Schrecken stehen /
Und unverdienten Haß zu meiner Lust vergehen.

7.

Verjüng in mir des schwachen Geistes Gaben /
Der ohne dich ohn alle Regung liegt /
Las mit der Zeit mich diesen Nachklang haben:
Das Eigennutz mich niemahls eingewiegt /
Daß mir des Nechsten Gutt hat keinen Neid erwecket /
Sein Ach mich nicht erreicht / sein Weinen nicht beflecket.

8.

Hielff / das mein Geist zum Himmel sich geselle /
Und ohne Seyd und Schmüncke heilig sey;

---

19 *je nachdem wie.*　　32 Feindes　*Teufels.*　　33 *verbirgt.*

Bistu doch / Herr / der gute reine Quelle;
　So mache mich von bösen Flecken frey.
Wie leichtlich läst sich doch des Menschen Auge blenden!
Du weist / wie schwach es ist / es kombt aus deinen Händen.

9.

50 Denn führe mich zu der erwehlten Menge /
　Und in das Licht durch eine kurtze Nacht:
Jch suche nicht ein grosses Leichgepränge /
　Aus Eytelkeit / und stoltzer Pracht erdacht.
Jch wil kein ander Wort um meinen Leichstein haben /
55 Als diß: *Der Kern ist weg / die Schalen sind vergraben.*

Auff den Einfall der Kirchen zu St. Elisabeth.

Sonnet.

Mit starckem Krachen brach der Bau des *HErren* ein /
Die Pfeiler gaben nach / die Balcken musten biegen /
5 Die Ziegel wolten sich nicht mehr zusammen fügen;
Es trente Kalck von Kalck / und rieß sich Stein von Stein.
Der Mauer hohe Pracht / der süssen Orgeln Schein /
Die hieß ein Augenblick in einem Klumpen liegen:
Und was itzund aus Angst mein bleicher Mund verschwiegen /
10 Must abgethan / zersprengt / und gantz vertilget seyn.
O Mensch! diß ist ein Fluch / der nach dem Himmel schmeckt /
Der dieses Hauß gerührt / und dein Gemütt erweckt.
Es spricht der Herren Herr / du solst mich besser ehren;
Die Sünde komt von dir / das Scheitern komt von Gott.
15 Und ist dein Hertze Stein / und dein Gemüthe todt /
So müssen dich itzund die todten Steine lehren.

Die Welt.

Was ist die Lust der Welt? nichts als ein Fastnachtsspiel /
So lange Zeit gehofft / in kurtzer Zeit verschwindet /
　Da unsre Masquen uns nicht hafften / wie man wil /
5 Und da der Anschlag nicht den Ausschlag recht empfindet.
　Es gehet uns wie dem / der Feuerwercke macht /
Ein Augenblick verzehrt offt eines Jahres Sorgen;

AUFF DEN EINFALL ... 1 *in Breslau.* 14 Scheitern *Zerschlagen.*
DIE WELT. 5 Anschlag *Plan;* Ausschlag *Erfolg.*

Man schaut wie unser Fleiß von Kindern wird verlacht /
Der Abend tadelt offt den Mittag und den Morgen.
10 Wir Fluchen offt auf dis was gestern war gethan /
Und was man heute küst / mus morgen eckel heissen /
Die Reimen die ich itzt geduldig lesen kan /
Die werd ich wohl vielleicht zur Morgenzeit zerreissen.
Wir kennen uns / und dis / was unser ist / offt nicht /
15 Wir tretten unsern Kuß offt selbst mit steiffen Füssen /
Man merckt / wie unser Wuntsch ihm selber wiederspricht /
Und wie wir Lust und Zeit als Sclaven dienen müssen.
Was ist denn diese Lust und ihre Macht und Pracht?
Ein grosser Wunderball mit leichtem Wind erfüllet.
20 Wohl diesem der sich nur dem Himmel dinstbar macht /
Weil aus dem Erdenkloß nichts als Verwirrung quillet.

Aus: Poetische Grabschriften.

Adams.

An statt der Mutterschoß war mir des Höchsten Hand /
Das Paradis mein Hauß / die weite Welt mein Land.
5 Zur Straffe weil mir diß zu enge scheinte seyn /
Schleust dieser schlechte Raum den stoltzen Cörper ein.

Alexandri M.

Mir war die Welt zu klein / ich spielte mit der See /
Jch sprüte reichlich aus / Blut / Feuer / Mord / und Weh.
10 Nun ich gestorben bin / was nutzet mir mein Siegen?
Hier könten noch bey mir viel Alexander liegen.

Aretins.

Hier liegt ein geiler Mann / so der verkehrten Welt
Den Griff der Schlipffrigkeit hat künstlich vorgestellt.
15 Die Venus daß ihr Sohn den Bogen besser dehne /
Nahm sein verbultes Hertz / und gab es ihm zur Sehne.

Des Ritters Marini.

Jch speisete die Welt mit Amber reicher Kost /
Aus meinen Reimen wuchs das Blumwerck geiler Lust.
20 Hab' ich die Fleischligkeit zu schlipffrig angerühret /
So dencke Venus selbst hat mir die Hand geführet.

POETISCHE GRABSCHRIFTEN.   1 ff. *Einige unberechtigte Drucke erschienen bereits 1663*
und 1668.   5 *schien zu sein.*   7 M. *Magni (des Großen).*   16 *Eine ältere Ver-*
sion hat statt Hertz: Glied.

Opitzens.

Mich hat ein kleiner Ort der deutschen Welt gegeben /
Der wegen meiner wird mit Rom die Wette leben.
25   Jch suche nicht zu viel / ich bin genug gepriesen /
Daß ich die Venus selbst im Deutschen unterwiesen.

Eines Lasterhafftigen.

Die Leber ist zu Wien / das Glied zu Rom geblieben /
Das Hertz in einer Schlacht / und das Gehirn im Lieben.
30   Doch daß der Leib nicht gantz verlohren möchte seyn /
So legte man den Rest hier unter diesen Stein.

Eines Sclavens.

Jm Leben war ich Knecht / im Tode bin ich frey /
Es brach des Todes Band die Fessel leicht entzwey;
35   Die Ketten flecken nicht / ich kante mein Geblüthe /
Jch starb ein Knecht durch Zwang mit nichten von Gemüthe.

Eines Juden.

Die Christen wolten mich in keinen Zünfften leiden /
Jch solte Kauffmannschafft und allen Handel meiden.
40   Die Wahrheit bringet mir itzt wenige Gefahr /
Man haste mich darumb weil ich beschnitten war.

Eines Mahlers.

Der Kunstrieß meiner Hand ziert manches Fürsten Schätze /
Doch fällt er durch den Spruch der himmlischen Gesetze.
45   Die Taffel frist der Wurm / mein Mahlwerck frist die Zeit /
Hier wird der Mahler selbst ein Bild der Sterbligkeit.

Einer lustigen Jungfrauen.

Hier lieget Fulvia bey tausenden begraben /
Jhr Mund hat nie gewüntscht ein eigen Grab zu haben.
50   Sie bat der Freunde Hand zu schreiben auf den Stein /
Gleich wie der Körper war / so sol die Grabstadt seyn.

Einer Fliegen.

Jn einer Butter-Milch verlohr ich Geist und Leben /
Ein zarter Weiber-Bauch hat mir das Grab gegeben.
55   Sey nicht Domitian, vergönne mir die Ruh /
Und schleuß in dieser Grufft die förder Thüre zu.

---

23 *Bunzlau in Schlesien.*   24 *um die Wette.*   34 *Hand?*   56 *Vordertür.*

1680

Thränen Der Maria Magdalena zu den Füssen
Unsers Erlösers.

1. Hier lig' ich schnödes Weib zu Jesus keuschen Füssen /
Die Haut ist mir schneeweiß / die Sünden sind Blutt-roth;
Mein Leib ist eine Perl / die Seel' ist stinckend Koth;
Jch an Gestalt ein Schwan / ein Rab' in dem Gewissen /
Jch Unzucht-Schlange wil ich Sünden-Molch wil bissen /
Den Geist in Lust zu sähn / stek' ich den Leib in Noth.
Weg Zauber-Gift der Lust der Seele Gall' und Tod /
Der Andachts-Zucker sol die Lippen mir besüssen.
Der Brünste Kwäll und Thron die Augen sollen flissen
Voll Thränen / welche sind der Seele Wein und Brodt.
Mein keuscher Glaubens-Mund sol küssen Fuß und Gott /
Auf geilen Lippen läst der Teuffel sich nur küssen.

2. Jm Schönheits-Purper pflägt der Laster-Wurm zu weben;
So mag mein Sinn denn glatt / mein Antlitz runtzlicht sein /
Mein eingebisamt Haar wil ich mir äschern ein;
Bey Bisam und Geruch stinckt meistentheils das Leben.
Die Wangen-Rosen sind mit Dörnern rings umbgeben /
Die LippenNelcken sind der Wollust Sonnenschein /
Die Keuschheit bricht den Hals auf Schooß und Helffen-Bein /
An Lilgen-Brüsten woll'n die SündenWespen kleben.
Mir sol die keusche Scham auf Rosen-Wangen schweben /
Der Lippen Nelcken zihrt der Andacht heisse Pein /
Die kalte Keuschheit soll die Brunst der Schoos beschnei'n;
Des Bethens Athem soll der Brüste Bälg aufheben.

3. Mein heisser Leib war vor eine Brand der Unkeuschheiten /
Jtzt ist mein kalter Leib ein Hauß der Andachts-Glutt.
Der Adern warmer Brunn / das heis entbrandte Blutt
Sind ist ein Flammen-Kwäll der wahren Frömmigkeiten.
Die Salbe die mein Haupt bebalsamte vorzeiten /
War als ein fruchtbar Thau für Venus Myrten gutt;
Jtzt heist die Gottesfurcht die theure Narden-Flutt

---

35   Auf meines Hauptes Haupt / auf meinen Jesus leiten.
    Die Staffel die mich ließ in WollustHimmel schreiten /
    War mir ein Weg / wo sich die Hellenklufft aufthut.
    Jtzt steig ich Himmel an durch meinen sanfften Muth;
    Mein höchster Himmel ist bey Jesus Füß' und Seiten.

40   4. Auf diesen soll den Weg mir meine Busse bähnen /
    Die Busse die mir vor ein Dorn in Augen war;
    Als mein Erkäntnüs noch nicht Reu und Leid gebahr
    Der Sünden / derer ich mich noch kaum kan entwähnen.
    So hilff mir Sünderin / O Heiland doch von denen /
45   Die mich dein Ebenbild verstellen gantz und gar!
    Die Seele / welche schwebt in Schiffbruch und Gefahr /
    Errett und reisse sie dem Satan aus den Zähnen.
    Dein Tempel sey mein Hertz / mein gläubig Säufz- und Sähnen
    Das Feuer / deine Füß' O Jesus mein Altar /
50   Zum Opfer bringt die Hand dir Salb' und Balsam dar /
    Das Haupt der Haare Gold / die Augen Silber-Thränen.

Ο ΒΙΟΣ ΕΣΤΙ ΚΟΛΟΚΥΝΘΗ

    Dis Leben ist ein Kürbs / die Schal' ist Fleisch und Knochen;
    Die Kerne sind der Geist / der Wurmstich ist der Tod;
    Des Alters Frühling mahlt die Blüthe schön und roth /
5   Jm Sommer / wenn der Saft am besten erst sol kochen /
    So wird die gelbe Frucht von Kefern schon bekrochen /
    Die morsche Staude fault / der Leib wird Asch' und Koth;
    Doch bleibt des Menschen Kern der Geist aus aller Noth /
    Er wird von Wurm' und Tod und Kranckheit nicht gestochen.
10   Er selbst veruhrsacht noch: Daß eine neue Frucht /
    Ein unverweßlich Leib aus Moder Asch' und Erde /
    Auf jenen grossen Lentz im Himmel wachsen werde.
    Warumb denn: daß mein Freind mit Thränen wieder sucht
    Die itzt entseel'te Frau? die Seel' ist unvergraben /
15   So wird Er auch den Leib dort schöner wieder haben.

    Der Hofnungs-Bau ist Fall / die Blüthe faulend Most /
    Eis / Trübsand ist das Feld / wo unser Muth uns blühet.
    Wenn man den Ehren-Zweck beym Lichten recht besiehet /
    Hat Erde / Sand und Sarch Uns so viel Müh gekost.

---

1 *Das Leben ist ein Kürbis.*

20 Wir etzen Marmel aus nur für der Zeiten Rost /
Der Wurm ist / was er spinnt / der Mensch / was er erziehet /
Ja was er betet an / selbst zuzerstörn bemühet /
Und unser Sonnenschein hegt morgen Haß und Frost.
    So wendet sich das Blatt. Wol dem der ihm nicht traut!
25 Mein Freund / der nichts als sich im Leben wolln besiegen /
Muß durch den gift'gen Hauch des Todes zwar erliegen.
Wol aber ihm! daß er kein Luft-Schloß hat gebaut!
Denn seiner Seele Bau / worinnen er itzt wohnet /
Bleibt von der Zeit und Tod / und Untergang verschonet.

1682

JOHANN MARTIN*

Clorinda die Schönheit ihres himmlischen Bräutigambs Betrachtende / befindet / daß alle Schönheiten diser Welt nur Kath geegen ihme seyen.

5   Dilectus meus candidus, & rubicundus,
    .electus ex millibus. Cant. 5 v. 10.
    Mein Geliebter ist weiß / und roth /
    außerkohren under vil tausenden.

    [Melodie]

1.

10   Hinweg mit allem Pracht
    Der menschlichen Schönheiten /
    Weil all ihr Glantz
    Nichts ist / als eine Nacht
    Von den Gebrächlikeiten
15   Verfinstert gantz;
    Wo Daphnis zeigt sein Angesicht /
    Besteht so gar auch Phoebus[a]) nicht.

2.

    Vor seiner Schönheit mueß
    Der dolle Turnus[b]) weichen /

a) Die Sonn.   b) Ein schöner Mann. Virg. l. 6. Aeneid.

---

1 *Im Original:* P. F. Laurentius von Schnüffis *(Martins Ordensname)*.   2 Clorinda die in dem Sünden-Schlaff vertiefte Seel *(Titelblatt);* Bräutigambs *Christi.*   4 Kath *Kot.*   6 *Hoheslied 5,10.*   19 dolle *ansehnliche.*   *zu* b) *Richtig: Aeneis 7,555.*

20   Alexis c) ist
        Nur gegen ihm ein Rueß /
        Der Tamyras d) deßgleichen
        Nur Kath / und Mist:
        Der schöne Käyser Friderich e)
25   Vor ihm muß weit verkriechen sich.

                3.
        Deß Josephs Leibs-Gestalt /
        Ein Wunder in Aegypten / f)
        So lieblich war' /
        Daß ihne manichfalt
30   Die Heyden selbst auch liebten /
        Und also zwar /
        Daß er zur Unehr offt begrüßt
        Gar mit der Flucht sich schützen müßt'. g)

                4.
        Es ware Jonathas
35   Mit edlen Schönheit-Gaaben
        Beglückt so zart /
        Daß ihn' ohn' underlaß
        Die Menschen wolten haben
        Jn Gegenwart:
40   Als welcher in dem Schönheit-Streitt
        Die Weiber übertroffen weit. h)

                5.
        Es ist ja Absolon i)
        Schier gar ein Gott gewesen
        An Leibs-Gestalt /
45   Wann ihn Timanthes j) schon /
        Ein Künstler außerlesen /
        Hatt' abgemahlt:
        So hätt' er seine Schönheit doch
        Nicht / wie sie war' / gebracht so hoch.

                6.
50   Adam, das Meisterstuck
        Selbst eygner Händen Gottes /

c) Ein schöner Knab. Virg. Bucc. Ecl. 2.   d) Ein schöner Poët. Volat.
lib. 10. Antrop.   e) Ein Hertzog von Oesterreich / nachmalen Käyser.
Cuspinianus. A. D.   f) Genes 39. v. 6.   g) v. 12. ib.   h) 2. Reg. 1. v. 26.
i) 2. Reg. 14. v. 25.   j) Ein fürtrefflicher Mahler. Plin. l. 35. c. 9.

_zu_ d) Volat. _Volaterranus?_   _zu_ f) _1. Mose 39,6._   _zu_ g) _ebenda Vers 12._
_zu_ h) _2. Samuel 1, 26._   _zu_ i) _2. Samuel 14,25._   _zu_ j) Plin. _Plinius._

War' also schön /
Daß Hyas [k]) weit zuruck /
Als nur ein bleich- und Todtes
55   Bild / müßte stehn;
Wie solte Gott selbst haben nicht
Gemacht das schönste Angesicht?

7.

Doch waren dise all'
Nichts / als farb-lose Schatten
60   Ohn' allen Schein /
Die gegen dem Crystall
Ein solche Gleichheit hatten /
Wie Kisel-Stein;
Wie scheinend Holtz bey dunckler Nacht
65   Zu dem gantz vollen Sonnen-Pracht.

8.

Daphnis deß Höchsten Sohn
Jst weit der schönste under
Der Menschen Zahl /[l])
Ab welchem Sonn / und Mohn
70   Erstaunen gantz vor Wunder
Am Sternen-Saal;
Er ist das wahre Liecht allein /
So allen andern gibt den Schein.

9.

Er ist das Frewden-Licht /
75   Dem stets die Flügel-Knaben [m])
Seynd zugethan /
Als wessen Angesicht
Sie groß Verlangen haben
Zuschawen an:[n])
80   Jn welchem auch insonderheit
Gegründet ihre Seeligkeit.

10.

Mein Liebster roth / und weiß
Hat mir mein Hertz verletzet

k) Ein Sohn deß Königs Atlantis, sehr schön von Gestalt.   l) Psal. 44. v. 3.
m) 1. Pet. 1. v. 12.   n) D. Thom. 12. q. 3. a. 4.

---

75 Flügel *im Original:* Flügl.   *zu* l) *Psalm 45,3.*   *zu* n) D. Thom. *Thomas von Aquin.*

So / daß auff ihn'
85   Jch nun mit höchstem Fleiß o)
All' meine Lieb gesetzet
So lang ich bin / p)
Er ist allein / dem ich vermehl'
Auff ewig mein' verliebte Seel.

11.

90   Er ist vil weisser / als
Der Schnee / so erst gefallen
Zu Winters Zeit;
Es muß der Esther Hals / q)
Geziehret mit Corallen /
95   Jhm weichen weit /
Dann Er ist seines Vatters Glantz / r)
Und Bildnuß / so ihm ähnlich gantz.

12.

Weiß ist Er von Unschuld /
Weiß von der allerhöchsten
100   Leibs-Reinigkeit /
Bey welchem sich der Huld
Ein jeder kan getrösten /
Der allbereit
Schon ihm die Reinigkeit auffweißt /
105   Derselben oder sich befleißt.

13.

Roth ist Er von der Lieb /
So Er / den dritten wehend / s)
Zum Vatter trägt /
Roth: wann er Kummer-trüb
110   Offt einer Seel nachgehend
Sie nichts erhägt.
Roth: weil er mit erhitztem Muth
Für uns vergossen all sein Bluth. t)

14.

Er ist der schön geziehrt
115   Jn rothen Kleydern pranget /

o) Daß ist in Ewigkeit.   p) Psal. 103. v. 33.   q) Esth. 2. v. 15.   r) Sap.
7. v. 26. Hebr. 1. v. 3. Hieron. Greg. Cassiod. Beda.   s) Den H. Geist.
t) Hieron. in Isa. 53. Greg. hic, & in Psal. 4 Poenit.

111 erhegt, hegt.   113 t) Der Verweis auf die Fußnote fehlt im Original.
zu p) Psalm 104,33.   zu r) Sap. Weisheit Salomos.   zu t) Hieronymus zu Jesaja 53,
Gregor ebendazu und zum 4. Bußpsalm.

Von Bosra her / ^u)
Der sich im Leyd verliehrt /
Wann man der Welt anhanget
Gantz Tugend-lähr;
120   Er ist der sich (vor Lieb gantz roth)
Für uns gegeben in den Todt.

15.

Drumb ist Er ausserwöhlt^v)
Vor allen Menschen Kindern /
So je gelebt /
125   Den man hoch billich hält /
Weil Er weit vor den Sündern
Von Gott erhebt;
Dann Er / von schöner Lieb erhitzt /
Nun zu deß Vatters Rechten sitzt.

16.

130   Wer Wolte ihn dann nicht
Vor aller Welt erwöhlen /
Der also schön /
Das auch die Sonn ihr Licht
Vor ihme muß verhölen /
135   Und dunckel stehn?
Wer einen solchen Bräutigamb^w)
Nicht liebt / verfluchter ist / als Cham.^x)

17.

Jch will der Chloris gern
Den Neleûs überlassen /
140   Mit ihm nur forth:
Die Phyllis heur / vnd fern
Mag auff den Liebsten passen^y)
Betrübt alldort.
Jch lasse gern Cassiope^z)
145   Mit Cepheûs tretten in die Eh'.

18.

Nur fort mit ewren schon
Verfaulten Staub / und Aschen /

u) Isa. 63. v. 1.   v) Vor vil tausenden außerwöhlt. Cant. 5. v. 10.
w) 1. Cor. 16. v. 22.   x) Gen. 9. v. 23.   y) Demophoon.   z) Alle ver-
liebte Persohnen.

137 Cham *Ham, Sohn Noahs.*   141 heur *heuer, in diesem Jahr.*   142 passen
warten.   144f. *der äthiopische König Cepheus und seine Frau.*   *zu* u) *Jesaja 63,1.*
zu v) *Hobeslied 5,10.*   *zu* x) *1. Mose 9,25.*

Liebt immer sie /
Umb einen Coridon, α)
150 Der sterblich / werd' ich waschen
Die Wangen nie:
Daphnis mein' eintzige Begird β)
Auff ewig mich erfrewen wird.

19.
Wie muß man förchten nicht
155 Bey wahrer Lieb das Scheyden
Ohn' Underlaß
So / daß offt schier zerbricht
Das Hertz / in dem stehts beyden
Die Augen naß:
160 Coresus, und Calirrhoë γ)
Bezeugen uns deß Scheydens Weh'.

20.
So will dann lieben ich
Nichts / was da ist zerstöhrlich
Auch übernacht /
165 Nichts: was nur schmertzlich mich
Betrübt / und unauffhörlich
Erseufftzen macht:
Will lieben / der mich ewig liebt /
Und durch kein Scheyden mehr betrübt.

α) Liebhaber.   β) Osseae 2. v. 19.   γ) Haben sich beyde umbgebracht.
Paus. in Achaicis.

1684

CHRISTIAN KNORR VON ROSENROTH*

Verlangen nach dem Göttlichen Lichte.
Aus deß Boëthii 3. Buche.
[Melodie]

1.
5 Schöpffer Himmels und der Erden / dessen Hand die gantze Welt /
Jn beständig-schöner Ordnung hochvernünfftig unterhält:
Der du aller Zeiten Lauff heissest auff dein Wort entstehen /
Daß er aus der Ewigkeit stracks beginnt hervor zu gehen.

zu β) *Hosea* 2,21.   zu γ) *Pausanias in seinem Werk über Griechenland.*
3 *De consolatione philosophiae (524), liber 3, carmen 2.*

Der du ewig unbeweget bloß in einem Stande bist /
10   Und doch gleichwohl machst das alles immer in Bewegung ist.

2.

Dich / Herr / trieb deß höchsten Gutes wesentliche Neigung an /
Die / sich selber mitzutheilen keine Mißgunst hindern kan;
   Den zerflüssend-dünnen Zeug bildend in ein Werck zu bringen;
   Daß dich nicht von aussen erst etwas anders durffte zwingen.
15   Und da hastu nach dem Muster / daß sich in dir selbst befind't /
Alle Sachen außgewürcket / wie sie nun erschaffen sind.

3.

Denn du / als der Allerschönste / trägst die wunderschöne Welt
Würcklich selber im Gemüthe: und was du dir vorgestellt /
   Hat deß Bildes Aehnligkeit stracks von aussen angenommen /
20   Und so hat das gantze Rund auch die Stücke gantz bekommen.
Daß der Elementen Wesen und zugleich was drauß entsteht /
Nach den eingetheilten Zahlen gleichsam als in Schnüren geht.

4.

Dannenhero kommt die Kälte mit den Flammen überein /
Und das wäßrig feuchte Wesen kan wohl umb das truckne seyn.
25   Daher muß das reine Feur nicht aus seinen Schrancken fliegen;
   Noch der schweren Erden-Last tieff-versenckt im Wasser liegen.
Und so haben alle Sachen ihr gewisses Maß und Ziel /
Daß sie nicht zu wenig würcken und doch auch nicht gar zu viel.

5.

Du vertheilst die Mittel-Seele / welche dreyfach ist von Art /
30   Und den grossen Bau zu regen keine Müh noch Sorge spart;
   Gar genau in Glieder ein / die sich trefflich zu ihr schicken /
   Und so wunderbar verknüpfft die Natur mit Ordnung
                schmücken.
Diese wenn sie nun zwey Kreysse wohlgetheilt durchwandert hat /
Kommt dann wieder zu sich selber / und vollbringt ihr grosses
                Rad.

6.

35   Denn sie läuft umb das Gemüthe / daß so tieff verborgen steht /
Und bewegt also den Himmel / das er auch im Circkel geht.
   Du siehst auch in gleicher Art fleissig auff der Seelen-Scharen;
   Und läßt nicht die grossen nur / sondern auch die kleinen fahren /
Jene zwar auf leichten Wagen als erhöht ins Himmels-Feld /
40   Aber diese tieff herunter auf den Unter-Kreyß der Welt.

7.

Die du doch nach deiner Güte wieder läßt zurücke gehn
Daß sie wieder zu dir kehren / und sich auch im Feu'r erhöhn.
    Und nun / Vater / gib doch auch / daß mein seufftzendes Gemüthe
    Steig auff jenen hohen Thron; und beschau den Brunn der Güte.
45 Laß mich mit Vergnügung finden deines Lichtes Glantz und Schein:
    Und mit deß Verstandes Augen bloß auff dich gerichtet seyn.

8.

Komm / zertreib deß Cörpers Nebel / und der schweren Erden-Last /
Scheine selbst mit deinen Stralen die du mir gezeiget hast;
    Denn du bist die Heiterkeit und die stille Ruh der Frommen;
50 Dich zu schawen ist der Zweck in dem alles ist vollkommen.
    Hör / O Anfang aller Sachen / Träger dem nichts wird zu viel /
    Führer / und zugleich die Straße / und denn selber auch das Ziel.

QUIRINUS KUHLMANN

Der 1. Gesang.

Als er zum Davidisiren unter geistlicher Anfechtung getriben ward in Jehna,
dahin er von Breslau den 20 Septemb. 1670 ausreisend, 15 Monden nach seinem
5 Erleuchtungsmay 1669 über Lignitz, Buntzlaw, Goerlitz, Leiptzig, Lützen,
Naumburg im October ankommen.

            1. Libhold ging unlaengst spatziren
            Um zukleinern seinen schmertz,
            Trauren wolte ihn berühren,
10   Hoch verwundet ward sein Hertz.
            Ach waer ich aus Sünd und Erden!
            Sang der seufftzervoller Mund:
            Mus ich dann verschlungen werden
            Von dem grausen Abgrundschlund?

15   2. Seit mein Jesus weggeschiden,
            Seit schid aller Segen hin.   10

---

1 ff. *Am rechten Rand ist Kuhlmanns den ganzen* Kühlpsalter *begleitende Verszählung
mitgeteilt. Die Verse des* Dritten Theils *von 1686 sind außerdem noch eigens durchgezählt.
Das Werk ist in Antiqua gedruckt. – Kuhlmanns Psalmen, die schon den Zeitgenossen
weithin dunkel bleiben mußten und wohl auch bleiben sollten, können dem heutigen Leser nicht
durch einzelne Fußnoten verständlicher gemacht werden. Solange keine kommentierte Neuausgabe
vorliegt, ziehe man Walter Dietzes Kuhlmann-Monographie (Berlin 1963) zu Rate.*
2 ff. *Die ersten 15 Gesänge sind, wohl als Privatdruck, schon früher gedruckt worden; vgl. das*
Quellenverzeichnis.   3 er *Kuhlmann selbst, der sich in seinem* Kühlpsalter *als Prophet
einer* Kühlzeit, *eines* Kühlreichs, *eines* Kühlmannsthums *empfiehlt.*   4 Monden *Monate.*   16 Seit *seitdem.*

Unruh küsset mich vor Friden:
Seelenschade stat Gewin.
Loese, Jesus, meine Banden,
20   Drein ich selber mich vernetzt!
Wo nicht Hülfe mir verhanden,
Leb ich ewiglich verletzt.

3. Seelenlibster! las mich lodern,
Wi zuvor, in Himmels glutt!
25   Las mich deine Libe fodern!
Ach durchhitze Blutt und Mutt!   20
Nach dem Himmel geht mein schwingen,
Leihe Flügel, Jesus, doch!
Las mich Wolkenhoeher dringen!
30   Ach entjoche mir mein Joch!

4. Komme Jesus mich zu staerken,
Weg, verdammtes Erdhyaen!
Weiche mit den Blendniswercken,
Angeschminkte Weltsyren!
35   Ehe wird di Sonn erblassen,
Und ihr Feuer bringen Eis,   30
Als ich werde Jesum lassen,
Um zu geben dir den Preis.

5. Dises ward kaum ausgesaget,
40   Als ihn Libewig begrüsst:
Libewig, di ihm behaget,
Durch di alles Leid versüsst!
Er begunte strakks zubrennen,
Wi si bot di Lilgenhand:
45   Seelig fing er sich zunennen,
Weil er seinen Trost erkand.   40

6. Libewig hilt ihn umpfangen,
Als si Libhold fest umschlos:
Jener küsste Mund und Wangen,
50   Si lis Libespfeile los.
So beflammten ihn di Flammen
Heiliglichter Jesus lib.
Was nur himmlisch, must entstammen,
Seraphinisch ward sein trib.

55   7. Sein Gemütt Davidisirte:
Was er sagte, ward ein Reim.   50

Jesus war, der ihn regirte:
Gottes Lob ward Honigseim.
Wo das Gotteslob erklinget,
60   Lebet alles Gott verzükkt:
Wann di Verskunst Gott besinget,
Wird si goettlich angeblikkt.

1685

Quirinus Kuhlmann

Der 1 (61.) Kühlpsalm.

Damit er an seinem 30 Taufftage der Juden, Türken, Tartarn geistlichen Ge-
burth oder Tauftag, den darinn Jehovah vor 15 und 27 Jahren dem Propheten
5 Drabitz umstaendlich bekraefftiget, bejauchtzte zur wesentlichen Taufdank-
sagung zu Lutetien den 26 Febr. 1680. fünf Monden vor der Geistreise nach
Ierusalem.

1. Jauchtzt Juden! Voelker, jauchtzt! Eur Tauftag ist bestimt,
Weil Gott durch Jesum euch zu Kindern neu annimt!   9100
10 Ein freudenmeer hat alle Welt beschwemmet!
Di meinungen sind überall enttämmet!
Rom ist entromt, das eintracht stets gehemmet!

2. Jauchtzt Juden, Jacobs stamm! Du leiblichs Christgeschlecht,
Weil dir Jehovah gibt das erste Tauffungsrecht!
15 Dein Oelbaum dorrt durch *virtzig virtzig* Jahren:
Nun grünt er neu; er hat genad erfahren.
Jehova wöll in Jhesus ihn bewahren.

3. Jauchtzt, fernes Israel, das ihr ward weggeführt!
Jehova Ihesus hat euch wunderbar bezirt!   9110
20 Di Sibenstroem erlangten Jordans weise!
Si troknen aus zur euer Wunderreise!
Dass alls mit euch Jehova Ihesum preise!

4. Jauchtzt, Hagarener, Jauchtzt! Des Ismaels sein Ruhm!
Es sprosst aus Abraham euch eure Tauffungs blum!

---

2 *D. h. der erste des* Fünften Buches, *der 61. insgesamt.*   5 Drabitz *Nikolaus Dra-*
bik, mährischer Prediger, dessen Visionen Comenius zuerst 1657 veröffentlicht hatte.   6 Lu-
tetien *Paris.*   11 *entdämmt.*   23 Hagarener *von Hagar, Nebenweib Abrahams,*
Mutter Ismaels. Vgl. 1. Mose 16 sowie Gal. 4,21–25.

25 Der einge Gott, Jehovah, wird euch offen!
Aus Jesus fleust dreieinig euer hoffen.
Nun habt ihr erst das wahre hertz getroffen.

5. Jauchtzt, Aufgangsvoelker, jauchtzt! Eur Monden ist durch-
Jehova Ihesus hat am Abend euch bewonnt! [sonnt! 9120
30 Di Heilge Schrifft kan nun dreieinig heissen!
Neuneinig mus der beide Bund sich weissen!
Ach alles wil nur allen einig gleissen!

ZWEITER THEIL,

Triumfgegenjauchtzen der Türken, Juden, Tartarn über ihren Geburts- und
35 Tauftag, vorgejauchtzet zu Amsterdam den 27 Februar 1681. fünff tage vor
seinem Amsterdammschen losreissen.

1. 6. Triumf! Wir sind getaufft! Triumf! mit Jesus flutt!
Triumf! mit Jesus lehr! Triumf! mit Jesus blutt!
Das Obermeer! Triumf! hat Uns umflossen!
40 Di Wasserfest! Triumf! ist aufgeschlossen!
Di Tages kühl! Triumf! wird freudgenossen!

2. 7. Triumf! Di Jesustauff! Triumf! ist Uns geschehn!
Triumf! Wi Abraham! Triumf! im geist gesehn!   9130
Di Moses dekk! Triumf! ist abbekommen!
45 Der Jesusmund! Triumf! wird Christvernommen!
Messias Reich! Triumf! ist aufgeklommen!

3. 8. Triumf! von fernster fern! Triumf! sind wir gebracht!
Triumf! nun Christ getaufft! Triumf! weils ausgemacht!
Kein einig Wort! Triumf! bleibt unerfüllet!
50 Jehovens zorn! Triumf! ist Christgestillet!
Di Kühlzeit hat! Triumf! Alls aufgehüllet!

4. 9. Triumf! Gott hat Uns nun! Triumf! zu recht gekehrt!
Triumf! Di Jesustauff! Triumf! Uns dargewaehrt!   9140
Jehovah brach! Triumf! di ei(u)sern keten!
55 Gott loeste Uns! Triumf! vom Christuertreten!
Zum Vater ist! Triumf! im Sohn das beten!

5. 10. Triumf! Di Jesus sonn! Triumf! hat Uns entmondt!
Triumf! Der Abend neu! Triumf! Uns Christbethront!
Gott Vater wird! Triumf! im Sohn erhoben!
60 Der Heilige Geist! Triumf! wird unser loben!
Ein einger Gott! Triumf! ist unten, oben!

---

28 Aufgangsvoelker *orientalische Völker*; Monden *der islamische Halbmond.*
40 *Wasserfeste.*   47 von *im Original:* van.   54 ei(u)sern *mit Hilfe der Parenthese*
sollen offenbar die Worte eisern *und* eusern *(äußeren) in eins gesetzt werden.*

DRITTER THEIL,

Triumfnachjauchtzen des Japhets Sem Ham aller Völker, Geschlechter, Zungen, über ihren allgemeinen Tauftag; vornachgejauchtzet zu London am Englischen
65 28 Februar 1681.

1. 11. Jauchtzt Japhet, Sem und Ham! Dein Tauftag ist erwacht!
Lobsinget Gott den Herrn, der alles wohlgemacht! 9150
Di einge zung ist widerum entbunden!
Der Babelsthurn entthurnet und verschwunden!
70 JEOVA wird in aller Sprach empfunden.

2. 12. Triumf! Wir jauchtzen hoch! Triumf! in Jesus hütt!
Triumf! Wir singen lob! Triumf! der Gottes gütt!
Di erste stimm! Triumf! wil neu erhallen!
Erhallen recht! Triumf! im ersten schallen!
75 JEOVA ist Triumf! das Alles allen!

3. 13. Jauchtzt *Sibzigeinige*! Jauchtzt sibund sibtzig mahl!
Versibensibiget di sibeneine Zahl! 9160
Freut, aeste, Euch im sibtzigeingem Baume!
Der Jesustau durchwaessert eure raume!
80 JEOVA hat entschaumet eure schaume!

4. 14. Triumf! Ein einger Mund! Triumf! ist aller Mund!
Triumf! Was tausenfach! Triumf! ist einfach kund!
Wir zweigen neu! Triumf! im Gottes wesen!
Schmaragden Uns! Triumf! hochauserlesen!
85 JEOVA hat! Triumf! Uns gantz genesen!

5. 15. Jauchtzt, Voelker! Heiden, jauchtzt! Jauchtzt, Sprachen
einger Sprach!
Jauchtzt, Vaeter! Brüder, Jauchtzt! Jauchtzt, Kinder, nach und
nach! 9170
Wir jauchtzen hoch! Triumf! in Jesus ziren!
Ein freudgeschrei! Triumf! ist nur zuspüren!
90 JEOVA bringt! Triumf! dis Triumfiren!
Jauchtzt jauchtzend jauchtzt Jehova Jesum, Gott den Herrn!
Triumffs Triumffs Triumff Jehova Ihesen nah und fern!

1686

Quirinus Kuhlmann

Des 117 Kühlpsalmes

1. HAUPTSCHLUS.

Als er seine 21 kleine Reisen aus dem Amsterdamschen gebite, im fünfftem mahle,
inner 16 Monden mit den 31 Aug und 7 Septemb. 1685. vollendet, nach 7 mahl
7 Monden 7 tagen des Fatalschlusses, und den 8 September der befehl zur
15 Reise nach Paris vorgefallen war; gesungen zu Amsterdam den 10 Sept. 1685.
gleich 16 Monden nach seinem abfahren mit dem Passagieboot von Gravesand
nach dem Bril.

10 1. Herr Jesu Christ! Ich glaube an dein Wort,
   Das du verhischst, eh du von Uns geschiden;   19980
   Ich glaub an dich und fodre deine Werke
   Di du auf Erden thast, das ich si gleichfals thu!
   Ich glaube fest und bitte mehr,
15   Das ich nun thu di Werke, di noch groesser!
   Dein Vater werde recht in seinem Sohn geehrt,   7985
   Darzu er dich gesand, das wir durch dich ihn kanten!
   Drum bitte ich von dir das allergroest,
   Das du zubitten mir, eh ich war, anbefohlen.

20 2. Ich libe dich, mein Heiland, unergründt,
   Und wil dein wort nach deinem worte halten!   19990
   Dein Vater ward durch dich aufs neu mein Vater,
   Das seine libe mich gantz unaussprechlich zeucht!
   Weil ihr in mir zum Wunder kommt,
25   Wi solt ich nicht den Erdkreis überwinden?
   Drum foder ich di macht, di du vom Vater hast,   7995
   Das ich di Heiden weid mit deiner eisern Rutte!
   Drum bitte ich selbst um den *Morgenstern,*
   Den Lucifer verlohr am *Jesuelschem Morgen!*

30 3. *Es ist geschehn, was du geordnet hast,*   19999
   Du A und Z, du Anfang und du Ende!   20000

---

2 *Der* 117. Kühlpsalm, *von dem hier nur die beiden* Hauptschlüsse *mitgeteilt werden, steht
am Schluß des 8. Buches. Später erschien außer einzelnen Psalmen noch das* 10. *(abschließende)
Buch. Das einzige bekannte Exemplar ist* 1945 *verlorengegangen (Dietze).*   2 ff. *Das
Gedicht ist durchsetzt mit Zitaten aus der Offenbarung des Johannes.*   5 inner *innerhalb.*
8 Gravesand *Hafenstadt an der Themse.*   9 Bril *Briel, holländischer Hafen.*   11 ver-
hießest.

Lass schoepffen mich auf ewig lebend Wasser
Aus deinem Wundenfünff mit *nichts* durch dein Verdinst!
Du überwandst und überwindst,
35 Was du in mir auf ewig willt ererben!
Du bist mein Herr und Gott, und ich dein neuer Sohn,   8005
Den du so wundertheur mit deinem blutt erloeset!
Mein Herr und Gott! Dein Knechtchen sinkt zu fus,
Und gibt dir seine Kron mit einem ewig geben.

40   II. HAUPTSCHLUS DES HAUPTSCHLUSSES

Nachdem 49 Monden alles an ihme selbsten erfüllet vom 31 Iul. 1681 bis an
31 Aug. 1685. in dem 49 monatlichem Kotterischem Friderichswunder und er
nun mit dem Sonnenengel den Sententz über alle Kaiser, Koenige und Fürsten
der 70 Nationen aussprach zu Amsterdam des 21 Sept. 1685.

45 Kommt, *Sibzig*, kommt! Kommt auf *das Babel* zu!
Di grosse Stund zum Abendmahl ist kommen!   20010
Fall, *Oesterreich*, mit deinen zehn Gestalten!
Gott gibet *meinem zehn* auf ewig *Caesars Sonn!*
Fall, *Türkscher Mond!* Fall, *ider Stern!*
50 Gott gibt mir euch zum ewigem besitze!
Fresst, *Sibtzig Voelker*, fresst nun *eure Koenige!*   8015
Gott gibt euch alle mir zum Jesu Kühlmannsthume!
Ost, West, Nord, Sud ist mein zwoelfeines Reich!
Auf, Kaiser, Koenige! Gebt her Kron, hutt und Zepter!   20018

1687

HEINRICH MÜHLPFORTH

Sechstinne.

Das Haar.
Wir fangen Geist und Seel / und leben doch verschräncket
5 Jn steter Dienstbarkeit / der Schmuck so an uns hencket /
Jst vieler Buhler Netz / wenn jetzt die Locke träncket

---

42 *Christoph Kotter, Gerber aus Schlesien, dessen Prophezeiungen ebenso wie die von Dra-
bik (vgl. zu S. 313 Z. 5) durch Comenius 1657 veröffentlicht wurden, hatte nach der Vertrei-
bung des böhmischen „Winterkönigs" Friedrichs V. von der Pfalz dessen Rückkehr und
Wiedereinsetzung vorausgesagt.*   43 Sententz *Urteilsspruch.*
2 *Sestine.*   5 hencket *hängt.*

Ein süsser Himmelstau / und uns die Freyheit schencket /
Daß man sich Kerckerloß um beyde Brüste schwencket /
Und das erstarrend Aug / als wie ins Grab versencket.

10 #### Die Augen.
Hat jemahls unsre Glut ein schwartzes Haar versencket?
Hat unsre Sonnen je der Locken Nacht verschräncket?
Nein / wo der helle Strahl von Diamanten hencket /
Da quillt der Liebe-Brunn / der tausend Hertzen träncket /
15 Wir haben sterbenden das Leben offt geschencket /
Wenn unser reitzend Blitz die Sieges-Fahn geschwencket.

Die Wangen.
Hier ist der Rosen Feld / wo sich Cupido schwencket /
Und Lilgen um sich streut. Adon liegt hier versencket /
20 Jm Grabe voller Lust / das nie kein Dorn verschräncket.
Seht doch wie die Corall an PerlenMuscheln hencket.
Wie uns die Venus selbst mit ihrem Nectar träncket /
Und unsrer Anmuth Schnee / der Liebe Purpur schencket.

Die Lippen.
25 Den Köcher voller Pfeil hat Venus uns geschencket /
Und / ist es Wunderns werth / das unsre Glut sich schwencket /
Biß an der Sternen Dach / hier liegt ein Brand versencket /
Der ewig Zunder gibt / der mit Rubin umschräncket.
Die feuchte Süssigkeit / wenn Mund an Munde hencket /
30 Und die vergnügte Seel mit PerlenSäfften träncket.

Der Halß.
Seht meine Perlen an / die Venus selbst geträncket /
Jn ihrer Liebes Schoß. Seht wie sie mir geschencket
Das reinste Helffenbein / und wie der West sich schwencket
35 Um meinen zarten Schnee / darinn er sich versencket /
Mitbringend alle Lust. Die heisse Brunst umschräncket
Deß Alabasters Zier / an der die Liebe hencket.

Die Brüste.
Diß schwesterliche Paar / das voll von Flammen hencket /
40 Von aussen jedes Hertz mit Liebes-Oele träncket /
Jnwendig aber Feur als wie ein Aetna schencket /
Da doch das Schneegebürg sich von dem Athem schwencket /

---

19 *Adonis.*

Und wider von dem West die Seufftzer nidersencket /
Hält alle Lieb und Lust in seinen Kreiß verschrencket.

45   Nachklang der Sechstinne.
Der Haare schönes Gold / der Augen-Lichter Brand /
Der Wangen Paradiß / der Lippen Himmel-Wein /
Hat mit des Halses Zier ohn allen Zwang bekannt /
Daß auf den Brüsten soll der Liebe Ruhstatt seyn.

1689

DANIEL CASPER VON LOHENSTEIN

›Braut-Lied der Holdinnen‹

Kein Ding ist in der Welt so klein /
Auch nichts so kalt in Meer und Flüssen /
5   Das nicht der Liebe sey befliessen.
Der Wallfisch fühlt so heisse Pein /
Wenn er die Flutten sprützt empor /
Die in ihm von der Lieb' entflammt und siedend werden.
Das stumme Meer-Schwein sagt mit ängstigen Gebehrden
10   Dem andern Meer-Schwein in ein Ohr:
Es sey verliebt nicht nur in seines gleichen.
Es zingelt nach Arions Seiten-Spiel;
Springt aus der See wenn er nicht kommen wil /
Muß es gleich auff dem Ufer bald erbleichen.
15   Es führt den Knaben / den es liebt /
Weil er ihm täglich Speise giebt /
Durch die beschäumte See; und zwingt sich zu erblassen /
Weil es den Hermias im Meer ertrincken lassen.
Die Aspe bebt / die Esche seufftzt für Liebe /
20   Und das verliebte Eppich-Kraut
Umarmt den Mandel-Baum als Braut /
Die Eiche knackt gerührt vom innern Triebe /
Der Weinstock hals't sich mit den Ulmen-Zweigen /

---

2 Holdinnen *Charitinnen, Grazien, Göttinnen der Anmut und Schönheit, Begleiterinnen*
der Venus. Das Lied wird in Lohensteins Roman zur Feier der Hochzeit von Arminius und
Thusnelda gesungen.   9 Meer-Schwein *Delphin.*   12–18 *Die Delphingeschichten er-*
zählt Plinius im neunten Buch seiner Naturgeschichte.   19 Aspe *Espe.*

Der Nelcke Brand / der Rose Purper-Blut /
25 Des Safrans Röth' ist eitel Liebes-Glut /
Der Ambra / den Jasmin von sich läßt steigen /
Jst seiner Seelen-Seuffzer Geist.
Das Wasser / das von Lilgen fleußt /
Sind Liebes-Thränen zwar / doch auch der Lilge Saamen.
30 Der Feilgen lebender Saphier
Stellt Eyfersucht und Liebe für;
Der Hyacinth prangt gar mit seines Liebsten Nahmen.
Ja in die Marmel-Adern hat
Die gütige Natur ihr Liebes-Oel geflösset /
35 Durch das er sich so schön färbt / bildet und vergrösset.
Den Stahl und den Magnet vereinbaret ihr Drat.
Der Erde Marck das Gold kan nicht seyn leer von Flammen /
Sonst flößte Jupiter sich Danaen nicht ein /
Es knüpffte sie mit ihm kein regnend Gold zusammen.
40 Kurtz alle Regung der Natur
Jst eine wahre Liebes-Uhr.
So ist die Liebe nun von so viel mehrern Stärcke /
Je grösser der Natur Geschöpffe sind und Wercke.

Was ist nun herrlicher als dieser Erden-Kreiß?
45 Was ist der grossen Himmels-Kugel gleiche /
Der Sternen Burg / der Götter Königreiche?
Sie zwey sind aber stets von Liebe glüend-heiß.
Kein Blick vergeht: daß sie von süssen Flammen
Nicht flüssen gleichsam schmeltzende zusammen.
50 Der Himmel ist der Mann / die Erd' ist Braut und Weib /
Sein Saamen ist die Glut /
Jhr Saame Saltz und Flut /
Und ihre schwang're Schoß ein stets gebehrend Leib.
Der grosse Gott / der Himmel blickt am Tage
55 Mit einem Auge sie so stet und brünstig an /
Als kaum ein Poliphem des Acis Braut thun kan.
Der Donner-Knall ist seine Liebes-Klage;
Plagt aber ihn die Sehnsucht in der Nacht /
Liebäugelt er / und giebt mit tausend Sternen
60 Mehr als ein Argos auf sie acht;
Läßt auch sonst nirgendhin sich keinen Blick entfernen.
Die Erd' hingegen ist bemüht /

---

30 *Veilchen.* 32 *die Hyazinthe ist nach mythologischer Lehre aus dem Blut des getöteten Königssohns Hyakinthos entsprungen.* 56 Acis *Liebhaber der Nymphe Galathea, von* Polyphem *beneidet und schließlich getötet.*

Die Wiesen mit Schmaragd / die Ufer mit Korallen /
Die Wälder mit Saphier / die Berge mit Kristallen /
65 Zu schmincken: daß sie nur dem Himmel schön aussieht.
Die Schoß prangt mit Rubin / ihr Haar beblümet Gold /
Ja ihrer edlen Rosen Glantz /
Beschämet Ariadnens Krantz /
Sie schickt die Dünst' empor als Zeichen ihrer Hold;
70 Und wenn die Berge Glut ausspeyen /
Geräth ihr Liebes-Brand in wilde Rasereyen.
Dis ist's Geheimnüs und der Kern /
Das in den Schalen steckt geträumter Götter-Liebe.
Denn in dem Himmel steht kein Stern
75 Den nicht die Unter-Welt zeucht zu so süssem Triebe.
Die Sterne regnen Gold / Zien / Kupfer / Silber / Bley /
Die Schoß der Danae sind die Gebürg' auf Erden /
Die von der Krafft des Himmels schwanger werden.
Wenn Jupiter als Stier Europen schläffet bey /
80 Wenn er als Schwan der Leda sich beqvemet /
Wird die Vermehrungs-Krafft gesämet
Vom Himmel tausend Thieren ein.
Giebt Jupiter denn seiner Thetys Küsse /
So schwängern sich vom Himmel Meer und Flüsse;
85 So Fisch als Muschel fühlt gesämet sich zu seyn.

Wenn aber er den Ganymed umschräncket
Als Adler / ihn in Himmel nimmt /
Zum Nectar-Schencken ihn bestimmt /
Wird das Gestirn' erqvickt / des Himmels Mund geträncket
90 Von Feuchtigkeiten / die das Meer
Dem durst'gen Bräutigam zum Labsal giebet her.

Ja alle Regungen der Himmels-Harffe sind
Der Liebe Seitenspiel / ihr Werck und ihre Gaben.
Weil die Gestirne doch sonst keine Seele haben /
95 Als dieses holde Anmuths-Kind /
Das auch die Sternen schwanger macht /
Dadurch manch neuer Stern wird an das Licht gebracht.
Der Lieb' ist auch allein zu mässen bey:
Daß Erd' und Himmel nicht unfruchtbar Frost stets decket.
100 Sie hat gelegt des Himmels grosses Ey /
Aus welchem die Natur itzt alle Sachen hecket.

---

75 *die „sublunarische" Welt, die Erde.*   95 *Cupido, Amor, den Sohn der Venus.*

Der Sterne Würckungen sind die unsichtbarn Ketten /
Der Venus Gürtel / der die Welt
Zusammen knipfft / und in der Eintracht hält.

105 Denn wenn nicht Erd und Stern so lieb einander hätten /
Verlangte der Magnet in Nord so sehnlich nicht
Des Angel Sternes Licht.
Die Wider siehet man die Lager anders machen /
So bald die Sonn in Wider steigt.

110 So Mensch / als Staude scheut den Sternen-Schwantz des Drachen;
Wenn sich der heisse Hunds-Stern zeigt /
So beten ihn Cyrenens Ziegen an /
Den sonst die Unglücks-Vögel fliehen /
Und gegen dem kein Guckuck singen kan.

115 Sieht man den Mandel-Baum nicht auch beym Froste blühen /
Wenn nur der Adler geht mit seinen Sternen auff?
Der Oel- und Ulmen-Baum verkehret seine Blätter /
Wenn in den Krebs die Sonne nimmt den Lauff.
Wird Schneck' und Auster nicht bey vollem Mohnden fetter?

120 Die Kräuter kriegen mehrern Safft;
Die Zwiebel schwindet nur; das Meer wird aufgeschwellet
Von des vermehrten Mohnden Krafft;
Des Mohnden-Steines Wunder stellet
Des Mohnden Lauff / Gestalt und Wachsthum fürs Gesichte.

125 Der ist des Kefers Uhr / sein Speichel ist der Thau /
Das Silber sein Metall / ja er des Meeres Frau /
Und ieder Regen strömt aus seinem feuchten Lichte;
Das / wenn sein Schein ist voll / die Nacht
Jm Winter warm / im Sommer kühler macht.

130 Hierinnen steckt die Brunst der Erd' und Sternen Amme;
Die / wenn sie Ertzt in den Gebürgen zeigt /
Zu dem Endymion ins Latmus Höle steigt /
Und sich vermählt mit's reichen Pluto Flamme.
Wenn aber sie in Sternen-Wider tritt /

135 Den Pflantzen theil't des Thaues Perlen mit /
Wird der versteckte Pan im Wider-Fell umarmet.
Auch ist kein ander Jrrstern nicht /
Der nicht von irrd'scher Liebes-Brunst erwarmet.
Die Lung' erqvickt des Hermes Licht /

102–151 *Diese Verse verarbeiten astrologische Auffassungen des 17. Jhdts.* 107 *des Polar-*
sterns. 112 *röm. Provinz in Nordafrika?* 116 Adler *Sternbild in der Milchstraße.*
123 Mondsteins, *Adulars.* 131 zeigt *zeugt?* 132 *Anspielung auf den Mythos von*
Selene und Endymion. Selene ist Göttin des Mondes. 137 kein ander Jrrstern *Der Mond*
galt für einen der Planeten. 139 *Merkur.*

140 Kweck-Silber / Affen / Bien' / und Frösche sind sein Brut.
Die holde Venus zeugt Ertzt / Ambra / Schwane / Pfauen /
Stärckt was zur Zeugung dient durch ihre milde Glut.
Mars / der zwar Galle nährt / läßt sich doch fruchtbar schauen /
Wann Pardel / Wolff und Bok / Napell / Magnet und Stahl
145 Jhr Feuer von so heissem Sterne kriegen.
Ja es gebiehrt des Kinder-Fressers Strahl
Bley / Maulwurff / Eulen / Gifft / Hanff / Wiedehopff und Fliegen.
Jm Sternen-Thier-Kreiß ist kein Thier /
Dem sich ein Monat nicht vermählet;
150 Das Jahr bringt keinen Tag / auch keine Nacht herfür /
Es ist ein Stern zur Würckung ihm erwehlet.

Doch alle diese Liebes-Brunst
Jst kaltes Wasser / Wind und Dunst
Für der verliebten Sonnen Flammen /
155 Denn die ist's Himmels Hertz' / der Geist der gantzen Welt /
Die Seele der Natur / der Liebe Brunn und Amme /
Die sich uhrsprünglich nur in Hertz' und Seel' aufhält.
Die Sternen sind unfruchtbar / ohne Schein /
Wenn nicht die Sonn' in sie so Licht / als Saamen flösset.
160 Sie machet: daß die Zahl der Sterne sich vergrösset /
Weil mehrmahls Drach' und Schwan mit neuen trächtig seyn.
Von ihrer Schwängerung gebiehrt
Die Erde Gold / das Meer Korall / die Bäume Früchte.
Die Welt ist aber todt / und die Natur gefriert /
165 Wo nur der kalte Bär mit dem geborgten Lichte
Bescheint die düstre Mitternacht /
Wenn's holde Sonnen-Rad die Sud-Welt schwanger macht;
Und durch ihr Licht der Jsis Bild / die Erde
Befruchtet: daß sie Milch aus tausend Brüsten spritzt;
170 Daß ihre Mutter-Schoß Wein / Oel und Balsam schwitzt.
Jedoch zeigt diese Braut durch ihr verliebt Gebehrde
Wie angenehm ihr Bräutigam ihr sey.
Sie mühet sich sein Bild / der Sonne Liebes-Strahlen
Auf edlen Stein- und Blumen abzumahlen.
175 Die Sonne rennt so schleunig nicht vorbey /
Es folgt ihr die in sie verliebte Sonnen-Wende.
Sinckt denn die Sonn' in Meer und Nacht /
Verkehrn in Thränen-Thau sich aller Kräuter Bründe.
Die Rose / die der Welt ihr Auge stets anlacht /

---

144 Pardel *Leopard*; Napell *Eisenhütlein, Wolfswurz.* **146** *des Saturn.*
151 *ohne daß . . . erwählt wäre.* **155** *vgl. Koschwitzens Fußnote S. 85.*

180 Schleußt ihre Blätter zu / entpurpert ihre Wangen /
Hängt zu der Erd ihr traurig Haupt /
Sie hüllt sich in die Nacht für lüsternem Verlangen /
Weil sie des Liebsten ist beraubt.
Wenn aber nur der Tag vermählet Erd' und Sonne /
185 So schöpfft Natur und Werck Erqvickung / Lust und Wonne.

Alleine Deutschland noch vielmehr /
Nun seine zwey Gestirne sich vermählen.
Man wird die güldne Zeit von diesem Tag' an zehlen /
Der Nachwelt Wolstand rechnen her /
190 Da Herrmanns und Thußneldens keusche Flammen
Uns neigen zu des milden Himmels hold /
Der Erde Fruchtbarkeit / der edlen Freyheit Gold /
Und hundert tausend Seeln vereinbaren zusammen.
So segne die Verhängnüs-Hand
195 Nun euer festes Liebes-Band /
Die schon für tausend Jahrn in die Gestirne schrieb:
Die Heyrath würde's Glück' ans Vaterland vermählen /
Es würden eurem Stamm auch niemals Zweige fehlen /
Weil Erd' und Himmel würd' einander haben lieb.

1695

CHRISTIAN HOFMANN VON HOFMANNSWALDAU

Sonnet.
Vergänglichkeit der schönheit.

Es wird der bleiche todt mit seiner kalten hand
5 Dir endlich mit der zeit um deine brüste streichen /
Der liebliche corall der lippen wird verbleichen;
Der schultern warmer schnee wird werden kalter sand /
Der augen süsser blitz / die kräffte deiner hand /
Für welchen solches fällt / die werden zeitlich weichen /
10 Das haar / das itzund kan des goldes glantz erreichen /
Tilgt endlich tag und jahr als ein gemeines band.

---

194 Verhängnüs *Schicksal, Vorsehung.*
1 *Hofmannswaldaus Gedichte tragen in der* „Neukirch'schen Sammlung" *die Verfasserangabe*
C. H. v. H. *Die Bedeutung dieser Initialen wird von Titelblatt und Vorrede außer Zweifel ge-*
stellt. 9 solches *In einer Handschrift:* alles. 11 gemeines Band *gewöhnliches Haarband.*

Der wohlgesetzte fuß / die lieblichen gebärden /
Die werden theils zu staub / theils nichts und nichtig werden /
  Denn opfert keiner mehr der gottheit deiner pracht.
15 Diß und noch mehr als diß muß endlich untergehen /
Dein hertze kan allein zu aller zeit bestehen /
  Dieweil es die natur aus diamant gemacht.

CHRISTOPH OTTO ELTESTER*

An die vollkommenheit seiner Solime.

Die schönheit / welche dir aus allen gliedern blickt /
Der hals / dem helffenbein und alabaster weichen /
5 Der mund / vor welchen selbst der purpur will erbleichen /
Die augen / deren blitz fast alle welt entzückt /
Und deren keusche glut die hertzen fest verstrickt /
Die stirne / die den glantz der perlen kan erreichen /
Die wangen / welchen nie kein silber zu vergleichen /
10 Jn denen lieb und huld ihr bildniß eingedrückt;
Die wohlgestalte läng / das anmuths-volle wesen /
Die attlas-weiche hand / die schnee zuschanden macht /
Der haare kostbarkeit / und über irrd'sche pracht /
Und was du sonsten mehr zu deinem schmuck erlesen /
15 Macht / daß man dich verehrt vor andern weit und breit /
Ein fehler bleibt dir nur / der ist die grausamkeit.

UNBEKANNTER VERFASSER

Uber Herrn v. Hoffmannswaldau Gedichte.

Wenn ich gestorben bin / so merckt den letzten willen /
Scharrt mich / wie ihr mich findt / in Hoffmanns schrifften ein /
5 Denn dadurch werdet ihr den eintzgen wunsch erfüllen:
Jch werde aufferweckt und nicht begraben seyn.

AN DIE VOLLKOMMENHEIT SEINER SOLIME. 1 *Im Original:* C. E. *Die Zuschreibung folgt Herbert Cysarz.*

UBER HERRN V. HOFFMANNSWALDAU GEDICHTE. 1 *Im Original:* E. G. R. *(nicht aufgelöst).*

Vielleicht wirds ziemlich lang biß jener tag erscheinet /
So bleibt mir dieses buch der beste zeitvertreib /
Der wird mir unrecht thun / der meinen tod beweinet /
10 Wisst: Hoffmanns hoher geist beseelt den kalten leib.

JOHANN VON BESSER*

1.

Nicht schäme dich / du saubere Melinde /
    Daß deine zarte reinligkeit
Der feuchte mond verweist in eine binde /
    Und dir den bunten einfluß dräut.
5 Der grosse belt hegt ebb' und flut /
Was wunder / wenns der mensch der kleine thut.

2.

Die röthigkeit bey deinen bunten sachen
    Hat niemahls deinen schooß versehrt.
10 Wie muscheln sich durch purpur theuer machen /
    So macht dein schnecken-bluth dich werth.
Wer liebt ein dinten-meer wohl nicht /
Weil man daraus corallen-zincken bricht?

3.

Nur einmahl bringt das gantze jahr uns nelcken /
15   Dein blumen-busch bringts monatlich /
Dein rosen-strauch mag nicht verwelcken /
    Sein dorn der halt bey dir nicht stich /
Denn was die sanfften blätter macht /
Das ist ein thau von der johannis-nacht.

4.

20 Kanst du gleich nicht die lenden hurtig rühren /
    Lobt man dich doch im stille stehn /
Der augenblau wird leichtlich sich verlieren /
    Denn wirst du seyn noch eins so schön.
Man sammlet / spricht die gantze welt /
25 Viel besser frucht / wenn starcke blüte fällt.

5.

Laß mich darum doch keine fasten halten /
    Ein könig nimmt den schranck zwar ein /
Doch muß er fort / wann sich die wasser spalten /
    Der geist muß ausgestossen seyn.

30 Man geht / wie iedermann bekandt /
  Durchs rothe meer in das gelobte land.

CHRISTIAN HOFMANN VON HOFMANNSWALDAU

1.

 Albanie gebrauche deiner zeit /
Und laß den liebes-lüsten freyen zügel /
 Wenn uns der schnee der jahre hat beschneyt /
5 So schmeckt kein kuß / der liebe wahres siegel /
 Jm grünen mäy grünt nur der bunte klee.
      Albanie.

2.

 Albanie / der schönen augen licht /
Der leib / und was auff den beliebten wangen /
10 Jst nicht vor dich / vor uns nur zugericht /
Die äpffel / so auff deinen brüsten prangen /
 Sind unsre lust / und süsse anmuths-see.
      Albanie.

3.

 Albanie / was qvälen wir uns viel /
15 Und züchtigen die nieren und die lenden?
 Nur frisch gewagt das angenehme spiel /
Jedwedes glied ist ja gemacht zum wenden /
 Und wendet doch die sonn sich in die höh.
      Albanie.

4.

20 Albanie / soll denn dein warmer schooß
So öd und wüst / und unbebauet liegen?
 Jm paradieß da gieng man nackt und bloß /
Und durffte frey die liebes-äcker pflügen /
 Welch menschen-satz macht uns diß neue weh?
25   Albanie.

5.

 Albanie / wer kan die süßigkeit
Der zwey vermischten geister recht entdecken?
 Wenn lieb und lust ein essen uns bereit /
Das wiederholt am besten pflegt zu schmecken /
30 Wünscht nicht ein hertz / daß es dabey vergeh?
      Albanie.

6.

Albanie / weil noch der wollust-thau
Die glieder netzt / und das geblüte springet /
So laß doch zu / daß auff der Venus-au
35   Ein brünstger geist dir kniend opffer bringet /
Daß er vor dir in voller Andacht steh.

                        Albanie.

Jst denn dein hertze gar erfroren?
Bist du aus schnee und eiß gebohren?
    Hörst du mein seuffzen nicht /
    Und was mein unmuth spricht?
5   Soll ich dich göttin nennen?
    So nim des himmels wehmuth an /
    Der leichtlich sich erbarmen kan /
Und uns nicht ewig läst in hoffnungs-flammen brennen.

Des blutes-regung zu vermeiden /
10   Und gantz von fleisch und blut zu scheiden /
    Jst nirgends ein gebot /
    Es heissets auch nicht Gott;
Sich selber zu verlassen
    Jst eine flucht / so sträfflich ist /
15   Und wer ihm solche bahn erkiest /
Den muß die menschlichkeit als einen unmensch hassen.

Du kanst ja deiner nicht geniessen /
Kein mund weiß selber sich zu küssen /
    Der schnee auff deiner brust
20   Bringt dir geringe lust.
Die fleischichten Granaten
    Seynd nicht allein vor dich erdacht /
    Kein mensch ist vor sich selbst gemacht;
Es weiß der klügste geist ihm hier nicht recht zu rathen.

25   Die rose suchet ihr verderben /
Die auff dem stocke wünscht zu sterben /
    Und nur ihr gantz allein
    Meynt angetraut zu seyn.

---

21 *Granatäpfel.*

Wilst du dich selbst begraben?
30   Wer sich in sich umsonst verzehrt /
   Jst warlich seiner selbst nicht werth /
Und muß der thorheit schild an seiner grabstatt haben.

Bezwinge weißlich dein gemüthe /
Und folge zeitlich dem geblüte /
35   Darein im paradieß
   Gott selber funcken bließ;
Wer kan ihm widerstreben?
   Schau ich dein helles antlitz an /
   So fühl ich was der himmel kan /
40 Und wünsch auff deiner brust verparadießt zu leben.

   Niemand weiß wie schwer mirs fällt /
Flammen in der brust zu hegen;
   Und sie dennoch für der welt /
Nicht ans freye licht zu legen.
5 Feuer läst sich nicht verhelen;
   Denn sein glantz ist allzuklar /
Und die glut verliebter seelen
   Macht sich selber offenbar.

   Hundert augen die von neid
10 Und von lauter argwohn brennen /
   Sind auff mich zu sehn bereit /
Ob sie was vermercken können.
Noch verberg ich meine schmertzen /
   Daß man keine funcken sieht /
15 Da die liebe doch im hertzen
   Wie ein andrer Aethna glüht.

   Dieses ist der liebe kunst /
Amor suchet finsternissen /
   Und von seiner stillen brunst /
20 Muß der helle tag nichts wissen.
Venus bricht mit ihrem sterne
   Erst bey dunckler nacht herein /
Daß die zarte jugend lerne
   Jn der liebe heimlich seyn.

25   Drum gewehne dich mein muth /
Deine flammen zuverschweigen;

Laß von der verborgnen glut
Weder mund noch auge zeugen.
Mustu dich gleich etwas zwingen /
30   Jst gleich die verstellung schwer;
Aus den allerschwersten dingen
    Kommt die gröste lust offt her.

Perlen liegen eingeschrenckt
Jn den harten muschel-häusern.
35   Wer auff frische rosen denckt /
Sucht sie in den dornen-reisern.
Honig ist nicht ohne bienen.
    Wer in Canaan will stehn /
Muß erst in Egypten dienen /
40   Und durch meer und wüsten gehn.

Vielleicht wird des himmels gunst
Mir das glück noch künfftig gönnen /
    Daß die kohlen meiner brunst
Offenbarlich brennen können.
45   Jtzo schreib ich meinem hertzen
    Diesen wahren denck-spruch ein:
Feuers-glut und liebes-schmertzen
    Müssen wohl bewahret seyn.

BENJAMIN NEUKIRCH*

Uber ihre Unempfindligkeit.

Sylvia ist wohl gemacht.
Jhre glieder sind wie ketten /
5   Und ich wolte sicher wetten /
Daß von hundert Amouretten
Drey nicht ihre schönheit hätten /
    Noch ihr holdes angesicht;
    Nur ihr hertze tauget nicht.

10   Sylvia ist angenehm.
Jhre lippen sind corallen /
Jhrer brüste zucker-ballen /
Und ihr honigsüsses lallen
Gleicht den jungen nachtigallen /

---

1 *Im Original:* B. N.

15 Die die mutter abgericht;
Nur ihr hertze tauget nicht.

Sylvia ist voller lust.
Sie verbirget / was sie schmertzet /
Sie ergetzet / wann sie schertzet /
20 Sie bezaubert / wann sie hertzet /
Lachet / wenn man sie verschwärtzet /
Und hört alles / was man spricht;
Nur ihr hertze tauget nicht.

Ach du ungezognes hertz!
25 Wann du denn allein mißfällest /
Wann du ihren geist verstellest /
Wann du ihren mund vergällest /
Und mit trotze von dir prellest /
Was sich dir und ihr verpflicht;
30 Warum ändert sie sich nicht?

Auff ihre augen.

Jch weiß nicht / ob ich euch noch einmahl werde sehn /
Jhr wunder-vollen augen;
Dennoch werden meine wunden /
5 So ich stets von euch empfunden /
Und nicht mehr zu heilen taugen /
Ewig / ewig offen stehn.

CHRISTIAN HOFMANN VON HOFMANNSWALDAU

An Lauretten.

Laurette bleibstu ewig stein?
Soll forthin unverknüpffet seyn
5 Dein englisch-seyn und dein erbarmen?
Komm / komm / und öffne deinen schooß
Und laß uns beyde nackt und bloß
Umgeben seyn mit geist und armen.

---

21 *anschwärzt, verleumdet.*

Laß mich auff deiner schwanen-brust
10 Die offt-versagte liebes-lust
Hier zwischen furcht und scham geniessen.
Und laß mich tausend tausendmahl /
Nach deiner güldnen haare zahl /
Die geister-reichen lippen küssen.

15 Laß mich den ausbund deiner pracht /
Der sammt und rosen nichtig macht /
Mit meiner schlechten haut bedecken;
Und wenn du deine lenden rührst /
Und deinen schooß gen himmel führst /
20 Sich zucker-süsse lust erwecken.

Und solte durch die heisse brunst /
Und deine hohe gegen-gunst
Mir auch die seele gleich entfliessen.
So ist dein zarter leib die bahr /
25 Die seele wird drey viertel jahr
Dein himmels-rundter bauch umschliessen.

Und wer alsdann nach meiner zeit
Zu lieben dich wird seyn bereit /
Und hören wird / wie ich gestorben /
30 Wird sagen: Wer also verdirbt /
Und in dem zarten schooße stirbt /
Hat einen sanfften tod erworben.

Unbekannter Verfasser

Komm braune nacht / umhülle mich mit schatten /
Und decke den mit deiner schwärtze zu /
Der ungestöhrt sich will mit sonnen gatten /
5 Und im bezirck der engel suchet ruh /
Ja hilff mein ach / eh du noch wirst verschwinden /
Mit linder hand von meiner seele binden.

Wie / hör' ich nicht / willkommen mein verlangen!
Schon im gemach mit leiser stimme gehn?
10 Fühl' ich mich nicht mit lilien umfangen /
Und meinen fuß auff diesen grentzen stehn /
Wo nur Celinde wird aus thränen lachen /
Aus flammen eiß / aus bette himmel machen.

So tilge nun / o heldin! meine schmertzen /
15   Wirff mit dem flohr die leichte zagheit hin /
Laß meine Hand mit deinem reichthum schertzen /
    Und mich entzückt das schöne thal beziehn /
Da sich im thau die stummen lüste kühlen /
Und tag und nacht mit ihren farben spielen.

Dein heisser mund beseele mich mit küssen /
20   Hilff / wenn ich soll an dieser brust versehrn /
Durch lindern / biß die flüchtigen narcissen
    Mir ausgestreckt die stille freude mehrn /
Und möchtest du ja deinen krantz verlieren /
25 Solln perlen doch die schönen haare zieren.

Mein wort erstirbt / die seele will entweichen /
    Ach laß sie doch in enge himmel ein /
Laß schiff und mast in deinen hafen schleichen /
    Und deine hand mir selbst ein leitstern seyn /
30 Du solt alsbald die eingeladne gaben /
Nebst voller pracht statt der belohnung haben.

CHRISTIAN HOFMANN VON HOFMANNSWALDAU

        Wo sind die stunden
            Der süssen zeit /
        Da ich zuerst empfunden /
5   Wie deine lieblichkeit
        Mich dir verbunden?
    Sie sind verrauscht / es bleibet doch darbey /
    Daß alle lust vergänglich sey.

        Das reine schertzen /
10   So mich ergetzt /
        Und in dem tieffen hertzen
            Sein merckmahl eingesetzt /
        Läst mich in schmertzen /
    Du hast mir mehr als deutlich kund gethan /
15 Daß freundlichkeit nicht anckern kan.

        Das angedencken
            Der zucker-lust /
        Will mich in angst versencken.

Es will verdammte kost
20   Uns zeitlich kräncken /
Was man geschmeckt / und nicht mehr schmecken soll /
Jst freuden-leer und jammer-voll.

Empfangne küsse /
Ambrirter safft /
25   Verbleibt nicht lange süsse /
Und kommt von aller krafft;
Verrauschte flüsse
Erqvicken nicht. was unsern geist erfreut /
Entspringt aus gegenwärtigkeit.

30   Jch schwamm in freude /
Der liebe hand
Spann mir ein kleid von seide /
Das blat hat sich gewand /
Jch geh' im leide /
35   Jch wein' itzund / daß lieb und sonnenschein
Stets voller angst und wolcken seyn.

ERDMANN NEUMEISTER*

Jch soll mich mit gewalt verlieben /
Mir ist zur inclination
Ein artig mädgen vorgeschrieben;
5   Wiewohl ich bleibe noch davon /
Weil ich das marck der besten jahre
Vor mich und gute freunde spare.

Jch habe zwar nichts auszusetzen / .
Das mädgen ist wohl liebens werth.
Und diesen will ich glücklich schätzen /
10   Den sie zum courtisan begehrt.
Nur ich will mich des glücks begeben /
Und in beliebter freyheit leben.

Sie weiß sich propre auffzuführen;
15   Manch frauen-zimmer läst auch drum
Ein krummes maul zum possen spüren /
Doch das verdoppelt ihren ruhm.

---

1 *Im Original:* E. N.

Die armen sünder müssen passen /
Und ihr das prä in allen lassen.

20 Wem sind die wunder-schönen blicke
Und ihre minen nicht bekandt?
Es fehlt ihr nichts in keinem stücke /
Was sie nur hat / das ist galant.
Der wird erst schöne sachen wissen /
25 Der sie mit appetit darff küssen.

Mir steht die thür vor andern offen.
Doch weil mich vor die courtoisie
Mein glücke läst was bessers hoffen /
So geb ich mir auch keine müh /
30 Und habe den termin im lieben
Auff lange zeit noch abgeschrieben.

Jch will bey guten freunden bleiben /
Die sollen manchen lieben tag
Die lange zeit gewünscht vertreiben.
35 Und weil Coffee und auch toback
Die angenehme lust vermehren /
Will ich die liebe noch verschweren.

Wenn ja mein hertz an solchen dingen /
Sich endlich noch verplämpern soll /
40 So laß ich mich durchaus nicht zwingen /
Gezwungne speise schmeckt nicht wohl.
Jch muß die wahl und freyheit haben /
Wenn ich mich soll nach wunsche laben.

Und also last mich . . .
45 Mit einer inclination /
Sonst geht mir alle lust verlohren.
Deßwegen bleib ich auch davon /
Und mag mich nicht damit vermengen /
Noch vor der zeit die flügel hengen.

---

37 *unterlassen, meiden.*

1697

CHRISTIAN HOFMANN VON HOFMANNSWALDAU

An die Phillis.

Der und jener mag vor mir
Das gelobte land ererben;
Laß mich / Phillis / nur bey dir
Auf den hohen hügeln sterben.

Auff ihre schultern.

Jst dieses schnee? nein / nein / schnee kan nicht flammen führen.
Jst dieses helffenbein? bein weiß nicht weis zu seyn.
Jst hier ein glatter schwan? mehr als der schwanen schein /
5 Jst weiche woll allhier? wie kan sich wolle rühren?
Jst alabaster hie? er wächst nicht bey saphiren /
Jst hier ein liljen-feld? der acker ist zu rein.
Was bist du endlich doch? weil schnee und helffenbein /
Weil alabaster / schwan / und liljen sich verlieren.
10 Du schaust nun / Lesbie / wie mein geringer mund
Vor deine schultern weiß kein rechtes wort zu finden /
Doch daß ich nicht zu sehr darf häufen meine sünden /
So macht ein kurtzer reim dir mein gemüthe kund:
Muß Atlas und sein hals sich vor dem himmel biegen /
15 So müssen götter nur auf deinen schultern liegen.

CHRISTOPH OTTO ELTESTER*

Auff die scheelen augen.

1. Jhr scheelen augen ihr / wie wohl ist der daran /
Der einen seiten-blick von euch geniessen kan:
Es gehet euer glantz vor andrer augen-zier;
Jhr habt den besten preiß / ihr scheelen augen ihr.

AUFF DIE SCHEELEN AUGEN. 1 *Die Verfasserangabe beruht auf Vermutung.* 2 scheelen *schielenden.*

2. Was nützet mir ein schein / dadurch man in verdacht /
Dadurch der liebes-bund wird an das licht gebracht?
Jhr aber wist davor gantz heimliche manier /
10 Wie ihr liebäuglen solt / ihr scheelen augen ihr.

3. Manch auserlesnes paar muß durch verliebten schein /
Wenns gleiche strahlen wirfft / sein selbst verräther seyn /
Es zeiget aller welt die sehnliche begier /
Die in dem hertzen steckt / ihr scheelen augen ihr.

15 4. Jhr aber wenn ihr gleich gerade von euch blitzt /
So geht es jenen an / der euch zur seiten sitzt /
Den ihr euch auserwehlt / und niemand mercket hier
Den heimlichen verstand / ihr scheelen augen ihr.

5. Jhr scheelen augen stralt mit götter-gleichem schein /
20 Auch Venus wolte selbst also gemahlet seyn.
Drum zweiffle niemand nicht / daß euch die gleiche zier
Der schönsten Venus gleicht / ihr scheelen augen ihr.

6. Glückselig wer also verstohlen brennen kan /
Den greifft kein frembder neid in seinem lieben an.
25 Sein gutes glücke geht den andern allen für /
Er lebt durch euch beglückt / ihr scheelen augen ihr.

JOHANN VON BESSER*

Grabschrifft des Printz Alexanders aus Curland /
welcher nebst den gebrüdern / der beyden Grafen von Dohna /
A. 1686. in dem bekanten sturme vor Ofen geblieben.

5 Zween Grafen fielen mit / als Ofen mich begraben.
Es solte ja ein Fürst auch ein gefolge haben.
    Und daß ich sicher wär' hier unter diesem stein /
    So musten diese zween / zween treue brüder seyn.
Der älteste fiel erst / hernach ich / in der mitten.
10 Der jüngste blieb nach mir / so / wie wir auch gestritten.
    Wie artig nimt der tod / der sonst verwirrung macht /
    Die ordnung der natur und standes hier in acht!

---

18 verstand *Sinn, auch: Verständigung.*
    4 A. *Anno, im Jahr;* Ofen *Buda, heute Teil von Budapest, wurde 1686 belagert und*
den Türken abgewonnen.   10 blieb *fiel.*

UNBEKANNTER VERFASSER

Aus: Grabschrifften

Eines alten bösen weibes.
Ein schädlich basilisck / in grimmig tieger-thier /
5   Ein weib / das wie ein hund zum beißen trug begier /
Und in dem leben hat gleich einer sau gerochen /
Die ist in dieses loch nur allzu spät gekrochen.

Eines Findlings.
Jch ward ein kind / und doch ward ich nie kind genennet /
10   Weil ich die eltern nie und sie mich nicht erkennet.
Letzt nahm die erde mich / als aller mutter / auff /
Jch fand im sterben diß / was nicht im lebenslauff.

Grabschrifft des Aretini. J. P.
Hier lieget Aretin / der fürsten nur geschändet /
15   Dem seine schmähsucht nichts als dieses grab geendet.
Nur Gott und himmel blieb von ihm noch unvernicht /
Verwundre dich nicht drob: Er kante beyde nicht.

JOHANN VON BESSER*

Gespräche Der sterbenden Belise / und ihres sie
beklagenden Lysis.

Belise starb / und sprach im scheiden:
5   Nun / Lysis / nun verlaß ich dich!
Jch stürbe willig und mit freuden /
    Liebt eine dich so sehr als ich.
Ach! sprach er / mag dich das betrüben /
    Belise? nur dein tod ist schwer!
10   Kanst du mich selbst nicht länger lieben /
    Bedarff ich keiner liebe mehr.

---

13 *Vgl. Hofmannswaldaus Grabschrift S. 300.*   J. P. *Italienischen Poeten?*

HANS ASSMANN VON ABSCHATZ*

Uber die worte Sirachs: O todt / wie bitter bistu!

Wie bitter bistu herber tod /
Wenn du uns das entziehst /
Was uns auff dieser welt nechst Gott
Am allerliebsten ist:
Wenn mit betrübtem hertz-zerschneiden
Die treusten freunde von uns scheiden.

Wie bitter bistu blasser tod /
Wenn du dich findest ein /
Weil noch die frischen wangen roth
Und unverfallen seyn /
Wenn wir / weil keine kräffte fehlen /
Noch wollen lange jahre zehlen.

Wie bitter bistu herber tod /
Wenn du den thron umschmeist /
Worauff ein stoltzer erden-gott
Zu prangen sich befleist /
Wenn er für dir muß unten liegen /
Der viel noch dachte zu besiegen.

Wie bitter bistu herber tod /
Wenn den dein pfeil berührt /
Der frey von kummer / sorg und noth
Sein sichres leben führt /
Der sich bey ehre / gut und schätzen /
Noch länger meinte zu ergetzen.

Wie bitter bistu herber tod /
Wenn einer wird bezielt /
Der von dem schweren sünden-koth
Sich überladen fühlt /
Der seine rechnung so getrieben /
Daß er zu tief in schulden blieben.

Wie bitter bistu herber tod /
Wenn deine sand-uhr schreckt /
Den vormahls seine seelen-noth
Vom schlaffe nie erweckt /

---

1 *Im Original:* H. A. F. v. A.　　2 *Jesus Sirach* 41,1.

Den sein gewissen selbst verklaget /
Und in der höllen ängste jaget.

Wie leichte bistu / stiller tod /
40   Dem / der verfolgt / geprest
Und arm bey seinem thränen-brod
Viel seufftzer nach dir läst /
Biß du ihn solcher angst enthebest /
Sein elend neben ihn begräbest.

45   Wie leichte bistu sanffter tod /
Wenn dich empfindt der leib /
Dem stetes siechthum / weh und noth
Sein bester zeit-vertreib /
Wenn du die folter-gleichen schmertzen
50   Benimst dem abgekränckten hertzen.

Wie süsse bistu seelger tod /
So offt du wol bereit
Die müde seele schickst zu Gott
Aus allem kampff und streit /
55   Den leib mit ruh in seine kammer
Führst zu verschlaffen leid und jammer!

Herr über leben und den tod /
Der du den tod gekost /
Damit wir auch auf dein gebot
60   Zum sterben haben lust /
Gib daß für mich in deinen wunden
Auch werd' im tode trost gefunden.

CHRISTIAN WERNICKE*

An unsre teutsche Poëten.

Jhr Teutschen wenn die Lieb aus eurer Feder quill't /
Jhr eure Buhlschafft wolt mit eurem Vers bedienen /
5   So kriegt man gleich zu sehn / *ein marmor-weisses Bild;*
Jhr Aug ist von *Achat* / die Lippen von *Rubienen* /
Die Adern von *Türckies* / die Brüst aus *Alabast:*
Die frembde Buhlschafften sind lang nicht so verhaßt.
Der Welsche betet sie als eine Göttin an /
10   Und sucht so offt er immer kan /

Vor ihr auf seinen Knien zu liegen;
Es macht sie der Frantzos von lauter Witz /
Zur Freundschafft fähig / ja verschwiegen /
Und folgends ein Gefäß ohn eine Ritz;
Der Englische der nichts als was natürlich thut /
Der machet sie von lauter Fleisch und Blut;
Jhr aber woll't *Pigmaljons* alle sein
Und machet sie zu *Bilder* oder *Stein.*

Auf die Unterdrückung geschickter Leute.

Die jetzt am Steuer-Ruder stehn /
Und an der Printzen Seite gehn /
Sind meistens Leut' / den sonst nichts recht
Zum Vorzug giebt / als ihr Geschlecht;
Die gnug gelernt sich zu verstellen;
Viel Schwürigkeit in leichten Fällen
Zu machen; und durch schlaue Künst'
Geschicktre Leute zu verdringen:
So gar daß jetzund der *Verdienst*
Gering ist / oder *bey Geringen.*

Auf Papinian.

Es muß der Rechtsgelahrte wehlen eins von beyden
Entweder *Unrecht sprechen* / oder *Unrecht leiden.*

Auf den Thrax.

Thrax denckt wer hochdeutsch spricht / der müß nothwendig
Daß / der so höflich ist / ihn suche zu betrügen;   [lügen /
Er denckt daß die Bescheidenheit
Der Feigheit Zeichen sey / und giebet keinem nach;
Er glaubet / es besteh die *deutsche Redlichkeit*
Jn *Grobheit* / und in *Nieder-Sächscher Sprach.*

---

14 *folglich.*   17 *Pygmalions.*

1698

CHRISTOPH WEIGEL

Der Mahler.
Man muß mit dem Schein, nicht Zufrieden seyn.

Entzuckt vom Wesen hier ein Schatten
wann netter Fleiß und Kunst sich gatten,
  mit Ruhm-erhabner Mahlerey:
So denckt, wie Herrlich jenes Leben,
das uns hier im Entwurff gegeben,
  dort in dem Urgrund Selber sey.

5

---

2 ff. *Man vergleiche Hans Sachsens Verse aus dem Ständebuch, im 3. Band dieser Anthologie.*
5 netter *zierlicher.*

CHRISTIAN GRYPHIUS

Ungereimtes Sonnett.

Ob gleich Cloridalis auf ihre Marmor-Kugeln /
   Die / wie ein ieder sagt / der Himmel selbst gewölbt /
5   Und auf ihr Angesicht / das Sternen gleichet / trozt /
Ob schon / wie sie vermeynt / des Paris goldner Apfel
Vor sie allein gemacht / ob gleich viel altes Silber
   Jn ihrem Kasten ruht / doch ists ein eitler Wurf /
   Den sie nach mir gethan; ich bin gleichwie ein Felß /
10 Und lieb ein kluges Buch mehr als der Venus Gürtel.

Die Liebe reimet sich so wenig mit Minerven /
Als eine Sterbe-Kunst zu Karten und zu Würffeln /
Das Brautt-Bett in die Gruft / Schalmeyen zu der Orgel /
Ein Mägdchen und ein Greiß / als Pferde zu den Eseln /
15 Als Meßing zum Smaragd / als Rosen zu den Disteln /
Als diese Verse selbst / ja fast noch weniger.

JOHANN CASPAR SCHADE

›Über die Anfangs-Worte des 63. Psalms‹

     GOTT / du bist mein GOTT.
      bistu mein Gott?
5   Gott du bist mein.
      Du Gott bist mein.
      mein GOTT bist DU.

     DU Gott bist mein Gott.
      mein Gott / bist Gott.
10   bist mein Gott / Gott.
      Gott / Gott bist mein.
      Gott mein Gott BIST.

     BIST du Gott mein Gott?
      mein Gott / du Gott.
15   du mein Gott / Gott?
      Gott / du mein Gott.
      du Gott / Gott MEIN?

UNGEREIMTES SONNETT. 12 Sterbe-Kunst *Ars moriendi, Titel von Erbauungsbüchern.*
ÜBER DIE ANFANGS-WORTE . . . 2 ff. *In der Vorbemerkung des Herausgebers* (Dem
Christlichen Leser zur Nachricht) *heißt es in Beziehung auf dieses Gedicht: es habe* darin
der Seel. [. . .] über die Anfangs-Worte des 63. Psalms übende / sein Hertz ausge-
schüttet.

MEIN Gott / bistu Gott?
Gott du bist / Gott.
20   bistu Gott / GOTT.
Gott / Gott bistu.
Gott / du Gott bist.

GOTT / Gott bistu mein?
mein Gott du bist.
25   bistu / Gott / mein?
Gott / du mein bist.
Gott / mein bistu.
AMEN.

1699

JOHANN MARTIN*

Von Torheit der Untreu.

Die Untreu ist die gröste Torheit / indem sie sehr schmächlich /
ihren eignen Herren schlägt / dann wer einen Stein in die Höhe
5 würfft / auf desselben Kopf fallet er: Eccl. 27. v. 28. Nichts desto
weniger ist sie heutiges Tags so gemein / daß man mit Salomon
seufftzend fragen muß:
Wer wird einen getreuen Mann finden? Prov. 20. v. 6.

Soll ich das Ant - litz di - ser Tu - gend =
6   5   6   4 3

ka - len Zei - ten mit Thrä - nen /
6

1 *Im Original:* P. F. Laurentius von Schnüffis *(Martins Ordensname). Die Komposition
ist vom Dichter selbst.*   2 *Im Original geht eine lateinische Fassung des Gedichts, ebenfalls
in sapphischen Strophen, voran. Ein Kupfer zeigt u. a. den Verrat des Judas. Die deutsche
Unterschrift lautet:* „Verrätherey ist eine that, | Dergleichen kaum die höll waß hat."
3 *schmählich.*   5 *Jesus Sirach 27,28.*   8 *Sprüche Salomons 20,6.*

1.

Soll ich das Antlitz diser Tugend-kahlen
Zeiten mit Thränen / oder Ruß abmahlen /
Weil es mit Untreu / deren es voll stecket /
     schandlich beflecket?

2.

Troja kaum einen Dolon hat gebohren /
Durch wessen Untreu alles sie verlohren /
Weil er den Griechen / da man ihn sehr schreckte /
     Alles entdeckte.

3.

Tausend dergleichen seynd auff Teutscher Erden /
Welche threuloser / als Thyestes, werden /[a])
Die / wie die Schlänglein / so die Mutter beissen /
     Teutschland zerreissen.

4.

Ja dahin ist die Teutsche Treu gekommen /
Wovon Abscheuen man zuvor genommen /
Daß man in Lastern / die man sonst verfluchet /
     Lob / und Ehr suchet.

5.

O wie weit wird ein böses Hertz abtrinnig /
Welches der Eyfer machet so unsinnig /
Daß man nichts achtet / wie es auch abscheulich /
     Schändlich / und greulich?

a) Ein falscher Mann / welcher seinem Bruder unthreu gewest.

---

14 Dolon *trojanischer Spion, vgl. Ilias X, 314 ff.*   20 *Motiv der Emblematik: die jungen Vipern töten bei der Geburt die Mutter, indem sie ihren Leib durchbeißen.*

6.

30 Dessen zum Beyspiel Ceila mir gedeyet /
Welche von David ihres Feinds befreyet /
Dannoch dem Saul ihn für die Liebes-Thaten
       Wolte verrathen. [b])

7.

Joab / der sich am Amasa gerochen /
35 Hatte / falsch-küssend / schelmisch ihn erstochen / [c])
Etwann / wie Wespen / welche die Heuschrecken
       Falscher Weiß hecken.

8.

Wie deß Assuerus lose Zimmer-Hüter /
Besser zu sagen Schinische [d]) Gemüther /
40 Welche / den König heimblich umzubringen /
       Wetzten die Klingen. [e])

9.

Auch so gar *Käyser Leopold* / O Schande!
Under treulosen Katzen sich befande /
Die dem gecrönten Haubt auch haben därffen
45   Fangstricke werffen.

10.

Dise mit Treuheit ihren Schalck verblümen;
Auch so gar einen Pilades sich rümen / [f])
Aber / als Sinon, schlimmer dise Dieben /
       Solche That üben.

11.

50 Soll man nicht halten sie für Manticoren / [g])
Oder für Sphyngen / die zum Mord gebohren / [h])
Die sich mit frischem / ihnen allerbesten /
       Menschen-Fleisch mästen.

---

b) 1. Reg. 23.   c) 2. Reg. 20. v. 10.   d) Schinisch / mörderisch.
e) Esther. 2.   f) Pilades, ein getreuer Mann.   g) Manticora, ein grausames Thier / welches dem Menschen-Fleisch hitzig nachtrachtet.   h) Sphynx,
eine grausame Mißgeburth.

---

30 Ceila *Kegila, Stadt im südlichen Palästina.*   37 *irrtümlicherweise.*   38 *Ahasveros, Xerxes.*   42 ff. *Anspielung auf die des Verrats verdächtigten Minister Auersperg und Lobkowitz?*   48 *vgl. Aeneis 2, 57 ff.*   *zu* b) 1. Samuel 23.   *zu* c) 2. Samuel 20, 10.

12.

Jedermann sucht durch arge Fünd' / und Dücke /
55   Nicht seines Nächsten / nur sein eignes Glücke;
Liebe zum Nächsten lau ist / und zertrennet /
        Eigne Lieb brennet.

13.

Nemblich wann man im Sünden-Pful versencket /
Gröste Sünd man nicht / Sünd zu seyn / gedencket /
60   Sondern / wie es die Atheisten machen /
        Gottes nur lachen.

14.

Juden / und Heyden sich der Trüg- und Listen
Schämmen / soll es dann rümlich seyn den Christen?
Sollen nicht flecken / die den Mond verblenden /
65   Mehr die Sonn schänden?

15.

Obschon vom Bund auch böse Menschen weichen /
Mithin ihr Ehr mit Schandes-Kath bestreichen /
Werden sie doch nicht Gottes Zorn entfliehen /
        Noch sich entziehen.

16.

Wann es unrecht / und lasterhafft ist / brechen /
Was die treulose Feinde theur versprechen /
Was wird nicht seyn / das Vatterland verkauffen
        Feindlichem Hauffen?

17.

75   Dises Ertz-Laster (schlisset zu die Ohren)
Nicht etwann Griechen / so die Treu verlohren /
Sondern die Teutsche / die man treu genennet /
        Häfftig jetz brennet.

18.

Mancher sich heut wie Sergius erzeiget /[1])
80   Welche dem Feind / dem Herren nicht / geneiget/
Küssend / wie Judas / denen Ungezifern
        Jhn überlifern.

i) Sergius, ein Verräther.

54 Fünd *Kniffe, Listen.*   67 Kath *Kot.*

19.

Ach! wo ist dann ein treuer Mann zu finden?
    Seufzet das Teutschland daß ihm möcht geschwinden /
85   Weil kein Orest mehr / welcher jetz verhasset /k)
        Blicken sich lasset.

20.

Aber der Untreu folget Rach mit herben
    Straffen / im Rad-Beth die Verräther sterben:
Massen Gott selber so verruchte Thaten /
        Pflegt zu verrathen.

k) Orestes, ein seinem Freund getreuer Mann.

1700

CHRISTIAN HENRICH POSTEL

Aus des vortrefflichen Hispanischen Poeten
D. Luis de Gongora seinen Getichten das IX. Sonnet,
welches anfänget: Mientras por competir &c.

5   Sonnet.

Weil noch der Sonnen Gold mit allen Strahlen weichet
    Dem ungemeinen Glantz auf deinem schönen Haar.
    Weil noch vor deiner Stirn der Liljen Silber-Schaar
Jn blasser Furcht und Scham die weissen Segel streichet.
10   Weil noch das Sähnen nach den Nelcken sich nicht gleichet
    Der brünstigen Begier nach deiner Lippen Paar.
Ja weil dem Halse noch des Marmors blancke Wahr
    Mit allem Schimmer nicht einmahl das Wasser reichet /
    Laß Haare / Halß und Stirn und Mund gebrauchet sein /
15   Eh' das was in dem Lentz der Jugend war zu ehren
    Vor Gold / vor Lilien / vor Nelcken / Marmorstein /
Sich wird in Silber-grau und braune Veilgen kehren.
    Ja eh' du selbst dich mit dem Hochmuht dieses Lichts
Verkehrst in Erde / Koht / Staub / Schatten / gar in Nichts.

83 *ohnmächtig werden.*   3 D.   *Don (Herr).*

Anhang

Editorischer Bericht

Die in diesem Band enthaltenen Gedichte sind mit wenigen eigens bezeichneten Ausnahmen nach den Erstdrucken mitgeteilt und bewahren durchweg deren Orthographie und Interpunktion. Auf eine genaue Nachbildung ihrer typographischen Gestalt mußte allerdings verzichtet werden. Im einzelnen ist über die Einrichtung der Texte sowie über Druckvorlagen und Kommentierung das Folgende zu sagen.

1. Die Texte sind von der im 17. Jahrhundert vorherrschenden Frakturschrift auf Antiqua umgesetzt worden. Nur der Schrägstrich / die Virgel / und das einheitliche Zeichen für I und J erinnern noch an die originale Fraktur. Die zeitübliche Umlautschreibung (å ö ů, zuweilen auch ů) ist durch die heutige ersetzt, das Frakturzeichen ꝛc erscheint als *etc.* Abkürzungen (ē, ñ, d', dz, q:) und Ligaturen (œ) wurden aufgelöst; bewahrt blieben alle diakritischen Zeichen sowie ů als Bezeichnung des Diphthongs. Die unterschiedlichen Schriftgrade der Vorlagen sind auf drei Größen reduziert. Überschriften erscheinen in größerer, Melodieangaben in kleinerer Schrift als die Gedichte selbst. Initialen werden durch Versalien, die Versalien, die ihnen in den Originalen folgen, durch Minuskeln wiedergegeben. In allen anderen Fällen stehen an Stelle von Versalien (außer am Wortbeginn) hier Kapitälchen. Hervorhebungen gleich welcher Art sind einheitlich durch *kursiven* Druck kenntlich gemacht. Die im 17. Jahrhundert zur Kennzeichnung (nicht zur Hervorhebung) von Fremdwörtern und fremdsprachigen Namen verwendete Antiqua wird außer in einem Gedicht (S. 163 f.) nicht durch Kursive ersetzt. An die originale Schriftart erinnert in diesen Fällen zuweilen ein Komma statt der Virgel. – Die in den Vorlagen verschiedenartigen Kennzeichnungen des Strophenbeginns wurden vereinheitlicht. In dieser Sammlung sind die Strophen (außer bei sapphischen Oden) durch Abstände voneinander getrennt und beginnen mit einem eingezogenen ersten Vers nur dann, wenn der Einzug im Original zur Gliederung der einzelnen Strophe dient. Bei numerierten und nicht durch Einzüge gegliederten Strophen sind die Zahlen an den Beginn der jeweils ersten Verse gerückt worden. Sonette erscheinen stets in der typographischen Gliederung der Vorlagen. Erste Strophen, die in den Originalen nur unter den Noten stehen, werden hier nach dem Beispiel der übrigen Strophen gegliedert. Die Versanfänge sind dementsprechend auf Majuskeln umgesetzt. Gedichte, die in den Originalen ganz unter die Noten gesetzt sind, werden nach den Reimen versweise gegliedert. – Die Fußnoten der Originale sind hier einheitlich durch kleine Buchstaben bezeichnet.

2. Die beigefügten Melodien werden unter stillschweigender Korrektur von Druckfehlern in moderner Notation wiedergegeben. Auf eine Ergänzung der oft fehlenden Taktstriche wurde mit Bedacht verzichtet. In den unproblematischen Fällen mag der Leser sie selbst eintragen. Er sollte aber wissen, daß die Musik des 17. Jahrhunderts den „Takt" im modernen Sinn noch nicht kennt, und daß die senkrechten Striche oft nur zur „Distinktion" von musikalischen Phrasen dienen. Die Texte unter den Noten weichen hier wie in den Vorlagen zuweilen vom Wortlaut ihrer Wiederholung zu Beginn der Lieder ab. – Der Herausgeber nimmt gern die Gelegenheit wahr, darauf hinzuweisen, daß die Liedkompositionen von Schein, Albert und Krieger in modernen Gesamtausgaben leicht erreichbar sind. Einige andere in diesem Band nicht mitgeteilte Melodien stehen im Evangelischen Kirchengesangbuch.

3. Offenkundige Setzer- und Druckversehen sind (zum Teil nach Erratalisten der Vorlagen) stillschweigend korrigiert worden. In allen auch nur im geringsten zweifelhaften Fällen wird der ursprüngliche Wortlaut in Fußnoten vermerkt. Wo der Herausgeber sich nicht völlig sicher war, ob und wie zu korrigieren wäre, hat er sich mit Vorschlägen begnügt. Einige schwachtonige Endsilben auf e, die beim Skandieren zu tilgen wären, sind unkorrigiert geblieben. Ein besonders schwieriges Problem bilden in dieser Hinsicht die Gedichte von Theobald Höck (S. 13–17). Sie lassen in der Fassung, in der sie überliefert sind und in der sie auch hier ohne glättende Eingriffe gedruckt werden, die vom Dichter zugrundegelegten Versmaße an vielen Stellen nicht erkennen. Im allgemeinen aber kann der metrisch reguläre Wortlaut durch Verkürzung voller Formen oder durch Vervollständigung verkürzter Formen leicht rekonstruiert werden. Man hat wohl zu lesen: S. 13: 5 gspunnen, 6 gefolget, 7 Entgegn, 9 alls, 11 mögn das böß; S. 15: 2 habn, 4 wölln erfahren, 5 sparen, 8 gschickligkeit, 9 Wenns nur jhr eygen Sprachen (?); S. 17: 2 Gsell, 7 Herren, 9 sies gleich nit verstehn – und so weiter. Man vergleiche im übrigen Albert Köster im *Anzeiger für deutsches Altertum* 26, 1900, S. 287–319.

4. Dem Abdruck liegen prinzipiell die ersten öffentlichen Ausgaben zugrunde. Aber nicht immer sind sie bekannt, und nicht immer waren sie erreichbar. Hin und wieder hat sich der Herausgeber mit späteren Drucken oder mit kritischen Ausgaben behelfen müssen. In allen Fällen aber, wo das Datum, unter dem ein Gedicht hier erscheint, nicht identisch ist mit dem der Druckvorlage, wird deren Erscheinungsjahr bereits im Textteil und ihr Titel im Verzeichnis der Quellen genannt. Die Nennung im Textteil entfällt nur bei Verwendung von Faksimiledrucken. Übrigens war für die Datierung der Gedichte das *nominelle* Datum ihres ersten Drucks maßgebend – auch wenn es möglich schien oder wie im Fall des *Simplicissimus* sogar gewiß ist, daß der Verleger das Erscheinungsjahr vordatiert hat.

5. Auf anonymes oder pseudonymes Erscheinen verweist im Textteil ein Sternchen hinter dem Namen des Autors. Pseudonyme und Initialen werden in Fußnoten mitgeteilt. Auf Bilder und auf Melodien, die hier nicht mitabgedruckt werden, verweisen [in eckigen Klammern] Angaben wie *Holzschnitt* und *Melodie*. Vor Gedichten, die aus erzählenden Werken stammen, steht zuweilen ›in Winkelklammern‹ eine aus dem Kontext übernommene Überschrift. Die Überschriften der Gedichte aus *Damon und Lisille* sind dem Register des Originals entnommen. Überschriften, die der Herausgeber von sich aus einigen Inschriften hinzugefügt hat, werden von ‹nach innen geöffneten› Klammern eingeschlossen.

6. Die den fremdsprachigen und niederdeutschen Gedichten beigefügten *Übersetzungen* sollen das Wortverständnis der Originale erleichtern. Sie gleichen darum eher Interlinearversionen. Die *Anmerkungen* versuchen die Lücke zu schließen, die den Informationsstand des zeitgenössischen Lesers von dem des heutigen trennt. Sie erklären mythologische, historische und literarische Anspielungen und geben die Bedeutung von heute nicht mehr oder nicht mehr in demselben Sinn gebräuchlichen Wörtern an. – Die *Sacherläuterungen* sind knapp gehalten und beschränken sich im allgemeinen auf Mitteilungen, die sich nicht ebensogut auch einem gebräuchlichen Lexikon entnehmen lassen. Der Herausgeber hat sich dabei am dtv-Lexikon orientiert. Informationen über den biographischen Hintergrund einzelner Gedichte werden nur in seltenen Fällen, etwa bei Fleming, mitgeteilt. Bei Quellenverweisen auf die Vulgata sind in Fußnoten die entsprechenden Namen und Zahlen der Lutherbibel

angeführt. Die *Worterläuterungen* bleiben auf lexikalische Angaben beschränkt. Man erwarte also keine Interpretationen. Eine Reihe von Wörtern wird wegen der Häufigkeit ihres Vorkommens nur in dem nachfolgenden Glossar verzeichnet. Wo sich der Wortsinn eines Satzes weder aus dem Kontext noch aus Fußnoten oder Glossar ergibt, mag der Leser es mit lautem Lesen versuchen. Zuweilen ist in der fremden Tracht der barocken Orthographie ein wohlbekanntes Wort verborgen. Auch hat man oft mit einem Lautwechsel zwischen d und t, b und p, i und ü, e und ö zu rechnen. Statt des reflexiven *sich* steht im Dativ zumeist das Personalpronomen: *ihm, ihr, ihnen.*

Glossar

ab *von*
aber *wieder, nochmals*
als *als ob; wie*
andere *zweite*
anfahen *anfangen*
Arbeit *Mühe*
Ausbund, Auszug *Muster*

baß *besser*
begunte *begann*
beschrien *berühmt*
bewußt *bekannt*
Blick *Augenblick*
brauchen, sich brauchen *gebrauchen*
braun *dunkelfarben; violett*
Brunst *Brand; Inbrunst*

Cynthia *Diana; der Mond*
dann *denn; als*
denn *dann; als*
dieweil *weil; solange*
dürfen *müssen; bedürfen*
dürftig *bedürftig*

eh, ehr *eher; zuerst*
einig *einzig*
englisch *engelhaft, engelgleich*
entstecken *anstecken, entzünden*
erkiesen *erwählen*

Flora *Göttin der Blumen; pflanzliche Natur*
fodern *fordern*

Frauenzimmer *weibliches Geschlecht; Frauen von Stande*
für, für- *vor, vor-*

ganz *gar*
gemein *gemeinsam, allgemein; gewöhnlich*
Glück *Geschick, Zufall*
Graus *Schutt*
gund, gunte *begann*

Helfenbein *Elfenbein*
henken *hängen*

je *ja*

Karthaun *schweres Geschütz*
krank *schwach*
Kreuz *Leid*
künstlich *künstlerisch, kunstreich*

Märe *Nachricht, Kunde*
Marmel *Marmor, Marmorstein*
Mittel *Mitte*
müssen (nicht) *dürfen (nicht)*
Mut *Sinn, Gemüt*

nächst, nechst *letzthin, neulich*
Notdurft *Bedürfnis, Notwendigkeit*
notdürftig *bedürftig*

ob *über; obgleich; als ob*
Ode *Lied*
ohngefähr *zufällig*

Pallas *Minerva, Athene*
pflag *pflegte*
Phoebus *Apollo; die Sonne*
Plan *Gefilde; ebener Platz*

Reim *Vers*

satt *genugsam, genügend*
Satz *Satzung, Gesetz; Strophe*
schlecht *gering; schlicht, einfach; glatt*
schmeißen *schlagen*
Schöne *Schönheit*
sehr *ganz*
sein, seind *sind*
so *Relativum (der, die, das)*
sonder *ohne*
Strahl *Pfeil*
Stück *Kanone*

überkommen *bekommen, erhalten*
Urlaub *Abschied*

verdringen *verdrängen*
verstellen *entstellen*
vor *für; zuvor*
vorhanden *gegenwärtig*
vorhin *früher schon; ohnehin*

wa *wo*
was *etwas*
weil *solange, während*
Welsch *Italienisch; Französisch; Roma-
nisch*
Witz *allg.: das Vermögen, Beziehungen
wahrzunehmen; Verstand; Klugheit; Weis-
heit.*
wo *wenn*

zeitlich *beizeiten, früh*
Zephyr *Westwind*
Zeug *Stoff, Materie*
zu- *zer-*

Nachtrag

Zu S. 61 OPITZ: *Das Gedicht ist (wie auch die ersten beiden Strophen des vorangehenden) schon
1624 in Opitzens Buch von der Deutschen Poeterey gedruckt, mit der Kennzeichnung:* zum
theil von dem Ronsardt entlehnet, *und mit der Lesart:* 14 Vnd felsen sagt es jhr / sagt /
sagt es jhr vor mich.

Zu S. 217 UNBEKANNTER VERFASSER: *Das Gedicht stammt von* PHILIPP VON ZESEN *und
ist zum erstenmal in der dritten Ausgabe von dessen* Hoch-deutschem Helikon, *Wittenberg
1649, gedruckt. Dort erscheint es unter der Überschrift* Ein anderes [*Lied*] / fast nach dem
griechischen der edlen Dichterin Saffo. Φαίνεταί μοι κεῖνος ἴσος θεοῖσιν. *Nach die-
sem (übrigens versweise abgesetzten Druck) ist zu lesen:* 8 nicht mehr sprechen 9 schone
wil gebrechen 12 gebein.

Zu S. 262 KRIEGER: *Dem Gedicht liegt eine um drei Strophen längere Ode von* PAUL FLE-
MING (Teutsche Poemata, *1642 :* Jst dieses nun das süße Wesen) *zugrunde. Die Über-
schrift ist von Krieger hinzugefügt. Die von ihm gestrichenen Strophen sind abgedruckt in meinen*
Drei Miszellen zur Lyrik des Barock, GRM N. F. XXV *(1974), S. 108–116.*

Zu S. 328 HOFMANN VON HOFMANNSWALDAU: *Das Gedicht ist zuerst gedruckt im Anhang
zu Johann Christoph Männlings* Europäischem Helikon, *Wittenberg 1685, mit der wahr-
scheinlich schlechteren Lesart:* 32 Und muß des Todes Bild stets zum Gefährten haben.

Verzeichnis der Quellen

Das Verzeichnis ist chronologisch angelegt. Die Anordnung von Quellen aus einem und demselben Jahr entspricht der Reihenfolge ihrer Verwendung in dieser Anthologie. Wo ein Erstdruck nicht erreichbar war, wird unter dessen Datum, im Anschluß an den Vermerk ‚*Erstdruck 16* . .‘ oder an den Titel des Erstdrucks, die statt seiner verwendete spätere Auflage oder Ausgabe genannt. Die Quellen für einige im 17. Jahrhundert nur inschriftlich überlieferte Texte sowie für zwei Gedichte von Simon Dach stehen am Schluß des Registers. – Die Titel der zeitgenössischen Quellen werden vollständig und in Hinsicht auf Orthographie und Interpunktion diplomatisch angeführt. Abbreviaturen sind aufgelöst. Auf eine Wiedergabe der originalen Typographie (zweifarbiger Druck, Vignetten, verschiedene Schriftarten und Schriftgrade, Zeilenfall) mußte verzichtet werden. – Zum Zwecke leichterer Orientierung gehen den Titeln die Namen der Autoren oder der Herausgeber voran. Sind aus einer Quelle Gedichte mehrerer Autoren, oder eines Autors, der nicht auch der Autor oder Herausgeber der Quelle ist, in diese Sammlung aufgenommen, erscheinen ihre Namen im Anschluß an den Quellentitel.

1 Höck – Schönes Blumenfeldt / Auff jetzigen Allgemeinen gantz betrübten Standt / fürnemblich aber den Hoff-Practicanten vnd sonsten menigklichen in seinem Beruff vnd Wesen zu guttem vnd besten gestellet: Durch Othebladen Öckhen von Jchamp Eltzapffern Bermeorgisschen Secretarien. Recht bleibt Recht / krump ist nicht schlecht. Jm Jahr / M. D C I. *[Kolophon:]* Gedruckt zur Lignitz im Elsas / durch Nickel Schöpssen / 1601.

2 Paul von der Aelst, Hrsg. – Blům̄ vnd Außbund Allerhandt Außerlesener Weltlicher / Züchtiger Lieder vnd Rheymen / Welche bey allen Ehrlichen Gesellschafften können gesungen / vnd auff allen Instrumenten gespiellt werden Zu dienstlichem wollgefallen vnd ergetzung allen Ehrliebenden jungen Gesellen / Frawen vnd Jungfrawen / so wol auß Frantzösischen / als Hoch- vnd Nider Teutschen Gesang- vnd Liederbüchlein zusamen gezogen / vnd in Truck verfertigt. Gedruckt zu Deuenter / im jahr M. DC. JJ.

Unbekannter Verfasser

3 Becker – Der Psalter Dauids Gesangweis / Auff die in Lutherischen Kirchen gewöhnliche Melodeyen zugerichtet / Durch Cornelium Becker D. Mit einer Vorrede Herrn Doctoris Polycarpi Leisers Churf. Sächs. Hoffpredigers / etc. Leipzig. Cvm Privilegio. M. D C ij.

4 Donauer – Chr. Donaveri Ratisb. P. L. C. Schediasmata Rythmica: Mehrerley Geistliche / vnd zu Gebet / Lob / Busse / Trost / auch Lehr / im Wehr- vnd Nehrstand / Nützliche Vbungen. Gedruckt zu Regenspurg / bey Euphrosina Gräfin 1607.

5   Spiegel des Antichrists. Darinn Warhafftig für Augen gestellet / welcher massen
     der Bapst / sampt seinen Jesuiten / vnd Beschornen hauffen der Geistlosen / alle
     Ordnung Gottes zerrittet / die Majestetten lestert / Gottes wort verkehrt / der
     Welt Gütter an sich bringt / vnd dadurch den Lehr: Wehr: vnd Nehrstandt
     vndertrucket / auch endtlich der gantzen Welt ein beschwerliche Last worden /
     gegen jhre lesterhaffte vngegrünte Fischerey gestellet. *[Einblattdruck o. O.]* 1608.

6   Elverfeld – Pharmaceutice Davidica. Daß ist Eine Heilwirtige vnd bewehrete
     Artzney Kunst. Auß dem Geistreichen heiligen Psalter des Königlichen Pro-
     pheten David / Wormit der Hochgelarter Himmelscher Doctor / der Heiliger
     Geist / alle Menschliche Leibes vnd der Seelen gebrechen / Auff Fünfferley arth
     vnd weise / mit schönen Tugentreichen vnd wol verordenten Medicamentis,
     lauter vmbsonst / Heilet vnd Curirt, Nebenst etzlichen andern zu Ende an-
     gehengeten schönen Geistlichen Gesengen / Newlich Durch Jonam von Elver-
     felden Bestalleten von Holsteinschen F. G. Landt vnd Gerichts-Schreibern in
     Karhard / Allen leidenden CreutzBrüdern vnd Schwestern zu ersprießlichem
     Nutz / mit lieblichen Reimsprüchen gezieret / vnd auff vbliche Luthersche vnd
     andere den vnserigen gebreuchliche Melodien Gesangesweise / Gestellet. Schließ-
     wick. *[Kolophon:]* Getruckt zu Schlesswig. Anno MDCIX.

7   Ein schön new Lied / Vormals inn Truck nie außgangen: Es hett ein Edel-
     mann ein Weyb / ein wunder schöne Frawe / etc. Jnn seiner eygenen Melodey
     zu singen / etc. Das ander: Jch bin verwundt mit Venus pfeil / etc. Jm Thon /
     Tantz Mägdlein Tantz / etc. Getruckt zu Basel / bey Johann Schröter. 1610.

8   Das Bauern Vatter vnser wider die mutwilligen oder vnbillichen Landsknecht.
     [Einblattdruck o. O.] Jm 1610. Jahr. *Abdruck nach:* Hermann Wäscher: Das
     deutsche illustrierte Flugblatt. Von den Anfängen bis zu den Befreiungskriegen.
     Dresden: VEB Verlag der Kunst 1955. Band 1. *[Faksimile].*

9   Widmann – Musicalisch Kurtzweil / Newer Teutscher / mit sehr frölichen
     vnd kurtzweiligen Texten / gestellte Gesänglein / Täntz vnd Curranten / sampt
     denen hievor zu vnterschiedlichen malen außgegangenen dreyen Theylen / zu
     singen / vnd auff allerley Musicalischen Jnstrumenten zu gebrauchen / mit fünff
     vnd vier Stimmen componiert / Durch Erasmum Widmannum, Halensem,
     Gräfenloischen Hohenloischen Capellenmeistern vnd Praeceptorem zu Weyckers-
     heim. Cantus. Nürnberg / Verlegt vnd gedruckt durch Abraham Wagenmann.
     MDCXI. *[Der erste Druck (1606–?) hat sich in keinem vollständigen Exemplar
     erhalten.]*

10   Janus Gruter, Hrsg. – Delitiae Poetarvm Germanorvm Hvivs Svperio-
     risqve Aevi illustrium Pars III. Collectore A. F. G. G. Francofvrti Excude-
     bat Nicolaus Hoffmannus, sumptibus Iacobi Fischeri. M. DC. XII.

                                                                  Johannes Heermann

11   Hübner – Beschreibung Der Reiß: Empfahung deß Ritterlichen Ordens: Voll-
     bringung des Heyraths: vnd glücklicher Heimführung: Wie auch der ansehn-
     lichen Einführung: gehaltener Ritterspiel vnd Frewdenfests: Des Durch-

leuchtigsten / Hochgebornen Fürsten vnd Herrn / Herrn Friederichen deß
Fünften / Pfaltzgraven bey Rhein / deß Heiligen Römischen Reichs Ertztruch-
sessen vnd Churfürsten / Hertzogen in Bayern / etc. Mit der auch Durch-
leuchtigsten / Hochgebornen Fürstin / vnd Königlichen Princessin / Elisabethen /
deß Großmechtigsten Herrn / Herrn Iacobi deß Ersten Königs in GroßBritan-
nien Einigen Tochter. Mit schönen Kupfferstücken gezieret. Jn Gotthardt
Vögelins Verlag. Anno 1613.

12 Bruck – Iacobi â Bruck Angermundt Cogn. Sil. Emblemata Moralia.
et Bellica. Nunc recens in Lucem edita. Argentorati Per Iacobum ab Heyden
Iconographum Anno MDCXV. M. Merian Incidebat.

13 Weckherlin – Oden vnd Gesänge durch Georg-Rodolf Weckherlin. *[Kolo-
phon:]* Stutgardt / Getruckt bey Johan-Weyrich Rößlin / Jm Jahr 1618.

14 Weckherlin – Das ander Buch Oden vnd Gesäng. Durch Georg-Rodolf Weck-
herlin. *[Kolophon:]* Stutgart / Gedruckt bey Johan-Weyrich Rößlin. Jm Jahr
1619.

15 Andreae – Geistliche Kurtzweil J. V. A. Zu Ergetzligkeit einfältiger Christen
mitgetheilt. Die Gottes Art Helt Widerpart / Der Welt Vnart; Das Hertz be-
wart / So Gott nach art. Straßburg / Jn Verlegung Lazari Zetzners Erben /
Anno 1619.

16 Schein – *Erstdruck* 1621. *Abdruck nach:* Soprano I. à 3. Musica boscareccia,
Wald Liederlein / Auff Italian-Villanellische Invention Beydes für sich allein
mit lebendiger Stim / oder in ein Clavicimbel, Spinet, Tiorba, Lauten etc.
Wie auch auff Musicalischen Jnstrumenten anmuhtig vnd lieblich zu spielen
Fingirt vnd Componirt Von Iohan-Hermano Schein / Grünhain. Directore
Musici Chori in Leipzig. Mit Churf. Sächs. Befreyung / Vnd Jn verlegung des
Autoris. Anno M. DC. XXVII.

17 Deß Pfaltzgrafen Vrlaub. *[Einblattdruck o. O.]* Getruckt im Jahr 1621.

18 Schein – Diletti Pastorali, Hirten Lust / Von 5. Stimmen / zusampt dem
Basso Continouo, Auff Madrigal-manier Componirt, Von Johan-Hermano
Schein / Grünhain. Directore Musici Chori in Leipzig. Mit Churfürstl. Sächs.
Privilegio. Canto I. Leipzig / Jn Verlegung des Autoris, Anno M. DC.
XXIV. *[Kolophon:]* Leipzig / Gedruckt bey Friederich Lanckisch / Jm Jahr 1624.

19 Rollos – Vita Corneliana Emblematibvs in Aes Artificiosé incisa, nouo
uarietatúm genere pulcrè distincta, & in fauorem studiosorum sempiternum
edita. Das ist das gantze Leben Cornelij Mit außerlesenen gemelten in Kupffer
gestochen / mit newen allerley art Stucken herlich gezieret / vnd zu stettiger
gunst allen Studenten vnd deroselben liebhabern verfertiget Durch Peter Rollos
Kupferstechern / Anno 1624

20 OPITZ VON BOBERFELD – MARTINI OPICII. Teutsche Pöemata vnd ARJSTARCHVS Wieder die verachtung Teutscher Sprach, Item Verteutschung Danielis Heinsij Lobgesangs Iesu Christi, vnd Hymni in Bachum Sampt einem anhang Mehr auserleßener geticht anderer Teutscher Pöeten. Der gleichen in dieser Sprach Hiebeuor nicht auß kommen. Straszburg In verlegung Eberhard Zetzners. Anno 1624. *Habrecht, Kirchner, Opitz, Schede, Zinkgref*

21 OPITZ VON BOBERFELD – MARTINI OPITII Acht Bücher, Deutscher Poematum durch Jhn selber heraus gegeben / auch also vermehret vnnd vbersehen / das die vorigen darmitte nicht zu uergleichen sindt. Jnn Verlegung Dauid Müllers Buchhandlers Jnn Breßlaw. 1625.

22 WECKHERLIN – *Handschrift* 1625. *Abdruck nach:* Leonard Forster: Ein viersprachiger Gedichtzyklus G. R. Weckherlins. In: Jahrbuch der deutschen Schillergesellschaft (Stuttgart: Kröner) 1, 1957. S. 11–29. *[Faksimile auf Tafeln]*

23 SCHEIN – SOPRANO I. Dritter Theil Der Musica boscareccia, Oder Wald-Liederlein [*weiter* ∼ *wie* **16**] Jn Verlegung des Autoris, vnd bey demselben zu finden. Anno 1628.

24 OPITZ VON BOBERFELD – Martin Opitzen Schäfferey Von der Nimfen Hercinie. Gedruckt zum Brieg Jn verlegung David Müllers Buchhandlers in Breßlaw. 1630.

25 HEERMANN–DEVOTI MUSICA CORDIS. Hauß- vnd Hertz-Musica. Das ist: Allerley geistliche Lieder / aus den H. Kirchenlehrern vnd selbst eigner Andacht / Auff bekandte / vnd in vnsern Kirchen vbliche Weisen verfasset Durch Johann. Heermannum / Pfarrn zu Köben. / Jn Verlegung David Müllers Buchhändlers zu Breßlaw / Gedruckt zu Leipzig durch Johann Albrecht Mintzeln / Jm Jahr MDCXXX.

26 PLAVIUS – *Erstdruck* 1630. *Abdruck nach:* Danziger Barockdichtung. Herausgegeben von Heinz Kindermann. (Deutsche Literatur . . . in Entwicklungsreihen, Reihe Barock, Ergänzungsband). Leipzig: Reclam 1939.

27 FLEMING – P. FLEMMINGI RUBELLA, seu SUAVIORUM Liber I. *[Kolophon:]* LIPSIAE, Prostat apud ELIAM REHEFELD, Excudebant haered. FRIDERICI LANCKISCH. Anno M. DC. XXXI.

28 Creutz Saat / vnd Frewden Erndt / der wahren Kinder Gottes. Das ist: Christliche einfältige Leichpredig / genommen auß dem 5. vnd 6. vers. deß 126. Psalm. Bey Begräbnuß Weyland der Edlen vnd Tugendtsamen Frawen BARBARAE, Deß auch Edlen vnnd Hochgelehrten Herrn Johann Friderich Jünglers / beeder Rechten Licentiaten / vnnd Fürstl. Marggr. Bad. Ober: vnd KirchenRaths zu Carlspurg / etc hertzvielgeliebter Haußfrawen. Welche nach außgestandner lang beschwerlicher Kranckheit / Freytags den 28. Octobr. Anno 1631. Morgens vmb halb Sechs Vhr / in jhrem Erlöser Christo seeliglich eingeschlaffen / vnd Sontags den 30. dessen / mit grosser Volckreicher Leichprocession, ehrlich vnd Christlich zur Erden bestattet worden. Auß Gottes heyligem Wort für Augen gestellt / vnnd in der Statt: vnd Pfarrkirchen zu Durlach / fürgetragen worden / Von M Caspare Seemann / Pfarrern daselbsten. Getruckt zu Durlach / durch Andream Senfft / Jm Jahr 1631. *[Darin:]* LACRUMAE In Luctuosam Sementem, BARBARAE [. . .] DVRLACI. Per ANDREAM SENFFT. *Schill*

29   WERDER – Krieg vnd Sieg Christi Gesungen Jn 100. Sonnetten Da in jedem vnd jeglichem Verse die beyden wörter / KRJEG vnd SJEG auffs wenigste einmahl / befindlich seynd. Wittenberg / Gedruckt bey Johann Röhnern / Jm Jahr 1631.

30   GLOGER – G. G. DECAS LATINO-GERMANICORUM EPIGRAMMATUM Zehen Lateinische vnd Deutsche Epigrammata. 1631.

31   EPICEDION Lamentabile juxtà ac gratulabundum, Manibus piissimis GUSTAVI ADOLPHI, Svecorum, Vandalorum, & Gothorum Regis incomparabilis, Religionis simul ac Libertatis in Imperio Romano-Germanico adsertoris & vindicis maximè strenui, Devotißimà intentione consecratum. Klag- vnd EhrenLied / Vber den tödtlichen Hintritt des Gottseligsten / Großmächtigsten / Vnvberwindlichsten / der Schweden / Wenden vnd Gothen / Königs Gustaff Adolphen / Der wahren allein seligmachenden Religion, vnd deutschen Freyheit allertapffersten Schutz-Herrn vnd Handhabern. Jn vnterthänigster Wolmeynung verfertiget. Beneben angefügtem Königlichen Schwanen-Gesang / so Jhr. Maj. vor dem blutigen Lützenschen Treffen / vnd gleichsam dero Ende / inniglichen zu Gott gesungen / vnd darauff alß ein Ritterlicher Kämpffer die dreyfache Crone des Ewigen Lebens erlanget / etc. Wie auch einem Christlichen Traur- vnd Trostlied vber den Frühzeitigen Ableiben höchstgedachter Königl. Majest. in Schweden / etc. Gedruckt zu Leipzig / bey Abraham Lambergs sel. Erben. [1632] *[Faksimile bei Berthold Kitzig, Göttingen 1935]* *Altenburg*

32   Vier Lieder Das Erste von dem starcken Heerzug Deß Hertzogen von Lothringen / damit er den Schwedischen wiederstehen / vnd das Churfürstenthumb Sachsen erwerben wollen / vnd wie er darüber Kranck worden. Geschehen Anno 1631. Nach dem Thon vnd gleich lautenden Reymen Es ist das Heyl vns kommen her / etc. Das Ander Von der Lothringer Niederlag bey Pfaffenhofen allda der Hertzog von dem Birckenfelder die letzte Oelung empfangen. Geschehen Anno 1633. Nach dem Thon vnd Reymen Mitten wir im Leben seynd etc. Das Dritte Von deß gemelten Hertzogen auß Lothringen Abschied / vnd wie ihme die Rheingräfische Armee bey Sennen mit der Leich gangen / Anno 1634. Jm Thon vnd Reymen Jch ruff zu Dir / etc. Das Vierdte Jst ein Valet vnd Klag-Lied des Duc di Feria wegen seines Hinscheidens auß Hoch-Teutschland durch Pündten in Hispanien: Anno 1634. Jn gleichem Thon vnd Reymen O Welt ich muß dich lassen / etc. Getruckt Jm Jahr / 1634.

33   RIST – JOHANNIS RISTII HOLSATI MUSA TEUTONICA Das ist: Teutscher Poetischer Miscellaneen ERSTER THEJL / Jn welchem begriffen Allerhandt Epigrammata, Oden, Sonnette, Elegien, Epitaphia, Lob/Trawr vnnd KlagGedichte etc. Gedruckt zu Hamburg bey Jacob Rebenlein / Jm Jahr 1634.

34 Czepko von Reigersfeld – Danielis â Czepko drey Rollen verliebter
    Gedancken. [*Handschrift* 1634] *Abdruck nach:* Daniel von Czepko: Weltliche
    Dichtungen. Herausgegeben von Werner Milch. Darmstadt: Wissenschaftliche
    Buchgesellschaft 1963. [*Fotomechanischer Nachdruck der Ausgabe Breslau* 1932.]

35 Gryphius – Andreae Gryphii, Sonnete. *[Kolophon:]* Gedruckt zur Polnischen
    Lissa / durch Wigandum Funck. [1637]

36 Logau – Erstes Hundert Teutscher Reimen-Sprüche Salomons von Golaw.
    Jn verlegung David Müllers Buchhendl: seel: Erben in Breßlaw. M. DC.
    XXXVIII. [*Faksimilierter Neudruck: Königsberg ca.* 1940]

37 Albert – Erster Theil der Arjen oder Melodeyen Etlicher theils Geist-
    licher / theils Weltlicher / zu gutten Sitten vnd Lust dienender Lieder. Jn
    ein Positiv / Clavicimbel / Theorbe oder anders vollstimmiges Jnstrument zu
    singen gesetzt Von Heinrich Alberten. Gedruckt zu Königsberg / bey Sege-
    baden Erben / Jn Verlegung des Autoris. Jm Jahr 1638.   *Dach*

38 Gryphius – Andreae Gryphii Philos: et Poet. Son- undt Feyrtags Sonnete.
    1639.

39 Gloriosa Justorum Requies, das ist / Die Herrliche vnd Seelige Kinderruhe
    Der Gerechten Gottes. genommen aus dem Buch der Weißheit. cap. 4, v. 7.
    et seq. Vber das frühzeitige / doch Seelige absterben Frewlin. Gottljeb / des
    Hochwohlgebohrnen Herrn / Herrn Ernst Georg von Sparrs / auff Tramp-
    vnd Prenden Erbgesessen; Jhr Röm. Käy. wie auch Königl. May. zu Pohlen
    vnnd Schweden Cammerherrn / Obristen / Krieges-raths / vnnd Generall
    Feldzeugmeisters. etc. etc. Vielgeliebten Töchterleins. Welches sanffte / still
    vnd seelig im Jahr 1638. den 12. Sept. in der Haupstadt Breßlaw in Schlesien
    abgeleibet / vnnd Darauff den letzten ejusdem M. in volckreicher versamblung
    bey S. Elisabet Kirch daselbsten beygesetzet. Zu Sonderbahrem Hertzenstrost
    in druck gegeben. von Georgio Dan. Coschvitzio. Ligiô Siles. p. t. Deroselbten
    verordneten Hoffprediger. Gedruckt zu Dantzig durch Georg Rheten. 1639.
                                                                    Koschwitz

40 Albert – Ander Theil der Arjen oder Melodeyen Etlicher theils Geist-
    licher / theils Weltlicher / zu gutten Sitten vnd Lust dienender Lieder. Jn ein
    Positiv / Clavicimbel / Theorbe oder anders vollstimmiges Jnstrument zu singen
    gesetzt Vnd Dem Fürtrefflichen vnd Welt-berümbten Musico Hn. Hejnrjch

SCHÜTZEN Churfl. Durchl. zu Sachsen etc. etc. Wolbestalten Capellmeister /
Alß seinem Hochgeehrten Herrn Oheim zugeschrieben Von Heinrich Alberten.
Gedruckt zu Königsberg / bey Segebaden Erben / Jn Verlegung des Autoris.
Jm Jahr 1640. *Dach*

41 FINCKELTHAUS – Gottfriedt Finckelthausens Deutshe Gesänge. Was gielts,
den solstu fühlen? *[Amor mit Pfeil]* HAMBURG. Bey Tobias Gunderman.
[Um 1640]

42 LUDWIG VON ANHALT-KÖTHEN – Kurtze Anleitung Zur Deutschen Poesi
oder Reim-Kunst mit ihren unterschiedenen Arten und Mustern Reimweise
verfertiget und vorgestellet. Alles zu Nutzen: Die fruchtbringende Gesel-
schafft. Gedruckt zu Cöthen Jm Fürstenthume Anhalt / Jm Jahre 1640.

43 ZESEN – PHILIPPI CAESII Deütscher Helicon / oder Kurtze verfassung aller
Arten der Deütschen jetzt üblichen Verse / wie dieselben ohne Fehler recht
zierlich zu schreiben / Bey welchem zu besserm fortgang vnserer Poesie Ein
Richtiger Anzeiger der Deütschen gleichlautenden vnd einstimmigen / so wohl
Männlichen / als Weiblichen Wörter (nach dem abc. Reimweise gesetzt /) zu
finden. Wittenberg Gedruckt bey Johann Röhnern / im Jahr 1640.

44 ZESEN – PHILIPPI CAESII Deutsches Helicons Ander Theil / Darinnen be-
griffen Allerley Arten und Muster der Deutschen Getichte / Bey welchem zu
bässerm fortgang unserer Poesie / Ein Richtiger Anzeiger Der Deutschen
gleichlautenden und einstimmigen Männlichen Wörter (nach dem abc. Reim-
weise gesetzt / und aufs neue vermehret) zu finden. Wittenberg / Gedruckt
bey Johann Röhnern / Jm Jahr 1641. *[Darin:]* Salomons Des Hebräischen
Königs Geistliche Wollust / oder Hohes Lied / Jn Dactylische und Anapästische
Verse gebracht / von Phil. Cös. *Buchner, Zesen*

45 WECKHERLIN – Georg Rodolf Weckherlins Gaistliche und Weltliche Gedichte.
AMSTERDAM Bey Iohan Iansson A °1641.

46 ALBERT – Vierter Theil der ARJEN oder MELODEYEN Etlicher theils Geist-
licher / theils Weltlicher / zur Andacht / guten Sitten / Liebe vnd Lust dienen-
der Reyme / Nach vnterschiedlichen Arthen zu singen vnd spielen gesetzt
von Heinrich Alberten. Gedruckt zu Königsberg bey Segebaden Erben / Jn
Verlegung des Autoris. Jm Jahr 1641. *Dach, Kaldenbach*

47 FLEMING – D. Paul Flemings Poetischer Gedichten So nach seinem Tode
haben sollen herauß gegeben werden. PRODROMUS. Hamburg Gedruckt bey
Hans Gutwasser / in Verlegung Tobiae Gundermans Buchhändlers / ANNO
M. DC. XLI.

48 FLEMING – D. Paul Flemings Teütsche Poemata Lübeck Jn Verlegung Laurentz Jauchen Buchhl. [1646; *vgl. S. 112*]

49 TSCHERNING – Andreas Tschernings Deutscher Getichte Früling. Breßlaw, Jn Verlegung Georg Baumans Buchdruckers. 1642.

50 VOIGTLÄNDER – Erster Theil Allerhand Oden vnnd Lieder / welche auff allerley / als Italianische / Frantzösische / Englische / vnd anderer Teutschen guten Componisten / Melodien vnd Arien gerichtet / Hohen vnd Nieder Stands Personen zu sonderlicher Ergetzligkeit / in vornehmen Conviviis vnd Zusammenkunfften / bey Clavi Cimbalen / Lauten / Tiorben / Pandorn / Violen di Gamba gantz bequemlich zu gebrauchen / vnd zu singen / Gestellet vnd in Truck gegeben / Durch Gabrieln Voigtländer / Jhrer Hoch-Printzlicher Durchleuchtigkeit zu Dennemarck vnd Norwegen / etc. wolbestelten Hoff-FeldTrommetern vnd Musico. Sohra / Gedruckt auff der Königl: Adelichen Academy / Von Henrich Krusen / bestalten Buchdrucker daselbst. Jm Jahr M. DC. XLII.

51 ALBERT – Fünffter Theil der ARJEN oder MELODEYEN Etlicher theils Geistlicher / theils Weltlicher / zur Andacht / guten Sitten / keüscher Liebe vnd Ehren-Lust dienender Lieder. Auff vnterschiedliche Arthen zum Singen vnd Spielen gesetzet Von Heinrich Alberten. Mit Churfl. Durchl. zu Brandenb. etc. etc. etc. PRIVILEGIO. Gedruckt zu Königsberg in Preüssen / bey Paschen Mensen / Jm Jahr M. DC. XLII.   *Albert, Dach*

52 RIST – DES DAPHNJS aus Cimbrien GALATHEE HAMBURG. Bey Jacob Rebenlein. [1642]

53 RIST – Johann: Risten Holst: Predigers Himlische Lieder mit sehr anmuhtigen von den weitberühmten H: Johan Schopen gesetzten Melodeyen. Lüneburg bey Johann: und Heinrich Sternn. Anno. 1643. *[Darin:]* Johann Risten: H. P. Himlischer: Lieder [. . .] Das Erste Zehn. [. . .] ANNO M. DC. XLII.

54 BALDE – IACOBI BALDE è SOCIETATE IESV LYRICORVM Lib. IV. EPODON Lib. vnus. *[Kolophon:]* MONACHII, Apud Heredes CORNELII LEYSERII, Electoralis Typographi, ANNO M. DC. XLIII.

55 GRYPHIUS – ANDREAE GRYPHII EPIGRAMMATA. Das erste Buch. [Leyden 1643]

56 GRYPHIUS – ANDREAE GRYPHII SONNETE. Das erste Buch. [Leyden 1643]

57 HARSDÖRFFER – GESPRACHSPJELE / So Bey Ehrn- und Tugendliebenden Geselschaften außzuüben / Dritter Theil: Samt einer Zugabe genant: MELJSA. Verfasset Durch einen Mitgenossen der hochlöblichen FRVCHTBRJNGENDEN

GESELSCHAFT. Nürnberg / Jn Verlegung Wolfgang Endters. M. DC. XXXXIII.

58 SCHNEÜBER – Johann-Matthias Schneübers Gedichte. Gedruckt zu Strasburg bey Joh: Philipp Mülben. M. DC. XL. IV.

59 GREFLINGER – SELADONS Beständtige Liebe. Franckfurt am Mayn / Verlegt von Edouard Schleichen Buchhändlern. M. DC. XLIV.

60 HARSDÖRFFER, KLAJ – PEGNESJSCHES SCHAEFERGEDJCHT / in den BERJNORGJ-SCHEN GEFJLDEN / angestimmet von STREFON und CLAJVS. Nürnberg / bey Wolfgang Endter. M. DC. XXXXIV.

61 BIRKEN – Fortsetzung Der Pegnitz-Schäferey / behandlend / unter vielen an-dern rein-neuen freymuhtigen Lust-Gedichten und Reimarten / derer von Anfang des Teutschen Krieges verstorbenen Tugend-berümtesten Helden Lob-Gedächtnisse; abgefasset und besungen durch Floridan / den Pegnitz-Schäfer. mit Beystimmung seiner andern Weidgenossen. Nürnberg / Jn Verlegung Wolffgang Endters. Jm Jahr M. DC. XXXXV.   *Birken, Klaj*

62 SCHOTTELIUS – Iusti-Georgii Schottelii Teutsche Vers- oder Reim Kunst darin Vnsere Teutsche Mutter Sprache, so viel dero Süßeste Poesis betrift, in eine richtige Form der Kunst zum ersten mahle gebracht worden. getruckt zu Wolfenbüttel in verlegung des Authoris im jahre M DC XL V

63 KLAJ – Der Leidende CHRJSTVS / Jn einem Trauerspiele vorgestellet Durch Johann Klaj / Der H. Schrifft Beflissenen / und gekrönten Poeten. Nürnberg / in Verlegung Wolffgang Endters / Jm Jahre M. DC. XLV.   *Geller*

64 ZESEN – Ritterholds von Blauen. Adriatische Rosemund. Last hägt Lust. Amstel-tam, Bei Ludwich Elzevihrn. 1645. gemacht durch den wachchenden.

65 SCHOTTELIUS – Fruchtbringender Lustgarte Jn sich haltend Die ersten fünf Abtheilungen / Zu ergetzlichem Nutze Ausgefertiget / Und gedrukt Jn der Fürstlichen Haupt-Vestung Wulffenbüttel / Durch Johann Bißmark / Jn ver-legung Michael Cubachs / Buchhändlers in Lüneburg. Jm Jahr / 1647.

66 ROMPLER VON LÖWENHALT – Des Jesaias Romplers von Löwenhalt erstes gebüsch seiner Reim-getichte. Getruckt zu Strasburg / bej Joh. Phil. Mülben / in dem 1647.ten jar Chrl.er z.

67 KARL GUSTAV VON HILLE – Der Teutsche Palmenbaum: Das ist / Lobschrift Von der Hochlöblichen / Fruchtbringenden Gesellschaft Anfang / Satzungen / Vorhaben / Namen / Sprüchen / Gemählen / Schriften und unverwelklichem Tugendruhm. Allen Liebhabern der Teutschen Sprache zu dienlicher Nach-richtung / verfasset / durch den Vnverdrossenen Diener derselben. Mit vielen Kunstzierlichen Kupfern gedrukkt / und verlegt durch Wolffgang Endtern. Nürnberg 1647.   *Unbekannter Verfasser*

68 NEUMARK – Betrübt-Verliebter Doch entlich hocherfrewter Hürte FILAMON Wegen seiner Edlen Schäffer-Nymfen BELLIFLORA, Das ist Kurtze Liebes beschreibung zweyer Hoch-Edlen Personen / auff derer bitte in ein Pastoral gebracht / vnd die darin stehende Lieder mit Melodeyen vnd Symfonien außgeziehrt Von Georg Neumarken / von Mülhausen aus Thüringen. Königsberg / Jn Verlegung Peter Händels / Buchführers Gedruckt durch Johann Reusnern. Anno 1648.

69 ALBERT – Siebender Theil der Arien / Etlicher theils Geistlicher: sonderlich zum Trost in allerhand Creütz vnd Widerwerdigkeit / wie auch zur Erweckung seeligen / SterbensLust; theils Weltlicher: zu geziemenden Ehren-Frewden vnd keüscher Liebe dienender Lieder / Zu singen gesetzet von Heinrich Alberten. 1648. Mit Königlicher Mayt: in Pohlen vnd Schweden etc. etc. etc. Wie auch Churfl. Durchl. zu Brandenburg etc. etc. etc. PRIVILEGIIS nicht nachzudrucken. Gedruckt zu Königsberg in Preussen bey Paschen Mense / Jn Verlegung des Autoris. *Koschwitz*

70 WECKHERLIN – Georg-Rodolf Weckherlins Gaistliche vnd Weltliche Gedichte. Amsterdam / Bey Jan Jansson. 1648.

71 VOGEL – MEDITATIONES EMBLEMATICAE de restauratâ PACE GERMANIAE cùm brevi explicatione. Sinnbilder Von dem widergebrachten Teutschen Frieden kürtzlich erklärt durch Johann Vogel. ANNO CVM DIXerInt; paX non erIt paX, paX erIt. [1649]

72 SPEE VON LANGENFELD – Güldenes TVGEND-BVCH, das ist / Werck vnnd übung der dreyen Göttlichen Tugenden. deß Glaubens, Hoffnung, vnd Liebe. Allen Gottliebenden / andächtigen / frommen Seelen: vnd sonderlich den Kloster- vnd anderen Geistlichen personen sehr nützlich zu gebrauchen. durch Den Ehrw. P. FRIDERICVM SPEE, Priestern der Gesellschafft JESV. Cum Facultate et approbatione superiorum. Cöllen / Jn verlag Wilhelmi Friessems Buchhändlers / in der Tranckgaß im Ertz-Engel Gabriel. Jm Jahr 1649. Cum gratia et Privilegio Sac. Caes. Maj.

73 SPEE VON LANGENFELD – TRVTZ NACHTIGAL, Oder Geistlichs-Poetisch LVST-WALDLEIN, Deßgleichen noch nie zuvor in Teutscher sprach gesehen. Durch Den Ehrw: P. FRIDERICVM SPEE, Priestern der Gesellschafft JESV. Jetzo / nach vieler wunsch vnd langem anhalten / zum erstenmahl in Truck verfertiget. Cum Facultate et approbatione superiorum. Cöllen / Jn verlag Wilhelmi Friessems Buchhändlers / in der Tranckgaß im Ertz-Engel Gabriel. Jm Jahr 1649. Cum gratia et Privilegio Sac. Caes. Maj.

74 SCHIRMER – David Schirmers Erstes [-Vierdtes] Rosen-Gepüsche. Hall in Sachsen / Gedruckt bey Melchior Oelschlegels S. Erben / im Jahre 1650. *[Kupfertitel:]* David Schirmers Poetische Rosen Gepüsche. 1650.

75 HOYERS – ANNAE OVENAE Hoyers Geistliche und Weltliche POEMATA. Amsteldam, Bey Ludwig Elzevieren. A° 1650.

76 GRYPHIUS – Andreas Griphen Teutsche Reim-Gedichte Darein enthalten I. Ein Fürsten-Mörderisches Trawer-Spiel / genant. Leo Armenius. II. Zwey Bücher seiner ODEN III. Drey Bücher der SONNETEN Denen zum Schluß die Geistvolle Opitianische Gedancken von der Ewigkeit hinbey gesetzet seyn. Alles auff die jetzt üb- vnd löbliche Teutsche Reim-Art verfasset. Jn Franckfurt am Mayn bey Johann Hüttnern / Buchführern. Jm Jahr. 1650.

77 RULMANN [?] – Etlike Korte und Verstendlike Kling-Gedichte / Van Allerhand Saken / So eine Tydt her / hier und dar / under Olden Bekandten und Fründen vorgevallen / Jn rechter Düetscher Einfoldigheit vervatet / Vnd Up finer / goder vertruweder Lüde Begeren / in Druck gegeven. Jacobus Luttendutus: Nonne docti deberent aliquid scire? [*um* 1650]

78 HARSDÖRFFER – NATHAN und JOTHAM: Das ist Geistliche und Weltliche Lehrgedichte / Zu sinnreicher Ausbildung der waaren Gottseligkeit / wie auch aller löblichen Sitten und Tugenden / vorgestellet: Samt einer Zugabe benamt SJMSON Begreiffend hundert vierzeilige Räthsel.Zweyter Theil / Durch ein Mitglied der Hochlöblichen Fruchtbringenden Gesellschafft. Gedruckt zu Nürnberg / in Verlegung Michael Endters. Jm Jahr 1651. *[Undeutlich:]* Unter den Rosen / ist liebliches losen.

79 KHUEN – MVNERA PASTORVM Hirten-Ambt / Vnd anweisung der Geistlichen Schäfferey Getrewlich vorzustehn. Wie zu disem ende der Sohn Dauids / der König der Juden / vnd Priester nach der Ordnung Melchisedech in allerhand occasionen / genugsame Proben hinderlassen. Das liebreiche Vorbild auff dem Kampfplatz Golgotha vorgestelt / ist von den Erben Dauidis / als ersten Vorstehern der streitbaren Christenheit / in guter obacht erhalten; Endlich Den Hirten / vnd Schäflein vnsers verwürten Vatterland / nach Jnhalt vilerley Teutscher hierein verfaßter Gesänglein / der alten / Christlichen Gerechtigkeit / mit gleichförmigen Eyfer nachzustreben / getruckt worden. Cum facultate Superiorum. Getruckt bey Lucas Straub / Jn verlegung Johann Wagner Buchhandlers in München. ANNO M. DC. LI.

80 GREFLINGER – SELADONS Weltliche LJeder. Nechst einem Anhang Schimpff-vnd Ernsthaffter Gedichte. Franckfurt am Mayn / Jn Verlegung / Caspar Wächtlern / Gedruckt / bey Matthaeo Kämpffern / Jm Jahr Christi / M. DC. LI.

81 LAUREMBERG – Veer Schertz Gedichte I. Van der Minschen jtzigem Wandel und Maneeren. II. Van Almodischer Kleder-Dracht. III. Van vormengder Sprake / und Titeln. IV. Van Poësie und Rymgedichten. Jn Nedderdüdisch gerimet dörch Hans Willmsen L. Rost. Gedrücket im Jahr M. DC. LII.

82 SCHERFFER – Wencel Scherffers Geist: und Weltlicher Gedichte Erster Teil /
in sich begreiffend Eilf Bücher / deren inhalt nach der Zuschrifft zufinden.
Nebst einem kurtzen Register / zu Ende beygefügt. Zum Briege gedrukkt
von Christoff Tschorn. M. DC. LII.

83 BIRKEN – Geistlicher Weihrauchkörner Oder Andachtslieder I. Dutzet; Samt
einer Zugabe XII Dutzet Kurzer Tagseufzer. Nürnberg / Bey Jeremia
Dümlern / im 1652. Heiljahr. *[Kupfertitel:]* Sigismundi Betulij Juris Cultoris
et Poetae Caesarei Geistlichen weihrauchs 1. Dutzet körner.

84 JOHANN CRÜGER, Hrsg. – PRAXIS PIETATIS MELICA. Das ist: Vbung der Gott-
seligkeit in Christlichen und trostreichen Gesängen / Herrn D. Martini
Lutheri fürnemlich / wie auch anderer vornehmer und gelehrter Leute: Ordent-
lich zusammen gebracht / Vnd / über vorige Edition / mit gar vielen schönen /
neuen Gesängen (derer ingesamt 500) vermehret: Auch zu Beforderung des
so wol Kirchen- als Privat-Gottesdienstes / mit beygesetzten Melodeyen /
nebest dazu gehörigem Fundament / verfertiget Von Johann Crügern Gub.
Lus. Direct. Mus. in Berlin / ad D. N. Mit Churf. Brand. Freyheit nicht
nachzudrucken / etc. Editio V. Gedruckt zu Berlin / und verleget von Christoff
Runge / Anno 1653.   *Gerhardt*

85 HARSDÖRFFER – DELITIAE PHILOSOPHICAE ET MATHEMATICAE Der Philosophi-
schen und Mathematischen Erquickstunden / Dritter Theil: Bestehend in
Fünffhundert nutzlichen und lustigen Kunstfragen / und deroselben gründ-
lichen Erklärung: Mit vielen nothwendigen Figuren / so wol in Kupffer als
Holtz / gezieret. Und Auß allen neuen berühmten Philosophis und Mathema-
ticis, mit grossem Fleiß zusammen getragen. Durch Georg Philip Harß-
dörffern / eines Ehrlöblichen Statt-Gerichts zu Nürnberg / Beysitzern. NVRN-
BERG / Jn Verlegung / Wolffgang deß Jüngern / und Joh. Andreas Endtern.
Jm Jahr / M. DC. LIII.

86 LOGAU – Salomons von Golaw Deutscher Sinn-Getichte Drey Tausend. Cum
Gratiâ et Privilegio Sac. Caes. Majestatis. Breßlaw Jn Verlegung Caspar Kloß-
manns / Gedruckt in der Baumannischen Druckerey durch Gottfried Grün-
dern. [1654]

87 CZEPKO VON REIGERSFELD – DANIELIS A CZEPKO SEXCENTA MONODISTICHA
SAPIENTUM MDCLV. *[Handschrift]* *Abdruck nach:* Daniel von Czepko:
Geistliche Schriften. Herausgegeben von Werner Milch. Darmstadt:
Wissenschaftliche Buchgesellschaft 1963. *[Fotomechanischer Nachdruck der Aus-
gabe Breslau* 1930.]

88 JOHANN CRÜGER, Hrsg. – PRAXIS PIETATIS MELICA. Das ist: Vbung der Gott-
seligkeit in Christlichen und trostreichen Gesängen / Herrn D. Martini Lutheri
fürnemlich / wie auch anderer seiner getreuen Nachfolger / und reiner Evange-
lischer Lehre Bekennerer. Ordentlich zusammen gebracht / und über vorige

Edition mit noch gar vielen schönen Gesängen de novo vermehret und verbessert. Auch zu Befoderung des so wohl Kirchen / als Privat-Gottesdienstes mit beygesetztem bißhero gebräuchlichen / und vielen schönen neuen Melodien / nebenst dazu gehörigen Fundament / verfertiget Von Johan Crügern / Gub. Lusato. Direct. Musico in Berlin. Jn Verlegung Balthasaris Mevn. Wittenb. Gedruckt zu Franckfurt / bey Casp. Röteln Anno 1656. ***Gerhardt***

89 Venus-Gärtlein: Oder Viel Schöne / außerlesene Weltliche Lieder / allen züchtigen Jungfrawen vnd Jungen-Gesellen zu Ehren / vnd durch Vermehrung etlicher newer Lieder zum andernmahl in Druck verfertigt. Frölich in Ehren / Kan niemand wehren. Gedruckt im Jahr / 1656. [*ErsterDruck* 1655?]

90 NEUMARK – G. Neumarks von Mühlhausen aus Thüringen Fortgepflantztes Musikalisch-Poetisches Lustwaldes Zweite Abtheilung / Jn welcher so wohl Geist- als Weltliche weitläuftigere Poetische Gedanken / Glükkwünschungen / Lobschriften / Leichreden / Trauer- und Hochzeitsversche / neben etlichen Geschichtreden begriffen sind. JEHNA / Drukkts und verlegts Georg Sengenwald / im 1657sten Jahre.

91 SCHEFFLER – Johannis Angeli Silesii Geistreiche Sinn- vnd Schlussrime. ¨*Kolophon:*] Gedruckt und Verlegt zu Wienn / bey Einer Löbl: N: Oe: Landtschafft Buchdrucker / Johann Jacob Kürner. ANNO. M. DC. LVII.

92 SCHEFFLER – Heilige Seelen-Lust / Oder Geistliche Hirten-Lieder / Der in jhren JESUM verliebten Psyche, Gesungen Von JOHANN ANGELO SILESIO, Und von Herren GEORGIO JOSEPHO mit außbundig schönen Melodeyen geziert / Allen liebhabenden Seelen zur Ergetzligkeit und Vermehrung jhrer heiligen Liebe / zu Lob und Ehren Gottes an Tag gegeben. Breßlaw / Jn der Baumannischen Drukkerey drukts Gottfried Gründer. [1657]

93 GRYPHIUS – ANDREAE GRYPHII Deutscher Gedichte / Erster Theil. Breßlaw / Jn Verlegung Johann Lischkens / Buchhändlers. 1657.

94 SCHIRMER – David Schirmers Poetische Rosen-Gepüsche. Von Jhm selbsten aufs fleißigste übersehen / mit einem gantz neuen Buche vermehret und in allem verbesserter heraus gegeben. DRESDEN / Jn Verlegung Andreas Löflers Buchführers. Gedruckt bey Melchior Bergen / Chur-F. Sächs. Hof-Buchdr. M. DC. LVII.

95 SCHWIEGER – Jacob Schwiegers Adeliche Rose. Welche den Getreüen Schäfer Siegreich / und die wankkelmühtig Adelmuht; der Edlen und keuschen Jugend vorstellet. Jn drey Theile abgetheilet. Gedrükket zur Glükstadt / durch Melchior Koch / Jm Jahr 1659.

96 SCHWIEGER – Die Verführete Schäferin Cynthie / Durch Listiges Nachstellen des Floridans: Entdekket Von Jacob Schwigern. Glükstadt / gedrukt durch Melchior Koch / im Jahr 1660.

97 SCHOCH – Johann-Georg Schochs Neu-erbaueter Poetischer Lust- u. Blumen-
Garten / Von Hundert Schäffer- Hirten- Liebes- und Tugend-Liedern / Wie
auch Zwey Hundert Lieb- Lob- und Ehren-Sonnetten auf unterschiedliche
Damen / Standes-Personen / Sachen / u. d. g. Nebenst Vier Hundert Denck-
Sprüchen / Sprüch-Wörtern / Retzeln / Grab- und Uberschrifften / Gesprächen
und Schertz-Reden / Zusammen gesetzet / Auch zur Belustigung der Lieb-
grünenden Teutschen Jugend angeleget und herausgegeben. LEJPZJG / Jn Ver-
legung Christian Kirchners / Jm Jahr 1660.

98 STIELER – Die Geharnschte Venus oder Liebes-Lieder im Kriege gedichtet
mit neuen Gesang-Weisen zu singen und zu spielen gesezzet nebenst ettlichen
Sinnreden der Liebe Verfertiget und Lustigen Gemühtern zu Gefallen heraus
gegeben von Filidor dem Dorfferer. HAMBURG / Gedrukkt bey Michael Pfeiffern.
Jn Verlegung Christian Guht / Buchhändlers im Tuhm / Jm Jahr 1660.

99 GREIFFENBERG – Geistliche Sonnette / Lieder und Gedichte / zu Gottseeligem
Zeitvertreib / erfunden und gesetzt durch Fräulein Catharina Regina / Fräulein
von Greiffenberg / geb. Freyherrin von Seyßenegg: Nunmehr Jhr zu Ehren
und Gedächtniß / zwar ohne ihr Wissen / zum Druck gefördert / durch ihren
Vettern Hanns Rudolf von Greiffenberg / Freyherrn zu Seyßenegg. Nürnberg /
Jn Verlegung Michael Endters. Gedruckt zu Bayreuth bey Johann Gebhard.
Jm M. DC. LXII. Jahr.

100 GRYPHIUS – ANDREAE GRYPHII EPIGRAMMATA Oder Bey-Schrifften. Breßlau /
Bey Veit Jacob Dreschern / Buchhändl. Jm Jahr M. DC. LXIII.

101 THOMAS – Matthiae Jonsohn LISILLE. *[Kupfertitel:]* LJSJLLE. Franckfurt. bey
Hermann von Sand. [1663]

102 SCHREIBER – Neu außgeschlagene Liebes und Frühlings Knospen / das ist
Keuscher Ehren- und Liebes-Lieder Erstlinge: Mit schönen / anmutigen /
mehren theils neu und unbekandten Melodeyen angefeuchtet / und zu sondern
Ehren und Wolgefallen auch freundlichstem Ansuchen des lieb- und lobwür-
digsten Frauenzimmers ans Liecht gegeben Von Georg Henrich Schreiber /
der hoch-Edlen Teutschen Dicht-Kunst Liebhaber. Franckfurt am Mayn /
Gedruckt bey Johann Görlin / Jn Verlegung Joost Kölers / Jun. Bremens.
Jm Jahr / 1664.

103 THOMAS – *Erstdruck [des* Anderen Teils] 1665. *Abdruck nach:* Damon und Lisillen
Keuscher Liebes-Wandel Jn zweyen unterschiedlichen Teilen von Matthia
Jonsohnen beschrieben / Deßen zweiten bis anhero in keinem Buchladen
befindlichen Teile Das Nachgedächtnis der nunmehro Seeligen LJSJLLEN an-
beigefüget / und von Einigen Tugendgesinten Liebhab: Zum Drukke be-
fördert worden Jm 1672. Heil. Jahre. *[Darin:]* Anderer Teil. ·MATTHIAE Jon-
sohn Nachgedächtnüs / Der nunmehr selig verstorbenen LJSJLLE. Gedrukkt
im Jahr. M. DC. LXXI.

104 Newes A:B:C: Büchlin für die Jugend Zum Schreiben vnd Reissen dienlich. Auch sunsten von Tugenden vnd Lastern der Menschen, sampt andern betrachtungen. Jn Teütsche Reimen gestelt vnd an Tag geben. Mentz In Verlag Georg Kuntzen im Paradeis zu finden. Anno 1665. [*Faksimileausgabe o.O. 1952*]

105 ANTON ULRICH VON BRAUNSCHWEIG-WOLFENBÜTTEL – Hocherleuchtete Geistliche Lieder / Einer hohen Personen. Psal. 148. v. I. & II. Lobet den HERRN ihr Könige / Fürsten / und alle Richter auf Erden. Gedruckt Jm Jahr CHRJSTJ 1665.

106 KRIEGER – Herrn Adam Kriegers / Neuer ARJEN / Von Einer / Zwey / Drey / und Fünf Vocal-Stimmen / benebenst ihren Rittornellen, auf Zwey Violinen, Zwey Violen, und einen Violon, samt den Basso Continuo, Zu singen und zu spielen. II. VOCE. Dreßden / Jn Wolffgang Seyfferts Druckerey / Anno 1667.

107 ANTON ULRICH VON BRAUNSCHWEIG-WOLFENBÜTTEL – ChristFürstliches Davids-Harpfen-Spiel: zum Spiegel und Fürbild Himmel-flammender Andacht / mit ihren Arien oder Singweisen / hervorgegeben. Nürnberg / Gedruckt bey Christoph Gerhard. M DC LXVII.

108 NEUMARK – Georg Neumarks / Fürstlichen Sächsischen Weinmarischen Secretarii, Poetische TAFELN / Oder Gründliche Anweisung zur Teutschen Verskunst aus den vornehmsten Authorn in funfzehen Tafeln zusammen gefasset / mit ausführlichen Anmerkungen erkläret / Und den Liebhabern Teutscher Sprache und derer kunstmeßigen Reinigkeit zu sonderbahrem Gefallen an den Tag gegeben / JENA / Drukkts und verlegts Johann Jacob Bauhofer / Jm 1667sten Jahr. *Unbekannter Verfasser*

109 KUHLMANN – A. Z. Unsterbliche Sterblichkeit / das ist Hundert Spielersinnliche Grabeschriften / Welche in Alexandrinischen Vier-Versen / abgebildet Mit Denckwürdigen / und Anmuttigen Geschichten erfüllet / und An den Tag gegeben durch Quirin Kuhlmann / Breßlauern. Jn Verlegung Johannis CUNDISII, druckts in Lignitz / Zacharias Schneider.

110 WEISE – Der grünen Jugend Uberflüssige Gedancken / Aus vielfältiger und mehrentheils fremder Erfahrung in offenhertziger Einfalt Allen Jungen und Lustbegierigen Gemüthern vorgestellet von D. E. Amsterdam im Jahr 1668.

111 GRIMMELSHAUSEN – Der Abentheurliche SIMPLICISSIMUS Teutsch / Das ist: Die Beschreibung deß Lebens eines seltzamen Vaganten / genant Melchior Sternfels von Fuchshaim / wo und welcher gestalt Er nemlich in diese Welt kommen / was er darinn gesehen / gelernet / erfahren und außgestanden / auch warumb er solche wieder freywillig quittirt. Überauß lustig / und männiglich nutzlich zu lesen. An Tag geben Von GERMAN SCHLEIFHEIM von Sulsfort. Monpelgart / Gedruckt bey Johann Fillion / Jm Jahr M DC LXIX.

112 KUHLMANN – A. Z! Qvirin Kuhlmanns Breßlauers Himmlische Libesküsse / über di fürnemsten Oerter Der Hochgeheiligten Schrifft / vornemlich des Salo-

Verzeichnis der Quellen

monischen Hohenlides wi auch Anderer dergleichen Himmelschmekkende Theologische Bücher Poetisch abgefasset. Zu JEHNA Drukkt Samuel Adolph Müller Jm Jahr 1671.

113 GREIFFENBERG – Des Allerheiligst- und Allerheilsamsten Leidens und Sterbens Jesu Christi Zwölf andächtige Betrachtungen: Durch Dessen innigste Liebhaberin und eifrigste Verehrerin Catharina Regina / Frau von Greiffenberg / Freyherrin auf Seisenegg / Zu Vermehrung der Ehre Gottes und Erweckung wahrer Andacht / mit XII. Sinnbild-Kupfern verfasset und ausgefertigt. Nürnberg. Verlegts Johann Hofmann / Kunsthändler. Drukts Johann-Philipp Miltenberger / Jm 1672. Christ-Jahr.

114 Grabplatte an der Johanniskirche in Wolfenbüttel (Auguststadt)
Unbekannter Verfasser

115 MAUERSBERGER – Vier Hundert Biblische Grab-Schrifften / Darinnen Beschrieben werden etliche Tugend-begabte und Laster-volle Personen / Derer Theils im Alten / theils auch im Neuen Testament gedacht wird / Welche verfasset / und mit Anmerckungen herauß gegeben M. Johann Andreas Mauersberger. Jn der Fürstlichen Residentz-Stadt Brieg Druckts Johann Christoph Jacob. [1674.]

116 HOHBERG – Lust- und Artzeney-Garten des Königlichen Propheten Davids. Das ist Der gantze Psalter in teutsche Verse übersetzt / sammt anhangenden kurtzen Christlichen Gebetlein. Da zugleich jedem Psalm eine besondere neue Melodey / mit dem Basso Continuo, auch ein in Kupffer gestochenes Emblema, so wol eine liebliche Blumen oder Gewächse / sammt deren Erklärung und Erläuterung beygefügt worden. Neben Herren D. Johann Gerharden täglicher Ubung der Gottseligkeit / mit Morgen und Abend-Segen / Beicht- und Communion- auch mehr andern Gottseligen Gebeten / in Druck gegeben Durch ein Mitglide der Hochlöbl. Fruchtbringenden Gesellschafft. Gedruckt in Regenspurg bey Christoff Fischern. Jn Verlegung Georg Sigmundt Freysingers des ältern / und Joh: Conrads / Emmrichs beeder Burger und Buchhändler daselbst. Anno M. DC. LXXV.

117 ALBINUS – Geistlich-geharnischter Krieges-Held / oder Felderfrischende Soldaten Lieder / Andachten und Gebete / Allen Gottliebenden / Hohen und Niedrigen im Kriege / Officirern und Soldaten bey Anzügen / Treffen / Stürmen / Schlachten / im Marchiren und Qvartieren umb Muth und Trost zu machen; vorgestellet von Joh. George Albinen / von Weissenfels im hohen Stifft Naumburg zu St. Othmar Pastore. Leipzig / verlegtens Joh. Fuhrmann und Joh. Breuer / druckts Joh. Wittigauens sel. Wittwe. 1675.

118 WEISE – Der Grünen Jugend Nothwendige Gedancken / Denen Uberflüßigen Gedancken entgegen gesetzt Und Zu gebührender Nachfolge / so wol in gebundenen als ungebundenen Reden / allen curiösen Gemüthern recommendirt Von Christian Weisen. LEJPZJG / Verlegts Johann Fritzsche / Weißenfels / Druckts Joh. Brühl / Illustr. August. Buchdr. 1675.

119 FEINLER – Poetisches Lust-Gärtgin / in welchem CC. auf neue Teutsche Art gesetzte / Geist- und Weltliche POEMATA, als: Oden / Madrigalen / Sonnette / Uberschrifften etc. zu finden; Sich und Andern der Hoch-Edlen T. Poësie Ergebnen Zu Nutz und Ergetzung ausgearbeitet von Gottfried Feinlern. ZEJTZ / Jn Verlegung Johann Schuhmann. Gedruckt bey Johann Rupert Keiln / Jm Jahr 1677.

120 Corydons auß Arcadien Vießsirrliche und gar erbarliche Narrenbossen / oder Spanneue Grabschrifften / denen so das Maul hencken / und nicht viel in der Taschen haben / zu den tröstlichen Unterricht / wie nicht weniger selbigen / welche Gassen Junckern heissen / und gern allenthalben mitmachen / zum fleissigen nachsinnen / doch daß ihnen der Kopff nicht weh thut / in dem heissen Hundstagen deß 1677. Jahrs auffgesetzet / Und umb ein geringes Geld zur Meß verehret. Der gröste Narre ist / welcher allein wil klug seyn. Eylig Gedruckt und auff der Post in die Meß übersandt.

121 GROB – Dichterische Versuchgabe Bestehend Jn Teutschen und Lateinischen Aufschriften / Wie auch etlichen Stimmgedichten oder Liederen. Den Liebhaberen Poetischer Früchte aufgetragen Von Johann Groben. Gedrukt zu Basel / Bei Johann Brandmüller / Jm Jahr 1678.

122 HOFMANN VON HOFMANNSWALDAU – C. H. V. H. Deutsche Vbersetzungen Und Getichte. Mit bewilligung deß Autoris. Jn Breßlau / Verlegts Esaias Fellgibel Buchhändl. daselbst / 1679. *Darin mit eigenem Titelblatt und der Jahresangabe* 1680: Poetische GRABSCHRJFTEN.

123 CASPER VON LOHENSTEIN – Daniel Caspers von Lohenstein Blumen. Breßlau / Auf Unkosten JEsaiae Fellgibels / Buchhändlers alldar. 1680.

124 MARTIN – Mirantisches Flötlein. Oder Geistliche Schäfferey / Jn welcher Christus / under dem Namen Daphnis / die in dem Sünden-Schlaff vertieffte Seel Clorinda zu einem bessern Leben aufferweckt / und durch wunderliche Weis / und Weeg zu grosser Heiligkeit führet. Durch P. F. LAURENTIUM Von Schnüffis Vorder-Oesterreichischer Provintz Capucinern / und Predigern. Mit Erlaubnuß der Obern: auch sonderbarer Freyheit Jhro Röm. Käyserl. Majestät / nicht nachzudrucken. Gedruckt zu Costantz / Jn der Fürstl. Bischöffl. Druckerey / Bey David Hautt / Anno 1682. Jn Verlegung Johann Jacob Mantelin Burgern / und Handelsmann zu Lauffenburg.

125 KNORR VON ROSENROTH – Neuer Helicon mit seinen Neun Musen Das ist: Geistliche Sitten-Lieder / Von Erkäntniß der wahren Glückseligkeit / und der Unglückseligkeit falscher Güter; dann von den Mitteln zur wahren Glückseligkeit zu gelangen / und sich in derselben zu erhalten. Von einem Liebhaber Christlicher Ubungen zu unterschiedlichen Zeiten Mehrentheils zur Auffmunterung der Seinigen Theils neu gemacht / theils übersetzet / theils aus andern alten / bey Unterrichtung seiner Kinder geändert. Nunmehro aber zusammen geordnet und von einem guten Freunde zum Druck befödert. Sampt einem Anhang Von etlichen geistlichen Gedichten desselben / darunter des Herrn Foucquet in Frantzösischen Versen unter wehrender seiner Gefängnüß geschriebene Bekehrung / in Teutsch übersetzet. Wie auch Ein geistliches Lust-Spiel / Von der Vermählung Christi mit der Seelen. Nürnberg / Verlegts Joh. Jonathan Felßecker / 1684.

126 KUHLMANN – A. Z. Der KÜHLPSALTER Oder Di Funffzehngesaenge. AMSTERDAM, Im Jahre Jesu Christi, 1684. im October. [*Die ersten 15 Gesänge sind schon 1677, wohl als Privatdruck, erschienen.*]

127 KUHLMANN – A. Z. Des KÜHLPSALTERS ZWEITER THEIL. AMSTERDAM, Im Jahre Jesu Christi, 1685. Im October.

128 KUHLMANN – A. Z! Des KÜHLPSALTERS DRITTER THEIL. AMSTERDAM, Im Jahre Jesu Christi, 1686.

129 MÜHLPFORTH – Heinrich Mühlpforths Poetischer Gedichte Ander Theil. Franckfurt / Verlegts Johann Georg Steckh / Buchhändler in Breßlau. Druckts Johann Philipp Andreä / M DC LXXXVII.

130 CASPER VON LOHENSTEIN – Daniel Caspers von Lohenstein Großmüthiger Feldherr Arminius oder Herrmann, Als Ein tapfferer Beschirmer der deutschen Freyheit / Nebst seiner Durchlauchtigen Thußnelda Jn einer sinnreichen Staats-Liebes- und Helden-Geschichte Dem Vaterlande zu Liebe Dem deutschen Adel aber zu Ehren und rühmlichen Nachfolge Jn Zwey Theilen vorgestellet / Und mit annehmlichen Kupffern gezieret. Leipzig / Verlegt von Johann Friedrich Gleditschen Buchhändlern / und gedruckt durch Christoph Fleischern / Jm Jahr 1689. Unter Jhrer Röm. Käyserl. Majestät sonderbaren Begnadigung. [Erster Theil. *Der Andere erschien* 1690.]

131 NEUKIRCH, Hrsg. – Herrn von Hoffmannswaldau und andrer Deutschen auserlesene und bißher ungedruckte Gedichte / nebest einer Vorrede von der deutschen Poesie. Mit Churfl. Sächs. Gn. PRIVILEGIO. LEJPZJG / Bey J. Thomas Fritsch. 1695.
    Besser, Eltester, Hofmann, Neukirch, Neumeister, Unbekannte Verfasser

132 NEUKIRCH, Hrsg. – Herrn von Hoffmannswaldau und anderer Deutschen auserlesener und bißher ungedruckter Gedichte anderer Theil. Mit Churfürstl. Sächs. Gn. PRIVILEGIO. LEJPZJG / bei Thomas Fritsch. 1697.
    Abschatz, Besser, Eltester, Hofmann, Unbekannter Verfasser

133 WERNICKE – Uberschriffte Oder EPIGRAMMATA, Jn kurtzen Satyren, Kurtzen
Lob-Reden und Kurtzen Sitten-Lehren bestehend. Misce stultitiam Consiliis
BREVEM, Dulce est desipere in loco. Hor. AMSTERDAM, Bey Adrian Brackman,
Anno 1697.

134 WEIGEL – Abbildung Der Gemein-Nützlichen Haupt-Stände Von denen Re-
genten Und ihren So in Friedens- als Kriegs-Zeiten zugeordneten Bedienten
an / biß auf alle Künstler Und Handwercker / Nach Jedes Ambts- und Be-
ruffs-Verrichtungen / meist nach dem Leben gezeichnet und in Kupfer ge-
bracht / auch nach Dero Ursprung / Nutzbar- und Denckwürdigkeiten /
kurtz / doch gründlich beschrieben / und ganz neu an den Tag geleget Von
Christoff Weigel / in Regenspurg. Gedruckt im Jahr Christi / 1698.

135 CHRISTIAN GRYPHIUS – Christiani Gryphii Poetische Wälder. Mit Königl. Pol-
nischem und Chur-Sächsischem Privilegio. Franckfurt und Leipzig / Verlegts
Christian Bauch. Anno 1698.

136 Christliches Ehren-Gedächtnüß Des weyland WohlEhrwürdigen / Großacht-
baren und Hochwohlgelahrten / Herrn M. Johann Caspar Schadens / Gewese-
nen treuverdienten Predigers und Seelsorgers der Gemeinde zu S. Nicolai in
Berlin / Nachdem derselbige den 25. Julii 1698. aus diesem leben seelig abge-
fordert / sein verblichener cörper aber den 28. auf dem Kirchhoff zu S. Nicolai
in seine ruhe gebracht worden war / in solcher Kirche den 31. ejusd. (war der
VI. Sontag nach Trinit.) Mit einer predigt über etliche wort Psal. LXIII, 2. von
Philipp Jacob Spenern / D. Churfl. Brandenb. Consist. Raht und Propsten in
Berlin / Jn volckreicher versamlung würdiglich begangen. Daselbst gedruckt
[1698. *Im Göttinger Exemplar fehlt die Angabe des Druckers.*] *Schade*

137 MARTIN – Futer über die Mirantische Maul-Trummel / Oder Begriff / Jn wel-
chem der jetzigen Welt thorechtes / von ihr aber gar schön vermeintes Begin-
nen in Lateinisch und Teutschen Elegien / samt schönen Sinnbildern / und
neuen Melodeyen mit sonderbarem deß Lesers Lust / und Vergnügung an den
Tag gegeben wird durch P. F. LAURENTIUM von Schnüffis / Vorder-Oester-
reichischen Provintz Capucinern / und Predigern. Mit Röm. Käys. Maj. Gnad /
und Freyheit / auch Bewilligung der Oberen. Costantz / im Verlag / und zu fin-
den Bey Leonhard Parcus. Gedruckt in der Fürstl. Bischöflichen Truckerey
durch Johann Adam Köberle. 1699.

138 POSTEL – Die Listige Juno. Wie solche von dem Grossen Homer / Jm vier-
zehenden Buche Der Jlias Abgebildet / Nachmahls von dem Bischoff zu
Thessalonich EUSTATHJUS Ausgeläget / Numehr in Teutschen Versen vorge-
stellet und mit Anmärckungen erklähret Durch Christian Henrich Postel / Bei-
der Rechten Licent. HAMBURG / Gedruckt und verlegt durch Nicolaus Spie-
ringk / 1700.

139 Johann Gottfried Michaelis MONUMENTA DRESDENSIA, Oder Grab- und Ehren-
Mahle der Haupt-Stadt und Vestung DRESDEN / Besonders derer daselbst in

Gott Ruhenden / in und außer der Kirchen zur Lieben Frauen / Denen Verstorbenen zu immerwährendem Andencken / denen Lebendigen aber zum Spiegel und willigen Nachfolge, mit grosser Mühe zusammen getragen Und Nebst einer histor. Vorrede von gedachter Kirche dem Druck übergeben. BUDJSJN, bey David Richtern. 1718. *Unbekannte Verfasser*

140 DACH – Simon Dach: Gedichte. Herausgegeben von Walther Ziesemer. Band 2. (= Schriften der Königsberger Gelehrten Gesellschaft, Sonderreihe Band 5.) Halle: Niemeyer 1937.

141 Die Deutschen Inschriften. Herausgegeben von den vereinigten deutschen Akademien Berlin, Göttingen, Heidelberg, Leipzig, München, Wien. 1. Band. Heidelberger Reihe 1. Band: Die Inschriften des badischen Main- und Taubergrundes. Wertheim-Tauberbischofsheim. Stuttgart: Metzler 1942.

Unbekannter Verfasser

Verzeichnis der Autoren und ihrer Gedichte

Das Verzeichnis ist alphabetisch angelegt. Fürsten werden nach ihrem ersten Vornamen eingeordnet (Anton Ulrich von Braunschweig-Wolfenbüttel unter *Anton*), Adlige unter dem ersten Teil des Familiennamens (Daniel Casper von Lohenstein unter *Casper*). Pseudonyme aller Art (Angelus Silesius, Matthias Jonsohn, Filidor der Dorfferer) werden nur in besonderen Fällen, unter Hinweis auf die bürgerlichen Namen, angeführt. Die Orthographie der Namen, die in den Quellen nicht selten schwankt, folgt im allgemeinen dem Gebrauch in Goedekes *Grundriß*. – Die Gedichte werden in der Reihenfolge ihres Auftretens in dieser Anthologie verzeichnet. Die halbfett gedruckte Chiffre hinter dem Gedichttitel bzw. der Anfangszeile *kursiv* verweist auf die Numerierung im Verzeichnis der Quellen. Der Fundort der Gedichte wird in der Regel durch Seitenzahlen oder Bogensignaturen bestimmt. Wo es zweckmäßig schien, wird statt dessen oder außerdem die originale Numerierung der Gedichte angeführt. Die Bogensignaturen erscheinen normiert in der Form A 1 a. – Zur Orientierung über den engeren Zusammenhang, in dem ein Gedicht ursprünglich zu lesen war, und um im Falle von mehrfachen Paginierungen den Fundort eindeutig zu bestimmen, werden (in runden Klammern) auch die originalen Rubriktitel mitgeteilt. Auf die Anführung von Rubriktiteln wie „Drittes Buch der Oden" wurde in der Regel verzichtet. Eingeklammerte Anführungszeichen (,,) verweisen auf die in vorangehenden Quellenangaben zuletzt genannte Rubrik. – Am rechten Rand sind die Seitenzahlen dieser Sammlung angegeben.

Verzeichnis der Autoren und ihrer Gedichte

Verzeichnis der Autoren und ihrer Gedichte

GELLER, RUDOLF KARL

GERHARDT, PAUL (1607–1676)

GLOGER, GEORG (1603–1631)

GREFLINGER, GEORG (1620–1677)

GREIFFENBERG, CATHARINA REGINA VON (1633–1694)

Verzeichnis der Autoren und ihrer Gedichte

Verzeichnis der Autoren und ihrer Gedichte

Verzeichnis der Autoren und ihrer Gedichte

HOHBERG, WOLFGANG HELMHARD VON (1612–1688)

HOYERS, ANNA OVENA (1584–1655)

HÜBNER, TOBIAS (1578–1636)

JONSOHN (MATTHIAS) siehe THOMAS

KALDENBACH, CHRISTOPH (1613–1698)

KHUEN, JOHANNES (1606–1675)

KIRCHNER, CASPAR (1592–1627)

KLAJ, JOHANN (1616–1656)

KNORR VON ROSENROTH, CHRISTIAN (1636–1689)

KOSCHWITZ, JONAS DANIEL (1614–1664)

KRIEGER, ADAM (1634–1666)

Verzeichnis der Autoren und ihrer Gedichte

V.erzeichnis der Autoren und ihrer Gedichte

Verzeichnis der Autoren und ihrer Gedichte

Verzeichnis der Autoren und ihrer Gedichte

Verzeichnis der Autoren und ihrer Gedichte

Verzeichnis der Autoren und ihrer Gedichte

Verzeichnis der Gedichtüberschriften und -anfänge

Die Anordnung der Texte folgt der heute üblichen Orthographie; sie übergeht also orthographische Varianten wie *Auf* und *Auff*, *Des* und *Deß*, *Uber*, *Über* und *Vber*. Indes wird zwischen *Deutsch* und *Teutsch* unterschieden.

Überschriften und Anfänge

Überschriften und Anfänge

Überschriften und Anfänge

Überschriften und Anfänge